FEDERHERZ
VERLAG

BIST DU DER JÄGER?

ODER BIST DU DIE BEUTE?

AVA HARRINGTON

HUNTER AND PREY

GAME OF SURVIVAL

HUNTER & PREY
Game of Survival
Band 1 von 2 einer Reihe

Bildmaterial: Shutterstock, Freepik
Korrektorat: Diana Maier

Bestellung und Vertrieb: Nova MD GmbH, Vachendorf

ISBN: 978-3-96966-975-4

WIRmachenDRUCK GmbH
Mühlbachstr. 7
71522 Backnang
Deutschland

Federherz Verlag
Süntelstraße 70
31848 Bad Münder
www.federherzverlag.de
Instagram: @federherz.verlag

Es geht nicht darum, wie du dich deinen Ängsten stellst.
Es geht darum, wie du sie überlebst!

Für alle Kämpfer!

Bevor es losgeht, sollten alle Leser gewarnt sein. Dieses Werk ist frei erfunden und beruht auf keinerlei wahren Begebenheiten. Alle handelnden Personen sind frei erfunden und rein fiktiv zu betrachten.

Jedoch sollten Menschen, die mit PTBS und anderen Belastungen, psychischen Problemen oder Krankheiten zu kämpfen haben, vorab gewarnt sein, dass sich diese Seiten grober Sprache und Beleidigungen bedienen und es explizite und veranschaulichte Gewalt- und Folterszenen gibt und auch Vergewaltigung thematisiert wird, was zu möglichen Auslösereizen führen kann.

PROLOG

Das Internet ist voller unbegrenzter Möglichkeiten, seit es in den Neunzigerjahren seinen Boom erlebte. Es wächst, es entwickelt sich weiter. Es erscheint wie ein denkender Organismus. Und wie jeder denkende Organismus hat auch das Internet eine dunkle Seite, die es lieber vor der Welt verbirgt.

Das Darknet.

Anonymität wird hier großgeschrieben. Geschützte Kommunikation, frei und ohne Zensur. Mit zunehmender Überwachung steigt die Zahl derer, die die Anonymität des Darknets schätzen lernen und immer mehr Menschen flüchten sich in dessen Sicherheit und Abgeschiedenheit.

Doch wie gerechtfertigt ist der Schrei nach dem Recht auf anonyme Kommunikation wirklich? Wird das Darknet nicht selten mit Kriminalität und Illegalität gleichgesetzt? Nicht ganz ungerechtfertigt, könnte man meinen. Im Darknet treiben sich zwielichtige Menschen herum. Es ist ein Ort, an dem sie sich entfalten und ihre – oft sehr gestörten – Begierden befriedigen. Ein Ort für Whistleblower, Drogen- oder Waffenhändler, eine ganz bestimmte Shareholdergesellschaft, Hacktivisten, die Rekrutierung verschiedener – meist terroristischer – Organisationen, die Koordination regierungsfeindlicher Maßnahmen oder für Menschen, die in der Realität am Rande der Gesellschaft leben.

Moment! Eine Shareholdergesellschaft? Wie, zur Hölle, passen Aktionäre ins Darknet? Zugegeben, sie verdienen ihr Geld mit der Arbeit anderer. Aber das ist alles in allem nicht unbedingt etwas, womit man sich im Darknet aufhält, oder? Immerhin ist das nichts Illegales oder etwas, das man besser nur in einer gewissen Abgeschiedenheit tun sollte.

Besagter Firma reicht es eben noch nicht, mit dem Geld anderer mehr Geld zu machen. Besagte Firma macht sich einfach den Fortschritt der modernen Technologie zunutze und baut sich dadurch eine Zweigstelle auf, die für das Darknet wie geschaffen ist.

Bet Solutions. Das Leben ist ein Spiel!

Ein Wettbüro, das seinem Slogan alle Ehre macht. Wer in der heutigen Zeit mit Wetten noch wirklich erfolgreich sein will, braucht etwas Neues. Etwas Sensationelles. Der braucht das Darknet und mit ihm die vielen Menschen, die von gebrochenen Tabus, Sensationsgier, Rachegelüsten oder der puren Langeweile angetrieben werden. Aber wie kriegt man es hin, dass diese Menschen einem nachlaufen wie Ratten dem Rattenfänger? Auf Sport und Pferderennen kann jeder wetten. Das ist an Langeweile nicht zu überbieten. Man gibt ihnen also, was sie wollen. Man gibt ihnen ein Spektakel und den Nervenkitzel. Etwas, worauf sie nur zu gerne wetten.

Also, wie wäre es mit den Leben irgendwelcher Fremden?

»Miles! Jetzt mach schon! Es fängt gleich an!«

»Bin schon da!« Der recht korpulente fünfzehnjährige Miles Saunders erfüllt nahezu jedes Klischee eines Computerfreaks. Er bekam mit neun Jahren seinen ersten Rechner und hat angefangen, daran herumzuschrauben. Er hat sich selbst das Programmieren beigebracht und schon früh seine Videospiele selbst gemoddet – wie man so schön sagt. Der Weg ins Darknet war dann auch nicht mehr weit. Vor ein paar Monaten fing es an, als er nach der Schule wieder an seinem Rechner saß und sich durch die unendlichen Weiten des Internets auf der Suche nach irgendwas Interessantem klickte. Bet Solutions? Das erregte seine Aufmerksamkeit. Er hatte sich das genauer angesehen. Man konnte Tickets kaufen und auf irgendwas wetten. Er hatte noch nie gewettet. Die Frage war also: Wollte er jetzt damit anfangen? Die Antwort war einfach. Er war angefixt. Das Unbekannte hatte ihn in seinen Bann gezogen. Doch worum genau ging es eigentlich? »Hast du schon auf irgendwen gesetzt?«

»Mhm, ja. Auf so einen Ex-Knacki. Warte. Ich gucke nochmal nach seiner Akte.« Peter, oder Pete, wie er sich lieber nennen lässt. Er ist der beste Kumpel von Miles, seit die beiden noch kleine Hosenscheißer in der Vorschule waren. Er ist die dürre, schlaksige Klischee-Form eines Computerfreaks. Alles, was er über Computer weiß, hat er von Miles. Pete klickt ein paarmal mit der Maus, bis sich auf seinem staubigen Bildschirm ein anderes Fenster öffnet. »Damien Serene. Er hat sieben Jahre wegen schwerer Körperverletzung und Einbruchdiebstahl gesessen. Und ...«, sagt er langgezogen und scrollt durch die digitale Akte eines Fremden, »... er hat das schon mal gewonnen. Vor ... drei Jahren.«

»Vor drei Jahren?«, wiederholt Miles und zieht überrascht die Stirn in Falten. »Das ist verrückt. Der Typ, auf den ich gesetzt habe, hat das auch vor drei Jahren gewonnen! So ein ... Soldat. Der war bei den Marines, oder so. Warte ... Pete, steht da was davon in der Akte, dass die zusammen auf der Insel waren?«

»Moment.« Pete scrollt weiter. »Oh, verdammt! Das ist echt witzig! Ja, Mann! Die beiden waren zusammen auf der Insel.«

»Und dieses Mal?«

»Nein«, seufzt Pete und schüttelt den Kopf. »Dieser Damien kommt mit einem Busfahrer aus Toledo zusammen. Ich denke nicht, dass der lange durchhält. Und dein Marine ist ... mit ... Oh, wow! Dein Marine wird mit einer Frau losgeschickt. Eine Bedienung aus Atlanta.« Er schüttelt den Kopf. »Beim letzten Mal gab es gar keine Frauen auf der Insel. Und dieses Mal sind es sogar fünf. Ich glaube, die machen es nicht lange. Keine von denen hat vorher irgendwas gemacht, das hilfreich sein könnte. Stell dir mal vor, was da abgeht, wenn die von irgend so einem kranken Typ geschnappt werden ... Ob die so was wohl zulassen?«

Kann es sein, dass Miles da so etwas wie Reue oder gar ein schlechtes Gewissen in der Stimme seines besten Freundes hört? »Das ist 'ne Insel, auf die sie Leute schicken, die sich gegenseitig töten sollen, während Spinner im Internet sich dran aufgeilen und darauf wetten können, ob jemand Selbstmord begeht, durch Folter stirbt oder zum Kannibalen wird. Also, was denkst du wohl?« Der Junge schüttelt den Kopf.

»Na ja, aber irgendwo wird es ja wohl eine Grenze geben.«

»Also, wenn ... ein Mensch einen anderen Menschen isst, ist das noch okay, aber wenn irgendein kranker Typ ... irgendeine kranke Scheiße an einer Frau abzieht, ist das zu viel? Alter, scheiß doch auf die Weiber! Überleg nur mal, was passieren kann, wenn dein Knacki und mein Marine aufeinandertreffen. Ich denke, das könnte echt spannend werden. Guck mal, ob man auf ein Zusammentreffen setzen kann. Hundertprozentig ist es Absicht, dass die beiden wieder zusammen auf der Insel gelandet sind.«

Man kann tatsächlich auf ein Zusammentreffen setzen. Denn fallen die Würfel nicht so, wie man sich das bei Kingsman Solutions wünscht, wird eben etwas nachgeholfen. Es soll ja interessant bleiben, damit die beeinflussbaren, sensationsgeilen und zahlenden Kunden auch etwas geboten kriegen.

»Warte mal ... also gehören wir auch zu den Spinnern?«

»Wir schließen Wetten darauf ab, wie lange zwei Typen durchhalten und was sie wohl machen, wenn sie sich begegnen. Also schätze ich schon. Wieso? Ist das ein Problem für dich?«, scherzt Miles und schüttelt den Kopf. »Beim nächsten Mal sollten wir nicht einfach nur unsere Kohle auf die setzen, die andere auf die Insel bringen.«

»Was meinst du denn?«

Miles klickt weiter auf der Maus herum. Nur ein paar Sekunden später öffnet sich ein weiteres Fenster auf dem Bildschirm. »Kingsman Solutions ... Das ist die Firma, die hinter Bet Solutions steckt. Wählst du deren Nummer und drückst nach der automatischen Bandansage die richtige Taste, wirst du mit jemandem verbunden, der *ein Problem für dich löst*.«

»Oh Mann!« Pete scheint genauso angetan zu sein, wie sein Kumpel. »Lass mich raten ... Du denkst da an Miss Denvers, oder?« Mit leuchtenden Augen nickt der dicke Junge. »Aber wie sollen wir das Geld dafür zusammenkriegen, sie auf die Insel zu schicken?«

»Wieso denn zusammenkriegen? Mann, wir kriegen Geld dafür, wenn die Alte da draufgeht! Was denkst du denn, wieso dieses Wettbüro existiert?« Ein überzeugtes und fast schon siegreiches Grinsen steht dem jungen Schüler ins Gesicht geschrieben. »Sie wird sich noch wünschen, nicht so eine Bitch gewesen zu sein!«

Tja, Miss Denvers ... Sie sollten sich besser nach einem anderen Job umschauen. In einem anderen Land. Sibirien soll schön sein zu dieser Jahreszeit.

Für den Moment jedoch beschäftigen sich Miles und Pete wieder mit den aktuellen Teilnehmern und ihren platzierten Einsätzen als mit irgendwelchen verrückten Mordplänen an der eigenen Englischlehrerin. Sie genehmigen sich ein Bier aus dem Vorrat von Petes Alkoholiker-Mutter, stoßen an und schauen dem Countdown auf dem Bildschirm dabei zu, wie er herunterläuft, ehe sich das Fenster selbst zu einer Vollbildanzeige umschaltet und die Liveübertragung startet.

Das Spiel beginnt!

CHAPTER ONE

EMILY

Mit einem ordentlichen Dröhnen in den Ohren komme ich zu mir und schlage die Augen auf. Ich liege auf dem harten Boden und schaue geradewegs in den wolkenverhangenen und doch blauen Himmel. Ein pochender Schmerz macht sich in meinem Kopf bemerkbar. Immer wieder blinzle ich und kneife die schmerzenden Augen zu. Was ist passiert? Wo bin ich? Wie bin ich hierhergekommen?

»Emily Graves?!«, ertönt eine ruhige und doch fremde Männerstimme unversehens hinter mir und lässt mich unwillkürlich zusammenzucken.

Ich bleibe stehen, meine Handtasche fest umklammernd – als könnte sie mir Schutz bieten oder würde mich im Notfall davor bewahren, gekidnappt zu werden – und drehe mich um. »Ja?«

Vor mir steht ein Mann, etwa in den Vierzigern, deutlich größer als ich, mit einem nichtssagenden Allerweltsgesicht. Ich erkenne ihn nur schemenhaft im schwachen Licht der Straßenlaterne. Durch seine bodybuilderartige Figur erscheint er mir extrem angsteinflößend. Ich schaue ihn an und könnte meinen Kopf gegen die nächste Wand schlagen, weil ich so dumm war, zu Fuß nach Hause zu gehen – und dann auch noch die unsicherste Abkürzung zu nehmen, die es auf der ganzen Welt gibt –, anstatt mit der U-Bahn nach Hause zu fahren, so wie ich es eigentlich geplant hatte. Wo sind die Menschenmassen, wenn man sie braucht?! »Sie müssen bitte mit mir kommen«, erklärt er ruhig und kommt einen Schritt auf mich zu, was mich wiederum dazu veranlasst, einen nach hinten auszuweichen.

Gedanklich mache ich mich bereits auf eine Flucht gefasst. »Ähm, okay? Ja, ich ... denke nicht, dass ich das muss?«, sage ich mit einem panischen Beben in der Stimme, vergebens in dem Versuch, ganz cool zu erscheinen. »Wer zur Hölle sind Sie überhaupt?« So unauffällig wie möglich schaue ich an ihm rauf und runter. Ich kenne den Mann nicht und bin mir sehr sicher, ihn auch noch niemals zuvor gesehen zu haben. Wenn er meine Tasche will, wieso nimmt er sie dann nicht einfach und rennt weg? Scheiße! Was, wenn es ihm gar nicht um die fünfundzwanzig Dollar und dreiundsechzig Cent geht, die ich in der Tasche habe, oder um die überzogene Kreditkarte? Was, wenn er etwas ganz anderes im Sinn hat? In meinem Bauch breitet sich ein ungutes Gefühl aus, das den Wunsch weckt, laut um Hilfe zu rufen.

»Mister Landon schickt mich.«

Ich brauche einen Moment, um seine Worte richtig zu verarbeiten. »Scott?!«, platzt es aus mir heraus und ich ziehe verwirrt und angeekelt zugleich die Augenbrauen zusammen. Sicher habe ich mich nur verhört. Es gibt viele Männer mit diesem Nachnamen. Er muss nicht zwangsläufig Scott meinen. Davon abgesehen wüsste ich auch wirklich nicht, weswegen Scott mich mittels irgendeines Schlägertyps kontaktieren sollte. Ich habe ihn seit einem Jahr weder gesehen noch gesprochen. Und ich habe auch nicht vor, irgendetwas daran zu ändern. Dieser Scheißjunkie kann auf den Mist springen! Er hat mich Tausende Dollar gekostet und viele Jahre. Wertvolle Jahre, die mir niemand wiedergibt! Die Ungewissheit wird zur Angst. Und die Angst löst das brennende Verlangen in mir aus, panisch davonzurennen. Langsam gehe ich noch einen Schritt zurück, während ich mich innerlich darauf vorbereite, so schnell ich kann davonzurennen und gleichzeitig versuche, die Geschehnisse zu begreifen. »Ich ... ich wüsste nicht, was ... was ...«, stammle ich und stoße mit dem Rücken gegen etwas, ehe ich meinen Satz beenden kann. Abermals fahre ich erschrocken zusammen und drehe mich um. Vor mir steht eine Kopie des Mannes, der mich angesprochen hat und noch bevor ich überhaupt schalten kann, packt er mich an den Armen, sodass ich mich kaum bewegen kann. Panisch sauge ich die Luft ein und ehe ich weiß, wie mir geschieht, wird mir von hinten ein Sack über den Kopf gezogen.

Jetzt fällt es mir wieder ein. Nachdem ich den Sack übergestülpt bekommen habe, wurde ich nach einem Schlag gegen den Hinterkopf bewusstlos. Vielleicht rührt das Dröhnen in meinen Ohren daher. Stöhnend setze ich mich auf und lege eine Hand an den schmerzenden Kopf, da fällt mir auf, dass auch meine Hand wehtut. Eher mein Handgelenk. »Mhm!« Ich seufze und nehme die Hand herunter, um sie mir anzusehen. Sofort springt mir ein dunkler Fleck ins Auge, der sich bei näherem Betrachten als Stempel herausstellt. Doch als ich mit dem Daumen darüberstreiche, muss ich feststellen, dass die Berührung einen stechenden Schmerz nach sich zieht. Das ist kein Stempel, sondern eine Tätowierung. Ein Symbol. Ich glaube, das ist ein keltischer Knoten oder so was. Dahinter befindet sich ein kleines Dreieck. Ich bin total verwirrt. Wieso wurde ich tätowiert?! »Was ...«, stoße ich hervor, doch kriege nicht die Gelegenheit, meiner Verwirrung Ausdruck durch Worte zu verleihen.

»Das ist dein Tracer«, unterbricht mich eine tiefe Männerstimme gelassen. »Fummel nicht daran rum. Das bringt nichts.«

»Was ... was?!«, frage ich und gucke mich um.

Ein Mann sitzt hinter mir und klopft sich den Staub von der Jeans. Mit einem argwöhnischen Blick und zusammengezogenen Augenbrauen mustert er mich. »Hi.« Gelangweilt reibt er sich kurz den Hinterkopf. »Diese Flachpfeifen hätten echt nicht so fest zuschlagen müssen«, nuschelt er – vermutlich eher zu sich selbst – und steht mit einem angestrengten Stöhnen auf.

»Was ...«, setze ich ein weiteres Mal an. Mir gehen so viele Fragen durch den Kopf, dass ich keine Ahnung habe, wo ich anfangen soll. »Was ist passiert?!«, frage ich schließlich – sogar mit recht fester Stimme. »Wo ... wo sind wir?! Was ist das hier für ein Ort? Und ... wer sind Sie?!«

»Du stellst ganz schön viele Fragen«, säuselt er, noch immer gelangweilt. Eine Sekunde lang schaue ich mir den großen Mann, der praktisch direkt vor meiner Nase steht, genau an. Er trägt eine dunkle Jacke über einem grauen Henley-Shirt. Darunter steckt ein durchtrainierter Körper, der zu einem Mann gehört, der grimmig und gelangweilt zugleich dreinblickt. Ich erkenne seine Augenfarbe nicht, denn ich kann ihm kaum ins Gesicht sehen. Er macht mir zu große Angst und ich bin zu unsicher, als dass ich ihn so anstarren könnte. Er hat dunkelblonde unordentliche kurze Haare und einen Fünftagebart. Wären wir nicht an dem Ort, an dem wir nun einmal sind, sondern im Diner und er wäre ein Gast, den ich zu bedienen hätte, würde ich wahrscheinlich mit ihm flirten. Für eine Sekunde vergesse ich sogar die Umgebung und stelle mir vor, ich wäre tatsächlich im Diner. In welchem ich auch eigentlich ohnehin sein müsste! Verdammt! Ich werde sicher gefeuert. »Was mit dir passiert ist, kann ich dir nicht sagen. Du wurdest ausgesucht. Herzlichen Glückwunsch, du bist eine Teilnehmerin«, sagt er sarkastisch und schnaubt, mich aus meinen Gedanken holend. »Frag nicht, wieso. Darauf gibt es keine Antwort. Zumindest nicht von mir. Na ja, es gibt eine nette Mail. So eine Art ... Willkommensgruß. Kannst du dir durchlesen ... oder es lassen. Ist mir ziemlich egal. Aber auch da steht nicht drin, wieso *du* hier bist.« Er hält mir ein viereckiges Gerät hin, das aussieht, wie ein Tablet. Seine Worte werfen mehr Fragen auf, als sie beantworten und zögernd nehme ich es ihm aus der Hand.

»Aber wo ist denn ... hier?« Und wer sind *die*?

»Wo wir sind, weiß ich nicht. Sie nennen den Ort Yasnaya.«

»Klingt russisch.«

»Ja, aber ich glaube nicht, dass wir in Russland sind. Das wäre zu weit. Die Insel ist recht klein. Ich schätze mal, wir sind irgendwo westlich. Mitten im Pazifik. Sicher eine künstlich aufgeschüttete Insel, die sie für Atomwaffentests oder so einen Scheiß gebaut haben. Auf jeden Fall hatte sie mal einen militärischen Zweck.«

»Wie ... wie kommst du darauf?«

»Schau dich mal um. Die Häuser und Lagerhallen ... Alles hier ist perfekt für eine Kampfsimulation geschaffen.« Er schüttelt den Kopf. »Oder für einen richtigen

Kampf«, fügt er leise hinzu, kommt zu mir und hält mir seine Hand hin. »Komm schon. Wir müssen hier weg.«

»Wieso?«

»Weil hier in ein paar Minuten die Hölle losbricht!«, sagt er ruhig und doch mit ernstem Unterton. »Hier sind achtundneunzig andere Menschen, die uns tot sehen wollen!«

»Was?«, stoße ich atemlos hervor. Das alles ist so absurd. Er redet und redet, doch ich verstehe nicht das Geringste. Es klingt wie die Handlung eines Films oder irgendeines Ballerspiels. »Wieso sollte mich irgendjemand töten wollen? Ich bin nur eine Bedienung in einem ranzigen Diner, verdammt nochmal!«

»Es interessiert mich einen Scheiß, was du früher gemacht hast! Das hier ...«, er beschreibt mit der Hand einen Kreis, ehe er fortfährt, »... ist jetzt deine Realität! Du solltest sie lieber schnell begreifen!« Er schaut sich den Bruchteil einer Sekunde über die Schulter und zieht genervt die Nase hoch. »Für jeden Menschen auf der Welt gibt es einen anderen, der ihn tot sehen will! Denk nicht zu lange drüber nach. Alles klar?« Er schaut mich ungeduldig an. »Und jetzt müssen wir hier dringend weg!« Demonstrativ schiebt er seine Hand weiter vor.

Einen Augenblick lang betrachte ich seine Hand skeptisch. Seine Worte geben mir zu denken. Meint er etwa, dass jeder Mensch einen anderen Menschen in seinem Umfeld hat, der ihm den Tod wünscht? Das ist doch an den Haaren herbeigezogen! Ich habe noch nie in meinem Leben jemand anderem Schaden zugefügt oder jemanden so verletzt, dass er mir den Tod wünschen könnte. Das ist Irrsinn! Er sagt, ich soll nicht zu lange drüber nachdenken, aber wie könnte ich nicht? »Ich wüsste nicht, wieso ich mit dir irgendwo hingehen sollte. Ich kenne dich nicht!«

»Hör zu, Kleine!«, beginnt er und spreizt seinen Zeigefinger von der Hand ab, die er mir noch vor einer Sekunde entgegenkommend hingehalten hat. Drohend deutet er in meine Richtung. »Das hier ist kein Spiel! Ich erkläre dir alles später! Im Moment ... müssen wir hier erstmal schleunigst weg!« Er schaut sich aufmerksam in alle Richtungen um.

Ich sitze nur da und blinzle hektisch. Wie er das sagt, macht mir Angst. Wahrscheinlich wäre es wirklich besser, wenn ich ihm vertraue. Zumindest für den Moment, bis ich weiß, wo ich bin und wie ich hier wegkomme. Er scheint zu wissen, was hier los ist – was mir jedoch eher zu denken geben sollte, anstatt mein Vertrauen zu wecken, wenn ich es recht bedenke. »Wieso hilfst du mir überhaupt?«, frage ich noch und greife dann nach seiner Hand, um mich von ihm auf die Beine ziehen zu lassen. Den Bruchteil einer Sekunde treffen sich unsere Blicke. Blau. Seine Augen sind verdammt nochmal blau! Mit einem winzigen bisschen Grün darin. Überrascht und irgendwie schockiert von der Tiefe seiner Augen, stolpere ich einen Schritt zurück. Das soll ja wohl ein schlechter Witz sein! Wie soll ich ihn denn jetzt noch arschig und unsympathisch finden können, wenn er so vertrauenserweckende Augen hat?

»Weil wir ein Team sind. Und jetzt komm!«

Ehe ich es mich versehe, greift er mein Handgelenk, dreht sich um und rennt los. Er zieht so stark an mir, dass ich das Gefühl bekomme, mein Arm würde sich ausrenken. Doch ich bekomme keine Gelegenheit, Widerspruch einzulegen oder gar protestierend stehen zu bleiben.

Wir laufen eine Zeit lang übers offene Feld. Da ist weit und breit nichts außer freier Natur, kleinen Hügeln, Feldern und Bäumen. Es ist so verflucht ländlich. Nichts hier kommt mir bekannt vor und ich habe noch immer nicht den blassesten Schimmer, wieso ich hergebracht wurde. »Können wir vielleicht mal eine Pause machen? Ich kann nicht mehr«, stöhne ich angestrengt und völlig außer Atem. Meine Seiten tun weh. »Ich bin Bedienung und keine Langstreckenläuferin, verdammt!«

»Wir können eine Pause machen, wenn wir nicht gerade mitten auf dem Präsentierteller sind!«, zischt er leise und zieht wieder stärker an meinem Arm, sodass ich nach vorne stolpere und fast hinfalle. »Komm schon!«

»Hast du überhaupt eine Ahnung, wo wir hingehen?«

»Natürlich. Die geben einem dieses kleine Ding hier ja nicht, weil es so eine nette Spielerei ist. Da ist eine Karte der Insel drauf.« Er bleibt stehen und geht – mit einem überprüfenden Blick in alle Richtungen – in die Hocke. Ich tue es ihm gleich und schaue ihm aufmerksam dabei zu, wie er an dem kleinen schwarzen Tablet herumspielt. Gott, bin ich dankbar für diese kurze Pause. Ich brauche dringend Luft! »Hier. Siehst du? Das ist die Karte und das ... sind wir.« Er wischt mit dem Daumen und dem Zeigefinger über das Display und zoomt das Bild der Karte größer. Ein orangefarbener und ein blauer Punkt sind auf der Karte zu sehen. »Du bist orange. Ich bin blau«, erklärt er und deutet mit dem Finger darauf.

»Was bedeuten diese kleinen Kästchen?«

»Das sind Gebäude. Die Bezirke haben unterschiedliche Bezeichnungen. Hier gibt es einen unterirdischen Bunker, eine Schule, ein Krankenhaus, Wohnsiedlungen ...«

»Hier wohnen Menschen?!«, unterbreche ich ihn fassungslos.

»Was? Nein! Ich ... Sag mal, hörst du mir überhaupt zu?! Ich sagte vorhin, dass das hier ein Testgelände ist, das so detailgetreu wie möglich an reale Umgebungen angepasst wurde. Die Gebäude sind alle verlassen. Und wir wollen ... hierhin.« Diesmal verkleinert er die Karte wieder, sodass sie ganz auf dem Display angezeigt wird und deutet mit dem Finger auf einen entfernten Punkt. »Siehst du den weißen Kreis?«. Ich nicke. »Wir müssen uns nach Ablauf der Zeit immer innerhalb dieses Kreises aufhalten. Hier unten ist ein Timer. Wir haben zehn Stunden Zeit, um in den Kreis zu gelangen.«

»Was passiert, wenn wir es nicht schaffen?«

Mit einem Kopfnicken deutet er auf meine Hand. »Der Tracer, den sie uns verpasst haben, sendet nach Ablauf der Zeit Stromstöße durch den Körper. Quasi als Erinnerung. Je nachdem, wie weit man noch vom Kreis entfernt ist, können die Stromstöße einen entweder töten ... oder man schafft es noch rechtzeitig.«

»Das ist doch alles ein dummer Scherz!«, säusle ich, lege den Kopf in den Nacken und verdrehe stöhnend die Augen. Am liebsten würde ich heulen, doch nachdem ich eine halbe Ewigkeit gerannt bin wie eine Irre, bin ich zu erschöpft. »Ich bin in meinem Leben zu jedem Menschen nett gewesen! Ich gebe Obdachlosen Geld und helfe in der verdammten Suppenküche aus! Wieso sollten die mich töten wollen?«

»Du hast es noch nicht begriffen«, knurrt er leise. »Nicht *die* wollen uns töten!« Sein ernster Blick durchdringt mich. »Sie wollen, dass wir uns gegenseitig töten! Also ist am Ende nicht der Tracer dein Problem. Sie geben einem genug Zeit, um in den Kreis zu kommen. Egal, von wo man startet.« Er steht wieder auf. »Du und ich ... gegen achtundneunzig andere!«

Es ist einfach zu absurd. Er könnte es mir noch einhundert Mal sagen und ich bin mir sicher, es auch dann nicht zu begreifen. Meine Fragen werden auch nicht weniger. Er versucht, sie zu beantworten und wirft doch nur weitere auf.

Immer wieder streift sein flüchtiger Blick das kleine Tablet in seiner Hand, während wir uns Stunde um Stunde voranarbeiten. Wohin auch immer. »Komm, hier lang!«, ruft er gut drei Schritte voraus, deutet mit ausgestrecktem Arm nach rechts und läuft dann in einem Bogen in die Richtung, in die er gezeigt hat. Hechelnd folge ich ihm und widerstehe dem Drang, mich einfach auf den Boden zu schmeißen, Arme und Beine von mir zu strecken und erstmal ganz in Ruhe wieder zu Atem zu kommen. Denn nach allem, was er mir erzählt hat – was nicht viel war und ich nach wie vor kaum verstehe –, werde ich das Gefühl nicht los, dass wir verfolgt werden. Pure Todesangst treibt mich überhaupt voran und der tief sitzende Wunsch, nicht durch irgendwelche Stromschläge zu sterben. Nur, weil ich nicht rechtzeitig in diesem komischen imaginären Wunderkreis angekommen bin.

Nach einigen Minuten entdecke ich vor uns ein kleines Haus, einige hundert Meter entfernt. Im Schutz einiger Bäume und Büsche steht es fast friedlich nur so da. Als wir näher kommen, bleibt er plötzlich stehen, hält seinen Arm hoch – vermutlich um mir zu bedeuten, dass auch ich stehen bleiben soll – und geht in die Hocke. »Was ist los?«, frage ich flüsternd. Beinahe paranoid. Wieso flüstere ich überhaupt? Das ist lächerlich!

»Keine Ahnung, ob da welche drin sind. Wir müssen vorsichtig sein«, knurrt er leise, ohne den Blick von dem unscheinbaren Haus abzuwenden.

»Wird dir das nicht auf deiner schlauen Karte angezeigt?!«, frage ich und klinge zynischer als beabsichtigt. Ich weiß nicht, wieso, aber trotz der offensichtlich ernsten Situation kann ich es einfach nicht so ernst nehmen, wie es wohl nötig wäre. Es ist viel zu abstrakt. Zu absurd und surreal.

»Witzig. So einfach ist das nicht.« Er schüttelt den Kopf und schleicht geduckt Richtung Baum. »Komm

mir im Wohnzimmer, oder wie immer man den Raum betiteln sollte. Er wirft mir einen kleinen Rucksack entgegen, der zu meinen Füßen landet. »In dem Raum war nichts weiter. Ich geh im nächsten gucken.«

Erneut nicke ich nur. Keine Ahnung, wieso er mir das alles erzählt. Im Grunde interessiert es mich nicht einmal. Schweigend hebe ich den Rucksack auf und verstaue die Konserven darin, während ich bereits wieder meinen Blick schweifen lasse und auch die anderen Küchenschränke durchforste. Als ich darin nichts weiter finde als Staub, mache ich mich mit einem leisen Seufzen auf den Weg in das kleine Bad, das praktisch gegenüber liegt. »Hier ... sind Schmerzmittel, oder so was. Und Verbände.« Ich begutachte das kleine orangefarbene Plastikröhrchen mit dem weißen Deckel, auf dem *Tramadol* steht und drehe es in meiner Hand, ehe ich es in den Rucksack stecke. Besser nicht zu lange darüber nachdenken. Sonst kommen Erinnerungen hoch, die ich im Moment echt nicht gebrauchen kann! »Ist wahrscheinlich auch seit vierzig Jahren abgelaufen. So wie der Eintopf. Aber was soll's«, nuschle ich leise zu mir selbst und seufze.

»Einpacken! Ganz wichtig! Alles was reinpasst!«, ruft er mir zu und ich höre, wie er in dem Raum neben der Küche herumkramt. Die Verbände folgen dem Plastikröhrchen und dann verlasse ich das kleine Bad wieder.

Mit schlotternden Knien und wild klopfendem Herzen stehe ich dicht hinter Scott und schlinge fest die Arme um meinen Oberkörper. Ich will nicht hier sein. Das habe ich ihm ungefähr ein Dutzend Mal gesagt und doch bin ich es. Ich hasse es, dass er es jedes Mal wieder schafft, mich zu überreden. Ich *will* nicht nur nicht hier sein, ich *sollte* es auch nicht!

Wenn Dad rauskriegt, was wir hier tun, dann bringt er mich um! »Kann ich nicht doch im Auto warten?«, flüstere ich mit brüchiger Stimme.

»Bleib cool, Babydoll. Wir holen nur schnell was ab und sind eher weg, als du gucken kannst.« Scott klopft mit seiner Faust gegen die Wohnungstür, die aussieht, als wäre sie schon zehn Mal aufgebrochen worden. Ich würde sagen, sie passt zum Rest dieses heruntergekommenen Wohnklos. Die Wände des langen Hausflurs, von dem mindestens zehn Wohnungen abgehen, sind mit allen möglichen Graffitis beschmiert, Tapetenreste hängen an ihnen runter, die Deckenbeleuchtung funktioniert kaum und es stinkt ganz furchtbar nach ungeduschten Menschen, Urin und anderen ekligen Dingen, die ich mir lieber nicht vorstellen will. Meine Gedanken werden durch das Klicken des Türschlosses unterbrochen. Einen Moment später wird uns geöffnet. Nur einen Spalt breit. So weit, wie die vorgeschobene Türkette es zulässt. »Scheiße, wer bist du denn?!«, fragt ein unauffällig wirkender Mann, nachdem er Scott keine Sekunde lang gemustert hat.

»Lester hat mich geschickt«, nuschelt Scott leise und zieht schniefend die Nase hoch. »Ich bin hier, um Valeries Zeug zu holen.« Oh Gott! Scott, wo hast du mich da nur reingezogen? Ich mache mir gleich in die Hose vor Angst!

Sofort klatscht der fremde Kerl die Tür vor unseren Nasen zu, sodass ich erschrocken zusammenzucke. Doch im gleichen Moment hören wir, wie die Türkette zurückgezogen wird und die Tür geht wieder auf. Mit einem knappen Nicken bedeutet er uns, ihm in die Wohnung zu folgen. »Valerie, hm? Wann kommt sie denn raus?«

»In ein paar Tagen.« Scott folgt ihm und wischt

sich mit dem Ärmel nervös unter der Nase hin und her. Ich beobachte meinen Freund, wie er sich umsieht. Am liebsten würde ich schreiend weglaufen. Das sollte ich wahrscheinlich auch.

»Und du bewahrst den Kram für sie auf?«

»Nein. Ich bringe das Zeug nur zu Lester.« Der Fremde macht sich an einem Schrank zu schaffen und holt einen Gefrierbeutel daraus hervor, in dem sich eingeschweißte Einwegspritzen und kleine Fläschchen befinden. Ich erkenne es nicht genau, aber Scott meinte, wir würden nur Insulin für seine Tante abholen. »Hast du White Lady da?«, fragt er lauter und reckt seinen Kopf. Wovon redet er denn da? »So ... drei, vier Gramm?«

Der Typ, der hier zu wohnen scheint, dreht sich einmal um sich selbst und geht dann neben seinem Bett in die Hocke, um etwas aus seinem Nachtschränkchen zu holen. »Willst du's erstmal probieren?«, fragt er und reicht Scott ein kleines durchsichtiges Plastiktütchen mit einem weißen Pulver drin. Ich bin nicht blöd und weiß, dass das irgendwelche Drogen sind. Ich dachte, wir helfen nur seiner Tante. Dabei sind wir nur hier, damit er sich seinen nächsten Trip abholen kann.

»Ja«, presst Scott hervor und nimmt das Tütchen.

»Sechzig Mäuse.«

»Hey, Babydoll ... hast du das Geld dabei, wie ich es dir gesagt hatte?«, fragt er und schaut mich erwartungsvoll an, ehe er seine Hand in meine Richtung ausstreckt. Das Geld habe ich von Dad zum Geburtstag bekommen. Eigentlich wollte ich es in meine New-York-Spardose stecken.

Man kann nie früh genug anfangen, für seine Träume zu sparen, Peanut. Oh Mann. Ich weiß nicht, wie oft Dad mir das gesagt hat. Zögernd hole ich das Geld aus meiner Gesäßtasche und gebe es Scott.

»Hier«, sagt der Fremde abermals, als wir uns in der Mitte des kleinen Hauses wiedertreffen, und reißt mich damit aus meinen Gedanken. Es dauert einen Moment, bis ich seinem Blick folgen kann und begreife, was er von mir will. Er hält mir eine Pistole vor die Nase. »Schon durchgeladen.«

»Was?! Nein! Nein, ich kann ... ich kann doch nicht ... Ich weiß nicht mal, wie man mit so einem Ding umgeht!«, rufe ich empört und reiße abwehrend die Hände hoch, um ihn und das tödliche Ding auf Abstand zu halten. Mal abgesehen davon, dass ich auch gar nicht rauskriegen will, wie man damit umgeht, habe ich bisher keinerlei gute Erfahrungen mit so was gemacht und will auch nichts daran ändern.

»Hör zu, Schlumpfine! Das ist kein Scheiß hier! Das ist bitterer Ernst! Und ... Gott, ich fasse es nicht, dass ich das sage ... Ich muss mich auf dich verlassen können! Ich muss mich darauf verlassen können, dass du mir im Ernstfall Deckung gibst! Also nimmst du jetzt schön deinen wohlbehüteten Pazifismus und wirfst ihn ganz schnell über die nächste Klippe. Alles klar?!« Er starrt mich mit hochgezogenen Augenbrauen an, als wäre ich ein kleines Püppchen, oder so, und deutet dann mit dem Zeigefinger auf die Waffe. »Die Knarre ist geladen und entsichert. Du musst nicht mehr machen, als sie in die Richtung zu halten, in die du schießen willst und ... schießen!« Er zuckt die Achseln. »Hast du schon mal was fotografiert?« Ich nicke nur. Seine Worte schwirren durch meinen Kopf und ich bin gedanklich noch damit beschäftigt, die Schlumpfine zu verarbeiten. Er scheint ein richtig mieses Arschloch zu sein und ich bin mir ziemlich sicher, dass er der Typ Mensch ist, vor dem Dad mich immer gewarnt hat. Wieso nur, um Himmels willen, passiert mir das? Womit habe ich das verdient? Auf einer verdammten Insel ausgesetzt zu werden, um dann was zu tun? Leute zu töten?! Das wird nicht passieren! Und als wäre das noch nicht verrückt genug, werde ich mit so einem Vollarsch losgeschickt. »Gut. Ist genau das gleiche Prinzip. Kriegst das schon hin.« Er haut mir kraftvoll auf die Schulter, sodass ich einen Schritt vorwärts stolpere und fast umfalle und schiebt mir dann die Pistole hinten in den Bund meiner Jeans. Das kalte Metall am Rücken lässt mich erschrocken zusammenfahren. Vielleicht ist es auch einfach seine ruppige Art, die mich erschreckt. Abfällig schnaubend tritt er einen Schritt zur Seite und schüttelt den Kopf, ehe er ein Gewehr auf dem Tisch ablegt, das ich gar nicht in seiner Hand bemerkt hatte. Das zu sehen macht mir jetzt doch wieder Angst. Es führt mir vor Augen, dass all das hier doch kein schlechter Scherz ist. Er zieht sich selbst einen Rucksack über die Schultern, der deutlich größer ist als der, den ich trage, und schiebt das Gewehr durch einen Riemen an der Seite des Rucksacks. »Komm schon. Wir müssen weiter.«

Seufzend lasse ich die Schultern hängen. Wenn ich nur daran denke, dass wir gleich wieder gefühlte dreihundertsiebzig Meilen laufen müssen, könnte ich schon heulen. »Können wir nicht einfach hier ... bleiben? Ich meine, bevor wir auf offener Straße erschossen werden ... können wir doch genauso gut abwarten, bis es vorbei ist.«

Auch er seufzt. Nein. Es ist vielmehr ein äußerst genervtes Stöhnen. Er reibt sich die Stirn und lässt den Kopf hängen. »Wow. Also ... entweder bist du ... nicht viel schlauer als ein Stuhl ... oder aber einfach nur unsagbar vergesslich!«

»Was?! Ich glaube ja wohl, du spinnst! Was fällt dir

eigentlich ein, so mit mir zu reden?! Du kennst mich nicht! Du hast keine Ahnung, wer oder was ich bin!«

»Na ja, so viel weiß ich. Du scheinst das hier alles nicht besonders ernst zu nehmen ... oder zu realisieren und bist offensichtlich ziemlich vergesslich! Sonst wüsstest du, dass wir nicht hierbleiben *können*! Der Kreis ... Du erinnerst dich?! Wir haben noch drei Stunden, um in den Kreis zu kommen. Ansonsten kannst du dich schon mal mit dem Gedanken anfreunden, gegrillt zu werden. Also, ich weiß ja nicht, was mit dir ist, aber ich steh nicht so auf Elektroschocks und würde die ganz gerne vermeiden!«

»Ist ja gut! Komm mal wieder runter, ey!«

»Lass ... uns jetzt einfach hier verschwinden!«

CHAPTER TWO

LIAM

Babysitter zu spielen ist echt das Letzte, was ich hier gebrauchen kann. Es ist schon schlimm genug, dass ich wieder hier bin – was eigentlich abzusehen war, wenn ich es recht bedenke. Ich hätte einfach meinen Job machen sollen, dann hätte ich dieses Problem jetzt nicht. Es ist ja nicht so, dass es vorher keine *anderen* gab. Da habe ich meinen Job doch auch gemacht. Aber wieso nur nicht bei ihr? Weil sie eine Frau ist? Meine Ziele waren immer Männer. Gott, ich bin echt ein dummer Esel! Sie kann mir doch im Grunde egal sein. Wenn ich gewusst hätte, dass ich wieder hergebracht werde, hätte ich sie einfach den Wölfen zum Fraß vorgeworfen. Dafür habe ich jetzt ein dummes kleines Mädchen am Arsch kleben, das weder versteht, was hier passiert, noch sich darauf einstellen kann und offensichtlich nicht einmal die gesamte Tragweite begreift. Das nervt mich so tierisch, dass ich ernsthaft mit dem Gedanken liebäugle, sie einfach heute Nacht zurückzulassen, wenn sie schläft. Mit jeder Minute, die ich sie länger an der Backe habe, wird mir klarer und klarer, wieso *sie* ausgewählt wurde. Es passiert nicht oft, dass Frauen hergebracht werden. Aber ich bin mir sicher, dass Männer – welche Rolle auch immer sie im

Leben einer Frau so spielen – selbige deswegen verkaufen, weil sie tierisch von ihnen genervt sind. Ich habe mich nie darum geschert, wieso ich jemanden einzusammeln hatte. Bei ihr hat es mich aber komischerweise dennoch interessiert. Ich habe mir nicht ein einziges Mal die Mühe gemacht, mir die Verkäuferakten anzusehen. Außer in ihrem Fall. Denn als ich den Auftrag bekommen und das angefügte Foto gesehen habe, wollte ich unbedingt wissen, wer einem unscheinbaren hübschen Mädchen so was antun würde. Fuck, es hat mich *nie* interessiert! Und mich hat es auch nie interessiert, was danach mit den Teilnehmern passierte. Das gehörte immer zu den Dingen meines Jobs, die ich besser nicht hinterfragt hatte. Und kaum tat ich es doch, passierte mir so was. Das beweist wieder einmal, dass Unwissenheit manches Mal besser ist, als zu viel zu wissen. Ach, verflucht! Natürlich werde ich sie nicht allein zurücklassen. Da ist immer noch ein letzter Rest meines einstigen Soldatenstolzes in mir, verdammte Scheiße. Erinnere dich an den Eid, den du geschworen hast, Burke! Zivilisten zu beschützen. Es wird Zeit, dass ich mich darauf zurückbesinne. Vier Jahre lang habe ich es ignoriert und fast vergessen. Also, da ich jetzt auch hier bin, kann ich auch einfach mein Bestes tun, um sie vor dem Schlimmsten zu bewahren. Es hat einen Grund, wieso man in Zweierteams losgeschickt wird. Es erhöht die Spannung, die Dramatik dieses Spektakels. Denen geht vor ihren Monitoren und Bildschirmen richtig einer ab, wenn einer der beiden auf der Insel stirbt und der andere sich allein durchzukämpfen versucht. Und dabei sogar mit einer Art Trauer konfrontiert wird, weil man sich in dieser kurzen Zeit doch an seinen Kameraden gewöhnt hat. Weil man froh war, nicht allein da durchzumüssen. Und sobald einer von beiden stirbt, kann der andere sich im Grunde direkt von der nächsten Klippe werfen. Allein kommt man hier nicht weit. Das wissen die. Und sie genießen es, uns beim Verzweifeln und Leiden zuzusehen. Fast so sehr, wie zu beobachten, wie wir sterben. Ich habe mir nie Gedanken darüber gemacht, wie sie das anstellen – was auch nie Teil meines Jobs war – oder wie die Technologie aussieht, die sie nutzen, um uns zu beobachten. Ich habe vorhin die Räume nach versteckten Kameras abgesucht, aber keine gefunden. Wobei das auch nichts heißen muss. So klein, wie diese Biester in der heutigen Zeit sind, findet ein ungeübtes Auge wie meines sie sicher nicht. Bestimmt nutzen die auch eine Art Drohnen-Technologie. Irgendeine Form von Überwachungstechnik müssen sie aber auf jeden Fall haben. Sonst macht das alles hier keinen Sinn. Was immer es ist, ich bin mir sicher, all das gar nicht so genau wissen zu wollen. Der Gedanke, auf Schritt und Tritt verfolgt zu werden, ist immerhin verstörend genug.

Beim letzten Mal hatte ich wenigstens einen Ex-Knacki an meiner Seite, der wusste, wie man mit Waffen umgeht, der sich verteidigen konnte und den nötigen Biss hatte, um das hier unbeschadet zu überstehen. Aber dieses zerbrechliche Mädchen mit ihrer zierlichen Figur, dem schmalen Gesicht und den langen blonden Haaren, diese Bedienung aus einem Diner, sieht nicht aus, als könnte sie mir hilfreich sein. Sie wird mich nur unnötig aufhalten. Mal abgesehen davon, dass sie mich mit ihren Fragen nervt. Und diesem treudoofen und hilfesuchenden Hundeblick. Zugegeben, sie hat echt schöne Augen. In einer anderen Welt würde ich sie sicher angraben, in der Hoffnung, sie ins Bett zu kriegen. Sie tut so, als hätte ich Antworten darauf, oder müsste sie zumindest haben. Ich kann es fast verstehen. Immerhin habe ich vorhin versucht, ihr das Wichtigste zu erklären. Natürlich denkt sie, dass ich Antworten habe. Und die habe ich auch. Aber wie könnte ich sie ihr geben? Sie würde es mit ziemlicher Sicherheit nicht verstehen – ebenso wenig wie das, was hier passiert.

Es ist besser für uns beide, wenn ich ihr nicht zu viel erzähle. Zugegeben, ich hatte beim letzten Mal die gleichen Fragen. Wieso bin ich hier? Was hat das alles zu bedeuten? Wieso tut jemand so was und zwingt andere, sich gegenseitig abzuschlachten? Ich kann es also im Grunde verstehen, aber sie begreift offenbar nicht, dass wir im Moment keine Zeit haben, über so was zu reden. Damien war damals selbst auch das erste Mal da und mir keine große Hilfe. Auch ihn quälten diese Fragen. Wozu? Wieso ich? Wer kann nur so etwas Krankes tun? Wir haben also wenig Zeit damit verschwendet, tiefschürfende Gespräche über unsere Gefühle zu führen und uns stattdessen auf den Weg gemacht, diese Scheiße zu überleben. Und wir haben diese Scheiße überlebt.

»Hey, Burke!«, ruft eine dunkle Stimme hinter mir, kaum, dass ich die Bar verlassen habe, und noch im gleichen Moment ist mir klar, was folgt. Ich drehe mich zu der Stimme um und schnaube, als ich den Mann vor mir sehe. Den Gorilla in seinem zu kleinen Anzug, meinen ehemaligen Kollegen, den Handlanger derer, die mir vor drei Jahren mein Leben gestohlen haben und *mich* zu ihrem Handlanger machten.

»Hm«, mache ich und seufze hörbar. »Ernsthaft?« Ich verkneife mir ein verächtliches Schnauben. »Hey, Crocker.« Den Kerl zu sehen ernüchtert mich. Wenngleich es mich auch nicht wirklich wundert. Wenn ich es recht bedenke, hätte ich es wohl ahnen müssen. Schon als ich damals in einen Helikopter verfrachtet wurde, um von der Insel wieder weggebracht zu werden, wusste ich, dass ich an jedem einzelnen Tag für den Rest meines Lebens Angst vor meinem eigenen Schatten haben würde. Auch, als ich danach diesen widerlichen Job angenommen und damit meine Seele verkauft habe, fast drei Jahre für diese Schweine gearbeitet und deren Drecksarbeit erledigt habe, war mir klar, dass sie mir jederzeit ein Ende machen könnten, wenn ihnen der Sinn danach stand. Und jetzt stehen wir hier. Es scheint nun so weit zu sein. Ich habe meinen Job nicht gemacht und bin ausgestiegen. Ich wusste, dass mir das früher oder später zum Verhängnis werden würde.

»Na? Hast du mich vermisst?!«

»Total«, säusle ich und lasse enttäuscht die Schultern hängen. Ich bin weniger enttäuscht über das, was gleich passiert als vielmehr von mir selbst. Seit meinem Ausstieg habe ich mich stets bemüht, unterm Radar zu bleiben. Fuck, ich habe sogar mit einer falschen Identität den Bundesstaat gewechselt, zahle nur bar und checke jede Woche in einem anderen ranzigen Motel ein. Und jetzt stehe ich hier, schaue meinem Schicksal entgegen und mir wird klar, dass das alles für die Katz war. »Woher wisst ihr Witzfiguren eigentlich so genau, wo ich bin?«

»Das Ding da in deinem Arm ... ist nicht nur auf der Insel aktiv.« Mit einem Kopfnicken deutet er auf meinen Arm. Er meint das Tattoo an meinem Unterarm. Ich habe es gewusst! Zugegeben, irgendwann habe ich es ignoriert, denn ich konnte es weder entfernen noch übertätowieren lassen. Ich habe es direkt nach meinem Ausstieg mit einem EMP-Gerät bearbeitet und war eigentlich davon ausgegangen, dass es mir keine Scherereien mehr macht, aber ein Teil von mir hat es doch irgendwie immer gewusst. Fuck! »Du weißt, was jetzt kommt, oder?«

Mit angespanntem Kiefer nicke ich. »Tu mir bitte einen Gefallen und mach es schnell. Einen sauberen Schuss zwischen die Augen. Keine unangenehmen Überraschungen. Das bist du mir schuldig!«

»Einen Schuss?«, wiederholt er meine Worte, als hätte ich mich irgendwie missverständlich ausgedrückt. »Denkst du etwa ich bin hier, um dich zu töten?«

Seine Verwirrung verwirrt mich wiederum. Für mich war es selbstverständlich, dass die keine Fehler zulassen. Keine Lücken. Keine ehemaligen Mitarbeiter, die ausplaudern könnten, was hinter verschlossenen Türen, auf staubigen Bildschirmen oder in zwielichtigen Bars so passiert. »Aber, wieso ... Warte ... Etwa nicht? Ich dachte ...«

Ein kehliges, rauchiges Lachen drängt sich seinen Hals hoch. Dem folgt ein Husten. »Nein, mein Freund. Du solltest wissen, dass sie dich nicht einfach so davonkommen lassen.«

»Davonkommen lassen?« Ich drehe meinen Kopf, als hätte ich ihn nicht verstanden und schnaube abfällig. »Scheiße, ich bin davon ausgegangen jetzt zu sterben. Und du redest hier was von *davonkommen lassen*. Du bist ... echt ein Witzbold.«

»Ach, komm! Krieg dich ein, Burke. Und bitte tu mir einen Gefallen. Mach ... es nicht schlimmer als nötig.« So wie beim letzten Mal? Danke, kein Bedarf. Ich erinnere mich noch ziemlich gut an die Prügel und die Stromstöße, die ich eingesteckt habe, bevor sie mir irgendein widerliches Zeug injiziert haben und ich über Stunden ausgeknockt war. Das widerliche Zeug hatte sich im Nachhinein als Fentanyl herausgestellt. Wahnsinnig wirksam. Das Geheimnis liegt in der Dosierung. Es ist fünfzig Mal stärker als Heroin. Nur ein bisschen zu viel davon und man stirbt, bevor man

Trip sagen kann. Danach war es dann mein Job, das Gleiche mit anderen Teilnehmern zu machen. Das war aber nie der Teil meiner Arbeit, in dem ich gut war. Na ja, gut war ich schon irgendwie. Sonst wären die Teilnehmer wohl gestorben, bevor sie auf der Insel angekommen wären. Nein. Ich war gut. Ich wollte es aber nicht sein. Zu wissen, wie es sich anfühlt, selbst so behandelt zu werden, hat mich immer irgendwie zurückgehalten. Klar, habe ich meinen Job trotzdem gemacht. Denn dafür wurde ich immerhin bezahlt. So richtig gut war ich aber darin, Menschen aufzuspüren, auszukundschaften und anschließend von der Bildfläche verschwinden zu lassen. Es so aussehen zu lassen, als wären sie bei einem Wanderunfall verunglückt, beim Hawaii-Urlaub ertrunken oder als wären sie einfach überstürzt umgezogen, weil sie ein besseres Jobangebot am anderen Ende der Welt erhalten haben. Ich war sehr kreativ dabei, aus Menschen Geister zu machen. Ich war Fixer.

Meine Erfahrung mahnt mich also, mich besser nicht zu wehren. Er ist nämlich nicht allein und wenn ich auch nur zucke, dann kriege ich von seinem Helferlein wieder eine Tracht Prügel, die ich so schnell nicht verdauen kann. »Bringen wir es einfach hinter uns«, nuschle ich und atme tief durch.

»Hättest einfach deinen Job machen sollen, Burke.« Gelangweilt zuckt er mit der Schulter und hebt eine Augenbraue. »Du weißt, wie es läuft. Also ... nach dir.« Er deutet mit einem kurzen Kopfnicken über seine Schulter. Auf dem dunklen Parkplatz steht der noch dunklere Jeep, der mir zu vertraut ist. Wie oft habe ich zugesehen, wenn Menschen hineingeworfen wurden. Wie oft habe ich selbst Menschen hineingeworfen. Ich weiß es ganz genau. Das ist etwas, das ich nie vergessen habe. Etwas, das ich nicht vergessen *kann*, oder will? Es spielt keine Rolle. Es waren zu viele. Zu viele Leben, die in dem Augenblick beendet waren, als ich sie in den Jeep verfrachtet hatte. Ich hypnotisiere das Fahrzeug, auf das ich schnurstracks zusteuere, und frage mich, wer meinen Job übernommen und ob dieser Jemand für mich auch einen kreativen Abgang gewählt hat. »Und? Wie sieht meine Geschichte aus?«, frage ich, mir einen Blick über die Schulter werfend.

»Es gibt keine. Niemand wird dich überhaupt vermissen.« Da hat er allerdings recht. Dad war nach der Schlacht von Mogadischu nicht mehr derselbe und er hat nur noch gesoffen. Mom hat das wahrscheinlich nicht mehr ertragen und ist abgehauen, als ich elf war. Danach hatte es keine zwei Wochen gedauert, bis Dad sich – verzweifelt wie er war – den Kopf weggeschossen hat. Die siebzehn verschiedenen Pflegefamilien, in die ich gesteckt wurde, erinnern sich sicher nicht einmal mehr an mich. Ich habe keine Freundin oder gar eine Frau. Keine Geschwister. Großeltern? Bestimmt. Irgendwo. Aber wissen die überhaupt von meiner Existenz? Freunde? Eher Kameraden. Fast alle gefallen. Ich bin allein und das hat mich nie gestört. Aber jetzt so unverfroren gesagt zu kriegen, dass einen niemand vermissen würde, ist irgendwie sehr deprimierend. Ich hätte mir einen spektakulären Abgang gewünscht. Aber wozu mit Pauken und Trompeten untergehen, wenn es niemand hört.

Mir graut es davor, einzusteigen und wieder auf diese Insel gebracht zu werden. Ich bin Soldat. Krieg ist für mich nichts Neues. Falludscha, Iran, Jemen, Kuwait, Afghanistan ... Ich kenne all die Einsätze, war überall dabei. Aber das hier ist ein völlig anderes Level. Und ich kann gut darauf verzichten. Kaum, dass ich mich gesetzt habe und mein Begleiter neben mir Platz genommen hat, schlägt er mir so heftig von der Seite seinen Ellbogen ins Gesicht, dass mir schwarz vor Augen wird.

»Wie weit müssen wir noch, bis wir in diesem mysteriösen Kreis ankommen?«, fragt sie, kaum da wir das kleine Haus verlassen haben und holt mich aus meinen Gedanken.

»Sch!«, zische ich und gucke mich paranoid in alle Richtungen um. Eigentlich ist es hier recht sicher. Den Berg im Rücken und eine Lichtung vor einem kleinen, offenen Waldstück, bestehend aus Birken, vor der Nase. Die Stämme sind schmal und hell, weswegen jede Bedrohung gut sichtbar sein sollte, wenn sie auf uns zukommt.

»Entschuldige«, nuschelt sie kleinlaut hinter mir. Ich werfe einen flüchtigen Blick über die Schulter und bemerke, dass sie die Augen verdreht. Dennoch macht mir ihre eingeknickte Haltung ein schlechtes Gewissen. Vielleicht sollte ich etwas nachsichtiger mit ihr sein. Sie hat keine Ahnung von den Dingen, die hier passieren, keine Kampferfahrung und sicher hat sie große Angst. Ein bisschen Verständnis könnte ich schon aufbringen für diese kleine zierliche Bedienung, die aussieht, als würde sie für Kinder und Tiere in Not spenden.

»Hör zu, Kleine. Ich versuche hier nur, uns am Leben zu halten. Und dass du so viel fragst oder unbedacht und laut daher plapperst, macht mich echt rasend vor Wut. Also tu mir einen Gefallen und rede einfach leiser. Und ... weniger. Geht das?« Sie nickt. »Wir haben noch ein paar Meilen vor uns. Außerdem auch nicht mehr viel Zeit. Wir sollten uns nach einem fahrbaren Untersatz umsehen.«

»Hier gibt es Autos?« Noch eine Frage! Unbeabsichtigt stöhne ich leise und verdrehe innerlich die Augen. »Sorry«, entschuldigt sie sich erneut.

»Ja, vergiss es«, knurre ich leise und setze mich in Bewegung, um hinter dem Haus den Berg hochzugehen. »Ja, hier gibt es Autos. Wir suchen aber nicht nach einem Auto. Die sind zu laut und auffällig. Außerdem zu träge und unwegsam. Wir suchen nach einem Motorrad.«

»Aber die sind auch laut.« Ich bleibe abrupt stehen, presse angespannt den Kiefer zusammen und kämpfe gegen den Drang an, sie so lange anzuschreien, bis sie anfängt zu heulen! Sie bemerkt meine Anspannung und räuspert sich. »Entschuldigung«, flüstert sie. »Na ja, das mit dem Motorrad ergibt ... sonst ja grundsätzlich Sinn. Wenn ... irgendetwas von all dem hier auch nur ansatzweise Sinn ergeben würde natürlich. Aber ... okay.« Ein einfaches *Okay* hätte völlig gereicht, weswegen ich praktisch spüren kann, wie mein Auge zu zucken beginnt.

Schweigend folgt sie mir dicht auf den Fersen, während ich den Berg hochlaufe. Ich bin mir nicht sicher, ob ich das gut finde. So muss ich mich ständig zu ihr umdrehen, um zu überprüfen, dass auch alles in Ordnung ist. Dann lasse ich aber alles außer Acht, was vor mir passiert und das wiederum wäre äußerst unklug. Andererseits kann ich sie schlecht vor mir herlaufen lassen. Dann ist sie eine nur noch größere Zielscheibe. Und mal abgesehen davon, dass ich keine Lust habe, sie zu retten, habe ich am Ende noch mehr Stress damit, meinen Arsch aus der Gefahrenzone zu bringen. Ich habe die Kontrolle über dieses kleine Team und ich werde dieses Mädchen sicher nicht blindlings ins Ungewisse rennen lassen.

Soweit scheint im Bereich alles unauffällig und sicher zu sein, weswegen ich etwas aufatmen kann, als wir eine kurze Rast im Schutz eines Baums am Fuße des Bergs machen und ich auf der Karte nach dem nächsten kleinen

Dorf suche. »Die meisten Fahrzeuge sind in der Nähe von Straßen und Siedlungen. Also führt unser Weg uns erst einmal ein Stück nach Westen«, nuschle ich, ohne sie anzusehen. Stattdessen wische ich auf dem Tablet herum, um die Karte größer und kleiner zu zoomen. »Das ist ein Umweg von knapp zwei Meilen, aber sollten wir ein Fahrzeug finden, lässt der sich schnell wieder aufholen.«

»Was immer du sagst«, antwortet sie eingeschüchtert. Ich werfe ihr einen flüchtigen Blick zu. Sie hypnotisiert meinen Finger, der auf die Karte deutet. Offensichtlich hat sie noch immer Mühe damit, all das hier richtig zu begreifen. »Können ... wir uns beeilen?«

»Was ist denn los?«

»Nichts, ich ... ich bin nur nicht besonders scharf darauf, dass dieses Teil in meinem Arm anfängt, mich zu grillen.« Sie weicht meinem Blick aus und schaut mit glasigen Augen zu Boden. Oh, bitte! Lass sie jetzt nicht heulen.

»Das wird schon nicht passieren. Keine Sorge.« Sie nickt nur. »Na, komm. Weiter geht's. Zwei Meilen noch, dann haben wir es geschafft.« Zumindest bis zum nächsten Dorf. Und ob wir da fündig werden oder doch nur auf Ärger stoßen, bleibt abzuwarten. Meine Sorgen behalte ich aber besser für mich. Sie ist schon aufgewühlt genug und verlässt sich auf mich. Ein Grund mehr, ihre Fragen nicht zu beantworten.

Ich kann mir nicht helfen, aber den ganzen Weg über habe ich mir Sorgen um diese Fremde gemacht, die hechelnd hinter mir hergerannt ist und offensichtlich nur selten Sport treibt. Sie ist nicht sonderlich ausdauernd. Und dass ich mir Sorgen um sie mache bedeutet im Grunde nur, dass ich mir keine mehr um das machen kann, was eigentlich wichtig ist. Nämlich um den Feind, der auf jede unserer Bewegungen lauert und auf seinen Moment wartet, um uns hinterrücks zu erschießen. Vielleicht sollte ich sie doch besser stehen lassen. Dann bin ich schneller und unauffälliger. Augenverdrehend bleibe ich mitten im Kornfeld stehen und gehe in die Hocke. So sollten wir nicht direkt zu erkennen sein. Die Halme sind hoch genug, um das meiste von uns zu verdecken. Ich habe sie auch beim letzten Mal nicht stehen lassen, als ich darüber nachgedacht habe, es tun zu können. Als würde ich es dann jetzt tun. »Da hinten«, sage ich leise und deute mit ausgestrecktem Arm in die Ferne. »Zu den Häusern wollen wir. Tu mir einen Gefallen ... Das da vorne ... ist alles offenes Gelände. Ziemlich ungünstig für uns. Wir sind leicht zu sehen, sobald wir aus dem Feld rauslaufen. Ich brauche deine Augen. Guck dich um. Sag mir, wenn sich was bewegt. Egal was!«

»Ach, jetzt darf ich auf einmal sprechen?«, zischt sie.

»Ist das gerade dein Ernst?«, erwidere ich und lege den Kopf schief, als hätte ich mich verhört. »Willst du mich verarschen?« Sie macht mich wahnsinnig! Das ist so typisch Weiber!

»Ja, schon«, sagt sie und presst die Lippen zu einer schmalen Linie zusammen. Wow! Damit hatte ich jetzt allerdings nicht gerechnet.

»Humor, hm? Hätte ich dir gar nicht zugetraut.« Mittels eines kurzen Nickens zolle ich ihr Anerkennung für ihren kleinen Scherz – von dem ich mir nicht sicher bin, wie angebracht er in unserer jetzigen Situation ist, wenn man bedenkt, dass die Insel immer noch voller Menschen ist, die unseren Tod wollen.

»Tja«, flüstert sie selbstzufrieden und rümpft die Nase.

Mit einem belustigten Schnauben setze ich mich geduckt in Bewegung. »Los jetzt. Wir haben keine Zeit für

Trödeleien.« Sie ist dicht hinter mir, als ich aus dem Kornfeld herausschleiche, mich aufrichte und losrenne. Offenes Feld, nur wenige Bäume und eine befestigte Straße stehen zwischen uns und den Schutz bietenden Häusern. »Wie siehts aus?«, rufe ich ihr so leise es eben geht zu und konzentriere mich auf jede nur mögliche Bewegung im Bereich der kleinen, eng beieinanderstehenden Häuser.

»Nichts«, zischt sie mir zu und hustet ihre Erschöpfung aus sich heraus. Kardio soll helfen, Mäuschen. Wenn wir es hier lebend rausschaffen, dann melde ich sie in irgendeinem Fitness-Club an. Auf Lebenszeit! Mich beschleicht ein ungutes Gefühl, als wir zur Straße kommen. Ich fühle mich ein bisschen wie ein Kaninchen, das Angst vor herannahenden Autos hat und trotzdem in den sicheren Tod rennt. Wenn wir nur schnell genug sind, schaffen wir es wohl, ohne zu sterben. Kaum sind wir über die Straße und im Schutz der ersten Häuser angekommen, atme ich durch und mein Herzschlag normalisiert sich wieder. »Hier rein. Komm!« Leise drücke ich die Tür auf, schaue über die Schulter und mich nach meiner Begleitung um. Sie ist dicht hinter mir. Ich lasse sie vor mir das Haus betreten und drücke sie an der Schulter in die Hocke. »Leise! Wir sind vielleicht nicht allein.« Sie guckt mich mit großen Augen an und schluckt, ehe sie verständnisvoll nickt und weiter durch den Flur geht. Mit einem letzten überprüfenden Blick in Richtung Feld und Straße schließe ich die Tür hinter mir und folge meiner Begleitung. »Warte hier. Ich gucke mich kurz oben um«, flüstere ich und warte ihr bestätigendes Nicken ab, ehe ich in die obere Etage verschwinde und bete, dass uns keine Überraschung erwartet. Das Haus ist klein, hat nicht viele Räume und doch nehme ich mir ein paar Minuten, jeden Raum gründlich zu durchsuchen. Ich will nichts übersehen, was uns am

Ende nützlich sein könnte. »Das Haus ist sauber und ... ich habe oben ein bisschen Munition gefunden. Hier.« Ich lege ihr die Schachtel mit der Neunmillimeter-Pistolenmunition auf den kleinen Küchentisch, auf dem bereits eine weitere Eintopf-Konserve und ein Erste-Hilfe-Kasten stehen. Sie war also auch fleißig. Und zwar so leise, dass ich sie nicht einmal gehört habe. Offenbar lernt sie doch, sich an die Gegebenheiten anzupassen. »Das ... ist gut. Pack alles ein.«

»Brauchst du die Munition nicht viel eher?«

»Die passt nicht in ein Gewehr. Die ist für dich. Ich habe eigene«, kläre ich sie auf und ziehe am Schulterriemen meines Rucksacks, um ihr zu bedeuten, dass ich meine Munition bereits verstaut habe. »Wir müssen uns echt beeilen. Komm.«

»Hattest du nicht was von Motorrädern gesagt? Und Autos? An der Straße vorhin habe ich weit und breit keinen fahrbaren Untersatz gesehen.«

»Ich auch nicht. Das könnte noch zum Problem werden, wenn wir Pech haben.« Ich sollte versuchen, nicht so pessimistisch ihr gegenüber zu sein. Hinterher fängt sie wirklich noch an zu heulen und ich bin mir sehr sicher, dass ich da nicht angemessen drauf reagieren könnte. »Na, los. Weg hier. Ist nicht mehr weit. Dann können wir erstmal eine Pause machen.«

»Okay.«

Es wäre einfacher gewesen, die Straße entlang zu laufen und nicht den Weg über den leicht bewaldeten Berg zu nehmen, der hinter der kleinen Siedlung aufragt, aber uns rennt die Zeit davon und langsam, aber sicher werde ich etwas nervös. Außerdem wären wir auf der Straße ein zu leichtes Ziel gewesen. Es könnte gut sein, dass wir es nicht rechtzeitig schaffen. Ich kann mit diesen Strom-

schlägen umgehen. Immerhin weiß ich, was auf mich zukommt. Aber sie hat keine Ahnung. Es wird sie umhauen.
»Komm! Schneller! Wir haben es fast geschafft. Nur den Berg runter und an der Schule vorbei. Dann sind wir in der sicheren Zone.«

»Das ... waren aber ... viel mehr als zwei Meilen!«, hechelt sie vorwurfsvoll und stützt sich Halt suchend an einem Baumstamm ab, während ich damit beschäftigt bin, die Luftlinie in unseren tatsächlichen Laufweg umzurechnen.

»Das war ja auch nur der Umweg, Darth Vader. Klar waren das mehr als zwei Meilen. Hör auf zu heulen jetzt und lauf weiter, oder soll ich dir erst noch ein Sauerstoffzelt besorgen?!« Ich mache einen Satz auf sie zu, packe sie am Arm, ignoriere ihr beinahe hörbares Augenrollen und ziehe kräftig an ihr, damit sie sich wieder in Bewegung setzt. Wir haben nur noch knapp zehn Minuten für mindestens noch eine weitere Meile. Wenn nicht mehr. Das wird verdammt eng!

Wie ein Besessener renne ich vor ihr her. Unachtsam und einfach geradeaus. Ich bemühe mich nicht groß, auf meine Umgebung zu achten, auf Bewegungen, die von Feinden herrühren könnten oder doch nur von Ästen, die sich im Wind bewegen. Als wir bei dem großen Gebäude ankommen, das als Schule gedacht zu sein scheint, laufe ich geradewegs auf die Hauswand zu, gegen die ich mich ruckartig lehne und die ich für einen kurzen Moment als Halt nutze, um zu Atem zu kommen. Ein flüchtiger Blick auf den Timer am Tablet verrät mir, dass wir gerade mal eine Minute übrighaben. Ich schaue mich um, blicke ums Gebäude herum und bedeute ihr dann mit einer schnellen Handbewegung, weiter zu rennen. Ich kann sie nicht mehr ziehen. Meine Energie neigt sich dem Ende zu und ich kann ihre nicht mehr auffangen. Also setze ich mich wieder in Bewegung, beide Arme nutzend, um

Schwung zu holen. Sie ist hinter mir und wann immer ich mich über die Schulter nach ihr umschaue, wird der Abstand zwischen uns größer. Die Grenze, die zu erreichen ich seit zehn Stunden versuche, liegt direkt hinter einer kleinen Lagerhalle, knapp hundert Meter entfernt. »Schneller! Wir haben es gleich!« Ich bringe auf den letzten Metern nochmal alle Energie auf, die noch in meinem Körper ist und schaffe es noch vor Ablauf der Zeit, mich gegen die Lagerhallenwand zu schmeißen. Schwer atmend und mit brennenden Lungen lege ich den Kopf in den Nacken. Mein Herz springt mir gleich aus der Brust. Gerade, als ich den Kopf wieder senke, um das Feld nach meiner Begleiterin abzusuchen, bemerke ich, wie sie stehen bleibt und sich verkrampft. »Fuck!«, stoße ich atemlos hervor und mein Blick huscht wieder über das Tablet. Das Feld außerhalb des markierten Kreises blinkt rot, der Timer steht auf null. Sofort schmeiße ich das Tablet zu Boden, reiße mir den Rucksack von den Schultern und renne zu ihr, als wäre der Teufel hinter mir her. Wieder verkrampft sie sich und fällt dann wie ein Klotz zu Boden. Kaum habe ich die sichere Zone verlassen, durchströmt auch mich ein brennender Schmerz, der von meinem Arm ausgeht, und lässt mich krampfhaft die Zähne zusammenbeißen. Nicht langsamer werden. Sie muss hier weg! Und zwar so schnell wie möglich. »Steh auf!«, belle ich ihr entgegen und schmeiße mich neben sie, als mich ein zweiter Schock durchfährt und kurz meine Muskeln verkrampfen lässt. Ich ziehe sie am Arm auf die Beine, lege ihn um meine Schulter und schlinge meinen um ihre Hüfte, um sie zu stützen. »Nicht schlapp machen! Komm schon, hilf mit!« Sie bemüht sich, den Schmerz wegzustecken, die verkrampften Muskeln zu bewegen und sich auf den Beinen zu halten. Ein weiterer Schock. Sie verzieht das Gesicht und stöhnt leise ihren Schmerz aus sich heraus, streckt den Rücken durch und ihr läuft eine Träne über die Wange. Noch einen übersteht sie nicht. »Tu mir das jetzt nicht an«, flehe ich wütend und schiebe sie schneller Richtung Lagerhalle, während auch ich mit dem Brennen in meinen Gliedern zu kämpfen habe. »Nur noch ein paar Meter.« Meine Stimme ist nur ein gequältes Rasseln und kaum habe ich sie aus der heißen Zone raus, sacken wir beide kraftlos nach vorne und landen im Gras. Auf allen vieren versuche ich abermals, zu Atem zu kommen und den Schmerz wegzustecken, den die Stromstöße ausgelöst haben. Das war heftig. Bei meinem letzten Besuch hier haben wir es rechtzeitig geschafft. Ich hatte nur Munition auf einem Autowrack liegen sehen und bin nichts ahnend hingerannt, um sie zu holen. Der Elektroschock hatte mich fast umgehauen. Also habe ich die Munition liegen lassen und schnell meinen Arsch in Sicherheit gebracht. Danach ist mir das nicht wieder passiert. Auf diese Art Schmerz kann ich wunderbar verzichten.

»Danke«, krächzt sie atemlos und dreht sich auf den Rücken. Sie starrt in den Himmel, kneift immer wieder die Augen zu und hat offensichtlich deutlich mehr Mühe damit, wieder zu Atem zu kommen. Ihre Brust hebt und senkt sich schneller, als sie es tun sollte.

»Geht's dir gut?«, frage ich besorgt und beuge mich über sie, um sie an den Schultern zu packen und an ihr zu rütteln. Sie hat die Augen etwas zu lange zugekniffen für meinen Geschmack.

Angestrengt nickt sie und öffnet die Augen wieder. Eine Hand klammert sie fest in meinen Arm und blinzelt einige Male, um sich wieder zu besinnen. »Ja. Dank dir. Mir ... ist nur ... nur etwas schwindlig und ich kriege ... keine Luft«, flüstert sie kraftlos.

»Alles klar.« Ich verstärke den Druck meiner Hände auf ihren Schultern. »Ich will, dass du jetzt vier Sekunden lang durch die Nase einatmest ...« Mit einem durchdringenden Blick untermauere ich meine Worte. Schweigend schließt sie den Mund und versucht, meinen Worten Folge zu leisten. »Dann hältst du vier Sekunden lang den Atem an.« Es fällt ihr schwer, doch sie gibt sich Mühe. Ihre Augen tränen noch immer. »Gut. Und jetzt atmest du vier Sekunden lang durch den Mund wieder aus.« Ich nicke und mache genau das Gleiche. »Vier Sekunden lang Pause ... und dann wieder von vorn.« Ein paar Mal wiederhole ich mit ihr die Atemtechnik der Seals, die auch ich schon während meiner Ausbildung ans Herz gelegt bekommen habe, um in extremen Stresssituationen einen kühlen Kopf zu bewahren. Sie hat sich als äußerst effektiv herausgestellt. »Gut. Immer weiter. Ruhig einatmen, Luft anhalten, ausatmen und Pause.«

»Danke«, presst sie mit zitternder Stimme hervor und legt sich eine Hand auf die Stirn. »Jetzt weiß ich, dass du keine Scheiße erzählt hast.«

Schwer atmend schnaube ich und nicke, ehe ich sie loslasse und mich neben sie setze. »Tja, du wolltest ja nicht hören«, scherze ich und versuche mich an einem aufmunternden Lächeln. Wieso zum Teufel lächle ich jetzt? Scheiße, ich glaube es ist Jahre her, dass ich gelächelt habe. Oh Mann! Burke, du wirst wohl weich, was?

»Kommt bestimmt nicht wieder vor.«

»Ruh dich einen Moment aus. Hier habe ich einen ganz guten Überblick und für den Notfall haben wir die Lagerhalle im Rücken, in der wir uns verstecken können.

»Ich bewege mich keinen Meter mehr!«

CHAPTER THREE

EMILY

Das, was da vorhin passiert ist, hat mir mehr Angst gemacht, als ich gedacht hatte. Er hat zwar gesagt, dass das passieren würde, wenn man es nicht rechtzeitig schafft, aber ich hätte nie und nimmer gedacht, dass das stimmt. Zum ersten Mal, seit ich hier bin, habe ich das Gefühl, dass jeder Schritt, den ich hier mache, mein letzter sein könnte. Ich habe das, was hier passiert, zum ersten Mal als Realität begriffen. Das macht mir sogar noch viel mehr Angst. Und zum ersten Mal, seit ich mit diesem fremden Kerl unterwegs bin, bin ich dankbar dafür, mit ihm unterwegs zu sein. Ich hätte schwören können, dass er mich zurücklassen und sich meinetwegen nicht in Gefahr bringen würde. Offenbar habe ich mich in ihm getäuscht.

Seit wir diesen ominösen Zauberkreis erreicht haben – und offensichtlich vor weiteren Stromstößen fürs Erste sicher sind –, hat er kein Wort gesagt. Wir bewegen uns langsamer vorwärts. Noch immer geduckt und noch immer bedacht auf jede Bewegung und jedes Geräusch. Wir haben kleine Siedlungen hinter uns gelassen, Felder, eine Ranch und sind einige Zeit sogar an der Küste entlanggelaufen. Hätte ich das Meer nicht mit eigenen

Augen gesehen, hätte ich ihm nicht einmal geglaubt, dass das hier eine Insel ist. »Es wird dunkel. Zeit, ein Lager aufzuschlagen.«

»Okay«, flüstere ich hinter ihm. »Wie lange dauert das, was immer das hier ist, eigentlich? Also ... wenn wir da angekommen sind, wo wir hinwollen ... wie geht es dann weiter?«, frage ich leise und suche den Himmel nach der untergehenden Sonne ab. Eigentlich ein sehr schönes Bild. Wie sie hinter den Bäumen verschwindet und den Himmel in Orangetöne färbt. Ich kann mir nicht helfen, aber dieses Bild lässt mich irgendwie Heimweh kriegen. Am liebsten würde ich in Tränen ausbrechen. Aber ich bin mir ziemlich sicher, dass hier weder der richtige Ort ist noch der passende Zeitpunkt. Während ich mit schwerem Herzen hinter dem doch nicht so arschigen Kerl hertrotte, denke ich an früher. An zu Hause.

»Dad! Dad, komm rein jetzt! Ich habe das Essen fertig«, rufe ich durch das geöffnete Küchenfenster und wische mir mit dem Handrücken die Haare aus der Stirn, ehe ich mich wieder an den Abwasch mache. Ich kann es einfach nicht leiden, wenn die Töpfe und Pfannen noch dreckig herumstehen, während wir essen. Dann fangen die Reste darin an, anzutrocknen und man kriegt sie kaum noch raus. Das ist eklig!

»Erst Hektik verbreiten und dann selber nicht fertig sein«, scherzt er hinter mir und gibt mir einen Kuss auf die Wange. »Danke fürs Essen machen, Peanut!«

»Du bedankst dich jeden Tag. Geh Hände waschen, dann bin ich hier auch fertig und wir können essen«, weise ich ihn an und lasse das schmutzige

Spülwasser aus dem Becken laufen, während ich mir einen Topf zum Abtrocknen schnappe.

»Aye, aye!«, ruft er aus dem Flur und verschwindet im Bad. Keine zwei Minuten später sitzen wir am kleinen, klapprigen Küchentisch und bedanken uns beim Herrn für das leckere Essen. Also Dad zumindest. Ich konnte dem nie viel abgewinnen und tue nur so, als würde ich beten. Ihm zu Liebe. »Das riecht wirklich unverschämt gut!«, lobt er und steckt seine Nase ins Essen. »Wann bist du nur so erwachsen geworden, Peanut?!«

»Das fragst du mich jeden Abend, Daddy. Ich bin siebzehn! Wirst du mich das auch noch fragen, wenn ich sechzig bin?!« Entrüstet schüttle ich den Kopf. »Und du sagst auch jeden Abend, dass das Essen gut riecht. Das sind nur Makkaroni mit Käse und Rührei.« Es ist mir immer total unangenehm, dass er meine schlechten Kochversuche so in den Himmel lobt. Klar, das ist sein Job. Er ist mein Vater. Aber es ist weder wahr noch nötig.

»Und dennoch haben wir Essen auf dem Tisch stehen«, predigt er und hält mir sein Messer entgegen. »Darauf kannst du stolz sein.«

Einige Minuten sitzen wir einfach schweigend da und essen. Ich beobachte seine langsamen Bewegungen. Er ist sehr erschöpft. Und ich habe das Gefühl, dass es ihm mit jedem Tag schlechter geht. »Vielleicht solltest du nochmal zum Arzt gehen«, flüstere ich vorsichtig. Seine Reaktionen, wenn ich ihn auf seine Gesundheit anspreche, sind nie gut und ich vermeide es mittlerweile, ihn danach zu fragen. Auch, wenn ich eigentlich panische Angst um ihn habe und wissen will, was ihm fehlt. Denn irgendetwas ist es, das ihm fehlt! Und er ist ein Esel, wenn er denkt, dass ich das nicht merke, oder, dass mich das nichts angeht. Ich bin keine fünf mehr! »Ich meine ... nur, um sicher zu gehen, dass ... na ja, dass bei dir alles in Ordnung ist und ...« Seine auf den Tisch donnernde Faust lässt mich erschrocken zusammenzucken und panisch die Luft einsaugen. Mit großen Augen senke ich den Kopf und starre auf meinen Teller. »Entschuldige.«

»Mir geht es gut, Emily!« Ich nicke und esse schweigend weiter, ohne ihn länger zu beobachten oder gar anzusehen. Ich hasse es, wenn er wütend wird und meine Sorge um ihn abblockt. Er tut so, als wäre nichts. Das ist nicht gut. Es vergehen einige weitere Minuten. Stille Minuten. »Wenn ich den Camaro fertig kriege bis nächste Woche, kannst du auch wieder bessere Sachen machen als Makkaroni mit Käse.« Ich wünschte, er würde aufhören, an seine Autos zu denken und anfangen, mehr auf sich Acht zu geben. Tag und Nacht hängt er unter den Wagen der Nachbarn, um sie für wenig Geld zu reparieren, zu restaurieren, verkaufstauglich zu machen oder einfach aufzumotzen. Und er will unbedingt, dass ich das auch tue. Dabei kann ich es kaum erwarten, endlich alt genug zu sein, um dieses dämliche Kaff verlassen zu können.

»Mhm«, mache ich und stochere in den Nudeln herum.

»Hey, sieh mich an, Kleines!« Zögernd tue ich, was er sagt, kann seinem entschuldigenden Hundeblick aber nicht lange standhalten. Ich bin sauer auf ihn und will es auch gerne bleiben. »Es tut mir leid. Ich wollte nicht wütend werden.«

»Ist schon gut.«

»Nein, ist es nicht. Du sorgst dich nur. Ich weiß das auch zu schätzen. Aber mir geht es wirklich gut. Okay? Das ist ... nur eine blöde Erkältung. Nichts weiter. Außerdem bin ich hier das Elternteil und nicht du! Ich muss mich sorgen. Nicht andersrum.«

»Das ist das dämlichste, was ich jemals gehört habe!«, zische ich, stehe ruckartig auf und verlasse mit Tränen in den Augen die Küche. Ich habe seine Symptome im Internet recherchiert. Die Symptome, die ich regelmäßig mitbekomme und die er meint, herunterspielen zu müssen, weil er mich schützen will. Wovor? Davor, dass er sterben könnte? Ich will ihn nicht verlieren!

»Hörst du mir überhaupt zu?«, höre ich meinen wortkargen Begleiter sagen.

»Was?«, frage ich und habe Mühe, mich aus meinen Gedanken zu befreien. Ich habe lange nicht mehr an Dad gedacht. Zu lange. Na, fantastisch! Jetzt kriege ich noch ein schlechtes Gewissen.

Er stöhnt genervt. »Offensichtlich nicht«, knurrt er und schüttelt den Kopf. »Wenn es dich eh nicht interessiert, wieso fragst du dann?« Er dreht sich nicht zu mir um und steuert stattdessen geradewegs auf ein Haus zu, das mir bis hierhin gar nicht aufgefallen war. Oh, wow. So tief war ich schon lange nicht mehr in meinen Gedanken versunken.

»Es interessiert mich. Ich war nur kurz abgelenkt«, verteidige ich mich und habe das Gefühl, wieder siebzehn zu sein und mir eine Moralpredigt anhören zu müssen.

»Ja, ja«, wiegelt er ab und haut vor mir in die Luft. »Ich erkläre es dir gleich gerne nochmal. Aber ich will erst in dieses Haus da. Also ... gleiches Spiel wie vorhin. Leise, geduckt und vorsichtig. Du bleibst hinter mir.« Ich folge ihm dicht auf den Fersen, während wir genauso vorgehen, wie bei den letzten Häusern, die wir durchsucht haben.

»Hier«, knurrt er, nachdem wir unser Nachtlager aufgeschlagen und uns gesetzt haben, um so gut es geht auszuruhen und unsere Kräfte zu sammeln. Er hält mir eine der Konserven hin, die er mit einer Art Jagdmesser geöffnet hat. Ehe ich sie ihm aus der Hand nehmen kann, steckt er noch einen Löffel hinein, den er zuvor an seiner Jacke sauber gewischt hat. Irgendwie eklig und irgendwie nicht das, was ich gerne essen würde, aber zum einen habe ich wahnsinnigen Hunger und zum anderen bin ich tatsächlich ein wenig überrascht, dass er sich die Mühe gemacht hat, den Löffel sauber zu machen, der wahrscheinlich seit zwanzig Jahren ungenutzt in der Schublade vor sich hin gestaubt hat.

»Danke«, flüstere ich heiser und erschöpft. Ich bin einfach nur fertig. Am liebsten würde ich mich in Embryostellung auf dem Boden zusammenrollen und flennen, oder schlafen. Nachdenklich und den Tränen nahe sitze ich in geduckter Haltung ihm gegenüber auf einer alten Matratze mitten in der Küche eines dieser Fake-Wohnhäuser und stochere in meinem Doseneintopf herum. Hin und wieder schiele ich zu ihm hoch und beobachte ihn. »Ich ... bin übrigens Emily.« Mit einem Räuspern beende ich das unangenehme Kratzen in meinem Hals und blinzle hektisch, ehe ich wieder den Kopf senke.

Im Augenwinkel bemerke ich sein Nicken. »Liam«, entgegnet er knapp und schenkt mir den Bruchteil eines aufmunternden Lächelns, ehe er sich seinem Essen zuwendet.

»Schön ... dich kennenzulernen.« Ich erwidere sein Lächeln schwach und schaue ihm kurz in die Augen.

»Denke ich zumindest.« Er schnaubt und sein Mundwinkel zuckt, dann kümmert er sich wieder um den kalten Eintopf. Wirklich gesprächig scheint er ja nicht zu sein. Allerdings muss man wohl zugeben, dass das hier auch nicht wirklich die geeignete Umgebung für Small Talk oder lustige Kennenlernspiele ist. Geschweige denn für tiefgreifende Gespräche über das Leben. Einen Augenblick lang überlege ich dennoch, wie ich ein Gespräch beginnen könnte. Einfach, um diese beklemmende Stille zu beenden, ehe ein schmerzhaftes Zucken meinen Arm durchfährt, sodass sich unwillkürlich meine Muskeln verkrampfen und ich fast die Dose fallen lasse. »Mhm!« zische ich und halte mir den Arm.

»Wou! Alles klar?!«, fragt Liam hektisch und beugt sich vor.

Ich nicke und reibe mir die schmerzende Stelle. »Mh hm«, mache ich und beiße angestrengt die Zähne aufeinander. »Das war nur …«

»Ich weiß«, unterbricht er mich und mustert mich ernst. »Das kann echt heftig sein. Und … da hat man lange was von. Ich weiß, wovon ich rede.«

»Du warst schon mal hier.« Er nickt bloß und weicht meinem Blick aus. Unter der rauen Schale steckt vielleicht doch ein recht weicher Kern. »Wieso?«, platzt es aus mir heraus. Seit ich hier aufgewacht bin – und nicht einmal weiß wo *hier* überhaupt ist – frage ich mich, wieso ich hier bin. Ich frage mich, was das für einen Sinn hat. Welchen Zweck meine Anwesenheit erfüllt. Er hat gesagt, dass es für jeden Menschen auf der Welt einen anderen gibt, der ihn tot sehen will. So, oder so ähnlich. Und er sagte, ich solle mir besser nicht zu viele Gedanken darüber machen. Aber wie könnte ich nicht? Bin ich hier, weil irgendjemand mich töten will? Irgendjemand, der auch auf dieser Insel ist? Wieso sollte jemand so was Abscheuliches wollen?

»Das kann ich dir nicht sagen«, presst er angestrengt hervor und verdreht genervt die Augen. Ich kann verstehen, dass meine vielen Fragen ihm auf den Geist gehen. Aber ich habe ein Recht auf Antworten!

»Wieso nicht?!«, keife ich im gleichen Ton zurück.

»Weil sie einem das nicht sagen, verdammte Scheiße!«

»Also weißt du auch nicht, wieso du dieses Mal hier bist?«, frage ich vorsichtig und bin mir nicht sicher, ob ich eine Antwort darauf haben will. Zum einen, weil ich mir sehr sicher bin, dass sie mich wohl nur verstören würde und zum anderen, weil er ohnehin tierisch genervt zu sein scheint und mich das wohl nur zu gerne spüren lassen würde.

»Es spielt keine Rolle, wieso«, seufzt er. »Ich bin es. Das reicht.« Er sieht mich einen Moment lang mit starrem Blick an und scheint zu überlegen. Mit einem auffälligen Räuspern beendet er seine eigenen Gedanken und nimmt Haltung an. »Pass auf, Kleine! Ich erkläre es dir gerne nochmal, wenn ...«

»Emily!«, unterbreche ich ihn mit beleidigtem Blick. Ich kann gar nicht in Worte fassen, wie wenig ich es leiden kann, wenn er mir irgendwelche dämlichen, verniedlichenden Kosenamen gibt, wie Kleine oder Schlumpfine. Als wäre ich ein Kind.

Er seufzt. »Emily«, korrigiert er sich selbst und hebt beschwichtigend und mit einer stummen Entschuldigung eine Hand in meine Richtung.

»Und was heißt hier, du erklärst es *nochmal*? Du hast nichts erklärt!«, blaffe ich und verdrehe die Augen, bevor ich die Dose auf dem Boden abstelle und die Arme vor der Brust verschränke.

»Hey, wenn du nicht zuhörst, weil du in deine Glitzerelfenwelt abgetaucht bist, kann ich ja nichts dafür!« Er atmet tief durch und deutet mit einem Kopfnicken auf die freie Stelle neben sich. »Komm her. Ich erkläre dir ... was ich dir erklären kann.« Zögernd setze ich mich neben ihn. Mein skeptischer Blick wandert sein Profil auf und ab und folgt seinen Händen, die nach dem recht kleinen Tablet greifen, auf das er heute den ganzen Tag über immer wieder gestarrt hat. »Also ... von vorne. Wir starten alle an unterschiedlichen Punkten auf der Insel. Würden wir alle am gleichen Ort beginnen, wäre das Spektakel recht schnell vorbei, wenn wir uns innerhalb weniger Minuten gegenseitig die Köpfe eingeschlagen hätten.«

»Und starten ... alle außerhalb des magischen Kreises und müssen zusehen, dass sie schnell dorthin kommen?«, frage ich leise und deute mit einem Kopfnicken auf das Tablet.

»Nicht zwangsläufig. Du und ich sind heute ziemlich weit davon entfernt gewesen. Bei meinem ersten Besuch hier brauchten wir praktisch nur über die Straße gehen und waren in der Zone. Es ist also ... absolut wahrscheinlich, dass einige schon *innerhalb* des ... *magischen Kreises* starten.« Er zuckt die Achseln und formt Anführungszeichen in der Luft. »Wieso? Ist das wichtig?«

»Na ja, es ist zumindest ziemlich unfair, oder? Also ... Wenn nur ein paar Leute um ihr Leben rennen müssen und andere nicht.«

Er schnaubt amüsiert. »Unfair, hm? Das ist das, was dich stört?« Er hebt eine Augenbraue und schüttelt lachend den Kopf. »So unfair ist das am Ende vielleicht gar nicht mehr, wenn die Zone sich wieder verschiebt.«

»Verschiebt? Wird sie denn nicht nur kleiner?«

»Na ja, nicht nur. Also die Zonen können sich zum Beispiel auch nach hinten verschieben. Wie erkläre ich dir das jetzt am besten?« Er hypnotisiert einen Moment lang das Tablet. »Also, pass auf. Wir ... sind hier gestartet.« Er deutet auf einen Punkt auf der Karte, den ich sogar irgendwie wiedererkenne. »Und mussten hier in diesen Bereich. Und ... das hier ist der nächste Bereich.« Er fährt mit dem Finger über die weiße Linie, die einen kleineren Kreis bildet als die letzte. Ich hatte mit meiner Vermutung also recht, dass die Zonen kleiner werden, in denen wir uns aufzuhalten haben. »Es hätte aber gut sein können, dass die neue Zone sich nach hier verschiebt, oder hier. Also sie muss nicht unbedingt in dem Bereich liegen, der als letztes die Zone gebildet hat.« Erneut zuckt er die Achseln. »Ist vielleicht ausgleichende Gerechtigkeit. Wenn es sich ein paar Typen von Anfang an in einem Haus, mitten in der Zone gemütlich gemacht haben und dann feststellen, dass sie doch noch losrennen müssen, weil sie sonst gegrillt werden.« Er grinst selbstgerecht und gibt mir damit ein bisschen Genugtuung.

»Diese Art von ausgleichender Gerechtigkeit finde ich irgendwie ... erschreckenderweise ganz gut«, flüstere ich, überrascht von meinen Gedanken.

»Dachte ich mir. Also ... es geht nur darum, dass man zu Beginn möglichst nicht auf einem großen Haufen sitzt. Das wollen die nicht, deswegen ... ist es wie es ist.« Er räuspert sich. »Frag mich nicht nach denen. Dazu *kann,* ich dir nichts sagen.« Einen kurzen Augenblick lang hält er inne und scheint über seine Worte nachzudenken, was mich wiederum nachdenklich macht. Ein kleiner skeptischer Teil in mir fängt an, sich zu fragen, was er verheimlicht. »Unsere Aufgabe ist es, die anderen zu eliminieren, was wir vorzugsweise mittels hier deponierter Waffen tun sollten. Hier wird alles Mögliche an Ausrüstung platziert. Über schusssichere Westen bis hin zu Verbandsmaterial wie dem, was wir in der Tasche haben. Die tun alles dafür, all das hier so interessant wie möglich zu gestalten und möglichst lange hinauszuzögern. Interessant für die. Nicht für uns. Für uns wird es dadurch im Zweifel nicht besser, sondern nur schlechter.« Er kratzt sich unbeholfen an der Schläfe, ehe er fortfährt: »Das Tablet sagt uns alles Mögliche, was wir wissen müssen. Der Timer zeigt, wie viel Zeit uns bleibt, um von Kreis zu Kreis zu gelangen. Die, wie bereits erklärt und erlebt, werden nach Ablauf der Zeit kleiner und können sich dann auch nochmal verschieben. So wird gewährleistet, dass alle Überlebenden früher oder später aufeinandertreffen und einem Kampf nicht mehr ausweichen können. Ist der Timer auf null, blinkt der Bereich außerhalb des Kreises rot und ...«

»Man kriegt Stromstöße direkt aus der Hölle verpasst«, unterbreche ich ihn und reibe mir den Arm. Die Stelle tut immer noch besonders weh!

»Richtig. Außerdem wird direkt der nächste Kreis angezeigt, zu dem man innerhalb der folgenden zehn Stunden gelangen muss.«

»Wieso kriegen wir jetzt keine Stromstöße?«

»Na ja, wir sind im sicheren Bereich. Würdest du jetzt zurückgehen, würde dir das Gleiche wieder passieren. Solange wir uns innerhalb der angegebenen Zeit auf die neue Grenze zubewegen, passiert uns nichts.« Er macht eine kurze Pause und hebt den Zeigefinger. »Aber für den Fall, dass die neue Zone außerhalb der alten liegt, gibt es einen zweiten Timer, der anzeigt, wie lange man sich gefahrlos – mehr oder weniger zumindest – in dem eigentlich roten Bereich aufhalten kann, bevor man sich wünscht, einem fiele der Arm ab.« Er deutet auf die Karte. »Wir sind hier. Noch außerhalb der neuen Zone aber nah dran. Wir haben also nicht so viel Zeitdruck wie eben.«

»Also geht das hier wie lange ... zwanzig Stunden?«

»Das kommt darauf an, wie lange es dauert, einen Gewinner zu ermitteln.« Er zuckt die Achseln. »Es kann auch nach zehn Stunden schon vorbei sein, wenn niemand mehr übrig ist. Die Zone verschiebt sich vier bis fünf Mal. Allerdings ist die Zone am Ende so klein, dass man keine zehn Stunden mehr bekommt, um hineinzugelangen. Das heißt, nach knapp vierzig Stunden müsste ... eigentlich Ende sein. Plus minus ein paar Stunden.«

Seufzend sitze ich da und versuche angestrengt, all die Informationen zu verarbeiten, die er mir gibt. »Was bedeutet das da?«, frage ich und deute mit dem Finger auf die kleine dreiundsechzig in der oberen rechten Ecke des Tablets.

»Das ist die Anzahl der Menschen, die noch leben.«

»Und ist ... das gut, oder schlecht?« Ich bin mir ziemlich sicher, dass es eigentlich gut sein müsste, dass noch so viele Menschen am Leben sind. Gleichwohl bedeutet das für uns nichts Gutes.

»Na, überleg mal. Einundsechzig Menschen, die unseren Tod wollen. Ich für meinen Teil finde das ziemlich schlecht. Und wir gehen diesen Menschen so lange aus dem Weg, wie es eben geht. Die sollen sich gegenseitig töten. Ich kann gut darauf verzichten.«

»Als ... du beim letzten Mal hier warst ... hast du da ... hast du ... jemanden getötet?«, frage ich vorsichtig und glaube, keine Antwort darauf haben zu wollen. Wieso nur kann ich nie die Klappe halten? Ohne mir zu antworten senkt er den Blick und beißt angespannt die Zähne zusammen. »Oh«, mache ich und nicke knapp. »Verstehe.«

»Ich hatte keine Wahl.«

»Ich weiß. Also ... ich fange an, es zu verstehen.«

»Besser spät als nie« seufzt er und steht auf. »Hier. Guck es dir in Ruhe an. Aber mach ... nichts kaputt, wenn's geht.« Ich bemerke noch sein flüchtiges Schmunzeln, ehe er sich wegdreht.

Vorwurfsvoll und beleidigt zugleich schaue ich zu ihm hoch und verenge die Augen zu schmalen Schlitzen, noch nicht ganz sicher, welche der beiden Beleidigungen ich jetzt schlimmer finden soll. Entweder seine Unterstellung, ich wäre dumm, oder die Tatsache, dass er mich für schusselig hält. »Wie bitte?!«, zische ich erzürnt.

»Hey, kein Stress jetzt. Ich sag's nur. Wir brauchen das Ding noch. Lass dir Zeit. Ich ... dreh kurz eine Runde und ... schaue mal, ob ich noch was Brauchbares in den umliegenden Häusern finde.«

»Du gehst weg?!«, platzt es aus mir heraus und ich starre ihn mit aufgerissenen Augen an. Angst durchfährt mich und ich sehe mich bereits tot am Boden liegen, während er die anderen Häuser nach weiteren Dosen mit abgelaufenem Essen durchsucht.

»Mach dir nicht ins Hemd. Ich bin nicht lange weg. Ich will nur eben ... die Gegend sichern und gucken, ob wir noch was gebrauchen können.« Er zuckt mit der Schulter und macht anschließend eine wegwerfende Handbewegung. »Eine Decke wahlweise, oder ... wenigstens eine Jacke für dich. Du siehst aus, als würdest du frieren. Und nachts ist es hier scheißkalt.« Verdutzt ziehe ich die Augenbrauen zusammen. Damit hatte ich als Letztes gerechnet. Sorgt er sich etwa um mich? Falls ja, bin ich wirklich aufrichtig schockiert. Und zu meinem Leidwesen stelle ich gerade fest, dass ich tatsächlich ein wenig friere. Instinktiv schlinge ich die Arme um den Körper und kralle die Finger in mein viel zu dünnes Hemd. Hätte ich gewusst, dass ich gekidnappt und auf eine künstliche Insel verfrachtet werde, damit ich an der Seite eines Fremden gegen andere fremde Menschen und um mein Überleben kämpfe, hätte ich nicht mein rotschwarz kariertes Lieblingshemd und ein dünnes schwarzes Top angezogen, sondern meine Winterjacke.

»Was, wenn du nicht wiederkommst?« Den Tränen nahe, versuche ich verzweifelt, meine plötzlich eintretende Angst unter Kontrolle zu bringen, doch es will mir einfach nicht gelingen. Lieber friere ich heute Nacht, als hier allein um mein Leben zu rennen.

»Ich komme wieder. Vertrau mir«, sagt er ruhig. Ich habe keine Ahnung, wieso, oder welcher Teufel da in mich fährt, aber ich tue es. Ich vertraue ihm. Seine ruhige Art lässt meine Panik verrauchen und ich entspanne mich, ehe ich zustimmend und doch zurückhaltend nicke. »Bin nicht lange weg.« Tief durchatmend dreht er sich um und öffnet die Tür, ehe er in der Dunkelheit verschwindet. Mit einem leisen Klicken lässt er die Tür ins Schloss fallen.

Einen Augenblick sitze ich nur so da und starre ihm nach. Ich kann mir nicht helfen, aber ich fange an, mir Gedanken über ihn zu machen. Wer ist er? Wo kommt er her? Er macht den Eindruck, als hätte er schon so einiges erlebt und wirkt irgendwie gebrochen auf mich. Vielleicht ist er deswegen so griesgrämig und wortkarg. Wenn wir das hier überleben, würde ich ihn gerne kennenlernen. Ein verächtliches Schnauben dringt durch meine Nase und ich verdrehe, genervt von meinen eigenen Gedanken, die Augen. Was zur Hölle stimmt denn nur nicht mit mir? Wir rennen hier unserem sicheren Tod in die Arme und ich denke darüber nach, ihn näher kennenlernen zu wollen? Weil ein kleiner Teil in mir ihn ausgesprochen attraktiv findet. Das ist dumm! Kopfschüttelnd stehe ich auf und gehe nervös auf und ab. Er hatte recht, was die Temperaturen auf dieser Insel angeht. Es ist erschreckend kalt geworden. Also schaue ich mich in der Dunkelheit um und setze mich in Bewegung, um nochmal jeden Raum ganz in Ruhe zu durchsuchen. Ich hoffe, dass ich doch noch irgendwas finden kann.

»Was zur Hölle soll der Scheiß?!«, blafft Liam, als er zur Tür reinkommt und sie sofort hektisch hinter sich schließt, um auf mich zuzustürzen und das kleine Feuer auszutreten, das ich mit Mühe und Not mittels alter herumliegender Bücher und einigen Streichhölzern zum Laufen gebracht habe. Seine Reaktion hat mich panisch zusammenzucken lassen und hektisch blinzelnd starre ich auf das letzte bisschen Rauch, das aus der übrig gebliebenen Asche meines kleinen traurigen Feuers aufsteigt. »Häng doch gleich ein Neonschild draußen auf, dass wir hier sind! Spinnst du eigentlich?!«

»Entschuldige, ich ... Mir war kalt. Okay? Und es ist stockdunkel. Ich wollte doch einfach nur ... Es tut mir leid. Ich habe nicht ... nicht nachgedacht«, flüstere ich mit klopfendem Herzen und weiche seinem Blick aus. »Sei bitte nicht sauer.«

Im Augenwinkel bemerke ich, wie er die Augen verdreht. Dann seufzt er und dreht sich einmal um seine eigene Achse, während er sich die Haare rauft. »Ist okay«, presst er hervor, offensichtlich bemüht, ruhig zu bleiben. »Tu bitte einfach nichts Dummes mehr!« Er scheint wirklich zu denken, dass ich nicht mehr als eine dumme, naive Barbiepuppe bin. Aber bei längerem Überlegen muss ich wohl eingestehen, dass mein Verhalten hier auch keinen anderen Schluss zulässt. Aber woher soll ich wissen, wie es richtig geht? Ich vergesse immer wieder, dass hier noch andere Menschen sind. Ich denke nicht daran, dass das Licht des Feuers andere auf uns aufmerksam machen könnte. Gott, ohne ihn wäre ich echt aufgeschmissen! Er kramt in seinem Rucksack und hält mir zwei Kerzen hin. »Hier. Habe ich gefunden. Ich finde auch, dass es zu dunkel ist. Aber ein Feuer geht nicht!«, mahnt er erneut. »Dann ... lieber die Dinger hier.«

Perplex nehme ich ihm die beiden unterschiedlich weit heruntergebrannten und wahrscheinlich uralten, verstaubten Kerzen aus der Hand. »Hast du sonst noch irgendwas Brauchbares finden können?«, frage ich und stelle die beiden Kerzen in die Asche meines kleinen Feuers, um ihnen den nötigen Halt zu geben. Ehe ich sie anzünde, werfe ich ihm einen flüchtigen Blick zu. Er war nicht lange weg. Eine Dreiviertelstunde vielleicht.

»Nein. Leider nicht. Tut mir leid.«

Dass er sich bei mir entschuldigt, verwirrt mich. Mit hochgezogenen Augenbrauen schaue ich ihm dabei zu, wie er sein Gewehr neben seiner Matratze ablegt. »Du ... hast es versucht.«

»Na ja, wenigstens habe ich auch keine Feindbewegung im Umkreis von zwei Meilen wahrgenommen. Also könnten wir für den Moment tatsächlich sicher sein. Für alle Fälle präpariere ich trotzdem die Türen.« Er hält zwei Granaten hoch, was mich erschrocken zusammenfahren und nach hinten rutschen lässt. »Wow! Krieg dich ein«, sagt er und gluckst. Belustigt von meiner Panikreaktion zieht er eine Augenbraue hoch. »Die Dinger tun einem nichts, solange man den Splint nicht entfernt. Alles klar? Ich platziere sie mit einem Stolperdraht an den beiden Türen und wir sind sicher. Keine Panik«, erklärt er und hält die beiden Granaten hoch, als wollte er sich ergeben.

»Und was, wenn wir auch in die Luft fliegen?! Also so unfassbar riesig ist der Raum nicht.«

»Genauso wenig, wie der Sprengradius der Granate. Wenn wir da drübenbleiben, passiert uns nichts. Und die Energie der Granate wirkt sich eher auf Wand, Tür und blödes Arschloch aus, das da unser Haus betreten will.«

»Wenn das Blödsinn ist und ich deinetwegen draufgehe, bringe ich dich um!«

»Echt witzig, Rambo.«

Rambo?! Na, herrlich. Noch einer! »Ich dachte, so was funktioniert nur in Filmen.« Während er konzentriert seinen Plan in die Tat umsetzt, sitze ich nur da und beobachte ihn dabei. »Woher weißt du so was alles?«, frage ich, als er sich wieder zu mir setzt und seinen Kopf gegen die Wand lehnt.

»Was denn genau?«

»Na ... das.« Ich deute mit ausgestrecktem Arm auf die Haustür, vor die er einen Draht gespannt hat, um uns vor Eindringlingen zu schützen. »Ich hab dich beobachtet und du scheinst ... Kampferfahrung zu haben. Wie du dich bewegst. Wie du Räume sicherst, mit der Waffe umgehst und ... wie du die Gefahren abschätzen kannst, die du nicht einmal siehst. Ich meine ... das ist auf eine gestörte Art und Weise beeindruckend.«

»Danke«, sagt er knapp und verzieht das Gesicht. »Denke ich.« Er hält einen Moment inne und schmunzelt dann. »Du hast mich also beobachtet, hm?«

Seine Frage lässt mich mit großen Augen hochrot anlaufen. Ich fürchte, dass meine Worte missverständlich gewählt waren. Verdammt! Ich hätte gleich sagen können, dass ich ihn angestarrt habe. Verlegen senke ich den Kopf und schiebe mir eine Haarsträhne hinters Ohr. »Ähm ... natürlich. Ich meine, du läufst die meiste Zeit vor mir her. Also ... klar, gucke ich dir bei den Dingen zu, die du so machst. Es ist ja nicht ...«

Sein Lachen unterbricht mich. »Ich verarsch dich nur«, scherzt er und hat offensichtlich Mühe damit, mit dem Lachen wieder aufzuhören. So ein Arsch!

»Oh, wow. Ja! Echt witzig! Ha, ha!« Beleidigt verschränke ich die Arme vor der Brust und verdrehe die Augen. »Du hältst dich für unwiderstehlich, kann das sein?«

»Hey, wer hat denn hier wen beobachtet?« Sein Grinsen lässt mich für eine Sekunde wieder vollkommen vergessen, wo wir sind und wieso wir hier sind. Dass er Humor hat, hätte ich allerdings nicht gedacht. Er wird mir immer sympathischer, was ich auch nicht gedacht hätte. Ich bin mir nicht sicher, ob das eine gute Idee ist. Wenn ich anfange, ihn zu sehr zu mögen und er stirbt – oder ich, was sehr viel wahrscheinlicher ist –, war es das alles nicht wert. Dennoch wächst das Bedürfnis, ihn besser kennenzulernen. Da steckt ein netter Kerl in diesem Griesgram, der offensichtlich versucht, zu flirten.

»Also lag ich richtig mit der Kampferfahrung? Bist ... bist du beim Militär? Oder Cop, oder so was?«, frage ich nach einer langen Pause.

Er braucht eine Ewigkeit, um zu antworten oder überhaupt zu reagieren. Statt etwas zu sagen, zieht er die Beine an den Körper und legt seine Ellbogen auf den Knien ab, um an seinen Fingern zu knibbeln. Er wirkt nervös. »Militär«, antwortet er knapp. Wow. Da ist wieder der einsilbige Fremde. Als er mir vorhin versucht hat, alles zu erklären, scheint er sein Kontingent an Wörtern erschöpft zu haben. Enttäuscht über diese sehr knappe Antwort nicke ich bloß und bemerke nach einem Moment, wie er mich nachdenklich mustert. »Ich ... habe so viel Kampferfahrung ... wie man eben haben kann.«

»Und warst du bei der Army, oder ...«

»Marines«, unterbricht er mich. »Ich war ... Field Medic.« Schockiert stoße ich die ganze Luft aus meinen Lungen und starre zu Boden. Jetzt wundert mich nicht mehr, wieso er ist wie er ist. »Deiner Reaktion nach ... weißt du, was das für ein Job ist.«

Ich nicke. »Mein Vater war auch beim Militär. Er war kein Medic, aber ... ja, ich weiß, was das für ein Job ist. Also ich kann es mir zumindest vorstellen.«

»Nein, kannst du nicht«, widerspricht er und spannt mit leerem Blick den Kiefer an. Da hat er recht. Man sagt das immer so leicht dahin. Aber wirklich wissen tut man es erst, wenn man es selbst erlebt hat. Und ich will mir gar nicht so genau vorstellen, was er alles gesehen und erlebt hat. »Es ist spät, also ...« Er bricht mitten im Satz ab und löscht die winzigen Flammen der beiden Kerzen, deren Wachs sich bereits mit dem Dreck auf dem Fußboden und der Asche des Feuers verbunden hat. Das war es dann mit dem tiefgründigen Gespräch. Enttäuscht lasse ich die Schultern hängen und beobachte ihn dabei, wie er sich mit aufgestelltem Bein auf seine Matratze fallen lässt und einen Arm auf seinem Gesicht ablegt. »Schlaf ein bisschen«, nuschelt er gelangweilt und atmet tief durch. Ehe ich das abrupte Gesprächsende und den dramatischen Wechsel seiner Stimmung richtig verarbeitet habe, blinzle ich meine Verwirrung in die Dunkelheit hinein. Es dauert einen Moment, bis ich seine Worte verarbeitet und mich hingelegt habe. Nachdenklich rolle ich mich in Embryostellung zusammen und schlinge die Arme um den Körper. Ich erkenne ihn nur schemenhaft und frage mich, ob er all das hier wirklich so einfach wegsteckt, dass er sorglos daliegen und schlafen kann, oder ob er innerlich genauso aufgewühlt, panisch und verwirrt ist wie ich. Irgendwie erweckt er den Eindruck, als wäre er ein unerschütterlicher Fels. Das ist beneidenswert.

Die Zeit vergeht unendlich langsam, während ich krampfhaft versuche, die Kälte auszublenden und mich gedanklich mit irgendwas abzulenken, das mir beim Einschlafen hilft.

Hektisch stolpere ich die Treppen hoch bis in den vierten Stock. Meine Kondition war selten so schlecht wie zum gegenwärtigen Zeitpunkt. Es ist, als würde meine Lunge neben mir herlaufen und mich anflehen, nicht weiterzugehen. Aber ich muss. Ich hätte längst herkommen und nach dem Rechten sehen müssen.

Oben angekommen, eile ich durch den Hausflur, bis ich an der Tür mit der kleinen schwarzen Dreizehn auf goldenem Grund ankomme. Ich klopfe laut und hektisch. Sicher öfter als nötig, aber er soll ruhig wissen, wie ernst mir das hier ist. »Scott, mach die Tür auf!«, sage ich laut und bestimmt durch die geschlossene Tür und warte darauf, dass er es tut. Ich warte einen Moment und wiederhole dann, was ich zuvor schon getan habe. »Verdammte Scheiße! Ich weiß, dass du zu Hause bist, Scott! Mach auf!« Mein Klopfen wird lauter, schneller und penetranter. Ich habe seit über zwei Wochen nichts von ihm gehört, was in der Regel nichts Gutes bedeutet. »Ich sage es nicht nochmal! Wenn du nicht sofort aufmachst, rufe ich die Cops!« Diese Drohung zieht jedes Mal, so auch heute. Es dauert keine zehn Sekunden, da höre ich, wie er den Türriegel wegschiebt und die Tür aufschließt. »Geht doch!«, ranze ich ihn an, kaum, dass er seinen Kopf durch den geöffneten Türspalt steckt.

»Hey«, sagt er langgezogen. »Was machst du denn hier, Babydoll?« Meine Anwesenheit scheint ihn ernsthaft zu überraschen. Ohne auf eine Einladung zu warten, drücke ich mich gegen die Tür und betrete seine Wohnung, aus der ich vor knapp einem Jahr ausgezogen bin.

»Nenn mich nicht so! Du weißt, dass ich das hasse!«, blaffe ich genervt und schaue mich mit Argusaugen in seinem Wohnzimmer um. »Du hast ewig nichts von dir hören lassen. Ich habe mir Sorgen gemacht. Und ... deine Mom hat mich angerufen. Sie macht sich auch Sorgen. Und wieso zur Hölle ist es hier eigentlich so verflucht kalt? Hast du deine Rechnungen wieder nicht bezahlt? Oder bist du ... zu high, um zu checken, dass wir Winter haben?« Um möglichst wenig zu frieren, schlinge ich die Arme um die Brust und schüttle mich. Seine Begrüßung vorhin war eigentlich schon ausreichend, um sowohl die Sorge seiner Mom als auch meine eigene zu bestätigen. Hier drinnen ist es eiskalt und er scheint es gar nicht zu bemerken. »Du bist wieder drauf«, stelle ich fest. Ich kenne ihn lange genug und habe es oft genug erlebt. »Verdammte Scheiße, Scott!«, zische ich und schüttle enttäuscht den Kopf. »Wo hast du das Zeug versteckt, hm?« Ohne seine Antwort abzuwarten, stampfe ich in sein Schlafzimmer und reiße seine Kommode auf. Sonst versteckt er immer was zwischen seinen Socken.

»Hey, hey!«, versucht er zu protestieren und folgt mir. »Lass den Scheiß, Emily! Ich bin nicht wieder drauf, ich schwöre es dir!«

»Das hast du beim letzten Mal auch gesagt«, nuschle ich, drehe mich zu ihm, verschränke die Arme vor der Brust und verdrehe die Augen. »Und davor und davor und davor ... und davor«, füge ich ergänzend hinzu. Es nervt mich so sehr. Aber am meisten nervt mich meine eigene Dummheit. Ich lasse mich jedes Mal wieder auf ihn ein. Jedes Mal vergebe ich ihm und glaube ihm, wenn er mir sagt, dass er clean bleibt. Vielleicht ist das einfach nur mein Helfersyndrom. Liebe ist es schon lange nicht mehr. Schuldgefühle vielleicht? Irgendwie gebe ich mir immer wieder die Schuld an seiner Sucht. Vielleicht hätte er nie angefangen, wenn ich ihm nicht jedes Mal das Geld dafür gegeben hätte. Vielleicht wäre er clean geblieben, wenn ich mein Geld einfach behalten hätte und nach New York gegangen wäre, wie ich es seit zehn Jahren vorhabe. Vielleicht wäre es aber auch viel schlimmer geworden. Wie oft hat er sich vor mir auf den Boden geworfen und mich angefleht, nicht zu gehen. Weil er nicht wüsste, wie er ohne mich leben könnte. Wäre ich wirklich weggegangen, hätte er sich vielleicht längst das Leben genommen. Ach, was sollen die Gedanken? Ich bin es leid!

»Ja, aber dieses Mal ist es anders.« Er schaut mir dabei zu, wie ich mich wieder zur Kommode drehe, um seine Socken zu durchwühlen. Sein übliches Versteck eben. Was nicht besonders gut durchdacht ist, wenn man es genau nimmt. »Ich habe es dir doch versprochen. Komm schon. Lass das und komm lieber mit mir ins Bett.« Er nimmt mir ein paar seiner Socken aus der Hand und wirft sie unachtsam in die Schublade, ehe er fortfährt: »Wir haben uns so lange nicht gesehen. Ich habe dich vermisst und du könntest mal wieder diese eine Sache machen, die ich so mag. Hm?«

»Du glaubst doch nicht allen Ernstes, dass ich jetzt mit dir ins Bett steige! Du bist high! Und du hast mich wieder angelogen!« Ich halte ihm drohend einen Zeigefinger vor die Nase. »Und ich habe dir beim letzten Mal auch was versprochen. Erinnerst du dich?«

»Emily, ich schwöre dir, ich nehme nichts!«

»Ich glaube dir nicht, Scott! Und ich bin es *so* leid! Das war's mit uns. Endgültig! Ich *kann* das nicht mehr.« Abermals schüttle ich den Kopf und lasse meinen Blick schweifen, bis er am Schlafzimmerfenster haften bleibt und mich schnauben lässt. »Bist du jetzt unter die Pflanzenfreunde gegangen?«, frage ich und gehe um sein Bett herum.

»Das? Oh, das ist nur ... die habe ich vorm Haus gefunden. Die wollte offenbar jemand loswerden und ich dachte, wieso nicht?«, antwortet er – nun noch nervöser. Er ist leichter zu durchschauen als ein verdammtes Fenster!

Ich kenne ihn einfach zu gut. »Oh, Scott«, seufze ich. »Ich wusste gar nicht, dass du einen grünen Daumen hast. Geschweige denn Interesse an Zimmerpflanzen.« Beiläufig fahre ich mit dem Finger am Blumentopf entlang. Wenn ich es mir recht überlege, sollte ich zur Drogenfahndung gehen. Genug Erfahrung mit diversen Verstecken hätte ich wohl.

»Tja, man lernt nie aus, oder? Ich ... hab doch gesagt, ich kann mich ändern.« Er schluckt und kratzt sich nervös am Hals. Sein Blick verharrt starr auf meiner Hand.

Langsam lege ich beide Hände um den Blumentopf und hebe ihn so hoch, dass ich bequem einen Blick auf den Boden des Topfs werfen kann. Enttäuscht davon, wieder einmal richtig zu liegen, seufze ich. »Das wirklich Traurige daran ist, dass du es weder *kannst* ... noch ernsthaft versuchst. Scott, ich kann dir gar nicht sagen wie sehr es mich nervt, recht zu behalten.« Ich stelle den Topf wieder ab und ziehe mein Handy aus meiner Hosentasche.

»Was ... was machst du denn da?« Die Panik steht ihm ins Gesicht geschrieben. »Hey, Babydoll ... mach keinen Quatsch, ja?« Ich schiebe ihn, auf mein Handy schauend, aus dem Schlafzimmer und schließe es hinter mir ab, damit er nicht mehr hinein gehen kann. »Emily!«

»Sch!«, mache ich und schüttle mit geschlossenen Augen den Kopf, ehe ich mir gelassen das Handy ans Ohr halte und ihm beim Schwitzen zugucke.

»*Polizeinotruf, wie kann ich Ihnen helfen?*«, ertönt eine ruhige Frauenstimme am anderen Ende des Telefons.

»Ja, hi. Schicken Sie bitte eine Streife. Die Adresse ist ... zweiundvierzig dreizehn Mulberry Street. Der Mann, der in der dreizehn – oben im vierten Stock – wohnt ... der ist total verrückt geworden und randaliert. Und ich habe mitbekommen, wie er Drogen gekauft hat. Am Telefon hat er darüber gesprochen, dass er sie in seinem Schlafzimmer aufbewahrt und ich glaube, er verkauft sie auch. Bitte, schicken Sie ganz schnell jemanden. Ich habe Angst, dass er die anderen Hausbewohner angreift.«

»*Hilfe ist unterwegs. Sagen Sie mir bitte Ihren Namen und bleiben in der Leitung, bis ...*« Ich lasse die Frau nicht zu Ende reden und lege einfach auf, ohne den Blick von Scott abzuwenden.

Panisch reißt er die Augen auf und stolpert hinter mir her, zurück ins Wohnzimmer. »Gott, wieso tust du das?! Wieso lügst du?!«

»Ich habe nicht gelogen«, sage ich ruhig und schüttle den Kopf.

»Wieso tust du mir das an?!«

»Es ist zu deinem eigenen Besten.«

»Zu meinem Besten? Spinnst du? Die stecken mich wieder zurück in den Knast! Gott, Emily! Bitte lass das nicht zu! Da kann ich nicht wieder hingehen! Ich tue alles, was du willst! Bitte! Gib mir den Schlüssel. Lass mich das in Ordnung bringen!«

»In Ordnung bringen? Du willst deine Pillen verschwinden lassen und nennst das ... *in Ordnung bringen*?« Ich schüttle den Kopf. »Wenn du wieder in den Knast kommst, ist das deine eigene Schuld. Hättest du es einfach durchgezogen, wärst clean geblieben ... dann hättest du dieses Problem jetzt nicht.« So leid es mir tut, ihm das antun zu müssen. Aber er muss endlich die Konsequenzen für sein Handeln tragen. »Leb wohl, Scott!« Beim Rausgehen schmeiße ich den Schlüssel für sein Schlafzimmer aus dem geöffneten Küchenfenster und lasse den fluchenden Scott einfach stehen. Wäre er nicht total high, hätte seine Reaktion ganz anders ausgesehen. Dann hätte ich das nicht durchziehen können, was ich gerade getan habe, oder ich hätte seine Wohnung mit einem blauen Auge oder Schlimmerem verlassen. Ich höre sein wütendes Schreien und Fluchen und dann ein Poltern. Wahrscheinlich hat er seinen Tisch umgeworfen. Ich kenne ihn zu gut. Das Randalieren am Telefon zu erwähnen war also die richtige Entscheidung. Und bevor ihm einfällt, dass seine Reaktion mir gegenüber viel zu harmlos und fast lächerlich war und er mir folgt, um mich anzugreifen oder was auch immer, verschwinde ich lieber schnell.

Bereits als ich im Treppenhaus ankomme, höre ich die Sirene des herannahenden Polizeiwagens. Es ist besser für ihn. Im Knast hat er Zeit, clean zu werden und sein Leben zu überdenken. Und früher oder später dankt er mir vielleicht dafür.

Ich muss kurz eingenickt sein. Der plötzlich einsetzende Schmerz in meinem Arm lässt mich zusammenzucken. »Mhm«, stöhne ich leise in meine Armbeuge hinein und kneife die Augen zu. Da war Scott in meinen Gedanken. Das war der Tag, an dem ich mich endlich von ihm gelöst habe und ich das erste Mal nach all den Jahren das Gefühl hatte, frei atmen zu können. Ich habe mir danach erschreckend wenig Gedanken über ihn gemacht, stelle ich gerade fest. Er war schon sehr lange nicht mehr in meinem Kopf und mir wird klar, dass ich nicht geschlafen habe, aber kurz davor war. Mir war genauso kalt in diesem merkwürdigen Traum, wie jetzt gerade. Sofort sauge ich scharf die Luft ein und rolle mich zähneklappernd zusammen. Ich lege meinen Kopf auf dem Arm ab und schließe wieder die Augen, in der Hoffnung, doch noch Schlaf zu finden, da durchzuckt wieder ein brennender Schmerz meinen Arm, sodass ich mein Gesicht in meiner Armbeuge vergrabe und versuche, dagegen anzuatmen. Das Zucken meiner Muskeln lenkt mich aber zu sehr ab. Ich kann mich nicht aufs Atmen konzentrieren.

»Alles klar?«, flüstert Liam plötzlich und lässt mich damit erschrocken zusammenzucken. Ich hatte fast vergessen, dass er auch noch da ist. Dass das hier überhaupt real ist.

»Mh hm«, mache ich und reibe mir den Arm.

»Tut's noch sehr weh?«

»Ich komm schon klar«, flüstere ich gegen meine zur Faust geballte Hand und kneife die Augen zu. Das ist wieder so ein Moment, wo ich am liebsten in Tränen ausbrechen würde. Denn ich bin mir sehr sicher, dass ich *nicht* klarkomme.

»Komm her«, seufzt er und ich bemerke in der Dunkelheit, wie er sich bewegt.

»Was?« Ich bin mir sicher, mich verhört zu haben. »Wieso?«

»Du frierst«, stellt er fest. »Und bevor ich dich die ganze Nacht mit den Zähnen klappern höre und wir dann beide keinen Schlaf kriegen ...« Er lässt den Satz ausklingen und wartet offensichtlich auf eine Reaktion meinerseits. Aber ich bin zu verwirrt durch seine Worte, als dass ich ihnen Folge leisten könnte. »Jetzt schwing deinen Hintern hier rüber. Ich beiße nicht.« Der Geduldigste ist er wirklich nicht.

Oh Mann! Ich bin mir nicht sicher, wie ich das finden soll. Zögernd richte ich mich auf und schiebe mit dem Fuß meine Matratze neben seine. »Na, Hauptsache du lässt dann auch die Finger von meinem Hintern.« Sein amüsiertes Schnauben kränkt mich fast ein bisschen und lässt mich den Bruchteil einer Sekunde in meiner Bewegung erstarren. Als wäre es so abwegig, dass er es nicht tun wollen würde. Es ist ein toller Hintern! Und wieder frage ich mich, worüber zur Hölle ich mir überhaupt Gedanken mache. Mein Hintern kann ihm egal sein, was wiederum mir egal sein kann. »Ich meine es ernst! Wehe, du versuchst irgendwas.«

»Jetzt scheiß dir nicht ins Hemd und komm her. Ich will, wenn es geht, noch ein bisschen Schlaf kriegen«, entgegnet er und ich höre ihm sein Grinsen förmlich an. Ehe ich mich auf die Matratze sinken lasse, räuspere ich mich und schaue mich noch einmal überprüfend um. Wonach ich suche, weiß ich gar nicht so genau. Aber er verunsichert mich. Tief durchatmend und mit klopfendem Herzen lege ich mich auf die Seite. Er rückt näher, legt seinen Arm um mich und zieht mich an sich. Sofort spüre ich seine Wärme am Rücken. Mit angehaltenem Atem versuche ich, dem Ganzen keine tiefere Bedeutung beizumessen. »Siehst du ... gleich viel besser. Jetzt tu uns beiden einen Gefallen und schlaf einfach.«

Ja, klar. Auf Knopfdruck und unter Druck einschlafen funktioniert immer total gut. Augenverdrehend seufze ich in mich hinein, genieße aber dennoch seine Wärme. »Ich versuch's«, flüstere ich. »Danke.«

CHAPTER FOUR

LIAM

Emily. Sie ist wirklich nicht für diesen Teil der Welt gemacht. Ich hätte sie einfach rausholen sollen, anstatt meinen Job nicht zu machen und sie in diesem Diner nichts ahnend stehen zu lassen. Aber nein, ich habe mich einfach umgedreht und bin weggegangen, in dem Wissen, dass man hinter ihr her sein und sie herbringen würde. Sie hätte nichts von alldem hier erfahren oder gar erleben müssen. Für einen kurzen Moment gebe ich mir selbst die Schuld an ihrer Situation. Andererseits wäre sie wohl so oder so hier gelandet. Ob durch meine Hand oder durch die eines anderen. Ich sollte mir diese Schuldgefühle langsam wirklich sparen. Sie ist nicht die Erste und sie wird ebenso wenig die Letzte sein, die meinetwegen zu Schaden kommt oder deren Schaden ich zumindest nicht lindern, nicht minimieren oder ganz verhindern konnte.

Seufzend lasse ich die Zweifel in meinem Kopf nisten und schließe die Augen. Besser die Zweifel als der Gedanke an den Duft ihrer Haare oder die Wärme ihres Körpers, dicht gedrückt gegen meinen, oder ihre großen, glasigen Augen, die mich permanent ansehen als wäre ich der Retter der Welt. Sie vertraut mir, wie es aussieht, wirklich. Na ja, immerhin habe ich ihr gesagt, sie soll es tun. Ich hätte es nicht sagen sollen. Verdammt, ich war egoistisch. Ich habe wirklich geglaubt, wenn ich sie hier rausbringe, macht das alles wieder gut. Dann brauche ich keine Schuldgefühle mehr zu haben. Aber wenn ich ehrlich bin, mache ich es mir damit zu einfach. Und wenn sie die Wahrheit über mich erfährt oder erfährt, wieso sie hier ist, dass *ich* sie eigentlich hätte verschwinden lassen sollen, dann wird sie damit nicht umgehen können. Will ich das riskieren? Ich denke, es wäre besser, wenn ich sie auf Abstand halte. Vielleicht erübrigt sich dann vieles von selbst. Sie scheint sowieso zu denken, ich wäre ein gewissenloser Arsch. Wenn sie mich dann noch weniger leiden kann, soll es mir recht sein. Außerdem geht sie mir ohnehin tierisch auf den Geist mit ihrer unbedachten Art. Sie ist ein Trampel und versteht nichts von Sicherheit und Vorsicht. Aber verflucht, irgendwie ist es gut, dass sie bei mir ist. Ich denke, sie hält mich auf dem Boden, ohne es zu wissen. Mit Damien war das damals anders. Er hat meine Wut weiter angefacht, anstatt sie einzudämmen. Er hat mir immer mehr Gründe geliefert, hier jeden einzelnen Menschen zu hassen. Dabei kannte ich keinen von ihnen und jeder einzelne konnte mir egal sein. Er hat mich meine Menschlichkeit vergessen lassen oder wenigstens einen Teil davon.

Vergiss nicht, was du gelernt hast, Burke! Halte dich an deine Ausbildung, dann passiert dir nichts. Ich weiß nicht, wie oft ich mir das selbst gedanklich eingeredet habe, aber das ist völliger Bullshit! Dieser Damien ist ein absoluter Freak! Es scheint ihn nicht zu wundern oder gar zu stören, dass er hier ist. Wo *hier* auch immer sein mag. Er hatte dieses Tablet-Ding in der Hand, als ich zu mir kam – mit fiesen Kopfschmerzen, die sich erst jetzt so langsam verziehen – und hat lachend darauf herumgewischt. Er hat mir einen ellenlangen Text vorgelesen, in dem erklärt wird, was hier passiert, was von uns verlangt wird, wie man sich unser Verhalten an diesem Ort wünscht. Zusammengefasst geht es wohl darum, dass Zweierteams gegen andere Zweierteams kämpfen. Einhundert Menschen. Und jeder versucht, weiter zu überleben. Ich konnte das nicht glauben. Wie auch? Ich bin Soldat und habe geschworen, Zivilisten zu beschützen und jetzt bin ich hier auf dieser ... Insel? Und ich soll genau das Gegenteil tun. Zivilisten töten, statt sie zu retten, um meine eigene Haut zu retten. Wie könnte ich so einen absurden Blödsinn glauben? Oder mich gar daran beteiligen?

Wir sind seit einigen Stunden unterwegs, haben Waffen gefunden und anderen Kram. Essen – wenn man das so nennen kann. Die Sonne geht langsam unter. Ich bin mir nicht sicher, ob er die ganze Nacht weiterlaufen will. »Wie wäre es, wenn wir langsam unser Nachtlager aufschlagen?«, frage ich leise und werfe einen überprüfenden Blick über die Schulter. Ich kann nicht umhin, mich verfolgt und beobachtet zu fühlen.

»Gute Idee. Lass uns mal dahinten gucken«, japst Damien vor mir und läuft geradewegs auf die drei nah beieinanderstehenden Farmhäuser zu, die von recht weitläufigen Feldern umgeben und nur über einen unbefestigten Weg zugänglich sind.

Kaum sind wir beim ersten Haus angekommen, geht mit einem leisen Quietschen die hölzerne Haustür auf. Sofort bleiben wir stehen und ziehen unsere Waffen, bereit, die Gefahr zu beseitigen. Scheiße, ich bin überhaupt nicht bereit! Ich knall doch hier keine unschuldigen Menschen ab. Ein schlaksiger und nach nichts aussehender Mann mit schütteren Haaren und eingefallenen Gesichtszügen kommt leise ums Haus herum, hinter ihm ein ebenso unspektakulär wirkender und jünger aussehender Mann. »Oh, Sh-Shit!«, zischt der Vordere leise und reißt sofort ergebend die Arme hoch, als er Damien und mich sieht.

»Was ist ...« Sein Kamerad läuft ihm blind hinten rein und als er schließlich zu uns aufschaut, saugt er panisch die Luft ein und reißt ebenfalls die Arme hoch. »Fuck!«, presst er hervor.

»Bitte«, fleht der Vordere. »Wir ... wir wollen keinen Ärger. Wir haben ... keine Waffen, oder so. Da ... da drinnen war nichts. Okay? Wir werden einfach ... einfach weitergehen. Ihr müsst die da nicht benutzen. Nicht unseretwegen.«

»Halt dein Maul!«, ruft Damien und legt den Kopf schief, während er beide ausgiebig betrachtet. »Ich benutze die, wann immer ich die benutzen will.« Drohend hält er sein Gewehr hoch.

»Hören Sie! Wir sind ... wirklich keine Gefahr. Ich arbeite bei einer Bank und vergebe Kredite ... Ich bin niemand! Und ich weiß nicht mal, wieso ich überhaupt hier bin. Und dieser Gentleman hier neben mir ... Ihm gehört eine Apotheke. Wir sind wirklich nicht ...«

Er schafft es nicht, seinen Satz zu beenden. Das laute Rattern des vollautomatischen M4-Gewehrs, das achthundertfünfzig Schuss pro Minute abfeuert, lässt mich erschrocken zusammenzucken und instinktiv in geduckter Haltung und Schutz suchend die Hände über den Kopf reißen. Erst, als der Bankangestellte leblos zu Boden fällt wie ein nasser Sack realisiere ich, dass Damien ihn erschossen hat. »Oh Scheiße! Oh verfluchte Scheiße!«, ruft der andere Kerl, macht auf dem Absatz kehrt und versucht, davonzurennen. Damien lässt ihn nicht. Es dauert keine Sekunde, bis er den Rest des Magazins in den Rücken geschossen bekommt und ebenfalls tot zu Boden geht.

»Fuck!«, presse ich mit aufgerissenen Augen hervor. Ich kann meinen Blick nicht von den unschuldigen Männern abwenden, die vor weniger als zwei Minuten noch gelebt haben – und eigentlich nicht mehr wollten als daran nichts zu ändern. Dennoch schaffe ich es nicht, zu realisieren, was da gerade passiert ist. Ich habe schon viel gesehen und viel erlebt. In den Einsätzen, in denen ich war, waren Kugelhagel, Granatendetonationen, Sprengfallen, Minenfelder und Selbstmordattentäter an der Tagesordnung. Aber wenn ein Zivilist einfach einen unbewaffneten anderen Zivilisten erschießt, der sich noch dazu ergeben hatte, nimmt das ganz neue Maßstäbe an.

»Hör auf zu flennen, Burke! Dafür sind wir doch hier, oder?« Er dreht sich um sich selbst, schaut in den Himmel und breitet die Arme aus. »Um das Spiel verfickt nochmal interessant zu spielen!« Er lacht. »Ha! Ja! Gefällt euch das, hm?«

»Nein!«, widerspreche ich und beiße angestrengt die Zähne zusammen. »Ich spiele dieses Spiel nicht mit! Das ... war nicht nötig, Serene!«

»Scheiße, Mann! Du bist echt eine verdammte Pussy! Ich dachte, du bist Soldat! Hast du nicht so was erzählt? Hm? Warst im Einsatz und so ein Scheiß! Also spiel hier nicht den Moralapostel! Schmeiß deinen komischen Eid oder was immer du den Schwanzlutschern im Pentagon versprochen hast mal schnell über Bord! Hier ... dreht sich die Welt in die andere Richtung! Hier gibt es keine Regeln, keine Gesetze, keine Befehle an die du dich zu halten hast. Nur das Spiel. Also genieß es!« Kopfschüttelnd und mit einem triumphierenden Lachen, das mir durch Mark und Bein geht, setzt er sich in Bewegung und verschwindet hinterm Haus.

Noch immer völlig schockiert bleibe ich zurück.

Emily ist ganz anders. Sie macht sich um die Leute hier Gedanken und fragt sich wahrscheinlich, was die so in ihrer Freizeit getrieben haben, bis man sie hergebracht hat. Sie fragt sich, wieso sie hier ist und wieso die fremden Menschen hier sind. Wer so krank ist, anderen so was anzutun. Ich für meinen Teil habe das damals genau wie sie hinterfragt und wünschte heute, ich hätte niemals Antworten darauf bekommen. Als ich herausbekommen habe, dass man hier landet, weil ein anderer der Meinung ist, dass man sterben soll, habe ich Nachforschungen darüber angestellt, wer mein Jemand war. Wer hatte einen Grund, mich loswerden zu wollen? Es gibt einen Arsch voll Kohle für denjenigen, der erfolgreich einen anderen ans Messer liefert – und schließt man Wetten ab, kann es mit Glück sogar noch sehr viel mehr werden –, was für viele Menschen wohl Grund genug sein dürfte. Besonders, wenn sie sich nicht einmal selbst die Finger schmutzig machen müssen. Ich jedenfalls hatte mich damals offensichtlich mit den falschen Typen angelegt. Mir von den falschen Typen Geld geliehen. Und den falschen Typen dieses Geld nicht zurückgezahlt. Ich war leichtsinnig und hatte nur damit gerechnet, einer Tracht Prügel ausgesetzt zu werden. Vielleicht auch ein oder zwei Finger gebrochen zu bekommen. Darauf war ich gefasst. Doch in keiner Sekunde hatte ich damit gerechnet, verkauft und auf einer Insel ausgesetzt zu werden, auf der ich fast drei Tage lang um mein Leben kämpfen müsste.

Aber sie? Wegen eines verletzten Egos muss sie all das hier durchmachen. Dabei ist sie einfach nur eine nette, naive Bedienung in einem Hinterhof-Diner, die fürs Jurastudium spart. Seufzend schließe ich die Augen. Mir wird wieder einmal klar, dass ich mehr über sie weiß, als sie ahnt. Sollte sie das je herausfinden, ist meine Sympathie für sie, die ich nicht in der Lage bin loszuwerden, ohnehin hinfällig. Dann wird sie einen großen Bogen um mich machen. Und falls sie hier stirbt, will ich sie lieber nicht zu sehr gemocht haben. Nochmal packe ich das nicht. Also sollte ich wirklich dringend meine Sympathie für sie über Bord werfen. Ich weiß das. Ich weiß, es ist besser. Aber mein Kopf spielt verrückt. Sie liegt vor mir. So nah, dass ich praktisch ihren Herzschlag spüren kann und ich kann nicht anders, als mich zu fragen, was sie für ein Mensch ist.

> Die Aufträge, die ich zu erledigen habe, werden immer lächerlicher. Letzte Woche war es ein Lehrer aus Tennessee. Ein verdammter Chemielehrer. Was sollte so einer schon Schlimmes getan haben, um einen Tod wie diesen zu verdienen? Sicher war ein Schüler der Meinung, ungerecht benotet worden zu sein. Die Menschen werden immer bescheuerter, immer skrupelloser. Dein Mann schläft mit seiner Sekretärin? Du willst ihm einen Denkzettel verpassen? Er soll leiden für das, was er dir angetan hat? Du willst, dass er stirbt, ohne ihn selbst zu töten? Kein Problem! Kingsman Solutions regelt das für dich! Ein Anruf

genügt. Wer hätte gedacht, dass hinter einer einfachen Holdinggesellschaft eine Tötungsfabrik steckt. Ich jedenfalls nicht. Und dennoch arbeite ich für diese stinkreichen Schweine in ihren schicken Anzügen, die nicht wissen, wohin mit ihrer Kohle.

Kopfschüttelnd über meine eigenen Gedanken stehe ich gegen eine Straßenlaterne gelehnt und starre durch die großen Fenster des Cabbagetown-Diners, mitten in Atlanta, um mein aktuelles Ziel auszuspähen. Emily Graves. Geboren am siebzehnten November neunzehnhundertsiebenundachtzig in Macon, Georgia. Seit drei Wochen hänge ich an ihr dran. Sie unternimmt nicht viel. Hin und wieder geht sie mit ihrer Mitbewohnerin und Kollegin nach der Arbeit was trinken. Ansonsten ist sie nur im Diner, hilft – vermutlich ehrenamtlich, wenn man sich ihre Kontobewegungen so anschaut – in einer Suppenküche oder hockt in einem kleinen Apartment in Downtown. Einkäufe erledigt sie auf dem Nachhauseweg. Ziemlich langweilig, die Gute. Bei einem ihrer Ausgehabende hat sie sich bei ihrer Freundin – wenn ich das richtig verstanden habe, heißt sie Callie – darüber beschwert, dass sie es wohl nie nach New York schaffen wird, um endlich mit ihrem Jurastudium zu beginnen. Jura? Sie ist dreiunddreißig Jahre alt. Wüsste ich nicht, dass sie nicht mehr lange am Leben ist, würde ich fast meinen, sollte sie sich einen anderen Traum suchen. Einen, der weniger schwierig zu erreichen ist. Schnaubend beende ich meine unsinnigen Gedanken und senke den Kopf, um ihre digitale Akte in meinem Smartphone aufzurufen. Alle Daten, die ich von denen bekommen und nach und nach selbst ergänzt habe, wann immer ich was über sie rausgekriegt habe. Ich scrolle durch ihr Leben, wie durch die News von

CNN, bis ich bei ihrem Foto ankomme. Sie steht mit einem breiten Lächeln an der Theke und spricht mit einem Gast. Dieses nette Mädchen soll den Tod verdient haben? Immer wieder schaue ich zwischen dem Foto und ihr selbst hin und her. Zweifel durchströmen mich. Ich kann an diesem Mädchen nichts entdecken, weswegen sie den Tod verdient hätte. Fuck! Was stimmt nicht mit mir? Es ist nicht meine Aufgabe, mir ein Urteil über die Teilnehmer zu bilden. Ich habe sie nur einzusammeln und aus dem öffentlichen Leben zu entfernen. Mehr nicht! Und diese Emily kann mir egal sein! Wenn jemand der Meinung ist, dass diese durch und durch unscheinbare, langweilige Bedienung es wert ist, getötet zu werden, ist das einzig und allein ihr Problem. Sie kümmert mich nicht. Seufzend scrolle ich durch ihr Facebook-Profil. Ich weiß nicht, wieso. Ich habe es schon ein Dutzend Mal gemacht. Und es ist einfach nur ... so unglaublich langweilig! Sie spielt Candy Crush, teilt ihre Ergebnisse mit ihren siebenundzwanzig Freunden – von denen ich mir ziemlich sicher bin, dass sie nicht ihre richtigen Freunde sind – und teilt deprimierende Sprüche über Liebe und Familie. Das Mädchen ist allein, Single und lebt in einer verdammten WG. Auf Instagram postet sie Selfies, ihr Essen und ihre Shopping-Errungenschaften – die in den meisten Fällen aus Secondhandläden stammen. Wenn es hochkommt, zwischendurch mal Schnappschüsse von Atlanta. Wo immer sie gerade ist, macht sie ein Foto. Aber ich denke nicht, dass sie es macht, weil sie die Aufmerksamkeit will. So wie ich sie – nach den letzten drei Wochen Beschattung – einschätze, ist es ihr nur wichtig, den schönen Dingen im Leben eine Bedeutung zu geben. Schwachsinn! In einer oberflächlichen, schnelllebigen Welt voller Ignoranten hat ihr Blick auf die Dinge wohl kaum eine Chance überhaupt wahrgenommen zu werden. Es dürfte also ziemlich leicht sein, sie loszuwerden. Ich werde einfach einen rührseligen Abschiedsbrief auf ihrem Laptop hinterlassen, den ihre Mitbewohnerin ziemlich sicher findet, denn immerhin nutzen die beiden das Gerät gemeinsam, so pleite wie sie sind. Und zwar sobald sie in dem schwarzen Jeep sitzt und mit Drogen vollgepumpt wird, damit sie nicht mitkriegt, wie sie tätowiert und in einen Heli verfrachtet wird, um auf einer künstlichen Insel abgesetzt zu werden, wo sie um ihr Leben kämpfen muss.

»Okay, Dale«, ruft sie und öffnet die Tür, was sofort meine Aufmerksamkeit erregt. »Wir sehen uns morgen.« Sie ist schon wieder eine halbe Stunde über ihre Arbeitszeit. So wie fast jeden Tag. Sie macht es gern. Oh Mann! Wie kann ein einzelner Mensch nur so verflucht nett sein? Vielleicht ist das der Grund, wieso dieser Scott Landon sie loswerden will. Diese Nettigkeit geht einem ja ab einem gewissen Punkt tierisch auf die Nerven. Verflucht nochmal, Burke! Es ist doch scheißegal, wieso sie von ihrem Ex ans Messer geliefert wurde. Mach einfach deinen Job!

»Pass auf dich auf, Kleine!«, ruft der dicke Mann ihr aus dem Inneren des schmodderigen Imbisses nach. Er ist der Koch, oder zumindest etwas in der Art. Ich kann mir nämlich nicht vorstellen, dass irgendeiner der Angestellten eine passende Ausbildung des Jobs hat, den er ausübt.

»Klar. Wie immer«, ruft sie geistesabwesend über die Schulter und ist bereits dabei, ihr Smartphone zu hypnotisieren. Sofort stoße ich mich von der Laterne ab, um ihr zu folgen. Zwei Straßen weiter steht der Jeep, mit dem ich sie hier wegbringe. Ich will bloß hoffen, dass sie sich an ihre Routine hält und den gleichen Weg zu ihrem Apartment nimmt, den sie immer nimmt. Fast geschafft. Sobald sie im Wagen ist, ist es vorbei. Und dann endet mein Auftrag. Noch ein, zwei Posts bei Facebook und Instagram, die den Sinn des Lebens hinterfragen und niemand hat mehr Zweifel an ihrer Entscheidung, sich das Leben zu nehmen. Danach bin ich raus aus der Nummer. Aber verflucht, wenn ich sie so ansehe, dann fange ich an, ihr Glück zu wünschen und zu hoffen, dass sie an irgendjemanden gerät, der ihr durch die Scheiße durchhilft. Ich fange an, zu hoffen, dass sie das überlebt, was auf sie zukommt. Lass den Scheiß! Was, verflucht, ist an ihr so anders als an den anderen, die du hast verschwinden lassen? Okay, sie ist eine Frau. Das macht es irgendwie sehr viel schwieriger. Außerdem ist sie mutterseelenallein. So wie ich? Habe ich etwa deswegen ein Problem, weil sie mir irgendwie ähnelt? Scheiße! Sie ist egal! Kaum, dass ich mich selbst zur Ordnung aufgerufen habe und meine Verfolgung mit angespanntem Kiefer und starrem Blick auf ihren Hinterkopf fortsetze, bleibt sie plötzlich stehen und legt den Kopf in den Nacken. Instinktiv bleibe auch ich stehen, weiche ein paar Schritte nach hinten aus und drehe mich zur Seite, um möglichst unbeteiligt zu wirken. Nur für den Fall, dass sie mich bemerkt. Ich will auf sie nur wie irgendein dahergelaufener Passant wirken und nicht wie jemand, der den Auftrag hat, sie verschwinden zu lassen. Fängt sie an, vor mir wegzurennen, wird es schwierig. Nachts kein Problem. Aber jetzt? Die Straßen sind voller Menschen. Irgendjemand würde die Cops rufen oder sie selbst. Das kann ich nicht riskieren. Ich werfe einen flüchtigen Blick über die Schulter. Sie hat sich auf eine Parkbank gesetzt. Noch immer den Kopf in den Nacken gelegt und die Augen fest zugekniffen. Sieht aus, als würde sie heulen. Vielleicht betet sie auch nur. Über irgendeine Form von Religiosität ist nichts in der Akte verzeichnet und sie ist in den letzten Wochen weder zu einem Gottesdienst, einer Messe oder anderen religiösen Veranstaltung gegangen. Es ist aber auch egal. Mein Plan steht schon. Kein Grund, ihren Glauben noch einzubeziehen. Nach einem kurzen Augenblick holt sie einen kleinen schwarzen Kasten aus ihrer Jackentasche heraus und streicht bedächtig mit dem Daumen darüber. Was ist das? Ich gehe einen Schritt näher und erkenne das kleine Ding in ihrer Hand. Es ist ein Aufnahmegerät. So ein knüppelaltes Ding, in das man noch Kassetten einlegt. »Hey, Daddy«, sagt sie zu dem kleinen Kasten leise. Wow. Das ist entweder verdammt unheimlich oder es wird jeden Moment wahnsinnig traurig. »Schon wieder ein Jahr.« Ich höre kaum, was sie sagt und gehe vorsichtig noch einen Schritt weiter. Vorsichtshalber nehme ich mein Smartphone und halte es mir ans Ohr, damit es wirkt, als würde ich telefonieren. Sicher ist sicher. »Ich vermisse dich. Jeden Tag. Und jeden Tag wünschte ich, du wärst noch hier.« Sie nimmt für ihren toten Vater eine Nachricht auf? Das verwirrt mich irgendwie. Über ihre Eltern steht nichts in meiner Akte. Da sie Single ist und in einer WG lebt, weg aus ihrem Geburtsort ist und den Plan hat, nach New York zu gehen, war mir im Grunde klar, dass keine Eltern da sind, die von Belang sein könnten. Ich hätte allerdings eher Streitigkeiten vermutet als tote Eltern. Das könnte mir in die Karten spielen. Es könnte Erwähnung in ihrem Abschiedsbrief finden. Sie könnte die Trauer nicht verarbeitet haben oder so was. »Ich habe vor einigen Monaten Mom gesehen«, fährt sie fort und lacht erstickt. Notiere: Mutter ist nicht tot, nur weg. »Du wärst stolz auf mich gewesen. Ich bin standhaft geblieben. Sie wollte wieder Geld von mir. Aber ich habe es ihr nicht gegeben. Ich habe sie ... einfach stehen lassen. Genau wie Scott damals. Ich bin nicht eingeknickt.« Ein schmerzverzerrtes Lächeln liegt auf ihren Lippen. »Sie wollte wissen, wo ich wohne. Wo ich arbeite. Ich habe ihr nichts gesagt. Ich lasse sie nicht wieder in mein Leben. Wie könnte ich. Nach allem, was sie dir damals angetan hat. Was sie unserer Familie angetan hat. Seit ich denken kann, hatte ich doch immer nur dich. Du fehlst mir so«, flüstert sie und sackt nach vorn. Da geht sie hin. Die Fröhlichkeit ihrer Fotos und Selfies. Das perfekte Bild für die anderen bröckelt und ein gebrochenes, trauerndes Mädchen bleibt übrig.

»Hm«, mache ich mit einem abfälligen Schnauben zu mir selbst, als mir klar wird, dass meine Menschlichkeit noch nicht vollends ausgelöscht ist. Seufzend raufe ich mir die Haare. »Auf keinen Fall!«, beende ich meine eigenen Gedanken und werfe noch einen Blick auf die weinende Fremde, ehe ich mich umdrehe, mein Handy wegstecke und einfach gehe. Das war's!

Mit einem Ruck schrecke ich aus dem Schlaf und sauge scharf die Luft ein. Sofort öffne ich die Augen und stelle fest, dass wir uns keinen Millimeter bewegt haben. Sie liegt noch ganz genauso da. Ihr Arsch drückt sich fest gegen meinen Schwanz. Das kann ich jetzt echt nicht gebrauchen. Es wäre für uns beide unvorteilhaft, wenn ich auf feindlichem Gebiet meinen Verstand an die Kurven einer Frau verliere. Fuck! Ohne lange zu überlegen – und doch mit der nötigen Vorsicht, um sie nicht direkt zu wecken –, stehe ich auf und räuspere mich leise. Einen Augenblick lang beobachte ich sie und hoffe, sie schläft noch. Dann schleiche ich zur Hintertür und mache mich an meiner Stolperfalle zu schaffen. »Du gehst weg?!«, platzt sie mit vor Panik bebender Stimme hervor.

Ich drehe mich, in der Hocke sitzend, zu ihr um und unterdrücke ein Augenrollen. »Ich muss mal pissen!«, blaffe ich über die Schulter zu ihr rüber und lege Granate und Draht auf den Treppenabsatz. »Pack deinen Scheiß zusammen! Wir brechen gleich auf.« Ohne auf ihre Reaktion zu warten oder sie nochmal anzusehen, verschwinde ich hinterm Haus. Seufzend lehne ich meinen Kopf gegen die kalte Hauswand und schließe die Augen. Wenn meine Gedanken weiter so verrückt spielen, dann wird das nichts mit der kalten Schulter und dem Abstand. »Fuck!«, presse ich zwischen zusammengebissenen Zähnen hindurch. Vielleicht ist das auch gar nicht der richtige Weg. Sie auf Abstand zu halten oder gemein zu ihr zu sein. Immerhin ist es meine Schuld, dass sie hier ist. Und wenn ich sie weiter runtermache, kann ich sie hier noch weniger gebrauchen als ohnehin schon. Sie ist mit den Nerven am Ende und – wenn man von ihrer fehlenden Kondition absieht – mit Krisensituationen nicht vertraut. Wenn ich da auch noch zusätzlichen Druck auf sie ausübe, fliegt sie mir früher oder später wahrscheinlich um die Ohren. Ich denke, ich sollte versuchen, das Gegenteil zu tun. Wenn ich ihr ein paar grundlegende Dinge erkläre und zeige, kommt sie vielleicht besser klar. Immerhin haben wir noch anderthalb Tage vor uns. Während ich meine Hose richte und den Reißverschluss wieder zumache, schaue ich mich überprüfend nach links und rechts um. Auch wenn es ruhig ist, kann hinter jeder Ecke irgendwer auf seine Gelegenheit warten. Und ich würde nur ungerne beim Pissen einen Schuss in den Hinterkopf kriegen.

»Entschuldige. Ich ... ich bin noch nicht fertig. Ähm ... Ich beeile mich. Bin gleich soweit«, stottert sie, als ich wieder ins Haus gehe und die Tür leise schließe. Aufgeregt stolpert sie von einer Ecke in die nächste und kramt irgendwelches Zeug zusammen. Wie ein Elefant im Porzellanladen. Wären wir nicht an dem Ort, an dem wir nun einmal sind, würde ich das höchst amüsant finden. Ihre verpeilte Art hat was Charmantes, wenn ich ehrlich bin. Mit hochgezogenen Augenbrauen und verschränkten Armen lehne ich mich gegen die Tür und überkreuze die Beine, während ich ihr zusehe und ein Lachen wirklich nur schwer unterdrücken kann. »Was ist?«, fragt sie und schaut sich fragend im Raum um.

»Gar nichts. Hör mal für einen Moment auf, diese Hektik zu verbreiten und ...«

»Ich soll aufhören, Hektik zu verbreiten?« Mit aufgerissenen Augen beugt sie sich vor, als hätte sie mich nicht gehört. »Spinnst du?! Du hast mich doch eben blöde angepampt und gesagt, ich soll meinen Scheiß zusammenpacken!«

»Ist ja gut. Komm runter. Ich will nur ... Hol ... hol deine Waffe raus«, weise ich sie an und hebe beschwichtigend eine Hand in ihre Richtung.

»Was?«, fragt sie panisch und reißt die Augen auf. »Wieso?! Ist irgendwas ... Sind wir in Gefahr? Muss ich ... Ich kann nicht schießen. Ich habe noch nie ...«

»Schlumpfine!«, unterbreche ich ihr Gestammel mit einem ungeduldigen und ungehaltenen Zischen. »Tu, was ich dir sage! Ich weiß, dass du es nicht kannst. Deswegen sollst du ja deine Waffe rausholen!« Zögernd kommt sie meinem Befehl nach und kramt in dem kleinen Rucksack herum. »Okay, wieso genau suchst du nach der Waffe in ... dem Rucksack?«, frage ich zischend und atme einmal tief durch. Kein Druck, Burke. Das geht nach hinten los. Nur ruhig bleiben. Sie ist Zivilistin! Nicht vergessen! »Ich hatte sie dir in die Hose gesteckt! Da sollte sie bleiben!«, sage ich so ruhig es mir eben möglich ist zwischen zusammengebissenen Zähnen hindurch.

»Ich schlafe doch nicht mit einer Waffe in der Hose! Bist du noch ganz dicht?!« Sie raubt mir den letzten Nerv. Tief durchatmend schließe ich den Bruchteil einer Sekunde die Augen. Eins Mississippi, zwei Mississippi, drei Mississippi! Widerstehe dem Drang, sie anzubrüllen! »Ich habe sie hier irgendwo. Komm runter!«

»Okay. Lass dir Zeit. Wenn wir übers offene Feld rennen und uns jemand verfolgt, der uns ganz zufälligerweise töten will und ich deine Rückendeckung furchtbar dringend brauche, dann bitte ich die anderen einfach so lange zu warten, bis du deine Waffe im Rucksack gefunden hast. Ist sicher kein Problem. Da hat doch jeder volles Verständnis für, dass es dir zu unbequem war, mit einer Waffe im Hosenbund zu schlafen. Bei der Gelegenheit könnten wir sie dann auch gleich bitten, sich kampflos zu ergeben und sich von uns einfach erschießen zu lassen.«

»Ist ja gut. Ich habe es verstanden!«, zischt sie beleidigt.

Mit einem genervten Stöhnen gehe ich zu ihr. »Leg sie beim nächsten Mal bitte einfach neben dich. Okay? In deinem Rucksack bringt sie weder dir was ... noch mir. Was dir als Grund reichen sollte. Alles klar?« Sie nickt. »So! Hoch jetzt mit der Kanone!« Ihre Augen verraten sie. Sie ist unsicher und ängstlich. Mit stockenden Bewegungen greift sie nach ihrer Waffe und hebt sie hoch. Ihr Arm ist so weit ausgestreckt, dass er sich beinahe überdehnt, sie zielt irgendwo schräg oben an die Zimmerdecke und sieht dabei aus, als wäre sie ein Frettchen auf Crack. Besonders grazil ist sie wirklich nicht. »Okay,

okay! Stopp! Das ... das kann man sich ja nicht mit ansehen!«

»Was denn?!«

»Du ... Oh Mann! Wow!« Kopfschüttelnd gehe ich zu ihr und stelle mich hinter sie. »Also, zunächst mal ... siehst du aus wie ein Geistesgestörter.« Ich nicke apathisch. »Du hast wirklich noch nie eine Waffe in der Hand gehabt, oder?«

»Na ja ... schon. Also einmal, aber ... egal«, seufzt sie und schüttelt den Kopf. »Wieso sollte ich?«, fragt sie und fuchtelt mit der Waffe in der Luft herum. »Ich brauchte es nie und wollte es nie.« Überzeugt schüttelt sie den Kopf.

Schweigend greife ich um sie und lege meine Hände an ihre. Ich spüre, wie sie unter meiner Berührung zusammenzuckt und den Bruchteil einer Sekunde frage ich mich, ob sie ihr unangenehm ist oder ob dieses merkwürdige Gefühl sie genauso verunsichert, wie mich. »Auch wenn du es nicht willst, musst du es jetzt«, sage ich leise und atme tief durch. Da ist wieder der Duft ihrer Haare, der mich innehalten lässt. »Ich brauche die Sicherheit, dass du weißt, was du damit anstellen musst, wenn es hart auf hart kommt.« Sie nickt zögernd. »Wie es aussieht, bist du Linkshänderin«, stelle ich fest. Das hätte ich meiner Akte über sie hinzufügen können, wenn ich es gewusst hätte. Erneut nickt sie. »Okay. Also, ... linke Hand an die Waffe. Den Griff fest umschließen, den Finger immer schussbereit nah am Abzug. Der rote Punkt an der Seite heißt, sie ist schussbereit.« Ich drehe ihre Hand mit der Waffe darin so, dass sie sieht, wovon ich rede. Dann drücke ich den Magazinhalter, sodass das Magazin herausgleitet. »Das Magazin ist voll. Du wechselst es so, wie ich das gerade getan habe. Nur auf diesen kleinen Knopf an der Seite drücken. Wenn wir weitergehen, suchen wir noch nach Ersatzmagazinen. Munition habe ich genug.

Aber die bringt dir nichts, wenn du im Notfall viel verbrauchen solltest und dann jede neue Patrone einzeln in dieses eine Magazin schieben musst.« Sie nickt und schaut aufmerksam auf ihre und meine Hände. »Schieb das Magazin wieder rein.« Sie tut, was ich sage und mit einem Klicken verschwindet das Magazin wieder. »Gut. Jetzt zieh den Schlitten zurück. Damit lädst du sie durch und sie ist direkt schussbereit.« Wieder tut sie, was ich sage. »Okay. Als nächstes ... Haltung und zielen. Und bitte ... nicht wieder so, wie gerade. Das ... tat mir in der Seele weh.«

»Autsch! Danke.« Wieder streckt sie den Arm aus.

»Sorry«, sage ich und beiße mir auf die Lippe, denn sie tut es schon wieder. Genau, wie vorhin auch schon, überdehnt sie beim Zielen – wohin auch immer – den Arm. »Nicht so!«, zische ich und seufze. Abermals lege ich meine Hände auf ihre. »Fester Griff. Finger *neben* den Abzug. Ganz wichtig! Du legst den Finger erst *auf* den Abzug, wenn du dir auch ganz sicher bist, dass du wirklich schießen willst! Und den Arm nicht so durchstrecken.« Meine Hand wandert an ihrem Arm entlang bis zur Ellenbeuge. Ich übe leichten Druck darauf aus, sodass sie darunter einknickt. »Nicht so überdehnen. Wenn du den Arm zu weit ausstreckst, kriegst du dank des Rückstoßes hinterher Probleme mit der Schulter. Den Arm nur ein kleines bisschen angewinkelt lassen. Das federt den Schuss ab und so ... hast du mehr Kontrolle. Und mit der anderen Hand ... stützt du das Ganze ab.« Ich nehme ihre rechte Hand und führe sie zur Waffe. »Mehr Halt, gleich mehr Stabilität beim Zielen. Mehr Stabilität beim Zielen, gleich höhere Trefferquote.« Ich mache mit dem rechten Bein einen Schritt vor, sodass ich ihres ein bisschen nach vorn schiebe. »Fester Stand. Du bist Linkshänderin. Also bleibt das linke Bein hinten und das Rechte geht einen Schritt vor. Schulter zurück.«

Meine Hand dirigiert ihre Haltung. »Behalte beim Zielen beide Augen offen. Lehn ... den Kopf zur Waffe hin und ziel dahin, wohin du schaust. Der Rest ... sollte kein Problem sein. Alles klar?«

»Mh hm«, macht sie und saugt scharf die Luft ein. »Ich hab's. Du kannst mich jetzt wieder loslassen«, flüstert sie und klingt eingeschüchtert. Da habe ich meine Antwort darauf, ob meine Berührung ihr unangenehm ist. Sie scheint es wohl zu sein.

»Entschuldige«, presse ich hervor und trete sofort einen Schritt zurück. Ich kratze mich am Kopf und schaue mich nach jemandem um, der diese Peinlichkeit hätte sehen können. Wahrscheinlich hat das auch jemand gesehen. »Kann ich ... dich was fragen?« Sie nickt bloß. »Wieso hast du ... nie gelernt, mit einer Waffe umzugehen? Hast du ... nicht gesagt, dein Dad war beim Militär?«

»War er. Aber ... er wollte nicht, dass ich jemals mit so was in Kontakt komme.« Sie versucht sich an einem Lächeln. Es wirkt allerdings eher so, als würde sie gleich in Tränen ausbrechen.

»Tja, das hat ja nicht so geklappt«, versuche ich zu scherzen und haue ihr aufmunternd auf die Schulter. Ich behandle sie lieber so, wie einen Kumpel. Wie einen Kameraden. Das sollte reichen, damit diese unangemessenen Gedanken verschwinden. Ich räuspere mich so unauffällig es eben geht und schaue Löcher in die Luft. »Na, komm. Wir sollten aufbrechen. Es ist noch früh. Wenn wir Glück haben, kommen wir ungesehen in die nächste Zone.«

»Zeigst du's mir nochmal?«, fragt sie vorsichtig und deutet mit einem Kopfnicken auf das Tablet, das auf dem kleinen, morschen Holztisch liegt.

»Sicher. Äh, also ...« Ich nehme es und schalte das Display ein. »Wir sind hier. Und ... hier ist die Zone. Das sind ... knapp acht Meilen. Wir haben noch vier Stunden, bis ...«

»Wir wieder gegrillt werden, wenn wir dann noch außerhalb dieses Zauberkreises sind«, unterbricht sie mich und verzieht die Lippen zu einer schmalen Linie. »Fantastisch!«

»Das wird nicht passieren.«

»Ja«, sagt sie langgezogen mit zugekniffenen Augen. »Das hast du beim letzten Mal auch gesagt. Und äh, nichts für ungut, aber ... mein Arm tut immer noch weh.« Sie nickt und starrt mit großen Augen auf das kleine Stück Technik in meiner Hand. »Was ... ist das da?«, fragt sie plötzlich und reißt es mir aus der Hand.

»Was?« Sie deutet mit dem Finger auf einen blinkenden Punkt, praktisch direkt auf der Linie zur Safe Zone. »Das ... ist eine Vorratslieferung.«

»Was bedeutet das?«

»Die werfen Kisten ab. Drei Stück. Hier ... hier und da. Da sind alle möglichen Vorräte drin. Waffen, Munition, schusssichere Westen, äh ... Nahrung, Wasser ... Verbandszeug, Schmerzmittel und so was. Um das hier möglichst interessant zu gestalten und in die Länge zu ziehen.«

»Na, sollten wir dann nicht dahin gehen?« Ich mustere sie ausgiebig. Sie kriegt es nicht mit. Sie ist zu sehr mit dem Tablet beschäftigt.

»Auf gar keinen Fall.«

»Wieso nicht?!«, blafft sie. »Was ist jetzt wieder falsch?! Ich schwöre bei Gott, wenn du nicht ...«, presst sie hervor, ballt die Hand zur Faust und hält offensichtlich die Luft an. Wow! Fast niedlich, dieser emotionale Ausbruch. »Ich meine ... Das liegt doch *direkt* auf unserem Weg. Wir müssten ja nicht einmal einen Umweg machen. So wie der Umweg, den du für ein unsichtbares, ausgedachtes Fantasie-Motorrad nehmen wolltest!«

»Weder unsichtbar noch ausgedacht«, korrigiere ich sie gelassen und nehme ihre Wut hin. Irgendwie kann ich sie ja verstehen. »Nur nicht wie gewünscht da platziert, wo es nötig gewesen wäre. Das ist alles. Und ... an deinem Vorschlag ist grundsätzlich gar nichts falsch. Okay?« Ich schaue sie mit hochgezogenen Augenbrauen an. »Zick nicht gleich wieder rum. Diese drei Punkte werden jedem Team auf der Insel angezeigt. Das bedeutet, dass wir einen weiträumigen Bogen drum herum machen werden!«

»Aber wieso denn? Denkst du nicht, dass wir den Kram daraus gut gebrauchen könnten?«

»Den könnten wir sogar ausgesprochen gut gebrauchen! Aber wir werden trotzdem einen Bogen machen! Weil es da zugehen wird wie bei der Wasserverteilungsstelle in Bagdad, sobald die Dinger den Boden berühren!« Ich seufze und nehme ihr das Tablet aus der Hand. »Denn, wenn du und ich denken, dass wir das Zeug gut gebrauchen könnten, dann bin ich mir sicher, denken die anderen ... achtunddreißig übrigen Leute auf der Insel genau das gleiche.« Dem Tablet entnehme ich die Zahl der restlichen Überlebenden. In der letzten Nacht sind mehr als zwanzig Menschen gestorben. Ich bin mir nicht sicher, ob das gut oder schlecht ist. Nachts sind normalerweise weniger Leute unterwegs. Für die kommende Nacht sollten wir uns also noch besser absichern. Mehr Stolperfallen aufstellen. Vielleicht ein mehrstöckiges Haus suchen. Ich behalte meine Sorge lieber für mich und konzentriere mich vorerst auf das, was unmittelbar vor uns liegt. Andererseits bedeuten mehr Fallen für die Nacht auch, dass wir mehr Häuser durchsuchen müssen. Mit zwei Granaten kann ich nicht gleich mehr Stolperfallen basteln. Mich räuspernd, kratze ich mich an der Schläfe. »Also machen wir beide einen Umweg und umlaufen die vielen Bedrohungen, die da auf uns lauern.

Sollen die sich gegenseitig abschlachten. Nicht unser Problem.« Bevor ich das recht kleine, firmeneigene Gerät mit Kingsmans Logo auf der Rückseite – von dem ich irgendwie gehofft hatte, es niemals wiedersehen zu müssen – wieder in meiner hinteren Hosentasche verschwinden lasse, mustere ich sie erneut. Nachdenklich starrt sie auf den Fußboden. Mit einem lauten Husten nehme ich ihren Rucksack vom Tisch und halte ihn ihr vor die Nase, um sie aus ihren Gedanken zu holen. »Hier.« Schniefend nimmt sie ihn mir aus der Hand. Offensichtlich begreift sie mehr und mehr, was hier los ist oder wie ernst ihre und meine Situation wirklich ist. »Na, komm«, sage ich ruhig und deute mit einem Kopfnicken auf die Haustür. »Lass uns gehen.«

Nachdem wir knapp zwanzig Minuten im Schatten einiger Bäume gesessen und drei Häuser von einem kleinen Bergkamm aus beobachtet haben, schleiche ich hinunter, um nach weiteren Vorräten zu suchen. Wir haben beide seit gestern nichts getrunken und ich hoffe, dass ich fündig werde. Während meine tollpatschige Begleiterin oben zwischen den Bäumen wartet – und dabei hoffentlich keine Kettenreaktion an unglücklichen Umständen auslöst, die am Ende zu unser beider Tod führen würden –, lehne ich mich an die Hauswand des Hauses links von mir und höre noch einmal einen Moment auf jedes mögliche Geräusch. Gerade, als ich mir sicher bin, nichts zu hören und mich von der Wand abstoße, um nach der Haustür zu suchen, werde ich mit einem kräftigen Ruck nach hinten gezogen. »Stopp!«, zischt Emily plötzlich hinter mir und sofort drehe ich mich um.

Für den Bruchteil einer Sekunde hatte ich tatsächlich Todesangst. Ich dachte, dass ich jemanden übersehen und überhört habe, der mich unversehens mit einem

Messer niederstrecken würde. »Verfluchte Scheiße!«, presse ich schwer atmend hervor, beuge mich nach vorne, während ich mir eine Hand vor die Brust haue und mich mit der anderen auf dem Oberschenkel stütze. Ich fühle mich, als wäre ich einen Marathon gelaufen. »Was zur Hölle stimmt nicht mit dir?! Ich hatte dir gesagt, du solltest warten!«

»Hätte ich gewartet, wärst du jetzt tot!«, blafft sie und deutet mit einem wütenden Nicken am Haus vorbei. »Kaum zu glauben, dass ich das gerade gesagt habe«, nuschelt sie. »Kaum zu glauben, dass ich von einem vorbeilaufenden, fremden Menschen mal denken würde, dass er einen anderen töten wollte.«

Mit dem Gewehr vor der Brust lehne ich mich wieder gegen die Wand und mache einen Schritt zur Ecke, schaue Emily noch einmal kurz dabei zu, wie sie über ihre eigenen Worte den Kopf schüttelt und suche dann, auf was immer sie gedeutet hat. Vorsichtig luge ich ums Haus herum. Da sehe ich ihn. »Er ist allein«, flüstere ich und folge mit meinem Blick dem hektisch zwischen den Bäumen entlangrennenden Mann. »Wie konnte der mir entgehen?« Die Frage gilt mehr mir selbst als ihr und ich erwarte keine Antwort darauf. Ich selbst habe nicht einmal eine. Scheiße, der Typ hat eine lilafarbene Daunenjacke an. Er ist praktisch eine laufende Zielscheibe.

»Keine Ahnung. Aber du kannst froh sein, dass er dich nicht gesehen hat!«

Wieder drehe ich mich zu ihr um. »Ich ... bin erstaunt, dass *du* ihn gesehen hast. Das hätte ich ehrlich nicht ... nicht erwartet. Dass du so ... aufmerksam sein kannst.«

»Ich glaube, das Wort, nach dem du suchst, ist *Danke*!« Augenverdrehend verschränkt sie die Arme vor der Brust. Dieses Schmollen ist fast niedlich.

»Danke«, sage ich leise mit einem anerkennenden Nicken und kann mir ein Schmunzeln nicht verkneifen. Ihr vorsichtiger Blick schweift übers Gelände. »Können wir dann?«, frage ich nach einem kurzen Moment und stoße mich von der Wand ab, um meinen ursprünglichen Plan wieder aufzunehmen.

»Wonach suchen wir eigentlich?«, fragt sie, nachdem wir das Haus betreten haben und zieht leise die Haustür hinter sich zu.

»Wie gesagt ... Ersatzmagazine. Und ... ich hoffe inständig, dass wir was zu trinken finden. Ich weiß nicht, was mit dir ist, aber ich habe langsam echt Durst.« Sie nickt. »Also. Wie gehabt. Leise und vorsichtig sein ... und alles nach Brauchbarem durchsuchen.«

Nach und nach durchsuchen wir auch die umliegenden Häuser. Das Ergebnis ist bisher äußerst enttäuschend. Ein Ersatzmagazin für sie und ein bisschen Munition für mich. Noch mehr Doseneintöpfe, ein paar selbstklebende Wundverbände, aber weit und breit kein Wasser. All meine Hoffnung ruht nun auf dem letzten Haus, das sich hier in der Umgebung befindet und das wir noch plündern können. Leise schlüpfe ich hinter Emily hinein, ziehe die Tür zu und schaue mich um. Die Häuser hier sehen sich alle enttäuschend ähnlich. Wohnküche, zwei Schlafzimmer, Abstellräumchen, kleines Bad und wenn es hochkommt, gibt es noch eine halbe obere Etage. »Ich setze einen Zehner, dass wir hier wieder kein Wasser finden«, seufzt sie und verschwindet in dem kleinen Bad.

»Da halte ich mal ganz optimistisch dagegen.« Ihr schwarzer Humor gefällt mir irgendwie und lässt mich amüsiert schnauben, während ich die Schränke in der Küche durchforste. Ein plötzliches Klicken lässt mich kurz innehalten und aufmerksam lausche ich auf jedes Geräusch. Mit angehaltenem Atem stehe ich wie angewurzelt da. Jemand macht sich an der Tür zu schaffen.

»Tja, wenn ich recht habe, wirst du ... wohl nicht mehr dazu kommen können, deine Wettschulden zu tilgen«, säuselt sie aus dem Bad, was mich panisch werden lässt. Fuck! »Ach, warte. Wie lange kann man nochmal ohne was zu trinken auskommen, bevor man ...« Auf Zehenspitzen haste ich zu ihr ins Bad, drücke sie gegen die Wand und presse ihr so fest ich kann eine Hand auf den Mund. Panisch saugt sie die Luft ein und starrt mich mit aufgerissenen Augen an, als hielte ich ihr eine Waffe an die Stirn. Langsam hebe ich den Zeigefinger und halte ihn mir wortlos vor die Lippen, um ihr zu zeigen, dass sie keinen Mucks von sich zu geben hat. Mit Tränen in den Augen nickt sie, also lasse ich von ihr ab und ziehe so leise es mir eben möglich ist die Badezimmertür zu. Ich lasse sie nur einen Spalt breit auf, um zu sehen, was außerhalb des Zimmers passiert. Die Haustür wird mit einem Quietschen geöffnet und fällt sofort mit einem leisen Klicken wieder ins Schloss. Ich schaue mich noch einmal überprüfend nach ihr um. Ihr apathischer Blick lässt mich angespannt die Zähne zusammenbeißen. Ich hatte gehofft, sie vom Ernst der Lage fernzuhalten und jetzt steckt sie mit einem Mal tiefer drin, als ich es beabsichtigt hatte. Im Augenwinkel bemerke ich eine Bewegung. Dicht gegen die Wand gelehnt schaue ich über meine Schulter durch den Türspalt. Da geht er langsam an uns vorbei, ohne auch nur ansatzweise einen Blick in den Raum zu werfen. Gott, der Typ hat keine Ahnung! Regel Nummer eins: Jeden einzelnen Raum sichern! Das ist der Typ von vorhin. Ich erkenne ihn an der lilafarbenen Jacke, mit der er schon aus drei Meilen Entfernung das leichteste Ziel abgibt. Leise mache ich mich bereit, ihm zu folgen und ziehe mein Messer aus dem Gürtel. Langsam hebe ich die rechte Hand und halte ihr meinen Zeigefinger vor die Nase, um ihr zu bedeuten, dass er alleine ist. Dann werfe ich ihr noch einmal einen flüchtigen

Blick zu, deute mit dem Finger auf sie und forme dann Daumen, Zeigefinger und Mittelfinger zu einer Pistole. Ich hoffe, sie versteht, dass ich versuche, ihr zu sagen, dass sie mir Rückendeckung geben soll. Sie nickt und zieht zögernd die Neunmillimeter hinter ihrem Rücken hervor. Hektisch blinzelnd und ihre Angst herunterschluckend, nimmt sie sie genauso in ihre Hände, wie ich es ihr gezeigt habe. Tief durchatmend ducke ich mich und schaue sie noch einmal einen Moment lang ernst an. Gott, bitte lass sie das nicht versauen! Leise schiebe ich die Tür auf und strecke den Arm vor ihr aus, damit sie weiß, dass sie warten soll. Dann verlasse ich langsam das Bad, mit erhobenem Messer und nach hinten ausgestrecktem Arm. Der einsame Idiot geht ahnungslos durch den offenen Wohnraum, legt im Vorbeigehen seinen Rucksack auf dem klapprigen Holztisch ab und verschwindet dann in dem hinteren Schlafzimmer. Ich folge ihm auf leisen Sohlen und fuchtle mit der Hand vor Emily herum, damit sie mir folgt. Falls der Typ uns gehört oder sogar gesehen hat und nur versucht, uns in eine Falle zu locken, indem er mit vorgehaltener Kanone auf uns wartet, will ich nur sichergehen, dass sie mir den Rücken freihält und falls nötig abdrückt. Noch immer in der Hocke, schleiche ich ihm nach. Er steht seufzend im Raum, mir den Rücken zugewandt und schaut sich um. Der arme Trottel hat echt absolut keine Ahnung, was er hier macht oder was ihm bevorsteht. Gedanklich überschlage ich in einem Sekundenbruchteil noch einmal meine Optionen und mir wird klar, dass ich keine habe. Ich könnte ihn gehen lassen. Aber dann würde er vielleicht versuchen, uns zu töten. Das Risiko kann ich nicht eingehen. Und sterben würde er ohnehin. Er ist offensichtlich genauso wenig kampferprobt, wie meine Begleiterin und hätte keine Chance. Seinen Partner scheint er ja schon verloren zu haben und auf dieser Insel rennen Typen rum, die sich wohl nur zu gern einen Spaß daraus machen würden, ein dummes Opfer zu finden, das sie quälen können, bevor sie es töten. Dafür ist die Insel immerhin da. Da mache ich es lieber kurz und schmerzlos. Verflucht! Wieso muss mir das passieren? Ich wollte das nicht mehr tun, hatte es hinter mir gelassen. Offensichtlich war ich ein Dummkopf, zu glauben, dass ich meiner Vergangenheit entkommen könnte. Mit angespanntem Kiefer atme ich tief durch und stoße dann einen leisen Pfiff aus, um auf mich aufmerksam zu machen. Kaum hat der unwissende arme Tropf sich panisch zu mir herumgedreht, stehe ich auf und hole mit dem Messer in der Hand aus. Sein Röcheln vermischt sich mit dem erschrockenen Schrei von Emily, die hinter mir steht, und ich höre, wie sie panisch stolpert, ehe sie in der Sekunde darauf mit dem Rücken gegen die Zimmertür stößt und ihre Waffe fallen lässt. Das Gepolter lässt mich genervt stöhnen, ehe ich mich umdrehe, um nach ihr zu sehen. Sie steht dicht gegen die Tür gelehnt, vermutlich, um nicht den Halt zu verlieren. Schockiert presst sie sich die Hände vor den Mund. Es dauert eine Sekunde, bis ich ihren Blick verarbeitet habe, während der namenlose Fremde hinter mir tot zusammenbricht und polternd auf dem Boden landet.

Meinen ersten Einsatz hatte ich mir irgendwie anders vorgestellt. Ich weiß nicht, oder was ich erwartet hatte, sobald ich den Fuß aus dem Heli setzte, der mich zur Basis brachte. Wahrscheinlich mehr Aufregung und Action, aber irgendwie auch mehr Langeweile. Ich bin seit drei Wochen hier. Im beschissenen Falludscha. Und ich habe die Basis erst ein einziges Mal verlassen. Für eine Patrouille. Der langweiligste und unnötigste Marsch seit meiner

Ausbildung. Aber was soll's. Das war vor einer Woche. Jetzt sitze ich hier und die Scheißkugeln fliegen mir so nah an der Birne vorbei, dass ich die Engel singen höre. Und ich hinterfrage jede einzelne Entscheidung, die ich in meinem ganzen Leben getroffen habe. Was zur Hölle habe ich mir eigentlich dabei gedacht, mich freiwillig zu melden? Mich zum verfickten Field Medic ausbilden zu lassen und direkt *Hier* zu schreien, wenn es in den Einsatz geht? Ich habe mir eingeredet, dass Dad sicher stolz auf mich wäre. Aber er hat sich den Schädel weggeschossen, weil er den Krieg nicht hat hinter sich lassen können. Vielleicht war es auch, weil Mom uns für einen Banker verlassen hat. Ich weiß es nicht und es ist auch egal! Die viel wichtigere Frage ist doch: Was, verfickt nochmal, mache ich hier?! Was, wenn ich das auch nicht hinter mir lassen kann? Wenn es mich genauso fertig macht wie ihn? Scheiße, ich will mir nicht den Schädel wegschießen!

»Burke!«, schreit Maddox langgezogen über die Pfiffe der einschlagenden Kugeln und Detonationen von Granaten und Sprengsätzen hinweg und reißt mich aus meinen Gedanken. »Burke! Komm schon! Wir müssen hier weg! Leg einen Schritt zu!« Ich schaue mich nach ihm um und wieder fliegen mir Kugeln um die Ohren. Ihr Pfeifen lässt mich erschrocken zusammenzucken und hinter der zerstörten Wand in meinem Rücken in Deckung gehen. Mit einem Piepen im Ohr kneife ich kurz die Augen zu und bringe mich gedanklich selbst wieder auf Spur. Reiß dich zusammen, verdammt nochmal! Ehe ich mich bereit mache, atme ich noch einmal tief durch, dann schließe ich zu meinem besten Kumpel auf, der in der Ruine einer Moschee sitzt. »Hey, Mann ... wo lang?«, fragt er und schaut sich mit seinem

M16-Sturmgewehr vor der Nase in alle Richtungen um.

»Hensons Gruppe ist am Evakuierungspunkt. Da müssen wir auch hin!«, stelle ich fest und halte ebenfalls schussbereit die Waffe hoch. Ich habe sie heute viele Male abgefeuert. Vorher immer nur auf Zielscheiben, an Schießständen, in Simulationen. Aber heute ... habe ich auf Menschen geschossen. Und ich weiß nicht mal, ob dabei jemand gestorben ist oder ob ich jemanden verletzt habe. Das ist das Paradoxe daran.

»Randy und Gordy haben vorhin ihre Position über Funk weitergegeben. Die sind auch auf dem Weg zu Henson und seinen Männern. Vielleicht holen wir sie ein.«

Ich nicke einige Male. »Vielleicht.«

»Na ... dann los.«

Im Schutz der Dämmerung und der zerfallenen, eingestürzten Häuser rücken wir zu unseren Kameraden vor. Randy und Gordy sind schon am Evakuierungspunkt angekommen. »Foxtrott six-four an Delta two-five ... Two-five, kommen!«, flüstert Maddox ins Funkgerät, als wir nur drei Häuserblocks von unserem Ziel entfernt sind.

»Two-five hört! Hier ist Henson. Wer spricht da?«, ertönt es nach einem kurzen Rauschen aus dem Funkgerät.

»Hier ist Maddox. Schießt nicht ... ich wiederhole: Schießt *nicht* in Richtung Osten. Wir rücken zu euch vor!«

»Roger! Elvis und seine Gruppe sind an der Süd-Ost-Ecke. Der Sarge, Gordy und Randy sind mit ein paar Verwundeten nachgerückt und sitzen im nord-

östlichen Gebäude. Ich will doch schwer hoffen, dass du Burke bei dir hast!«

»Er ist hier!«

»*Dann schließt zum Sergeant und seinen Männern auf! Wir brauchen euch bei den Verwundeten.*«

»Verstanden. Wir versuchen es.«

»*Achtet auf die Heckenschützen. Die sitzen überall auf den Dächern. Im Moment beten sie noch, aber nicht mehr lange.*«

»Alles klar, verstanden. Six-four ... Ende!«

»*Two-five Ende. Wir sehen uns!*«

»Na, dann los«, flüstere ich und schaue paranoid nach oben, um die Hausdächer im Blick zu behalten. Ich habe echt keine Lust, mir beim Abhauen in den Rücken schießen zu lassen. Unabhängig davon, ob die mich brauchen oder nicht! Das wäre wirklich nicht die Art von Abgang, die ich wählen würde. Ich laufe vor Maddox los. Im Schutz der Häuser, von Deckung zu Deckung. Diese verwinkelten Gassen machen es einem unmöglich, sich richtig zu orientieren oder gar ausreichenden Schutz zu finden. Hinter jeder Hausecke könnte ein Aufständischer darauf warten, uns seine Panzerfaust um die Ohren zu ballern. Wieder suche ich an einer Hauswand Schutz und schiele um die Ecke. »Ich habe Sichtkontakt«, informiere ich Maddox, der neben mir steht und mir Rückendeckung gibt. Henson, Randy, Gordy und ein paar andere stehen im Schutz einiger Steinsäulen unter dem bröckelnden Vordach ihres besetzten Gebäudes. »Gebt ihr uns Feuerschutz?«, frage ich der Absicherung halber ins Funkgerät.

»*Wird gemacht!*«, antwortet Henson und ich erkenne sein zustimmendes Nicken.

»Okay ... Die geben uns Deckung«, presse ich hervor und schaue noch einmal überprüfend an den

Hausdächern entlang. Nervös trete ich auf der Stelle und rudere mit den Armen.

»Du rennst vor. Ich gebe dir weiterhin Rückendeckung und komme nach, wenn du drüben angekommen bist«, befiehlt Maddox. Mir ist nicht wohl dabei, aber er ist ranghöher als ich, also bleibt mir zum einen nichts anderes übrig und zum anderen könnte er damit richtigliegen. Sanis haben vorrangig geschützt zu werden. Ihre Unversehrtheit muss, wann immer es geht, gewährleistet sein. Ich nicke und lasse es ein paar Mal in meinem Hals knacken. »Los!«

Sofort setze ich mich in Bewegung und renne so schnell ich kann zu meinen Kameraden. Kaum stehe ich hinter Randy und reiße meine Waffe wieder hoch, um den Weg meines besten Kumpels abzusichern, winkt Randy ihn zu uns. »Gut, dass du da bist, Mann!« Auch Maddox rennt los. Er stolpert über eine Dose oder so was, die klirrend über den Boden rollt und mehr Lärm macht als nötig. »Fuck!«, zischt Randy und fuchtelt hektisch mit seinem Arm herum, um Maddox zu uns zu winken. Da sehe ich, wie der erste Kopf am Dach gegenüber auftaucht und direkt das Feuer eröffnet. »Feuer erwidern!«, schreit Randy neben mir und ich komme seinem Befehl unverzüglich nach.

Ich feuere blind vor Panik und Wut in die Richtung, aus der ich beschossen werde und weiß wieder nicht, ob ich überhaupt jemanden treffe. Eine Sekunde lang suche ich die Straße nach meinem besten Kumpel ab. Ich finde ihn knapp fünfzehn Meter entfernt am Boden liegen. Er rührt sich nicht. »Verfickte Scheiße, Maddox!«, rufe ich heiser und renne sofort los.

»Burke, nein!«, ruft Randy hinter mir, doch ich ignoriere ihn. Wie könnte ich nicht? Das ist mein bester Freund! Und er braucht meine Hilfe! Was wäre ich für ein Field Medic, wenn ich nicht die Verwundeten aus der Schusslinie bringen würde? Was wäre ich für ein Soldat, wenn ich einen Kameraden zurückließe? Was wäre ich für ein Freund, wenn ich nicht versuchen würde, meinen Bruder zu retten?! Was immer es auch kostet!

CHAPTER FIVE

EMILY

Völlig schockiert und mit weit aufgerissenen Augen stehe ich wie angewurzelt da und versuche zu verstehen, was er da gerade getan hat. Meine Augen brennen, doch ich vermag nicht zu blinzeln. Ich kann nicht atmen und halte weiter beide Hände fest vor den Mund gepresst. Ich schaffe es einfach nicht, zu funktionieren. Tränen laufen mir über die Wangen und vernebeln meine Sicht. Er schaut mich an, als würde er meine Reaktion nicht verstehen und ich erkenne seinen fragenden Blick kaum. »Was ... Du ... Du hast ... Er ... Das ... Du hast ihn ... Wie ... Wie konntest du das nur tun?!«, stottere ich nach einem schier endlosen Moment mit brüchiger Stimme.

»War ganz leicht«, antwortet er und zuckt die Achseln. »Das ist es, wenn es heißt, er oder ich.« Gelangweilt dreht er sich zu dem toten Mann am Boden um und geht vor ihm in die Hocke, um sich an ihm zu schaffen zu machen. Hektisch blinzle ich die Tränen von meinen Wimpern, damit ich überhaupt wieder was erkenne. »Er war wirklich alleine«, stellt Liam fest und hält das Tablet hoch.

»Was ... was tust du denn da?« Ich schaue ihm schwer

atmend dabei zu, wie er den toten Körper umdreht und seine Taschen durchsucht.

»Mal gucken, was er so in seinem Rucksack hat. Vielleicht können wir was gebrauchen. Vielleicht hat er was zu trinken.« Er stößt ein leises Stöhnen aus, als er sich wieder aufrichtet und hält mir dann die blutverschmierte Jacke des Toten vor die Nase. »Hier.« Ich starre einen Moment lang das Stück Stoff in seiner Hand an, noch immer im Versuch, zu begreifen, was da gerade passiert ist. Er hat einem Mann die Kehle durchgeschnitten und steht vor mir, als wäre das gar nichts. Als hätte es keinerlei Bedeutung. »Nimm sie. Ich glaube nicht, dass wir so schnell irgendwas Besseres finden. Für ... äh, für heute Nacht, meine ich. Pack sie dir in den Rucksack. Ich würde sie an deiner Stelle nicht jetzt anziehen. Den Typ hat man ja über zehn Meilen Entfernung schon aufleuchten sehen.« Fassungslos starre ich ihn einfach weiter an, unfähig, zu reagieren oder auch nur ein Wort zu sagen. »Was ist? Nimm schon.«

»Was ...«

»Er braucht sie doch nicht mehr, oder?!«, unterbricht er mich und drückt mir im Vorbeigehen kraftvoll die Jacke vor die Brust, ehe er den kleinen Raum verlässt.

Wie in Trance reiße ich die Hände hoch und halte sie fest. »Oh Gott«, presse ich atemlos hervor und kneife die Augen zu. Übelkeit kommt in mir hoch.

»Was ist?«, fragt Liam und dreht sich im Gehen zu mir um.

»Sie ist noch warm.« Ich stolpere hinter ihm her, werfe unachtsam die Jacke auf den Tisch und haste an ihm vorbei ins Freie, um mich hinterm Haus zu übergeben. Mit zugekniffenen Augen halte ich mühsam meine Haare zurück und stütze mich mit einer Hand an der Wand zu meiner Rechten ab, um nicht umzufallen. Das, was da gerade passiert ist, sitzt mir tief in den Knochen.

Der sterbende Mann, sein verzerrter Blick, das dumpfe Poltern des leblosen Körpers, der auf dem Boden ankommt. Da ist so viel Blut. Ich sehe es wieder und wieder vor mir. Abermals rinnen mir Tränen übers Gesicht.

»Wow!«, stößt Liam plötzlich hinter mir hervor. Dann spüre ich seine Hand an meinem Rücken und wie er meine Haare zu einem Pferdeschwanz zusammennimmt, um sie von meinem Gesicht fernzuhalten. »Das ist echt eklig!«, stöhnt er.

Mit einem wütenden Blick über meine Schulter wische ich mir mit dem Handrücken über die Lippen. »Fick dich!«, zische ich, stoße ihn an den Schultern von mir weg und stampfe wieder ins Haus. »Blödes Arschloch!«

»Okay, weißt du was, Prinzessin?! Ich hab die Schnauze echt voll! Deine scheiß ... Kleine-Mädchen-Allüren kannst du dir langsam aber sicher wirklich in die Haare schmieren!« Er fuchtelt drohend mit seinem Zeigefinger herum. »So wie die Kotze übrigens, wenn ich dir gerade nicht geholfen hätte. Gern geschehen!« Findet er das jetzt etwa echt noch witzig? Er folgt mir und knallt die Tür hinter sich geräuschvoll zu.

»Sch!«, mache ich und ducke mich, dabei blicke ich mit großen Augen und einem paranoiden Blick in alle Richtungen. Die letzten anderthalb Tage hat er permanent und akribisch darauf geachtet, dass wir möglichst wenig Geräusche produzieren und soweit möglich nur flüstern, damit bloß niemand auf uns aufmerksam wird und jetzt steht er hier, knallt Türen und schreit rum wie ein Gestörter.

»Was ist denn los?!«, bellt er provokativ und breitet fragend die Arme aus. »Bin ich dir zu laut?! Hä?! Hast du Angst, dass uns jemand hört?! Dass uns jemand folgt oder auflauert?!« Er schüttelt den Kopf und macht einen Satz auf mich zu. Er steht so dicht vor mir, dass ich seinen Atem auf meinem Gesicht spüre. Mein Herz rast und ich vermag nicht, Luft zu holen. »Wovor hast du solche Angst, hm?!«

»Im Moment vor dir«, gestehe ich mit einem heiseren, brüchigen Flüstern und blinzle einige Male, seinem irren Blick ausweichend.

»Vor mir?!«, fragt er, tritt überrascht einen Schritt zurück und legt sich entrüstet beide Hände an die Brust. »Du ... du fürchtest dich ... vor *mir*?!« Er lacht erstickt. Wie ein Verrückter. Er ist offenbar aufrichtig entrüstet über meine Worte. »Vielleicht hast du es noch immer nicht begriffen, Tinkerbell!«, zischt er und kommt wieder näher. »Ich habe da gerade eben deinen dürren Arsch gerettet!«

»Du hast ... bitte was?!«, frage ich und wieder tränen meine Augen. »Du hättest das nicht tun müssen! Wir ... wir hätten einfach ... in dem Raum stehen ... und warten können. Dieser Kerl ... Er wäre doch wieder gegangen«, flüstere ich mit zitternder Stimme. »Er wäre einfach weitergegangen.«

Liam schnalzt mit der Zunge und lässt mit einem verächtlichen Schnauben den Blick schweifen. »Es kann nur ein Team überleben! Das ... hast du offensichtlich immer noch nicht geschnallt! Hier kämpft jeder um *sein* Überleben! Und ... er wäre so oder so gestorben! Wenn ich es nicht getan hätte, dann ein anderer. Und der wäre vielleicht nicht so nett gewesen, es kurz und schmerzlos zu machen! Auf dieser Insel rennen Typen rum, denen du nicht begegnen willst!«

»Ja, das ist mir jetzt klarer denn je«, seufze ich.

»Oh, du meinst mich?! Du meinst *ich* gehöre zu denen, denen du nicht begegnen willst?!« Er beugt sich vor, sodass seine Nase fast meine berührt und sein Blick brennt mich nieder. »Du hast keine Ahnung, Tinkerbell! Absolut keine Ahnung! Und ich bin es leid, dir erklären zu wollen, wie die Scheiße riecht, in der du steckst!«, bellt er und lässt mich panisch die Luft einsaugen. »Denn du hast immer noch nicht begriffen, *wie tief* du drinsteckst! Für dich ist das alles hier ein Spiel, oder nicht? Aber bei diesem Spiel gibt es keine Gewinner! Bei diesem Spiel geht es nur ums Überleben! Und es gibt nur Verlierer! Selbst wenn du die Scheiße überlebst, hast du doch verloren!« Er blinzelt apathisch und spannt den Kiefer an. »Mag sein, dass meine Art nicht in deine rosarote Glitzerblubberblase passt, Cinderella-Sonnenschein, aber ... ich stehe wenigstens nicht heulend in der Ecke und warte darauf, dass mich jemand erschießt!« Kopfschüttelnd tritt er einen Schritt zurück. »Ich hätte dich einfach da sitzen lassen sollen«, knurrt er und macht eine wegwerfende Handbewegung. »Schon, als ich dich da habe liegen sehen, war es mir klar. Aber spätestens heute Morgen ... Da hätte ich einfach gehen sollen. Dann müsste ich mich jetzt nicht mit dieser Elfenglitzerwelt-Kinderkacke rumärgern.« Leise murmelnd dreht er sich um und geht wieder Richtung Schlafzimmer. Er bückt sich und hebt die Pistole auf, die ich vorhin habe fallen lassen. »Oder wie wäre es, wenn ich das jetzt nachhole?« Mit einigen großen Schritten ist er wieder bei mir und knallt die Waffe auf den Tisch, sodass ich erschrocken zusammenzucke. »Soll ich sie dir hierlassen? Oder brauchst du sie nicht? Ich meine, du kannst dich ja einfach im Bad verstecken und warten, bis alles vorbei ist!« Angst kocht in mir hoch. Was, wenn er mich wirklich stehen lässt? Scheiße, ohne ihn bin ich aufgeschmissen! »Oder noch besser ... Wenn du jemandem begegnest, bietest du ihm einfach einen Tee an! Vielleicht könnt ihr eure Probleme ausdiskutieren! Vielleicht könnt ihr eure herzzerreißenden Lebensgeschichten austauschen. Einander kennenlernen und gemeinsam in den Sonnenuntergang reiten! Und kleine Zeichentrickvögel fliegen um eure Köpfe und zwitschern ein Liedchen.«

»Liam, bitte«, flehe ich leise und wische mir eine Träne von der Wange. Er macht mir Angst, aber dass er gehen und mich zurücklassen will, macht mir noch viel mehr Angst. Gestern habe ich für einen Moment gedacht, dass er vielleicht doch ein ganz netter Kerl ist, der sich hinter einer wahnsinnig arschigen und groben Art versteckt. Doch gerade denke ich, dass der Moment nur eingebildet war. Er ist herzlos, kalt, gemein und furchteinflößend. Und dennoch ist er meine einzige Überlebenschance.

»Was ... *Liam, bitte*?! Hm?! Was willst du von mir, Mädchen?«

»Ich will, dass du aufhörst, dich wie ein Arsch aufzuführen!«, presse ich tief gekränkt hervor und fasse meinen Mut zusammen, mich ihm entgegenzustellen. »Und ich will, dass wir das durchziehen. Du ... und ich. Gemeinsam!«

»Das *durchziehen*?!« Er lacht erstickt. »Scheiße, hast du überhaupt schon mal was durchgezogen in deinem Leben?! Ich meine, du bist Bedienung in einem verfickten Diner.« Er schüttelt schnaubend den Kopf. »Kann mir nicht vorstellen, dass du dir das so gedacht hattest.«

»Du hast *keine* Ahnung! Du kennst mich nicht!«, zische ich.

»Und du kennst mich nicht!«, knurrt er bedrohlich leise. »*Ich* habe mich noch nie darauf verlassen, dass mich jemand beschützt!« Er hält mir drohend seinen Zeigefinger vor die Nase. »Verdammt, ich habe mich noch nie auf *irgendwen* verlassen!«

»Du ... Ähm ... Du ... du kannst ... kannst dich auf mich verlassen«, stottere ich und bin inständig darum bemüht, die Situation wieder abzukühlen. Weniger bemüht um seinetwillen, denn vielmehr um meinetwillen. Mit ihm habe ich eine Chance. Ohne ihn kann ich mich eigentlich direkt selbst erschießen. Zumindest das ist mir klar.

Er legt den Kopf in den Nacken und lacht laut. »Kann ich das?« Noch immer gekränkt von seiner äußerst geringen Meinung über mich – okay, zugegeben, meine Meinung über ihn ist auch nicht viel besser – nicke ich. »Wenn ... dieser Typ da vorhin, den ich deiner Meinung nach einfach hätte weiterziehen lassen sollen, die Waffe die er bei sich hatte nicht in seiner Hose hätte stecken haben, sondern er sie in der Hand gehabt hätte ... wenn er geschossen oder mich angegriffen hätte, wenn ich mit ihm hätte kämpfen müssen ... Hättest du die Waffe benutzt, die zu halten ich dir gezeigt habe?« Er dreht seinen Kopf leicht zur Seite und guckt mich geduldig an. Als hätte er mich beim Lügen erwischt, senke ich den Kopf und beiße mir auf die Zunge. Abermals schnaubt er. Enttäuscht, oder einfach nur genervt. Ich weiß es nicht. »Siehst du und genau das ...« Er deutet mit dem Finger auf mich. »Das wird uns beide hier den Arsch kosten!« Er dreht sich seufzend von mir weg und nimmt die Pistole vom Tisch. Schweigend – und offensichtlich um Haltung bemüht – entnimmt er das Magazin und zieht an dem Ding, das er heute Morgen als Schlitten bezeichnet hatte. Eine Patrone fällt raus und landet klimpernd auf dem Boden. »Hier«, presst er wortkarg hervor und hält mir die Waffe vor die Nase. »Nimm sie!« Verwirrt ziehe ich die Augenbrauen zusammen und tue was er sagt. »Und jetzt anlegen und zielen.«

Noch verwirrter sauge ich geräuschvoll die Luft ein und öffne den Mund, um etwas zu sagen. Doch ich brauche eine Sekunde, um meine Verwirrung in Worte zu fassen. »Wohin?«

»Na, auf mich!«

»Was?! Spinnst du jetzt total?!«

»Ich habe die Waffe entladen. Da passiert nichts!

Jetzt mach schon!«, zischt er und verengt die Augen zu schmalen Schlitzen. »Wir haben nicht den ganzen Tag Zeit! Wenn du nicht wieder gegrillt werden willst, solltest du es einfach hinter dich bringen, damit wir weitergehen können und die Zone rechtzeitig erreichen.«

»Ich werde aber nicht auf dich zielen, oder ... oder schießen!«

»Und ich habe die Schnauze echt so was von gestrichen voll von dir und diesem Getue!«, schreit er mir mitten ins Gesicht, dreht sich um und wirft kraftvoll den Tisch um, der polternd und krachend auf dem Boden landet. Erschrocken fahre ich zusammen und kann gar nicht so schnell schalten, da hat Liam mich an den Schultern gepackt und schmerzhaft gegen die Wand geknallt. Mit zugekniffenen Augen versuche ich den Schmerz in meinem Rücken zu verarbeiten. »Nimm die scheiß Knarre hoch und drück ab!«, bellt er. Mein Herz, das sich gerade erst wieder etwas beruhigt hatte, schlägt wieder heftig gegen meine Brust und schnürt mir die Luft ab. »Drück ab, verfickte Scheiße!« Er packt meine Hand mit der Waffe darin und reißt sie hoch, sodass der Lauf der Pistole seine Stirn berührt. »Ich bin nicht der Kerl, den du glaubst zu kennen! Ich bin der Kerl, der da liegt!« Er deutet mit ausgestrecktem Arm nach hinten und hält mit der anderen Hand noch immer den Lauf der Waffe gegen seine Stirn. »Ich hab eine Knarre in der Hand und will dich töten! Was tust du, um das zu verhindern?!« Er rüttelt an mir und an der Waffe, sein Blick ist starr und furchteinflößend.

Panisch ringe ich nach Luft und versuche, mich aus seinem Griff zu winden. »Liam, hör auf«, flehe ich atemlos und Tränen laufen mir übers Gesicht.

»Komm schon, Emily! Ich bin nicht der Typ, von dem du dir erhoffst, dass er dich beschützt! Ich bin irgendein Typ, der Spaß daran hat, anderen wehzutun und ich will dich vergewaltigen und dir anschließend den Schädel einschlagen! *Was* tust du, um mich daran zu hindern?!« Seine Worte lassen mich ihn entgeistert und mit aufgerissenen Augen anstarren. Ich glaube kaum, was ich da gerade gehört habe. »Drück ab!«

»Bitte«, flehe ich erneut.

»Es wird nicht immer so einfach sein, Prinzessin! Die meisten Typen hier sind widerliche Wichser und machen es dir nicht so leicht wie dieser arme Idiot da drüben! Die halten dir ihre Kanonen an den Kopf!« Er formt abermals mit Daumen, Zeige- und Mittelfinger eine Pistole und drückt sie mir gegen die Schläfe. »Die greifen dich an, wollen dir wehtun ... Und jetzt drück ab!«, schreit er langgezogen und zieht an meinem Arm. Noch im gleichen Moment passiert es. Ich drücke ab. Wie ferngesteuert. Nur den Bruchteil einer Sekunde später, als mir klar wird, was da gerade passiert ist, lasse ich mit offenem Mund, bestürzt über mich selbst, die Waffe fallen. Auch wenn ich wusste, dass nichts passieren kann, wenn ich wusste, dass die Waffe leer ist, habe ich es dennoch getan.

»Geht doch«, sagt Liam nach einem Augenblick gleichgültig.

Meine Lippe bebt, meine Augen schmerzen, weil ich nicht in der Lage bin, zu blinzeln und der Ekel über mich selbst und das, was Liam eben zu mir gesagt, was er von mir verlangt hat, wird zu purer Wut. Ich schaue zu ihm auf und gerade, als unsere Blicke sich treffen, entlädt sich die Wut. Mit voller Wucht klatsche ich ihm meine flache Hand ins Gesicht, sodass es zur Seite fliegt. »Du verficktes Arschloch«, presse ich hervor und brauche einen kurzen Moment, um mich wieder zu sammeln. »Wieso zur Hölle hast du das gemacht?!«

Schweigend und scheinbar unbeeindruckt nimmt er sowohl den Schlag hin als auch meine Beleidigung. »Wenn man einmal abgedrückt hat, wird es leichter«, sagt er nach einem Moment ruhig und gelassen. Er steht einfach da und reagiert auch dann nicht, als ich ihn an der Brust von mir stoße und mit einem fassungslosen Kopfschütteln in den Raum gehe. Mein Kopf ist leer, als ich mich bücke, um meinen Rucksack vom Boden aufzuheben. Ich bin wie in Trance und mein Körper fühlt sich taub an.

Daddy repariert wieder eines der Autos der Nachbarn. Seit ein paar Monaten ist er wieder zu Hause. Er war im Krieg. Er ist traurig deswegen und denkt, ich merke es nicht. Ich bin dreizehn Jahre alt und merke es sehr wohl! Seine Tage laufen immer gleich ab. Er steht auf, repariert Autos und sitzt abends vor dem Fernseher, um sich in den Nachrichten anzuschauen, was in den Orten passiert, aus denen er nur mit Glück überhaupt zurückgekehrt ist. Er denkt ich weiß nicht, dass er sauer wird und den Fernseher anbrüllt. Aber ich verstehe nicht, wieso er das macht. Ich verstehe nicht, wieso er sich das antut.

»Daddy?«, frage ich und wippe mit den Beinen, während ich auf seiner Werkbank sitze und auf einem Erdnussbuttermarmeladensandwich herumkaue. Das habe ich am meisten vermisst. Dads langweilige Sandwiches. Bei Grandma gab es die nie.

»Was denn, Peanut?«, fragt er und schaut kurz unter dem Auto hervor. Mit dem Handrücken wischt er sich den Schweiß von der Stirn und hinterlässt dabei eine schwarze Ölspur auf seiner Haut.

»Wieso redest du nie mit mir über das, was dir im Krieg passiert ist?« Ich hoffe sehr, dass meine Frage ihn nicht wütend macht. Im Moment macht ihn fast alles wütend. Deswegen will ich ja, dass er mit mir darüber redet.

»Weil das nichts ist, über das ich mit einem Kind reden werde!« Mit einem angestrengten Stöhnen kommt er unterm Auto hervor und richtet sich auf.

»Ich bin kein Kind mehr, Daddy!«, widerspreche ich und rutsche von der Werkbank. Ich werde wahnsinnig sauer, wenn er mich als Kind bezeichnet. »Ich habe damit aufgehört ein Kind zu sein, als Mom uns verlassen hat! Oder doch erst, als ... du mich zu Grandma geschickt hast, um in den Krieg zu ziehen und Menschen zu töten? Ich bin mir gerade nicht sicher!«

»Hüte dich, Emily!«, zischt er plötzlich und schlägt seine Faust geräuschvoll gegen die Autotür. Erschrocken zucke ich zusammen und reiße die Augen auf. »Du weißt ja nicht, was du da redest!« Mein starrer Blick verharrt auf der Delle in der Autotür, die Dads Faust hinterlassen hat.

»Ich denke, ich weiß sehr gut, was ich da rede!«, flüstere ich und lasse enttäuscht den Kopf und die Schultern hängen. »Stacy Shoemakers Dad war auch im Einsatz. Sie hat gesagt, er war ein völlig anderer Mensch, als er heimgekehrt ist. Er war erst wütend, dann traurig, dann wieder wütend ... und nach einem halben Jahr hat er sich das Leben genommen.« Ich drehe ihm den Rücken zu und mache mich an der Schublade an der Werkbank zu schaffen. »Mit einer Pistole. So wie dieser hier.« Mit der Waffe in der Hand, die Dad in seiner Werkbank liegen hat – wieso auch immer er sie so offen rumliegen lässt –, drehe ich mich zu ihm um. »Das ... ist das, was mit dir passiert.« Mit aufkommenden Tränen fuchtle ich vor dem Bauch mit der Waffe herum. »Und ich habe Angst davor, dass das mit dir passiert.«

»Emily, pack das Ding weg!«, fleht er und hält beschwichtigend seine Hände hoch. »Ich habe die Waffe nicht, weil ich mir den Kopf wegpusten will, okay? Du ... du musst dir keine Sorgen machen, Peanut«, versucht er, mich zu beruhigen. »Ich ... ich habe sie ... halt einfach.« Er kommt mit Panik in den Augen einen Schritt auf mich zu. »Leg sie bitte weg, Emily!«

»Versprich mir, dass du mit mir redest, Dad«, flehe ich mit zusammengezogenen Augenbrauen und lasse die Hand mit der Waffe darin sinken. »Und hör auf, mich wie ein kleines Kind zu behandeln! Ich bin alt genug, dass du mit mir über Sachen reden kannst! Ich will nicht, dass irgendwann ein anderes Mädchen aus meinem Mathekurs mit ihrem Vater über mich redet, so wie ich mit dir über Stacy Shoemaker! Ich will dich nicht verlieren, Daddy!«, rufe ich flehend und fuchtle mit dem schweren, tödlichen Ding in meiner Hand herum. »Bitte! Bitte, mach dich nicht selber kaputt! Ich kann nicht ...« Ein lauter Knall und eine heftige Vibration in der Hand lassen mich panisch zusammenzucken und meine Worte verschlucken. Sofort beginnt mein Herz zu rasen und dann wird mir klar, dass ich aus Versehen den Auslöser der Pistole gedrückt und eine Kugel abgefeuert habe. »Oh ... oh mein Gott! Daddy, es tut mir leid! Oh Mann! Ich wollte nicht ... Das ... das war nur ein Versehen. Ich wusste nicht ... ich ... «, stottere ich und breche in Tränen aus.

»Schon gut, Schatz. Nichts passiert. Gib ... mir nur die Waffe. Okay? Ich bin nicht böse. Alles gut.« Auch Dad starrt schockiert ins Leere und gerade, als er einen Schritt auf mich zu macht, um mir die Waffe aus der Hand zu nehmen, dringt ein leises und schmerzverzerrtes Quieken aus dem Stall von Pringles.

»Oh Gott! Nein! Nein, nein, nein!« Panisch stürze ich auf den Holzstall zu, in dem mein hellgraues Kaninchen lebt. »Nein! Nein! Bitte nicht!« Ich schmeiße mich vor den Stall und schaue durch den dichten Tränenschleier auf mein schwach atmendes, auf der Seite liegendes Haustier. »Pringles«, flüstere ich schluchzend. Ich habe ihn erwischt.

»Scheiße!«

»Daddy«, schluchze ich und schaue flehend zu ihm auf. »Ich habe ihn getroffen. Er blutet. Mach irgendwas!« Ich reiße an seinem Hemd und rüttle panisch an ihm. »Bitte rette ihn, Daddy!«

»Ich fürchte, da kann ich nichts mehr tun, Peanut«, seufzt er leise und zieht mich an der Schulter an sich, um mich fest zu umarmen. »Geh ins Haus, Schatz. Ich … helfe ihm.«

»Wo willst du hin?!«, fragt er, als ich aus meinen Gedanken erwache und mich an der Haustür zu schaffen mache. Im Augenwinkel bemerke ich, wie er noch immer an der gleichen Stelle steht. Wie angewurzelt.

»Nur weg von dir. Ich brauche frische Luft.« Mit hängenden Schultern und gesenktem Blick öffne ich die Tür und schaue geradewegs hoch in die Mittagssonne, als ein lauter Knall ertönt und im Tal widerhallt. Noch in der gleichen Sekunde spüre ich ein Brennen am Hals, falle wie ein Sack nach hinten und gucke nur den Bruchteil einer Sekunde später an die schimmelbefallene Zimmerdecke.

»Fuck!« Liams Stimme ist nur ein Rauschen. Ich schaffe es nicht, mich nach ihm umzusehen und bin mir sicher, dass ich das auch gar nicht will. Die Zimmerdecke gefällt mir irgendwie. Das Muster des Schimmels erinnert mich an den Rost an meinem alten Fahrrad. Gott, ich bin schon seit vielen Jahren nicht mehr Fahrrad gefahren. Das sollte ich mal wieder machen. Eigentlich bin ich echt gerne gefahren. Die Andeutung eines Lächelns stiehlt sich auf meine Lippen und in dem Moment werde ich schwungvoll am Kragen gepackt und nach hinten gezogen. »Hey! Emily! Scheiße! Rede mit mir!« Wieso schreit er mich so an. Er beugt sich über mich und sucht mit Panik in den Augen nach irgendwas. Eben noch war er furchtbar wütend und hat einen Tisch umgeworfen und jetzt scheint er irgendwie Angst zu haben. Aber wovor denn bloß? Verflucht, er sieht schon echt ziemlich heiß aus. Besonders, wenn er sich so über mich beugt. Seine Augen gefallen mir unwahrscheinlich gut. Vielleicht sollte ich mich an ihn ranschmeißen. Aber er ist ein Arsch. Also wäre es wahrscheinlich keine gute Idee. Ich habe diesen Fehler damals mit Scott gemacht. Offensichtlich scheine ich ein Magnet für Scheißtypen zu sein. Also lasse ich lieber die Finger von dem Kerl, der eben einem anderen Kerl die Kehle durchgeschnitten hat. »Scheiße, du musst atmen!« Was? Was für ein Quatsch! Das tue ich doch, oder? Mein Gehirn schickt ein Signal an meine Lungen und die schicken eine Antwort. Das Brennen macht mir bewusst, dass ich es nicht getan habe. Und sofort hole ich Luft, als wäre ich kurz vorm Ertrinken gewesen. »Geht doch!« Er nickt und legt beide Hände an mein Gesicht. »Atme so, wie ich es dir gezeigt habe. Schaffst du das?« Sein Blick brennt auf mich nieder. Ich kann ihm kaum standhalten. Ich weiß ja nicht einmal so genau, wo ich bin. Wie war das mit dem Atmen nochmal? »Okay, lass mal sehen!« Wonach sucht er bloß? »Alles klar. Du hattest Glück. Ist halb so wild.« Glück? Glück womit? Wovon redet er da? »Ist nur ein Streifschuss am Hals.

Das kriegen wir wieder hin.« Er dreht sich um. Den Kopf verrenkend, folge ich seinen Bewegungen und da bemerke ich wieder das Brennen am Hals, wegen dem ich umgefallen bin. Er kramt in seinem Rucksack und zieht dann ein weißes Etwas heraus. Ich erkenne es nicht. Alles ist zu verschwommen. Er legt eine Hand an mein Gesicht und dreht es nach links. Das Brennen an meinem Hals wird schlimmer und lässt mich scharf die Luft einsaugen. »Ist gleich vorbei.« Ich höre, wie er etwas aufreißt, oder abreißt? Dann macht er sich an der brennenden Stelle an meinem Hals zu schaffen. »Okay. Das wird wieder.« Erneut beugt er sich über mich und streicht mir die Haare aus dem Gesicht. »Hey, Emily! Komm schon, rede mit mir!« Ich öffne den Mund, um etwas zu sagen, doch es kommt nichts. Stattdessen blinzle ich hektisch. »Alles klar. Du stehst unter Schock. Das ist verständlich, aber wir müssen hier weg. Komm hoch.« Er zieht an meinem Arm, doch mein Körper fühlt sich zentnerschwer an. »Komm schon, hilf mit!«, presst er hervor und zieht mich hoch. Schwindel steigt in meinen Kopf. Am liebsten würde ich mich sofort wieder hinlegen, die Augen schließen und von meinem Fahrrad träumen. »Ich weiß, es ist schwer ... aber du musst! Emily, bitte!« Einen kurzen Augenblick schließe ich die Augen und atme durch. Dann tue ich, was er gesagt hat. Mühsam hieve ich mich hoch. Er stützt mich, legt meinen Arm um seinen Hals und schlingt seinen Arm um meine Hüfte, um mich in das andere kleine Schlafzimmer zu führen, das dem Bad gegenüber liegt.

»Was ist passiert?«, frage ich heiser und setze mich aufs knarrende Bett.

Liam geht vor mir in die Hocke und verfolgt jede meiner Bewegungen mit Argusaugen. Als wäre er tatsächlich in Sorge um mich. »Du wurdest angeschossen. Da ... da sitzt ein Sniper«, beginnt er zu erklären und zieht das kleine Tablet aus seiner Tasche. »Der Schuss kam ... aus einer erhöhten Position. Wahrscheinlich von einem Berg aus, oder ... von einem hohen Gebäude.« Mit den Fingern zoomt er auf der Karte herum und versucht ganz offensichtlich nachzuvollziehen, wo sich dieser ominöse Sniper aufhalten könnte. »Und anhand der Lautstärke des ... des Schusses würde ich sagen ... zwischen sechshundert und siebenhundert Metern entfernt.« Mit mahlendem Kiefer schüttelt er den Kopf und taxiert weiter das Tablet in seiner Hand. »Das ist nicht leicht! So ein Schuss ... der Typ hat auf jeden Fall eine ... gewisse Erfahrung!«

»Ich wurde angeschossen«, wiederhole ich seine Worte, die klingen, als wären sie völlig an den Haaren herbeigezogen und fange dann schallend an zu lachen. »Du willst mich wohl auf den Arm nehmen.«

Anstatt auf meine unangebrachte Reaktion zu reagieren, schaut er mich einfach einen Augenblick lang an und lässt mich verarbeiten, was eben passiert ist. »Komm schon. Wir schleichen hinten ums Haus und machen einen kleinen Umweg zur Zone.« Ich nicke nur, während ich meine Hand an meine rechte Halsseite lege, um zu begreifen, dass das gerade wirklich passiert ist und schlucke den Schock runter, den Liam mir diagnostiziert hat. Meine Finger gleiten über das raue und doch recht weiche Pflaster, das er mir auf die Wunde geklebt hat. »Hey«, ruft er mich erneut aus meinen Gedanken und legt eine Hand an meine Wange. »Alles in Ordnung?«

Ich nicke und unterdrücke aufsteigende Tränen der Erkenntnis. Ich wurde angeschossen. Mein Leben wäre jetzt zu Ende, wenn der Mensch, der da auf mich geschossen hat, nur ein kleines Stück weiter nach rechts gezielt hätte. Dass ich noch lebe ist nur Glück. »Danke«, platzt es aus mir heraus, als mir klar wird, was er da für mich getan hat. Er hat mir das Leben gerettet.

»Kein Problem«, flüstert er und versucht sich an einem aufmunternden Lächeln. »Du ... hast doch gesagt, wir ziehen das zusammen durch, oder?« Ich erwidere sein Lächeln schwach. »Okay. Ich ... ich würde dir wirklich gerne eine Pause gönnen, Emily. Aber wir müssen hier weg. Denn ich denke nicht, dass der Typ alleine war.«

Es dürfte mir eigentlich nicht so schwerfallen, alles hinter mir zu lassen. Alles. Was ist das denn schon? Nur Krempel. Nutzloses Zeug, das mich an etwas erinnert, das ich schon vor langer Zeit verloren habe. »Komm schon, Em. Lass uns zusehen, dass wir die Sachen verkauft kriegen und dann nichts wie weg!«, reißt Scott mich aus meinen Gedanken. Am liebsten würde ich hier sitzen bleiben, am Steuer meines Pickups – oder eigentlich eher von Dads Pickup – und einfach weiter aus dem Fenster starren. Seit Wochen nervt Scott mich jetzt schon damit, dass ich endlich Dads alten Kram verkaufen soll, der seit Jahren in der Garage steht. Ich bin da nicht mehr drin gewesen, seit fast sechs Jahren. Seit Dad gestorben ist. Ich bin nicht einmal mehr am Haus gewesen. Vielleicht fällt es mir deswegen so schwer, diesen Schritt zu gehen. Überhaupt aus dem Wagen zu steigen. Nicht, wegen den Sachen, sondern wegen des Hauses. Ich vermisse es. Ich vermisse mein Zimmer und ... Dad. Am liebsten würde ich wieder in Tränen ausbrechen, aber das habe ich hinter mir. Er hätte gewollt, dass ich nach vorn schaue. Also wage ich es. Ich wage den Schritt.

Gedankenverloren wandere ich durch die staubige Garage, in der noch alles genau so dasteht, wie Dad es damals hinterlassen hat. Grandma hat es nie übers

Herz gebracht, irgendetwas von den Dingen wegzugeben oder gar das Haus zu verkaufen. Sie lässt es lieber verfallen, als dass sie loslässt und klammert sich lieber an Dinge, die sie nie zurückbekommt. Diesen Punkt habe ich nun erreicht. Denke ich zumindest. Mit einem schmerzverzerrten, traurigen Lächeln auf den Lippen fahre ich mit der flachen Hand über die morsche Werkbank. Ein Karton steht darauf. Erst bei genauerem Betrachten bemerke ich den Namen an der Seite. Es ist Dads Handschrift. Und mein Name. Mir sitzt ein gigantischer Kloß im Hals, als ich darauf zugehe und die Hand danach ausstrecke. Doch kaum berührt mein Finger die raue Pappe des Kartons, ziehe ich ruckartig die Hand zurück und stolpere einen Schritt nach hinten. Mit dem Rücken stoße ich gegen das Regal, in dem Dad all seine Werkzeuge und anderen Kram aufbewahrt hat, mit dem er die Autos der Nachbarn reparierte oder in Schuss gehalten hat. Mein Blick wandert über die Unordnung. Dad liebte seine Unordnung. Ein paar Mal habe ich die Garage aufgeräumt und auf Hochglanz poliert, damit er leichter die Dinge finden würde, die er brauchte. Doch es dauerte nie lange, bis wieder alles beim Alten war. »Hey, Babydoll! Komm! Nicht trödeln. Alles einpacken, was wir verkaufen können und dann raus hier.«

»Dad liebte seine Unordnung«, presse ich leise hervor und unterdrücke – beinahe erfolgreich – eine Tränenflut in meinem Inneren. Noch immer schweift mein Blick am Regal entlang und bleibt nach einem Moment an etwas Vertrautem hängen. Ist es das, was ich denke? Mit zusammengezogenen Augenbrauen gehe ich um das Regal herum und setze mich in die Hocke. Hinter zusammengeklappten Umzugskartons und Holzplatten, die Dad aufgehoben hatte, ragt der

Lenker meines alten Kinderrads hervor. Mit Tränen der Rührung in den Augen schiebe ich alles beiseite, um das Rad freizuräumen. Auf der letzten großen Pappscheibe steht *Emmys erstes Bike.* In großen, dicken Buchstaben. Es ist wieder Dads Handschrift. Ich fasse es nicht, dass er selbst dieses rostige alte Ding aufgehoben hat. Mit den Fingern fahre ich über die abgeblätterte pinke Lackierung am Gestell und abermals stiehlt sich ein flüchtiges Lächeln auf meine Lippen.

Die Erinnerung daran, wie er mir vor vielen Jahren beigebracht hat, wie man damit fährt, läuft wie ein Film durch meinen Kopf. Wie er mir Anschwung gegeben und dann das erste Mal losgelassen hat. Wie ich die Kontrolle über den Lenker verloren habe und umgefallen bin. Wie ich mit aufgescheuertem Knie auf der Straße saß, heulend wie ein Schlosshund und Dad mich getröstet hat. Wie er mir einen Kuss aufs Haar gegeben und gesagt hat: »Nur keine Sorge, Emmy. Aller Anfang ist schwer. Es ist nur wichtig, immer weiterzumachen. Und glaub mir, irgendwann kommt der Tag, da fährst du uns allen davon!« Die Erinnerung daran reißt mir den Boden unter den Füßen weg. Ich sacke auf dem staubigen Fußboden der Garage zusammen, presse mir eine Hand vor den Mund und weine leise meine Trauer aus mir heraus. Einen Moment lang suhle ich mich darin, gebe mich ganz meinem Selbstmitleid hin und breche vollkommen zusammen.

»Ey! Emily! Sitz da nicht nur auf dem Boden rum! Hilf gefälligst mit! Ich will den Kram heute noch verkaufen!«, blafft Scott plötzlich von der Seite, sodass ich erschrocken zusammenzucke und wieder im Hier und Jetzt ankomme.

Ich stehe schweigend auf, gehe zurück zur

Werkbank und nehme den Karton mit meinem Namen drauf. »Ich kann nicht. Ich ... kann nicht einfach so entscheiden, was ... was wir davon ... Mach ... mach du das! Ich ... warte im Auto!«

Als wir an einem Schwimmbad vorbeilaufen, zieht Liam plötzlich an meinem Arm. »Hey, warte mal«, sagt er leise mit einem Räuspern und zwingt mich zum Stehenbleiben. Schwer atmend drehe ich mich zu ihm um und schaue ihn fragend an. Ich kann nicht leugnen, dankbar für die kurze Pause zu sein. Dankbar für die Pause vom Laufen und vom Denken. Seit wir das Haus verlassen haben und diesen Umweg im Laufschritt hinter uns gebracht haben, habe ich dieses blöde Fahrrad nicht mehr aus dem Kopf gekriegt.

»Was ist?«, frage ich und sehe mich schon wieder in Deckung gehen, weil der nächste Sniper irgendwo sitzt und auf mich schießen will. »Sind ... wir in Gefahr?«

»Äh ... Ja. Permanent, seit wir hier sind.« Er hebt die Augenbrauen und schüttelt den Kopf. Sollte das jetzt ein Scherz sein? »Krieg dich ein. Ich ... ich wollte nur kurz ... Das ...« Er bricht mitten im Satz ab und seufzt. »Gott, ich bin nicht gut in so was. Also ... Wegen vorhin ... Ich wollte nur ... Es tut mir leid, Emily. Okay? Ich ...«

Verwundert lege ich die Stirn in Falten und mustere ihn. Damit hatte ich jetzt so gar nicht gerechnet. »Okay?«, entgegne ich langsam und langgezogen. »Und ... Ähm ... Was jetzt genau? Tut dir leid, dass ich angeschossen wurde, dass ... du mich in einer Tour beleidigst, einen Menschen getötet oder mich gezwungen hast, dir eine Knarre an den Kopf zu halten ... oder tut dir vielleicht einfach leid, dass ... wir überhaupt hier sind?«

»Äh, ja ... das ist im Grunde meine eigene Schuld«,

murmelt er und kratzt sich, mit einem überprüfenden Blick in alle Richtungen, am Kopf.

Bitte?! »Was?!«

»Nichts. Vergiss es. « Er räuspert sich, ehe er sich wieder mir zuwendet und den Rücken durchstreckt. Irgendwie wirkt er nervös und verloren. »Alles. Okay? Alles was ... da vorhin passiert ist, tut mir leid. Ich ... ich bin zu weit gegangen. Du bist eben nur eine Zivilistin und ich vergesse diesen Fakt hin und wieder. Ich vergesse, dass du nicht ...« Er bricht mitten im Satz ab und starrt gedankenverloren ins Leere. Er macht eine lange Pause und lässt mich denken, dass es ihm tatsächlich leidtut. Noch vor einer Stunde habe ich ihn zum Teufel gewünscht. Und jetzt steht er hier und druckst herum, wie ein kleiner Junge. »Ich ...«, setzt er langgezogen an und guckt kurz in den Himmel. »Ich war gerade achtzehn, als ich mich zum Soldaten ausbilden ließ. Und weil ... ich nicht einfach nur der Idiot sein wollte, der aufs Schlachtfeld rennt und sich in den Rücken schießen lässt, habe ich gedacht, kann ich auch was Sinnvolles machen. Also die Ausbildung zum Medic.« Er zuckt die Achseln. »Ich dachte, so kann ich zumindest die Idioten retten, die einfach aufs Schlachtfeld rennen und sich in den Rücken schießen lassen. Ich habe mir vorgestellt, wie cool es sein würde. Dass ich ein Held wäre.« Liam mustert mich von oben bis unten, schaut mich aber eigentlich gar nicht an und hebt mit verzogenen Lippen die Augenbrauen. Er lässt die Schultern hängen und schnaubt verächtlich. »Gott, ich habe noch nie so falsch gelegen.« Irgendwie bin ich mir nicht sicher, ob er von mir will, dass ich was dazu sage oder ob das jetzt ein bedeutender Monolog wird. Eigentlich finde ich es ja ganz nett, dass er ein bisschen was von sich erzählt. Wenn ich mir auch nicht ganz sicher bin, ob das hier der geeignete Ort ist. »Ich hatte nur die Hoffnung, ein Held zu werden und das Wissen aus meiner Ausbildung, als ich das erste Mal in den Einsatz ging. Ich war gerade zwanzig. Unerfahren und noch grün hinter den Ohren. Und das Wissen aus meiner Ausbildung?« Er schnaubt. Ernüchterung liegt darin. »Das ... war einen verdammten Scheißdreck wert. Mein erster Einsatz war in Falludscha. Zweitausendvier.« Er senkt den Kopf und knibbelt nachdenklich an seinen Fingern herum. »Alles, was ... was ich dachte zu wissen ... war ... von der einen Sekunde auf die andere ...« Er schnipst mit den Fingern und schüttelt den Kopf. »Einfach nichts mehr wert. Als auf mich geschossen wurde oder als ich blind ... zurückgeschossen habe. Ich habe Menschen getötet, habe Menschen verloren. Ich habe Verletzte gerettet, Tote geborgen, zerfetzte Kameraden vom Schlachtfeld getragen. Und ich habe ... meinen besten Freund verloren.«

»Das tut mir leid«, flüstere ich heiser.

»Mir auch«, antwortet er in der gleichen Lautstärke. »Ich habe ihn aus der Schusslinie geholt. Habe ihn in einem eingestürzten Gebäude unter Feindbeschuss und Granatendetonationen operiert. Ich habe versucht, ihm das Leben zu retten und bin gescheitert. Und ich ... musste meinem sterbenden besten Freund versprechen, dass ich seinen Eltern sage, dass er bis zuletzt tapfer war. Dass er nicht geheult hat.« Er lacht erstickt. »Was für ein absurder Gedanke, oder? Ich meine, du lernst, Seite an Seite zu kämpfen, wirst beste Freunde und dann ... schicken sie dich in die gottverfluchte Hölle! Und preisen es an, als würdest du die Welt bereisen und müsstest dafür nichts weiter tun, als ein Gewehr in der Hand zu halten. So war's bei ihm. Er wollte, dass seine Leute stolz auf ihn sind. Hat postum 'n Purple Heart gekriegt. Also sind sie's wohl.« Er rümpft die Nase und blinzelt ein paar Mal, ehe er fortfährt: »Das ist ... das ... absurdeste daran. Ich meine ... du ziehst mit deinen Brüdern in den Krieg, ihr schwitzt zusammen, blutet zusammen, leidet zusammen ... Dann gehst du nach Hause und tust so, als wäre nichts. Aber deine Menschlichkeit, die lässt du da. Deine Seele. Zusammen mit den Seelen deiner toten Kameraden. Du hast dich verändert und kriegst es erst mit, wenn ... wenn du alles und jeden verloren hast. Weil du sie nicht an dich ranlassen kannst. Und wofür?! Für 'ne scheiß Medaille. Weil du ein gottverdammter Kriegsheld bist. So, wie du es immer sein wolltest.«

»Du hast eine Medaille gekriegt?«

»Zwei«, antwortet er und schmunzelt dann doch.

»Angeber«, steige ich auf seinen Scherz ein. »Welche?«

»Das ... das Purple Heart und ähm ... und das Navy Cross.«

»Das ist hinter der Medal of Honor die ranghöchste Auszeichnung, die ein Soldat erlangen kann! Und du hast sie nach deinem ersten Einsatz gekriegt«, platzt es aus mir heraus. »Willst du mich verarschen?!«

»Du ... hast keine besonders hohe Meinung von mir, kann das sein?«, fragt er, klingt enttäuscht und schüttelt kaum merklich den Kopf.

»Wundert dich das?«, frage ich leise und etwas verkniffen. Ich will nicht wieder einen Streit vom Zaun brechen, den ich nicht beenden kann.

»Nicht wirklich, wenn ich ehrlich bin. Was ich damit aber eigentlich nur habe sagen wollen ...«, setzt er seinen Monolog fort. »Ich ... habe wohl vergessen, wo man ... die Grenze zieht. Oder, wann man zu weit geht. Wie ... wie viel man einem anderen zumuten kann. Einem ... Zivilisten.« Er deutet mit ausgestrecktem Arm auf mich. »Und das ... tut mir aufrichtig leid. Ganz im Ernst. Ich, mh ...«

Ehe er sein Gestammel oder seine Entschuldigung beenden kann, mache ich einen Satz auf ihn zu und schlinge die Arme um ihn. Perplex spannt er jeden

Muskel an. Ich spüre seine Verwirrung, doch er reagiert nicht. Er steht einfach da und lässt mich gewähren. Ich bin mir sicher, es wäre mehr als ein Leichtes für ihn, mich einfach von sich zu schieben und doch tut er es nicht. Das, was er gerade getan hat, mir das von sich zu erzählen, das muss ihm unheimlich schwergefallen sein. Er ist nicht der offenste Typ, was ich sogar verstehen kann. »Danke«, flüstere ich nach einem langen, stillen Moment mit Tränen in den Augen. »Für alles.« Ich kann nachempfinden, wie es in ihm aussieht. Denn in Dad hat es lange Zeit genauso ausgesehen. Ich werde nie vergessen, wie sehr er mit sich und den Dämonen zu kämpfen hatte, die er aus seinem Einsatz mitgebracht hat. Er war nur einmal im Auslandseinsatz und das waren die schlimmsten drei Monate meines Lebens. Ich hatte jede Nacht Angst um ihn. Jede Nacht habe ich am Fenster gesessen und gebetet, dass er heil nach Hause kommt. Aber er kam nicht heil nach Hause. Es war genauso, wie Liam es gerade beschrieben hat. Dort wo er war, hat er einen Teil von sich selbst verloren.

Mit einem leisen Räuspern beendet Liam die Stille und schiebt mich vorsichtig von sich. »Wir sollten weiter. Uns läuft die Zeit weg.«

Ich nicke bloß und folge ihm, kaum da er sich wieder in Bewegung gesetzt hat. »Operation Phantom Fury«, platzt es nach ein paar Minuten, die wir schweigend nebeneinander hergelaufen sind, aus mir heraus. »Als du … zweitausendvier im Irak warst. In Falludscha … Das war Operation Phantom Fury … oder?«, erkläre ich meinen Gedankenausbruch.

»Du weißt … von dem Einsatz?«, fragt er verwirrt.

»Nicht wirklich. Das … Mein Dad sollte … Er sollte nicht, er wollte viel mehr … eigentlich auch … in den Irak. Aber das hat nicht mehr geklappt. Sein Zug war abgefahren«, beantworte ich seine Frage knapp und versuche, unbeteiligt zu wirken. Sein Zug war abgefahren, weil er ziemlich krank wurde und starb. »Ich habe ... danach nur gegoogelt und ... wollte wissen, was das für ein Einsatz war, dem er da entkommen ist.« Ich werfe ihm einen flüchtigen Blick zu. »Entschuldige.«

»Schon gut. War gut, dass er nicht da war.«

»Ja«, stoße ich atemlos hervor.

»Und was macht dein Vater jetzt? Ist ... er einer von der Sorte Veteranen, die jeden Sonntag auf der Veranda sitzen und den alten Revolver polieren? Oder genießt er seinen Ruhestand?«

»Er ist tot«, presse ich knapp hervor.

»Oh ... Oh, Emily. Ich ... Das tut mir leid. Scheiße, ich wollte nicht ...«

»Schon gut«, unterbreche ich ihn und nicke. »Er wurde sehr krank. Lungenkrebs. Er ... er starb, als ich siebzehn war. Das hat ... mir den Boden unter den Füßen weggerissen, aber ... ich habe mich wieder gefangen. Na ja, so halbwegs.« Ich streiche mir nervös die Haare aus der Stirn und versuche mich an einem kaschierenden Lächeln. »Du ... du schuldest mir übrigens noch 'nen Zehner! Wenn ich mich recht erinnere, haben wir in dem Haus kein Wasser gefunden!«, lenke ich von dem viel zu traurigen Thema ab.

Er legt den Kopf in den Nacken und lacht. »Bist du durstig?«

»Und wie!«, seufze ich langgezogen und lasse meinen Oberkörper kraftlos nach vorne baumeln, während ich langsam weitergehe. Das erinnert mich an die Roadtrips mit Dad. Ich war fünf oder sechs und war bereits nach zwanzig Minuten Fahrt so genervt und gelangweilt, dass ich ihm permanent in den Ohren lag.

»Hier. Fang«, beendet Liam meine Gedanken und wirft mir eine Plastikflasche zu, sobald ich mich ihm zugewandt habe. »Hatte der Typ in seinem Rucksack.«

»Oh Gott«, seufze ich und widerstehe dem Drang, die Flasche zu umarmen. »Danke!«

»Also, so wie ich das sehe, schuldest du eher *mir* den Zehner. Und nicht umgekehrt!« Er legt seine Hand auf meine Schulter und rüttelt leicht daran, ehe er mich grinsend zur Seite schubst. Was ist nur mit ihm los? Erst beleidigt er mich in einer Tour und schreit mich an, zwingt mich, auf ihn zu schießen und dann ist es, als hätte sich ein Schalter umgelegt und er wirkt erleichtert und irgendwie ... fröhlich? Ich empfinde es immer wieder als sehr faszinierend, wie hilfreich es sein kann, zu reden. Offensichtlich scheinen Männer im Allgemeinen der Meinung zu sein, dass sie das nicht bräuchten. Und das macht sie zu unumgänglichen Arschgeigen. Liam ist eigentlich ein guter Kerl, der einfach nur wahnsinnig viel Scheiße erlebt und offensichtlich niemanden in seinem Leben hat, mit dem er da je drüber reden konnte.

CHAPTER SIX

LIAM

Ich darf nicht so nachlässig sein, verdammt nochmal! Pass auf, worüber du mit ihr redest, Burke! Ich hätte mich vorhin fast verplappert. Wenn sie erfährt, wer ich bin und wieso ich hier bin, dann ist meine unerklärliche Sympathie für diese nervige, naive Schlumpfine schneller hinfällig, als ich Schlumpfhausen sagen kann. Und sie ist nicht blöd. Ich habe ihren Blick gesehen. Sie ist skeptisch.

Wir kommen der Zone immer näher. Es ist nicht mehr weit, weswegen wir unser Lauftempo drosseln können. Emily ist zu unsportlich, um das ewig durchzuziehen. Die Pause sei ihr gegönnt. Ich werfe schweigend einen Blick auf das Tablet, um die Entfernung abzuschätzen und die Umgebung zu überblicken. Vielleicht kommen wir irgendwo vorbei, wo wir noch was Nützliches finden können. »In der Nähe ist ein kleiner Campingplatz«, nuschle ich, eher zu mir selbst und weiterhin auf das Display starrend. Es sind noch immer dreißig Menschen am Leben. Dreißig Menschen, die uns ans Leder wollen. »Gleich hinter dem Waldstück.«

»Willst du campen gehen?«, fragt sie mit einem leisen Glucksen. Im Augenwinkel bemerke ich ihr Schmunzeln. Verdammt! Sie ist doch irgendwie zäher, als ich dachte.

Immerhin wurde sie angeschossen – was mir zugegebenermaßen mehr Sorge gemacht hat, als ich gedacht hätte. Scheiße, ich hatte panische Angst um sie. Und das ist alles andere als gut. Ich sollte mich auf nichts einlassen. Wenn ich mich zu sehr in den Gedanken an sie hineinsteigere, kann ich mich nicht mehr auf das Wesentliche konzentrieren. Ihr die kalte Schulter zu zeigen hat allerdings auch nicht so recht funktioniert. Im Gegenteil. Ihr verstörtes Gesicht hat mich ein schlechtes Gewissen kriegen lassen. Ich habe es übertrieben. Sie hatte Angst vor mir. Ich wollte Gleichgültigkeit, vielleicht auch Hass. Damit hätte ich leben können. Aber Angst?

»Witzig«, säusle ich und werfe ihr einen tadelnden Blick zu. »Nein, danke! Mein Bedarf an Campingerfahrungen ist mehr als gedeckt.« Ich schüttle den Kopf. »Nein. Ich ... hatte viel eher gedacht, dass wir eventuell was Nützliches finden.«

»Zum Beispiel?«

»Zum Beispiel einen Bunsenbrenner. Damit könnten wir den seit dreißig Jahren abgelaufenen Eintopf wenigstens warm machen, bevor wir ihn essen.« Keine Ahnung, ob sie die Anspielung auf ihren Witz von gestern überhaupt mitgekriegt hat. Ich bin nicht gut in so was. Oh Mann! Burke, du bist echt ein Trottel!

»Oh, wow!«, presst sie hervor und lacht. »Du weißt wirklich, was ein Mädchen will! Ich weiß nicht, was ich sagen soll.« Bitte was?! Was ... zum Teufel! Flirtet sie jetzt mit mir oder verarscht sie mich? Wenn ich ehrlich bin, hätte ich nichts gegen Ersteres. Scheiße, ihr Lächeln ist umwerfend!

Ich schnaube amüsiert und schürze schmunzelnd die Lippen. So hatte ich mir das zwar nicht gedacht, aber ich kann nicht leugnen, dass ich diese Leichtigkeit an ihr ziemlich gut finde. Sie hat ein verdammt schönes Lächeln. »Halt die Klappe und komm!« Augenverdrehend gehe ich an ihr vorbei und steuere auf das Waldstück zu, an dem ich vorbeizulaufen gedenke. Flirten ist absolut nichts für mich. Besser, ich beende es, bevor es überhaupt anfängt. So gern ich mich darauf einlassen würde. Darauf einlassen ... Was heißt das überhaupt? Über meine lächerlichen pubertären Gedanken grübelnd, kann ich ein verächtliches Schnauben nicht verhindern. Auf was soll ich mich denn einlassen? Wir sind doch nicht in der High School, verdammte Scheiße! Ich sollte wieder in die Realität zurückkehren. Im Moment bin ich vielleicht so was wie ihr Held. Immerhin sorge ich dafür, dass sie nicht draufgeht. Und wenn man von der Schusswunde an ihrem Hals absieht, bin ich damit bisher womöglich sogar erfolgreich. Aber wenn das hier vorbei ist, wenn wir das tatsächlich überleben sollten, wenn ich der aberwitzigen Idee nachgebe, sie kennenlernen zu wollen – Gott bewahre, dass sie genauso denken könnte. Was soll ich ihr dann sagen? Ja, Emily. Ich weiß, dass du Bedienung in einem Diner bist, aber du viel lieber Jura studieren und Anwältin sein willst. Ja, Emily, ich weiß, dass du nach New York ziehen willst. Dein Vater ist tot? Das tut mir leid, aber das wusste ich schon. Was ich so mache? Na ja, ich werde dafür bezahlt, Menschen auf wundersame Weise aus ihrem eigenen Leben zu entfernen, damit sie auf einer abgelegenen Insel ihrem sicheren Tod in die Arme rennen. Mein Beruf nennt sich Fixer. Andere würden mich als Söldner bezeichnen, aber ich verkaufe meine Fähigkeiten nicht an den Meistbietenden, sondern habe einen festen Arbeitgeber. Irgendwie bin ich in die Firma hineingeraten, die fast für meinen Tod verantwortlich gewesen wäre. Mehr oder weniger. Meine Hobbys sind ... Tja, ich habe keine Ahnung. Ich mag Frühstück. Waffeln, Eier, Speck, das volle Programm! Was für ein armseliges Gespräch wäre das bitte? Selbst wenn sie nicht besonders erfolgreich ist bei der Verwirklichung ihres – offensichtlich zu hoch gegriffenen – Traums, hat sie was Besseres verdient, als einen armseligen Loser wie mich. Aber scheiße nochmal, ich will mit ihr frühstücken. Das Bild festigt sich in meinem Kopf. Ohne, dass ich was dagegen machen kann. Einfach ein Frühstück. Ruhig und friedlich. Wie zwei normale Menschen bei einem Date eben. Ohne, dass ich mir über die Schulter schauen oder Angst um mein Leben haben muss. Aber wenn sie erfährt, was ich getan habe, dann ist ihre Heldenillusion von mir dahin. Und dabei hätte ich nichts dagegen, mal der Held in jemandes Leben zu sein. Aber ich kann sie unmöglich anlügen. Früher oder später würde mich die Lüge einholen.

Ich habe keine Zeit, mir über die Folgen meiner potenziellen Ehrlichkeit Gedanken zu machen, denn kaum sind wir an einem der Wohnwagen angekommen, höre ich leises Stimmengewirr. Emily ist dicht hinter mir. Ich strecke meinen Arm vor ihr aus, damit sie stehen bleibt. »Was ist denn …«, sagt sie leise, sodass ich mich ruckartig zu ihr umdrehe und ihr den Mund zuhalte. Erschrocken reißt sie die Augen auf. So wie heute Morgen. Verdammt schöne Augen! Und keine Zeit für so was!

»Sch!«, mahne ich sie leise und drücke sie an der Schulter in die Hocke. Dann drehe ich mich wieder um, um einen Blick auf die mögliche Gefahr zu werfen. Vorsichtig luge ich am Wohnwagen vorbei und schrecke sofort zurück. Mit Zeige- und Mittelfinger bedeute ich ihr, dass wir es mit zwei Gegnern zu tun haben. Ich setze mich neben sie in die Hocke und lehne mich mit dem Rücken gegen den Wohnwagen. Nachdenklich rümpfe ich die Nase und verziehe das Gesicht.

»Was ist denn?«, fragt sie kaum hörbar, als sie meinen Blick sieht. Ohne auf ihre Frage zu antworten, recke ich nochmal meinen Hals, um die Lage genauer zu überblicken. Da sitzen ein Mann und eine Frau zwischen zwei aufgeschlagenen Zelten an einem nicht brennenden Lagerfeuer. Und verflucht noch eins, da steht der Bunsenbrenner, den ich so sehr begehre. Aber ist er das Risiko wert? »Liam!«, zischt Emily ungeduldig – oder vielmehr ängstlich?

»Sch!«, mache ich abermals und beachte sie nicht weiter. Gedanklich spiele ich die Optionen durch. Wenn ich mit vorgehaltenem Gewehr einfach losstürmen und rumschreien würde, würde das eventuell reichen, um sie in die Flucht zu schlagen. Aber ich kann beide nicht einschätzen. Was, wenn ich sie konfrontiere und sie ihre Waffen ziehen? Ein Bunsenbrenner wäre die Schusswunde – die mit ziemlicher Sicherheit tödlich wäre – definitiv nicht wert. Ich riskiere einen weiteren Blick und beobachte die beiden Fremden einen kurzen Moment. Ich erkenne den Kerl. »F-Fuck!«, presse ich angestrengt und mehr zu mir selbst hervor. Das ist der gottverdammte Lehrer aus Tennessee, den ich vor Emily habe verschwinden lassen. Damit ist es egal, ob er kampffähig wäre oder nicht. Nicht, dass er es wäre. Er ist Chemielehrer. Was soll er machen? Mich mit dem Periodensystem in die Flucht schlagen? Mir einen Vortrag über Thermodynamik halten? Erklären, mit welcher Energie das Projektil abgefeuert wird und welcher chemische Prozess nötig ist, um das alles überhaupt zu bewerkstelligen? Es ist egal! Beide sind keine große Gefahr für mich. Es sei denn, er sieht mich. Er könnte mich wiedererkennen und mein wahres Gesicht enttarnen. So gerne ich ehrlich zu Emily sein würde, so wenig kann ich dieses Risiko genau jetzt gebrauchen. Wenn sie irgendwas erfährt, solange wir noch auf dieser gottverfluchten Insel festsitzen und um unser Leben kämpfen, macht es das alles nur unnötig kompliziert und schwierig. Ich will kein Drama. »Okay.

Scheiß auf den Bunsenbrenner! Wir müssen schleunigst hier weg!«, flüstere ich. Angestrengt versuche ich, ruhig zu bleiben und mir meine Nervosität nicht anmerken zu lassen. Ohne auf Emilys Reaktion zu warten, packe ich ihre Hand, um sie so schnell und doch so leise wie möglich am Wohnwagen und am Sichtfeld der beiden Fremden vorbeizuziehen, da fallen plötzlich Schüsse, deren Echo im Tal widerhallt.

»Oh Gott!«, japst Emily hinter mir. Ich schrecke zusammen und ducke mich instinktiv, reiße sie mit mir in die Hocke, doch den Bruchteil einer Sekunde später erwacht der Marine in mir und lässt mich einfach handeln. Ich ziehe sie hektisch hinter den nächsten Baum, der hoffentlich genug von uns verdeckt, damit uns niemand bemerkt.

Gleich darauf ertönt lautes Gegröle und dann tauchen vier schreiende Männer auf. Ein weiterer Schuss fällt und der Lehrer aus Tennessee, der schon ergebend und flehend die Hände hochgerissen hatte, fällt tot zu Boden. Wildes Geschrei bricht los. Die Frau, die sich ebenfalls wimmernd und weinend ergeben hat, springt auf und versucht, zu fliehen. Keine gute Idee. Die Typen sind schneller. »Na los! Schnapp sie dir!«, ruft einer von den Kerlen und lacht hämisch. Der, der dem armen Mädchen am nächsten war, ist mit ein paar wenigen großen Schritten direkt hinter ihr und packt sie von hinten. Er umschließt ihren Oberkörper fest mit beiden Armen, sodass sie kaum Gelegenheit hat, sich zu wehren.

»Nein! Bitte! Hilfe! Lasst mich! Lasst mich gehen!« Sie fleht um ihr Leben, schreit, weint und tritt wild um sich. »Bitte, bitte! Nicht!«

»Oh mein Gott! Liam, wir müssen ihr helfen!«, flüstert Emily plötzlich mit Panik in der Stimme und zieht am Ärmel meiner Jacke, ehe sie sich vom Baumstamm abstößt und vorhat, etwas äußerst Dummes zu tun.

»Fuck!«, knurre ich, genervt und panisch zur gleichen Zeit. Sie ist drauf und dran in ihren sicheren Tod zu rennen. Ich folge ihr, erwische sie gerade noch rechtzeitig, bevor diese Spinner sie entdecken, ziehe heftig an ihrem Arm und reiße sie zu mir nach hinten. Ich halte sie genauso fest umschlossen, wie der kranke Typ die arme Frau knapp zwanzig Meter von uns entfernt und habe arge Mühe, sie aus dem Sichtfeld der zu vielen Menschen zu ziehen, die nicht zögern würden, das Feuer auf uns zu eröffnen, sobald sie uns sehen. Ich halte sie eng an mich gedrückt, dicht gegen einen anderen Wohnwagen gelehnt und halte ihr den Mund zu, damit sie uns nicht verrät. Angestrengt lausche ich auf die Schreie, das Lachen und Grölen und wie die Geräuschkulisse am Waldrand immer leiser wird. Ich lasse sie erst los, als ich keinen Mucks mehr höre und atme tief durch.

»Liam!«, fleht Emily, kaum, dass sie einen Schritt von mir weggestolpert ist. »Liam, was sollte das?! Wir müssen hinterher! Wir müssen ihr helfen! Scheiße, wir können sie nicht ...«

»Doch! Das können wir!«, unterbreche ich sie mit einem trägen Blinzeln und halte mahnend und abwehrend die Hand hoch, damit sie aufhört, sich in diesen Unsinn hineinzusteigern.

»Was?! Das ... das ist nicht dein ernst!«, stößt sie atemlos hervor und starrt mich mit großen Augen an. »Aber sie ... sie haben sie nicht erschossen. Sie haben sie mitgenommen«, stellt sie fest. »Was ... machen die jetzt mit ihr?« Unsicherheit und die pure Angst quillen aus ihrer Stimme hervor.

»Das willst du nicht wissen«, nuschle ich – enttäuscht darüber, nicht genauso naiv zu sein und genau zu wissen, was die mit ihr machen – und lasse den Kopf hängen. Die Frau interessiert mich zugegeben im Augenblick weniger als die Tatsache, dass sich da zwei Teams zusammengetan haben. Wir werden zu zweit losgeschickt. Nicht zu viert. Ich kann mir nicht vorstellen, dass die Wichser von Kingsman auf einmal die Regeln ändern und die Teamgrößen variieren. Diese Typen müssen sich also in Eigenregie zusammengeschlossen haben. Fuck! Ich weiß nicht, was ich schlimmer finden soll. Dass hier komplett abgefuckte und irre Typen auf die Insel geschickt werden, um das Spektakel ein bisschen aufzupeppen, indem sie Leute zu Tode foltern, oder dass sich diese komplett abgefuckten Irren auch noch zusammentun. Wer soll denn dagegen eine Chance haben?

»Was bedeutet das?« Den Bruchteil einer Sekunde schaue ich zu ihr auf. Sie wischt sich mit dem Ärmel unter der Nase lang und blinzelt hektisch die Tränen von ihren Wimpern. Mh, lecker!

»Hörst du mir eigentlich nicht zu?!«, blaffe ich und verdrehe die Augen, ehe ich mich aufrichte und vom Wohnwagen abstoße, um mit vorgehaltener Waffe zu dem nicht brennenden Lagerfeuer zu schleichen. »Bleib da!«, befehle ich ihr über die Schulter hinweg.

»Ich höre dir zu! Aber du beantwortest meine Frage nicht! Deswegen wiederhole ich sie!« Ihre Stimme ist nur ein leises Zischen. Sie folgt mir mit schlotternden Knien, was mich innerlich zur Weißglut treibt.

»Verdammte Scheiße! Ich hab dir gesagt, du sollst dableiben, Schlumpfine! Ist es eigentlich so verdammt schwierig, einfache Anweisungen zu befolgen?!«

»Wieso soll ich dableiben? Die Gefahr ist doch vorüber. Wir haben so lange gewartet, bis sie mit einer unschuldigen Frau abgehauen sind!« Macht sie mir da etwa einen Vorwurf draus? Kacke, ich versuche hier, uns am Leben zu halten! Was interessieren mich da andere?

»Oh mein Gott! Sei still! Sei nur ... ein einziges Mal still! Fuck! Ich versuche hier zu denken und du ... Halt verdammte Scheiße nochmal die Klappe! Du ... du hörst einfach nicht auf zu reden! Und das ... das ist so unwahrscheinlich nervtötend!« Ich beiße mir auf die Zunge und schlage genervt die Hände überm Kopf zusammen. »Ich muss denken! Ich kann dein Gejammere gerade echt nicht gebrauchen!«

Sie schnaubt. »Da ist das Arschloch ja wieder!« Ich verdrehe so offensichtlich und so genervt stöhnend die Augen, wie ich eben kann und wende ihr den Rücken zu. Während sie sich ungerecht behandelt fühlt und mich zum Teufel wünscht, werfe ich einen Blick auf die Leiche des Chemielehrers, der mich nun nicht mehr verraten kann. Ich gehe vor ihm in die Hocke und seufze leise, ehe ich seine Taschen durchsuche. »Ich finde es unfassbar, dass du das tust«, flüstert sie leise – und doch laut genug, damit ich sie auch sicher hören kann. Ich höre außerdem Ekel und Missfallen in ihrer Stimme.

»Krieg dich wieder ein, Prinzessin.« Stöhnend richte ich mich wieder auf und schnappe mir den Bunsenbrenner, den ich unbedingt haben wollte. Wenigstens ein kleiner Trost. Wenn man das so nennen kann. Bei der Aufregung und der neu gewonnenen Erkenntnis, dass hier Typen herumrennen, die sich in ihrer grenzenlosen Gestörtheit zusammentun, hätte ich wohl lieber darauf verzichten sollen, herzukommen. Aber hey, was tut man nicht alles, um auf einer Todesinsel ein Mädchen mit warmem Konserveneintopf zu beeindrucken. Wobei das wohl auch hinfällig sein dürfte. Summa summarum lässt sich also festhalten, dass ein Bunsenbrenner das hier eindeutig nicht wert war!

Ich habe seit einer Ewigkeit verfluchtes Seitenstechen, doch ich käme im Traum nicht auf die Idee, das Tempo zu drosseln. Ich hätte wohl häufiger trainieren sollen, seit ich aus dem Militärdienst ausgestiegen bin. Meine Ausdauer ist echt nicht mehr das Wahre. »Wie weit ist es noch, bis wir in diesem komischen Kreis sind? Ich habe echt keine Lust darauf, nochmal geröstet zu werden«, hechle ich und renne hinter dem knallharten Kerl her, der sich mir gestern als Damien Serene vorgestellt hat und nicht gerade der redseligste Typ ist.

Er zieht das Tablet aus seiner Hosentasche, ohne sein Tempo zu verringern, und wirft einen kontrollierenden Blick auf die Karte. »Nicht mehr weit. An den Lagerhallen da vorne vorbei und dann ist es gleich hinter der Schule.«

»Alles klar«, presse ich atemlos hervor. »Wird Zeit. Ich brauche eine Pause.«

»Kriegst du ja auch gleich. Hör auf zu flennen und komm. Bei den Lagerhallen sollten wir besser vorsichtig sein. Wer weiß, was uns da erwartet.«

Kaum hat er seinen Satz beendet, durchbricht ein markerschütternder Schrei die beinahe idyllische Stille. Der Schrei kam genau aus Richtung der Lagerhallen, die wir eben im Begriff waren, passieren zu wollen. »Fuck!«, stoße ich hervor. »Das war eine Frau!«

»Ja. Komm! Die Lagerhallen haben sich gerade als unsicherer Weg herausgestellt. Lass uns großzügig drum herum laufen.« Mit einem knappen Kopfnicken deutet er nach links.

»Was?!«, stoße ich tonlos hervor und starre ihm nach. Er hat sich bereits in Bewegung gesetzt, ohne auf mich zu achten. Doch anstatt ihm zu folgen, bleibe ich stehen. Wieder ertönt ein Schrei. Aber er ist nicht so laut wie eben. Er ist leiser und durchzogen von einem angsterfüllten und schmerzverzerrten Wimmern.

»Burke! Beweg dich!«, zischt Damien leise und

breitet die Arme aus, als ihm offensichtlich aufgefallen ist, dass ich nicht hinter ihm bin. Mein Blick wandert zwischen ihm und den Lagerhallen hin und her. Ich kann doch nicht einfach ignorieren, dass da jemand Hilfe benötigt! Was denkt er sich! »Denk nicht mal dran! Das ist nicht unser Problem! Los jetzt! Komm schon!«

»Ich kann nicht!«, antworte ich knapp und nehme meinen Soldatenstolz, und nicht zu vergessen meine Menschlichkeit, um der Frau zu helfen.

»Alter! Du hast keine Ahnung, was dich da erwartet! Lass es!«

»Du könntest mir helfen! Dann wäre es einfacher!«

»Vergiss es! Mach deinen Scheiß alleine! Viel Spaß beim Sterben.« Kopfschüttelnd dreht er sich um und setzt sich wieder in Bewegung. Zugegeben, ich würde mich am liebsten einen Moment lang damit befassen, dass er mich tatsächlich im Stich lässt, wie das offensichtlich egoistische Stück Scheiße, für das ich ihn seit gestern schon gehalten habe, doch ich kann nicht. Ein weiterer Schrei hält mich im Hier und Jetzt.

Ohne weiter nachzudenken, husche ich so schnell ich kann zu den Lagerhallen, die ich in geduckter Haltung durchkämme. Bedacht auf jedes Geräusch. Ich schleiche zwischen den dicht beieinanderstehenden Hallen hindurch, da höre ich ein kraftloses Wimmern. Es ist nah und links von mir. Ich lehne mich gegen die Wand zu meiner Linken und atme tief durch. Vorsichtig schaue ich um die Ecke. Zwei Männer hocken vor einer am Boden liegenden Frau. Der eine hat ein Messer in der Hand und zieht immer wieder mal kurze und mal längere Schnitte am Arm der Frau entlang, die kraftlos ihr Gesicht verbirgt. Die beiden kranken Gestalten geilen sich daran auf, eine wehrlose Frau zu foltern?! Nicht mit mir! Ich schaue mich noch einmal in alle Richtungen um. Ich hoffe, ich habe keine Gefahr übersehen. Tief durchatmend mache ich mir selbst Mut, dann stehe ich auf und stoße mich von der Wand ab. Mit vorgehaltener Flinte gehe ich schnellen Schrittes und doch so leise ich kann auf die Typen zu. »Ey!«, blaffe ich laut, um auf mich aufmerksam zu machen kaum, dass ich in Schussreichweite bin. Erschrocken zuckt der eine mit dem Messer zusammen. Sofort springen beide auf und wenden sich mir zu. Der andere zieht eine Pistole hinter seinem Rücken hervor, doch ich gebe ihm sicher nicht die Gelegenheit, sie zu benutzen. »Es hat sich ausgefoltert, ihr Pisser!«, knurre ich und drücke ab. Zwei Mal. Schnell hintereinander. Die Wucht der Schrotmunition, die auf diese kurze Distanz ihre volle Wirkung entfaltet, lässt beide mit zerfetzten Oberkörpern nach hinten fliegen. Beide sind auf der Stelle tot. In mir brodelt es. Das Adrenalin rauscht durch meinen Körper und lässt mich den Atem anhalten. Der Rückstoß der Schrotflinte kribbelt in meinen Händen. Vielleicht ist das auch nur die Aufregung. Ich habe lange keine Waffe mehr auf Menschen abgefeuert. Ergebend nehme ich die Hände hoch und schiebe dann die Flinte durch den Riemen an meinem Rucksack. »Alles gut. Ich tu dir nichts.«

Ich beobachte die verheulte Frau dabei, wie sie sich die Tränen wegwischt und langsam aufsteht. Ihr plötzliches Lachen verwirrt mich zutiefst. Es ist kein erleichtertes Lachen. Vielmehr so eines, was einem im Kino durch Mark und Bein geht, wenn man erfährt, wer der Killer ist. »Das hättest du nicht machen sollen, Süßer!« Sie steht vor mir und zieht eine Pistole hervor. Noch immer mit erhobenen Händen stehe ich da und sehe mein Leben an mir vorbeilaufen. Fuck! Mit angespanntem Kiefer versuche ich, so langsam und unauffällig wie möglich meinen Arm nach hinten zu strecken, um an die Flinte zu gelangen, die ich eben – so unvorsichtig und nachlässig wie ich war – weggesteckt habe. Scheiße, Burke! Was für ein dämlicher Anfängerfehler! »Na!«, macht sie und wedelt mit der Pistole herum. »Das lass mal schön bleiben!« Scheiße! Im Augenwinkel erkenne ich, wie jemand hinter der Verrückten auftaucht, deren Leben ich vor einer Minute gerettet habe. Es ist Damien. Na, so was. Hat er doch ein Herz für Fremde? Ich lasse mir nicht anmerken, dass er da ist, erwidere schweigend den Blick der Frau. »Wie wäre es, wenn du mir deinen Rucksack rüber wirfst? Natürlich mit der Kanone darin!«

»Oh, ich denke nicht, dass ich das machen werde.«

»Ach, du verdammter Hurensohn! Willst du, dass ich dir eine Kugel zwischen die Augen schieße?! Scheiße, ich will dein Zeug! Du entscheidest, ob du noch lebst, wenn ich es mir nehme, oder nicht! Sei klug und gib es mir einfach!«, blafft sie und zieht wütend und angespannt die Augenbrauen zusammen. Sie tritt auf der Stelle. Entweder ist sie nervös oder auf Entzug, aber irgendwas stimmt mit ihr definitiv nicht. Schweiß läuft ihr übers Gesicht. »Ich sage es nicht nochmal! Schmeiß deinen Rucksack hier rüber. Und die Hände behältst du schön da, wo ich sie ... mh!« Sie schafft es nicht, ihren Satz zu beenden. Damien hat sie von hinten gepackt und ihr sein Messer in die Brust gerammt. In der gleichen Sekunde höre ich den Knall eines Schusses und ein plötzliches Brennen durchzuckt eine Stelle meines Körpers, die ich nicht genau orten kann, die mich aber gleichzeitig zu Boden reißt.

»Verfickte Scheiße!«, höre ich Damien rufen. Ich sehe, wie er auf mich zukommt und dann wird mir kurz schwarz vor Augen. »Bleib wach, Mann! Ey! Burke!« Er rüttelt an meinen Schultern. Ich muss einige Male blinzeln, um nicht komplett abzudriften. »Lass mal sehen, wo die Schlampe dich erwischt hat.« Er zieht und zerrt an mir, was ich kaum wahrnehme. »Alles klar. Ist halb so wild. Nur ein Streifschuss. Ein bisschen unterhalb der Rippen. Reiß dich zusammen, Mann! Ich dachte, du bist so einer von den Special Forces. Seid ihr Jungs nicht darauf abgerichtet, Schussverletzungen zum Frühstück zu essen?« Es ist unfassbar, wie viel Bullshit aus einem einzigen Menschen kommen kann. »Ich klebe ein Cinderella-Pflaster drauf und dann wird das wieder, okay?« Er klopft mir ein paar Mal verständnisvoll auf die Schulter und verzieht die Lippen zu einer schmalen Linie. »Komm jetzt! Bevor der Partner der Schlampe auftaucht und zu Ende bringt, was sie angefangen hat!«

Ich weiß schon, dass es falsch war. Dass wir hätten helfen müssen. Es wäre das Richtige gewesen. Auch, wenn wir bei dem Versuch mit ziemlicher Sicherheit beide draufgegangen wären. Es wäre menschlich gewesen. Aber auf dieser gottverfluchten Insel ist kein Platz für Menschlichkeit oder Nächstenliebe. Hier heißt es nur: Fressen oder gefressen werden! Mein schlechtes Gewissen wächst. Und nicht zuletzt, weil Emily seit der Sache am Campingplatz schweigend und mit eingeknickter Haltung, einem traurigen Blick und vor Verachtung mir gegenüber strotzend hinter mir hertrottet. Scheiße, ich bin kein Unmensch. Natürlich habe ich Mitgefühl. Aber ich bin Realist. Selbst wenn die Frau ihren Peinigern entkommen könnte – was ich ziemlich abwegig finde – wird sie früher oder später dem nächsten in die Arme rennen, der ihr eine Kugel in den Kopf jagt. Emily ist nicht wie ich. Sie versucht zu helfen, hat Mitgefühl und gibt sich selbst die Schuld an dem, was passiert ist. Sie denkt, dass ein bisschen Nächstenliebe ausreicht, um die Welt zu einem besseren Ort zu machen. Trotz der Tatsache, dass sie auf einer Insel festsitzt, auf der es nur einen Weg gibt, um zu überleben. Ich weiß nicht, ob ich das bewundernswert oder doch eher bedauernswert finden soll. Im Grunde will ich ihr ihre Naivität nicht nehmen. Sie schützt sie davor, ihre Menschlichkeit zu verlieren. Andererseits hätte ihre Naivität uns vorhin beinahe das Leben gekostet, weswegen ich sie am liebsten schütteln und ihr die Realität um die Ohren schlagen würde.

Langsam gehe ich vor ihr her, schaue mich immer wieder überprüfend nach ihr um und warte darauf, dass sie losbrüllt. Dass sie mir wieder eine Ohrfeige verpasst und mir sagt, dass das alles meine Schuld ist. Doch sie bleibt still. Das war es doch, was ich von ihr wollte, oder nicht? Ich habe sie angeschrien, sie möge einfach die Klappe halten. Und jetzt, da sie es tut – die längste Zeit, seit ich sie kenne – erdrückt ihr Schweigen mich. Augenverdrehend schaue ich kurz in den Himmel und räuspere mich dann. Zeit, sich zu entschuldigen, Burke, oder versuch wenigstens, sie zu trösten! »Wenn …«, beginne ich und breche den Satz mit einem Seufzen sofort wieder ab. Ich weiß nicht mal, was ich sagen soll. Na ja, ich weiß es schon. Die Frage ist, ob es das Richtige ist. »Wenn sie Glück hat … ist sie schon tot.« Oh Mann! Verfluchte Scheiße! Was zur Hölle habe ich da gerade gesagt?

»Was?!«, platzt es aus Emily heraus und ich höre ihr das Entsetzen förmlich an. »Was meinst du bitte damit?« Ich drehe mich erneut zu ihr um und bemerke, wie sie stehen bleibt. Also bleibe auch ich stehen. Mit hängenden Schultern schüttle ich den Kopf. Ich wollte sie beruhigen und nicht noch mehr aufwühlen. Das hat mal so gar nicht geklappt. »Liam!«

»Was?«, frage ich seufzend und ohrfeige mich gedanklich selbst. Wie komme ich aus der Nummer bloß wieder raus? »Lass uns ... kurz eine Pause machen. Da vorne ist eine Tankstelle. Dann können wir ... Na ja, ich denke, du brauchst eine Pause.«

»Wir haben keine Zeit für eine Pause. Ich denke, wir müssen in den Zauberkreis«, widerspricht sie säuselnd. Ist sie genervt? Wahrscheinlich. Es würde mich nicht wundern. Ich denke, sie ist zu erschöpft, um noch weiter mit mir über dieses und jenes zu diskutieren oder zu streiten.

»Wir sind längst im Zauberkreis.« Sie nickt bloß und folgt mir.

Schweigend duckt Emily sich unter meinem Arm hindurch und betritt die eigentlich verschlossene Tankstelle. Wieso eine Kette vor der Doppeltür hängt, weiß ich nicht. Es ist mir sogar ziemlich egal. Ich werfe nochmal einen überprüfenden Blick in alle Richtungen und folge ihr dann ins Innere. Schweigend schauen wir uns um. Die Regale sind verstaubt und leer. Nichts, was wir gebrauchen könnten. »Komm hier rein«, sage ich leise, als ich den Kopf durch die geöffnete Tür des Hinterzimmers gesteckt und einen kurzen Blick hineingeworfen habe. »Ist kein Ritz-Carlton, aber für eine kurze Pause wird es wohl reichen«, versuche ich zu scherzen. Mit einem schwachen Lächeln schiebt sie sich an mir vorbei, zerrt sich den Rucksack von den Schultern und setzt sich. Sie zieht die Beine nah an ihren Oberkörper und lehnt den Kopf gegen die Wand in ihrem Rücken.

»Alles klar?«, frage ich vorsichtig und setze mich vor ihr in die Hocke.

Meine Frage beantwortet sie schweigend und irgendwie abwesend, indem sie einfach nickt. Die Sache vorhin lässt sie nicht los. Gedankenverloren schaut sie ins Leere. »Wie ... hast du das eben gemeint? Als du gesagt hast, dass sie mit Glück schon tot ist.«

Enttäuscht darüber, dass ich ihre rosa Seifenblase erneut malträtieren werde – und offensichtlich doch nicht aus der Nummer rauskomme –, schließe ich kurz die Augen. »Emily«, seufze ich und befasse mich gedanklich damit, wie ich mich rausreden kann.

»Sag es einfach.«

»Okay, ähm ... Entschuldige, aber ... aber erinnere dich daran, was ich heute Vormittag schon zu dir gesagt habe.« Ich bedenke sie mit einem ernsten Blick. »Hier gibt es Typen, denen man lieber nicht begegnen will. Besonders ... als Frau.« Kraftlos lasse ich den Kopf hängen. »Aber genau das ... ist diesem Mädchen vorhin passiert.« Ich reibe mir die Stirn. »Und es tut mir sehr leid um sie. Aber sie ... ist nicht mein Bier. *Du* bist mein Bier! Ich weiß, dass du helfen wolltest und ich kann das gut verstehen, aber ...«

»Ach, ja?! Kannst du das?«, unterbricht sie mich und schnaubt enttäuscht. »Liam, wir waren heute doch nicht viel besser als diese Männer!« Sie fühlt sich schrecklich. Ich weiß, was in ihr vorgeht. In jedem einzelnen Einsatz habe ich mich ganz genauso gefühlt. Wenn ich nach einem Feuergefecht wieder in der Basis ankam und meine Kameraden nicht. Wann immer ich konnte, habe ich mir selbst die Schuld dafür gegeben. Ich hätte, sollte, müsste. Aber ich habe nicht. So was verfolgt einen. Dass es nun sie verfolgt, macht mich fertig.

»Emily, ich hätte dich unmöglich ...« Scheiße, Burke! Reiß dich zusammen! »Wenn ... die dich gesehen hätten, dann würden ... sie jetzt mit dir genau das Gleiche machen wie mit ihr, ich würde tot neben dem Kerl am Lagerfeuer liegen und könnte dir nicht helfen!« Ich senke den Blick und drehe meinen Kopf von ihr weg, damit sie mir meinen Ekel nicht ansieht. Angestrengt beiße ich die Zähne zusammen und kneife eine Sekunde lang die Augen zu, um das Bild, das versucht, sich zu formen, wieder in den Tiefen meiner Gedanken zu vergraben. »Es tut mir leid, Emily – auch, wenn du mir das vielleicht nicht glaubst. Dich ... so zu sehen ist ... nicht das, was ich damit bezweckt hatte, dich davon abzuhalten, in den sicheren Tod zu rennen.« Seufzend lasse ich die restliche Luft aus meinen Lungen entweichen. »Scheiße, ich ... bin echt nicht gut im Trösten.« Nervös fahre ich mir durch die Haare und lache unbeholfen.

Sie schnaubt, bedacht darauf, meinem Blick auszuweichen. »Bist du nicht«, bestätigt sie leise und wischt sich unauffällig eine Träne von der Wange. »Aber ist schon in Ordnung. Es ist auch nicht deine Aufgabe.«

»Na ja, wir sind zusammen hier und ich fühle mich irgendwie für dich verantwortlich. Also ...« Achselzuckend lasse ich meinen Satz ausklingen.

Mit einem kaum merklichen Lächeln – eher einem zuckenden Mundwinkel – legt sie plötzlich ihre Hand an meine Wange. »Danke für den Versuch.«

Wow! Damit hatte ich nicht gerechnet. Ihre Berührung lässt mich erstarren und hektisch blinzeln. Was zur Hölle ist denn jetzt passiert? Mit einem auffallend lauten Räuspern weiche ich ein bisschen nach hinten, sodass sie ihre Hand sinken lässt. Ich würde gerne sagen, dass mir das unangenehm war, aber die Wärme ihrer Hand war seltsam beruhigend. So wie ihre Umarmung vorhin. Wenn ich es nicht besser wüsste, würde ich meinen, sie versucht, mich zu erden. »Zu meiner Verteidigung, ich musste es auch nie«, versuche ich mich erneut – vermutlich kläglich scheiternd – an einem Scherz. »Äh ... Wenn ich ... auch nicht gut im Trösten bin, vielleicht gibst du mir eine Chance, mich in Ablenkung zu versuchen?«

Sie schüttelt den Kopf und verzieht skeptisch das Gesicht. »Wie willst du mich ablenken?«, fragt sie mit einem verwirrten Lachen. Ich halte ihr den Zeigefinger vor die Nase und bedeute ihr, kurz zu warten, dann ziehe ich mein Messer aus dem Gürtel und ritze Linien auf den Boden. Ich spüre ihren beobachtenden, fragenden Blick auf mir. Sie verfolgt meine Bewegungen mit Argusaugen. Als ich fertig bin, stecke ich das Messer weg, sammle drei kleine Steine vom Boden auf und ziehe eine Streichholzschachtel aus der Jackentasche, der ich drei Streichhölzer entnehme, bevor ich auch das Schächtelchen wieder verschwinden lasse. Schmunzelnd halte ich ihr meine flachen Hände hin. In der einen die Streichhölzer und in der anderen die Steine. »Was soll das werden? Warte ... Tic Tac Toe?«

»Exakt!«, bestätige ich und nicke. »Los. Wähle deine Waffe.« Augenverdrehend greift sie nach den Steinen und nickt. »Okay!«, sage ich langgezogen und grinse. Wir spielen eine Runde nach der nächsten, was sich als sinnfreier herausstellt, als ich gehofft hatte. Emily ist entweder keine gute Strategin oder sie ist mit dem Kopf noch immer woanders. Ich schlage sie neun Mal hintereinander. Schon alleine, weil sie es immer auf die gleiche Weise probiert. Im Schneidersitz sitze ich ihr gegenüber, die Arme auf den Oberschenkeln abgestützt und schaue ihr beim Denken – oder Träumen – zu, während ich im Begriff bin, sie auch ein zehntes Mal vernichtend zu schlagen. »Wow«, seufze ich und raufe mir, mich streckend, mit beiden Händen die Haare. »Du bist ... wirklich wahnsinnig schlecht darin.«

»Entschuldige. Ich ... bin nicht ganz bei der Sache.«

»Offensichtlich.« Ich stehe auf und ziehe geräuschvoll die Nase hoch. »Und ganz offensichtlich bin ich im Ablenken genauso miserabel, wie im Trösten.«

»Ist nicht deine Schuld.«

»Na, komm. Wird Zeit, dass wir uns irgendwas für die Nacht suchen. Außerdem habe ich echt Hunger.« Ich halte ihr die ausgestreckte Hand entgegen und warte geduldig darauf, dass sie sie ergreift. Doch anstatt aufzustehen, sitzt sie einfach da und hypnotisiert den Boden. »Was ist los, hm?«

»Sie ... Ich kann ihr Gesicht nicht vergessen. Ihren Blick.« Mit schmerzverzerrtem Gesicht schaut sie zu mir auf. »Sie hat mich gesehen, Liam. Wir haben ... uns in die Augen gesehen. Ihr Blick war so ... Sie hat mich angefleht, ihr zu helfen.«

»Hey, Emily«, sage ich mit einem leisen Seufzen und gehe vor ihr in die Hocke, um ihr eine Strähne aus dem Gesicht zu schieben. »Ich weiß genau, was du meinst. Das ist hart. Im Einsatz war das so ... Man tötet viele, rettet wenige ... aber erinnert sich nur an die, die man nicht retten konnte. Und es verfolgt einen.«

»Und was tust du dagegen?«

Achselzuckend taxiere ich die Wand in Emilys Rücken. »Gar nichts.« Das ist sehr ernüchternd. Ich sehe es in ihrem Blick. »Du kannst nichts tun. Nur ... warten. Die Zeit heilt alle Wunden, wie man so schön sagt. Und irgendwann ... verblassen ihre Gesichter. Ihre strafenden Blicke. Irgendwann werden die Stimmen in deinem Kopf leiser, die dir Schuldgefühle zurufen.« Meine Worte enttäuschen sie. Aber was hätte ich davon, ihr irgendwelche Lügengeschichten zu erzählen. »Na, komm.« Freundschaftlich tätschle ich ihr Bein und stehe wieder auf, um sie auf die Füße zu ziehen.

Auf leisen Sohlen schleichen wir um die Tankstelle herum. Eine Bewegung im Augenwinkel lässt mich ruckartig das Gewehr hochreißen. »Wou!«, sagt die vertraute Stimme, die zu einem nicht ganz so vertrauten Gesicht gehört. Vor mir steht ein Mann. Ein abgehalfterter Mittvierziger, dessen schüttere graue Haare er unter einer siffigen Baseballkappe verbirgt. Ich erkenne das Gesicht wieder, das sich in den letzten drei Jahren doch ziemlich verändert hat. Fuck! Serene! Er ist hier! Wieso zur Hölle?! Scheiße, ist das vielleicht Absicht? Hat Kingsman seine Anwesenheit hier arrangiert, um sicherzustellen, dass ich auch brav draufgehe? Nein, das kann nicht sein! Ich habe seine Akte gelesen, nachdem ich bei denen angeheuert hab. Er wurde von einem Mithäftling verkauft, weil Damien gequatscht hat, um auf Bewährung rauszukommen. Er war damals genauso ein Opfer dieses kranken Systems wie ich. Und in den drei Jahren, die ich für Kingsman Solutions gearbeitet habe, habe ich ihn weder gesehen noch gesprochen. Er hat sicher nicht für sie gearbeitet. Andererseits muss das nicht bedeuten, dass das nicht trotzdem arrangiert wurde. Nicht zu wissen, wieso er hier ist, beunruhigt mich.

»Liam, erschieß ihn!«, feuert Emily mich von hinten an und reißt mich aus meinen Gedanken. Ihre Stimme bebt und ein Blick über die Schulter verrät mir, dass ihr ganzer Körper vor Panik schlottert. Zitternd hält sie ihre Pistole in die Richtung des Mannes, mit dem ich vor drei Jahren schon einmal hier war. Ihre Worte überraschen mich. Nachdem sie wegen des Typen von heute Morgen so einen Aufriss gemacht hat, hätte ich nicht gedacht, dass sie mir mal sagen würde, ich solle einen anderen Menschen erschießen. Andererseits war das auf dem Campingplatz vorhin im Vergleich doch härter für sie zu ertragen und vielleicht fängt sie langsam an zu begreifen, wie das hier läuft.

»Oho!«, macht Damien gespielt beeindruckt und streckt seinen Oberkörper nach hinten. »Das Mädchen hat Pfeffer im Arsch, was?« Wenn er wüsste, wie falsch er damit liegt. Sein Blick wandert an ihr rauf und runter, was mich zur Weißglut bringt. Dieses lüsterne Funkeln in seinen Augen schürt meine Wut.

»Lass sie!«, zische ich, so drohend ich kann.

Dann dreht er seinen Kopf zu mir, grinst und lässt seine Waffe sinken. »Burke!«, begrüßt er mich und streckt die Arme wie Waagschalen zur Seite. Ich frage mich, was diese ausladende Geste soll. Will er jetzt eine herzliche Umarmung?

»Serene«, entgegne ich knapp und nicke.

»Was … Du … Ihr kennt euch?!«, platzt es aus Emily heraus und sie starrt mich entgeistert an.

»Wieso bist du alleine?« Ich ignoriere sie. Für den Moment ist es wichtiger, die Situation mit Damien unter Kontrolle zu halten. Der Typ ist unberechenbar und ich traue ihm nicht weiter, als ich ihn werfen könnte. Er hat es genossen, auf der Insel tun und lassen zu können, was er wollte. Ich denke nicht, dass sich das geändert hat.

»Ist das deine? Hm?« Mit einem Kopfnicken deutet er auf Emily, ehe er noch einmal ausgiebig an ihr rauf und runterschaut. Ihre Angst ist greifbar. Und meine Wut wächst. »Süßes Kätzchen. Hast du's ihr schon besorgt?!«

Nur nicht ausflippen! »Halt's Maul!«, knurre ich. Meine Nasenflügel beben unter der immensen Wut, die in mir brodelt und droht, überzukochen.

»Ja, klar hast du!« Er lacht. »Scheiße, wenn ich mit ihr unterwegs wäre, hätte ich auch schon längst eine Spritztour mit ihr gemacht. Wenn du verstehst, was ich meine.« Er zwinkert ihr zu.

Schützend stelle ich mich zwischen die beiden und dankbar verzieht Emily sich hinter mich. »Wieso bist du alleine?!«, wiederhole ich meine Frage und hänge ihr mehr Nachdruck an.

»Mh«, macht er und zuckt mit der Schulter. »Der arme Idiot den ich abgekriegt habe, war so ein Busfahrer aus Toledo. Hat die ganze Zeit geflennt, kaum, dass er aufgewacht war und ich ihm alles erklärt hatte. Ich konnte das nicht mehr ertragen. Da habe ich ... ihn erschossen.« Gelangweilt legt er den Kopf schief. »Alleine bin ich besser dran, Mann.« Sein Blick wandert zu dem Gewehr, das ich ihm immer noch entgegenhalte. »Und ... erschießt du mich jetzt?«

Ich wäge meine Optionen ab. Wenn ich ihn gehen lasse, treffen wir früher oder später bestimmt erneut aufeinander. Er ist ein Überlebenstyp. Der lässt sich nicht so leicht unterkriegen. Wenn wir uns später wiedersehen, werde ich ihn also nicht wieder so einfach gehen lassen können und wer weiß, ob er dann immer noch bei so guter Laune ist, uns nicht direkt eine Kugel in die Köpfe zu schießen. Wenn ich es also tue und ihn einfach erschieße, erledigt sich ein potenzielles Problem, bevor es überhaupt entsteht. Andererseits wäre ich jetzt nicht hier, hätte ich ihn damals nicht als Partner gehabt. Nachdenklich knirsche ich mit den Zähnen und starre ins Leere, ehe ich mich geschlagen gebe und die Waffe sinken lasse. »Verschwinde!«

»Hoorah, Lieutenant Burke ... Sir!« Er lacht abfällig und salutiert übertrieben, bevor er sich schwungvoll umdreht und sich wieder in Bewegung setzt.

»Serene!«, rufe ich ihm nach. Er bleibt nicht stehen und dreht sich nicht um. »Beim nächsten Mal werde ich nicht so nett sein!«

»Ich freue mich schon drauf!« Seinen Worten hängt er einen hochgehaltenen Mittelfinger an, was mich genervt den Kopf schütteln lässt. »Semper Fi, Burke! Semper fucking Fi!«, ruft er noch – laut genug, damit ich ihn auf jeden Fall höre. Damit ich den Spott höre. Alleine dafür müsste ich ihm eine Kugel in den Hinterkopf schießen! Dieser blöde, respektlose Wichser!

»Komm jetzt. Weg hier«, flüstere ich Emily über die Schulter zu, ohne Damien aus den Augen zu lassen, bis er hinter der Tankstelle und damit aus meinem Sichtfeld verschwunden ist. Gedanklich zähle ich bis zehn, doch es will sich keine Erleichterung einstellen. Durch die Nase einatmen – eins, zwei, drei, vier. Pause – eins, zwei, drei, vier. Durch den Mund ausatmen – eins, zwei, drei, vier. Pause – eins, zwei, drei, vier! Nein! Meine Wut will einfach nicht verrauchen. Dass Serene hier ist – und dass ich nicht weiß, wieso –, macht mich wahnsinnig. Jetzt muss ich mir doppelt so oft über die Schulter schauen. Dabei hatte ich eigentlich gehofft, für den Moment meine Ruhe vor irgendwelchen unschönen Begegnungen zu haben. Vom Schlaf kann ich mich dann gedanklich schon mal frei machen. Das wird heute Nacht nichts.

»Warte!« Emilys Stimme lässt mich in der Bewegung innehalten und mich erwartungsvoll zu ihr herumdrehen. Sicher will sie mich über Damien ausfragen. Aber so wenig sie über mich weiß – was auch eigentlich schon zu viel ist –, so wenig werde ich mit ihr über ihn reden. »Du ... kanntest diesen Kerl«, stellt sie fest. Ich nicke. »Er war bei dir, als du das erste Mal hier warst. Richtig?« Erneut nicke ich. »Wieso hast du zugelassen, dass er so über mich redet?« Ihr flehender Blick macht mich fertig. Sie ist tief verletzt.

Scheiße! Ich fühle mich echt mies deswegen. »Das ist ein unberechenbares Stück Scheiße, Emily! Ich wollte dich nicht gefährden.«

Sie schnaubt. »Ich verstehe dich nicht, Liam.«

»Was meinst du?«

»Wo ziehst du die Grenze?« Achselzuckend zieht sie die Augenbrauen zusammen. »Wann ... ist es für dich in

Ordnung, einen Menschen zu töten ... und wann nicht? Wenn er ein abartiges, sexistisches Schwein ist, scheint das noch nicht zu reichen. Ich meine, ich kann mit so widerlichen Anmachsprüchen umgehen. Im Diner meint mindestens einmal pro Woche so ein Arschloch, dass er sich alles rausnehmen und meine Kollegin oder mich begrabschen oder dumme Kommentare ablassen kann. Das bin ich schon gewohnt. Aber wann ... ist es in Ordnung, jemanden zu töten? Reicht es, wenn du jemanden kennst, um es nicht zu tun? Deinen eigenen Worten nach stirbt er doch ohnehin. Und so wie ich das sehe, ist das einer von der Sorte, die es verdient haben, hier zu sein!«

»Du verstehst das nicht.«

»Deswegen frage ich dich ja. Damit du es mir erklärst!«

»Ich war es ihm schuldig!«, zische ich, drehe mich um und schließe kurz die Augen, um mich zu beruhigen. »Komm jetzt bitte!«

Den Schatten der Abenddämmerung nutzend, laufen wir an einem von vier Hochhäusern vorbei, in deren Vorgarten ein riesiger Spielplatz steht. Wäre das nicht so eine Freakshow, könnte man tatsächlich denken, dass hier Menschen leben. Ich persönlich wäre sogar mit einer dieser Wohnungen in einem der Hochhäuser zufrieden. Gerne so weit oben wie möglich. Von da aus hat man einen bombastischen Blick aufs Meer. »Hey, komm mit«, höre ich mich sagen, als mir auf einmal eine Idee kommt. Ich ziehe sie am Arm nach links, Richtung Hochhaus.

»Wo gehen wir denn hin?«

»Warte es ab«, antworte ich knapp und ziehe sie zum letzten der vier riesigen Wohngebäude. Schweigend laufe ich vor ihr her und betrete das riesige Treppenhaus.

»Wo ... zum Teufel ... willst du denn hin?«, hechelt

sie, als wir im elften Stockwerk ankommen und klammert sich ans Treppengeländer. Ich drehe mich auf dem Treppenabsatz zu ihr um und beobachte sie mit einem süffisanten Schmunzeln dabei, wie sie ihren unsportlichen Körper die letzten Stufen zu mir hochzieht.

»Hast es gleich geschafft, Darth Vader.«

»Ich … hasse … dich«, presst sie atemlos hervor.

»Ja, ich weiß. Da kann ich mit leben.« Erneut halte ich ihr die Hand hin. »Mach jetzt, bevor es vorbei ist!« Ungeduldig tippe ich mit dem Fuß auf den Boden und tue so, als würde ich auf die Uhr schauen.

»Was denn vorbei?«

»Siehst du dann. Los!« Eilig ziehe ich sie das letzte Stockwerk hoch und schiebe mit dem Fuß die Tür zum Dach auf. »Das wird dir gefallen.« Mit einem Kopfnicken deute ich nach rechts und ziehe sie weiter, ohne noch mehr zu sagen.

Fragend schaut sie sich auf dem Boden zu ihren Füßen um. Wonach sucht sie denn? »Aber was meinst du denn?« Kopfschüttelnd stelle ich mich hinter sie, lege die Hände auf ihre Schultern und drehe sie herum. Der sich ihr bietende Anblick lässt sie offensichtlich sprachlos werden. »Wow!« Ihre Stimme ist nur noch ein ehrfürchtiges Seufzen. Der Ausblick ist wirklich unbezahlbar.

»Ja«, bestätige ich und stelle mich neben sie. »Dieser Ort hat auch eine sehr schöne Seite.« Ich schnaube und beobachte meine Begleiterin einen Moment. »In diesen Momenten vergisst man beinahe, wieso man hier ist.« Im Augenwinkel erkenne ich, wie ihr Blick in meine Richtung schnellt. Fuck! Scheiße, Burke! Du gottverfluchter Trottel! »Dass …«, korrigiere ich mich hektisch und mit aufgerissenen Augen. »*Dass* … man hier ist.« Jetzt hätte ich mich beinahe wieder verplappert. Augenverdrehend trete ich auf der Stelle und kann nicht leugnen, dass ich nervös bin. Sie sagt nichts, also tue ich es ihr gleich. Während wir uns anschauen, wie die Sonne den Himmel in Orange- und Lilatöne färbt und im Meer zu versinken scheint, genießen wir die Idylle, die diese Insel zu bieten hat. »Morgen um diese Zeit, ist das alles hier vorbei«, versuche ich mich wieder an einer Aufmunterung. Auf die eine oder andere Art. Aber diese Zweifel an unseren Erfolg, behalte ich lieber für mich.

»Hey, Liam«, sagt sie plötzlich leise. Ich drehe meinen Kopf nur ein wenig zu ihr, schaue aber weiter in den Himmel. »Was machst du als Erstes, wenn wir von dieser gottverfluchten Insel runter sind?«

Ich muss schmunzeln. Da hat das mit der Ablenkung ja vielleicht doch ganz gut geklappt. »Das ist leicht«, sage ich knapp und nicke überzeugt. »Frühstücken!« Sie dreht sich ruckartig zu mir um und starrt mich an, als wäre ich verrückt geworden. »Was ist? Ich liebe Frühstück«, erkläre ich achselzuckend und beachte sie nicht weiter. Und damit weiß sie offiziell mehr über mich, als irgendwer sonst.

»Du hast einen Knall!«

Ich grinse. Vermutlich hat sie damit recht. »Wieso?«

»Frühstücken? Echt jetzt?«

»Na, wenn du das nicht zu schätzen weißt, hast du offensichtlich noch nie richtig gut gefrühstückt.« Das wäre jetzt der perfekte Zeitpunkt, um sie zum Frühstücken einzuladen. Komm schon, Burke! »Das ... sollten wir ... *du!* ... auf jeden Fall mal machen.« Augenverdrehend und innerlich den Kopf schüttelnd, verpasse ich mir dafür selbst einen Arschtritt. Verdammt nochmal! Das war erbärmlich! »Was machst du denn als Erstes?«, frage ich und räuspere mich. Ich drehe mich kurz zu ihr und erwidere ihren Blick mit hochgezogener Augenbraue, ehe ich mich wieder dem Sonnenuntergang zuwende. Die Tatsache, dass ich gerade die perfekte Vorlage, sie zu einem Date einzuladen, versaut habe, lasse ich besser nicht auf mich wirken.

»Duschen«, seufzt sie langgezogen und legt den Kopf in den Nacken. »Ich werde ... stundenlang duschen. Und Zähneputzen.« Lachend schüttle ich den Kopf. Da legt Emily auf einmal ihren Kopf auf meine Schulter. Die Arme vor der Brust verschränkt und mit angespanntem Kiefer, stehe ich nur da und versuche, ihre Nähe nicht auf mich wirken und mir meine Unsicherheit nicht anmerken zu lassen. Ich verstehe wirklich nicht, was das soll. Erst beleidigt sie mich in einer Tour – was ich zugegeben auch verdient habe, so wie ich mit ihr umgegangen bin – und dann fängt sie an, zu flirten und sucht immer wieder meine Nähe. »Ich bin echt beeindruckt«, sagt sie plötzlich in die Stille hinein, ohne den Blick vom Sonnenuntergang zu lösen und tritt einen Schritt zur Seite. »Du hast ja sogar eine romantische Seite.« Als ich mich zu ihr drehe, stelle ich fest, dass sie mich eingehend mustert, mit einem Schmunzeln auf den Lippen.

Mich räuspernd, überprüfe ich meine Haltung. »Na ja, ich würde das ... nicht unbedingt als romantische Seite bezeichnen«, widerspreche ich.

»Sondern?«

»Eher als eine ... naturverbundene Seite.« Sie denkt, ich wäre romantisch? Am liebsten würde ich sie auslachen. Gott, ich weiß nicht, wann ich das letzte Mal überhaupt darüber nachgedacht habe, eine Frau mittels Romantik beeindrucken zu wollen. Ich musste es nie. Wenn ich mal eine Frau kennengelernt habe, dann nur für einen Abend, oder wenn überhaupt eine Nacht. Das Risiko, eine Beziehung einzugehen, hätte ich nie und nimmer eingehen wollen. Fixer für eine zwielichtige Holdinggesellschaft zu sein, die im Darknet agiert und zusätzliches Geld mit illegalen Wettgeschäften verdient, ist nicht unbedingt etwas, das man seiner Liebsten beim

Dinner erzählt. Und als ich ausgestiegen bin – wegen der Frau, die gerade neben mir steht – hatte ich auf der Flucht wenig Zeit, um mich mit so was zu beschäftigen. Nein, ich bin ganz sicher nicht romantisch.

»Die Special Forces?! Scheiße, Sarge! Das ist nicht unsere Liga!«

»Das stimmt.« Randy nickt. Er lässt Enzos respektlose Ausdrucksweise geduldig zu. Immerhin weiß er, worum er da gebeten hat. »Und ich nehme auch keinen mit, der nicht mit Leib und Seele dabei ist! Alles klar? Wer keinen Bock hat, sagt mir Bescheid und ich sorge für Ersatz.«

»Oder zieh dir mal den Tampon aus dem Arsch!«, schaltet Shutsky sich ein, schüttelt missbilligend den Kopf und schmeißt die Pokerkarten auf den Tisch. »Ich hab echt dermaßen die Schnauze voll von diesem Green-Zone-Scheiß!« Du wirst dir noch wünschen, du hättest das nicht gesagt, mein Freund. Corporal Shutsky. Das ist sein erster Einsatz. So wie meiner. Aber er war noch nicht draußen, hat nicht gesehen, was ich gesehen habe, hat nicht erlebt, was ich erlebt habe. Er kam letzte Woche an und ist in etwa der Typ Soldat, der seine Hand in ein Feuer steckt, wenn er eins sieht. Ein Action-Junkie. Er handelt voreilig und ohne Verstand. Vermutlich liegt das daran, dass er so schlau ist wie eine Wäscheklammer. Immer mit dem Kopf durch die Wand. Das wird ihm früher oder später das Genick brechen.

»Burke?« Randy bedenkt mich mit einem ernsten Blick. Er weiß genau, worum er mich bittet. Ich hätte nach Hause gehen können. Nachdem ich Maddox aus der Schussbahn geholt habe, selbst angeschossen wurde, dennoch versucht habe, meinem besten Kumpel das Leben zu retten und kläglich daran gescheitert bin. Ich hätte nach Hause gehen können, oder sollen. Randy war da und weiß genau, worum er mich verflucht nochmal bittet.

»Bin dabei«, bestätige ich, ohne auch nur eine einzige Sekunde überlegt zu haben. Das ist doch mein Job, oder? Dafür bin ich hier. Dafür habe ich mich anschießen lassen. Dafür wurde ich zum Sergeant befördert.

»Scheiße, Mann! Ich hab's gewusst«, flüstert Enzo leise und schüttelt den Kopf, ehe er aufsteht, zu mir kommt und mich gegen die Schulter boxt. »Hey!«, sagt er laut und wartet, bis ich zu ihm aufschaue. »Wenn du gehst, gehe ich auch. Kannst du das verantworten?« Seit Maddox tot ist, meint er irgendwie, er müsste seinen Platz einnehmen und dürfte mich nicht alleine lassen. Wahrscheinlich stimmt das sogar. Ich habe seitdem kaum mit wem geredet. Schon gar nicht über Privates. Nicht, dass ich jemals der Typ war, der über sein Privatleben schwatzte. Aber seit dieser Nacht mitten in der Schusslinie, den Granaten und einstürzenden Häusern, habe ich keine Lust, überhaupt den Mund aufzumachen. Enzo ist ihm ähnlich. Er quatscht einfach den ganzen gottverfluchten Tag lang nur blödes Zeug. Genau wie Maddox. Ich finde es nervig, aber gleichzeitig beruhigend. Wahrscheinlich werde ich einfach verrückt. Außerdem habe ich nicht vor, meinen besten Kumpel auszutauschen.

»Du bist erwachsen, Enzo. Triff deine eigenen Entscheidungen!«

Er stöhnt genervt und dreht sich einmal um seine eigene Achse, setzt sich dann aber wieder auf sein

Bett. »Können wir vorher über Satellit noch nach Hause telefonieren?«

»Ja, das lässt sich machen«, bestätigt Randy nickend.

Ich habe zwar danach gefragt, aber bin absolut nicht scharf auf diesen Anruf. Nervös tippe ich auf dem Satellitentelefon herum. Wie soll ich Cassy erklären, dass ich nochmal verlängere? Besonders der Grund für diese Verlängerung wird sie freuen. Denn anstatt nach Hause zu gehen, soll ich mit den Jungs die Special Forces dabei unterstützen, die Wasserversorgung in einem entlegenen Dorf wiederherzustellen. Und zwar in einem Teil von Bagdad, den wir nicht einmal kontrollieren und dort sollen wir jeden Tag mit einem Tanklaster die Dorfbewohner mit Wasser versorgen. An jedem einzelnen Scheißtag sollen wir drei Stunden oder länger in einem beschissenen Humvee sitzen und auf Feindgebiet Wasser von A nach B eskortieren. Und während wir darauf warten, dass der verdammte Laster im Schneckentempo vollläuft, sollen wir Schutt und Steine klein klopfen, um die Rohre der Pumpstation freizulegen, die repariert werden müssen, damit die Wasserversorgung wiederhergestellt werden kann.

Scheiße, sie war schon nicht begeistert, als ich das erste Mal gesagt habe, dass ich verlängere. Da war es allerdings nicht mal eine optionale Sache. Ich musste es tun. Aber jetzt? Dass ich von mir aus gesagt habe, dass ich es tun werde, sage ich ihr lieber nicht. Sie hat vor dem Einsatz schon einen Affenzirkus veranstaltet, weil sie der Meinung war, dass wir dann die Hochzeit verschieben müssten und so ein Blödsinn. Sie hat sich nur beruhigen lassen, als ich ihr versprechen musste, dass das nicht passieren wird und ich rechtzeitig wieder zu Hause sein werde. Unsere Hochzeit sollte in weniger als vier Wochen sein. Tja, das war wohl nichts. Stöhnend raufe ich mir die Haare. Komm schon, Burke. In diesen sauren Apfel wirst du jetzt wohl oder übel beißen müssen. Mit einem flauen Gefühl im Magen wähle ich ihre Nummer. »*Hallo?*«, nimmt sie das Gespräch nach einem kurzen Moment an.

»Hey, Cass. Ich bin's«, begrüße ich sie mit Nervosität in der Stimme.

»*Liam?! Oh mein Gott! Endlich! Scheiße, ich habe eine Ewigkeit auf deinen Anruf gewartet! Geht es dir gut? Meine Mom hat ständig nach dir gefragt! Wir müssen uns unterhalten. Du ... musst endlich heimkommen.*« Sie redet wie ein Wasserfall. So, wie sie es bei jedem Anruf tut.

»Ja«, sage ich langgezogen. Am liebsten würde ich ihr nur unwichtige Dinge erzählen, mir anhören, wie ihr Tag war und so weiter. »Also was das angeht ...«

»*Du kommst nicht*«, unterbricht sie mich und kürzt damit meine ellenlangen Erklärungen und Entschuldigungen ab, die ich mir zurechtgelegt hatte. Sie schnaubt hörbar. »*Das wundert mich irgendwie so gar nicht. Dir ... scheint es wirklich egal zu sein, dass wir in nicht einmal vier Wochen heiraten wollten.*«

»Das ist es nicht. Das ... ist es wirklich nicht, Cass. Aber wir haben ... eben den Marschbefehl gekriegt und ... Ich kann nicht. Es tut mir leid.«

Ihr genervtes Stöhnen dringt in mein Ohr und schwillt zu einem lauten Piepen an, sodass ich am liebsten direkt auflegen würde. »*Gleich, als ich deine Stimme gehört habe, wusste ich schon, worum es geht*«, beginnt sie ihre Predigt. Augenverdrehend schweige ich und mache mich darauf gefasst, einen Hagel an Vorwürfen über mich ergehen zu lassen. »*Ich wusste, wenn du anrufst ... wieso du dann anrufst. Also ... habe ich die Hochzeit längst abgesagt.«*

Wow! Das kam jetzt unerwartet. »Okay«, presse ich angestrengt hervor und versuche, Haltung zu bewahren, was mir so gar nicht gelingen will. Mit angespanntem Kiefer sitze ich da und beuge mich vor, um meine Ellbogen auf den Knien abzustützen. Seufzend raufe ich mir die Haare und kneife die Augen zu. Bin ich so berechenbar? Will sie mich nicht mehr heiraten? Gott, ich erinnere mich noch daran, wie unsere Gespräche vor ein paar Monaten waren. Sie nahm ab, hörte meine Stimme und überschwemmte mich mit Liebeserklärungen und Sätzen wie: »Pass auf dich auf!« oder »Ich weiß, dass du das schaffst! Ich glaube an dich!« Da ist nicht mehr viel von übrig. Ich habe nachts davon geträumt, sie im Arm zu halten, sie zu küssen und habe mir sogar eingebildet, ihre Wärme zu spüren. Ich habe davon geträumt, wie wir uns wiedersehen. Wie sie mir am Flugplatz in die Arme springt, erleichtert, mich wieder an ihrer Seite zu haben. Ich denke, da wird wohl nichts mehr draus. Habe ich sie verloren? Scheiße, was habe ich mir denn bitte auch dabei gedacht, mit zwanzig Jahren schon heiraten zu wollen?! Das musste doch in die Hose gehen! Burke, du bist doch echt ein gottverdammter Idiot! Ein liebeskranker, dämlicher, naiver Schwachkopf!

»*Ich hätte es wissen müssen.*« Wieder schnaubt sie. »*Ich hätte nie was mit einem Marine anfangen sollen. Gott, wie dumm ich war! Geblendet von der Uniform, dem Sixpack und diesem ganzen patriotischen Ich-diene-meinem-Land-Semper-Fi-Gequatsche. So ein Bullshit!*«

»Cass, bitte. Tu das nicht.«

»Tu was nicht?! Hm, Liam? Was soll ich nicht tun?«

»Mich verlassen.«

»Du hast mich verlassen! Als du dich entschieden hast in den Krieg zu ziehen! Ich ziehe nur die Reißleine. Ich habe dich ... so sehr geliebt. Und ich habe versucht, diese Liebe zu bewahren. So lange, bis ich dich wiederhaben würde. Aber du kommst einfach nicht zu mir zurück. Ich meine, ich habe dir gesagt, dass ich unsere Hochzeit abgesagt habe. Und du sagst nur: Okay.«

»Oh Mann!«, seufze ich und reibe mir mit Daumen und Zeigefinger über die Augen. »Was zum Teufel hätte ich denn sagen sollen, hm? Das hier ist mein verdammter Job, Cassy!«, zische ich wütend. »Gute Männer sind hier gestorben! Und ich werde nicht gehen, bevor ich nicht jeden einzelnen von diesen Schweinepriestern dafür habe bluten lassen! Das bin ich meinen Jungs schuldig!«

»Und du bist es mir schuldig, bei mir zu sein!« Wahnsinn! War sie schon immer so ichbezogen? Habe ich diesen Teil ihrer Persönlichkeit ausgeblendet? Wahrscheinlich schon. Ich war wohl mehr mit ihrem Arsch beschäftigt als mit ihrer Art. *»Ich habe eine Affäre«*, sagt sie plötzlich und reißt mir damit den Boden unter den Füßen weg. Schweigend sitze ich einfach da, das Telefon in meiner Hand beginnt zu zittern und ich schaffe es nicht, zu blinzeln. *»Bist du noch dran?«* Sie seufzt, als ich ihr darauf keine Antwort gebe. Ich kann es nicht. *»Hör zu, Liam. Ich ... hab es echt versucht. Okay? Ich dachte, du und ich könnten was ganz Großes haben. Aber du lässt es nicht zu. Du spielst lieber den Helden für ein Land, das dich längst abgeschrieben hat. Niemanden von den Leuten,*

denen du deinen dämlichen Eid geschworen hast, kümmert deine Vendetta!«

Ich hasse es, wenn sie so redet. Sie hat keine Ahnung. Ich habe meinen Eid auf die Verfassung der USA geschworen, sie gegen alle Feinde zu schützen, ob von außen oder innen. Ich habe Treue und Loyalität geschworen. Ich habe geschworen, dass ich den Befehlen des Präsidenten der Vereinigen Staaten von Amerika und meinen übergeordneten Offizieren Folge leisten werde. So wahr mir Gott helfe! Kann sie das nicht akzeptieren? Kann sie nicht hinnehmen, dass ich diesen Stolz in mir trage? Erwartet sie, dass ich den Eid vergesse? Das würde aber bedeuten, dass sie will, dass ich mich verändere. Und das will ich nicht!

»Wen«, knurre ich in den Hörer.

»*Was?*«

»Wen vögelst du?! Und seit wann?!«

»*Das ist doch vollkommen egal! Ich ... Liam, es tut mir leid. Ich werde jetzt auflegen. Ich wünsche dir wirklich viel Erfolg bei ... was auch immer du da tust. Pass auf dich auf. Mach's gut.*«

»Wen zur Hölle fickst du, Cassy?!«, belle ich ins Telefon und springe auf. Wut durchströmt mich. Weniger, weil sie einen anderen hat, sondern vielmehr, weil sie mich als Ausrede dafür nimmt, dass sie ihre Beine nicht zusammenhalten kann. Enttäuscht höre ich dem Piepton im Hörer dabei zu, wie er mir klarmacht, dass sie mich einfach weggedrückt hat. Das war es dann wohl.

Romantik? Ja, das ist ganz sicher nicht mein Ding. Ich habe es nicht einmal geschafft, eine einzige Beziehung am Laufen zu halten. Nur, weil mir der Job wichtiger war.

Der Auftrag, der Eid, meine Jungs. Vielleicht wäre vieles in meinem Leben anders gelaufen, wenn ich nach Hause gegangen wäre und geheiratet hätte. Dann wäre ich nie auf dem Selbstzerstörungstrip gewesen, auf dem ich nach dem Ausstieg aus dem Militärdienst war. Ich wäre keiner Gang in die Arme gelaufen, die mich anschließend wegen Schulden an eine zwielichtige Shareholdinggesellschaft verkauft hätte. Ich hätte nie angefangen, für die Schweine zu arbeiten. Aber verflucht, dann hätte ich auch diese nervige Schlumpfine nie kennengelernt. Und jetzt? Sie steht neben mir und ich werde dieses Gefühl nicht los, dass da mehr sein könnte. Mehr, als der lächerliche Wunsch, mit ihr zu frühstücken. Ich werde das Gefühl nicht los, dass ich es wollen könnte.

CHAPTER SEVEN

EMILY

Er ist ein wirklich merkwürdiger Mensch. Liam. Irgendwie kriege ich es einfach nicht hin, ihn zu durchschauen. Immer wenn ich denke, er ist eigentlich ein netter Kerl, dann macht er mich blöd an, beleidigt mich oder zieht alles, was ich sage und tue ins Lächerliche. Und wann immer ich denke, er ist ein absolut unausstehliches Ekelpaket, ist er plötzlich nett zu mir, hilft mir und scheint sich sogar aufrichtig zu sorgen. Leider muss ich zugeben, dass es mir gefällt, wenn er sich um mich sorgt. Ich bin mir nur nicht sicher, ob es ihm wirklich um mich geht. Immerhin sind wir aneinander gebunden. Vielleicht geht es ihm nur darum, all das hier möglichst stressfrei zu beenden und er sieht mich nur als einen Klotz an seinem Bein, den er nicht loswird, als eine nervige Bedienung, die nicht versteht, wieso all das hier passiert. Aber sind meine Fragen denn nicht berechtigt? Wahrscheinlich stelle ich sie einfach dem Falschen. Immerhin sitzt er hier genauso fest, wie ich. Woher sollte er schon wissen, wieso das alles passiert. Andererseits sagt er Dinge, die mich verwirren. Er sagte, er ist selbst schuld, dass er hier ist. Also weiß er doch den Grund. Und gerade hat er wieder so was gesagt. Ich denke, er ist nicht ganz ehrlich zu mir und weiß mehr, als er zugibt. Wenn ich ihn aber danach frage, wird er wieder ausrasten. Da wette ich drauf. Also lasse ich es vermutlich besser. Außerdem gefällt mir die gegenwärtige Version von Liam ziemlich gut, muss ich zugeben. Er sagt zwar, er ist nicht so der Romantiker, aber das Bild, das sich uns bietet, lässt mich irgendwie das Gegenteil vermuten. Er hat mich hier raufgeschleppt, um mich mit einem Sonnenuntergang abzulenken. Das ist schon ziemlich romantisch. Vielleicht bilde ich mir das auch einfach ein, denn unterm Strich dürfte es wohl egal sein, falls wir beide hier sterben. Außerdem kennen wir uns erst seit anderthalb Tagen. Also was zur Hölle bilde ich mir eigentlich ein? Das hier ist kein Märchen. Er ist kein edler Ritter und ich bin keine Prinzessin in Nöten. Er ist ein Ex-Soldat, der tut, was getan werden muss, rücksichtslos und auf eine unschöne, brachiale Art und Weise. Ich bin nur ein naives Mädchen, das nicht in der Lage ist, auf sich selbst aufzupassen und ihn in die Rolle des Beschützers presst, weil sie ihm gut steht. Verdammt, wenn ich diese Scheiße hier überlebe, mache ich einen Waffenschein und einen Selbstverteidigungskurs. So was wird mir garantiert nicht wieder passieren. Ich kann dennoch nicht umhin, mich zu fragen, wie es nach allem hier weitergeht. Ich sehe es schon vor mir. Ich werde einfach genau da weitermachen, wo ich aufgehört habe, und einem Traum nachjagen, den ich ohnehin nicht erreichen werde. Wahrscheinlich werde ich mir ein anderes Diner suchen müssen. Ich kann mir irgendwie nicht vorstellen, dass ich nach drei Tagen unentschuldigter Abwesenheit noch bei Dale angestellt bin. Ich frage mich, was Callie denkt, wo ich bin. Interessiert es sie überhaupt? Wir sind zwar irgendwie Freunde, aber wer weiß, wie wichtig ich ihr wirklich bin. Vielleicht hat sie mein Zimmer längst weitervermietet. Vielleicht wage ich es einfach und gehe nach New York, wenn ich das hier überstanden habe. Dort gibt es auch solche Ramschläden, in denen ich Burger braten kann. Was hält mich denn in Atlanta?

Ich frage mich, was Liam macht, wenn er wieder in sein altes Leben zurückkehrt. Wer ist er und was tut er eigentlich? Wie sieht sein altes Leben wohl aus? So wie ich ihn einschätze, ist er eher der Einzelgängertyp und sitzt nach seinem langen und wahrscheinlich ziemlich unbefriedigenden Arbeitstag in einer Bar, um was zu trinken. Nur, um dann genervt wieder nach Hause zu gehen, irgendeinen Achtzigerjahrestreifen im Fernsehen zu sehen und bei der Hälfte auf dem Sofa einzuschlafen. Vielleicht schätze ich ihn auch falsch ein und projiziere einfach mein armseliges Leben auf seines. Was macht er beruflich? Er wäre ein guter Cop, glaube ich. Schützen und Dienen. Das ist es doch, was ehemalige Soldaten normalerweise tun. Vielleicht ist er auch bei irgendeiner Securityfirma angestellt. Zumindest wären das Berufsfelder, die ihm stehen würden. Ich ertappe mich dabei, wie ich ihn mir in voller S.W.A.T-Ausrüstung vorstelle. Verdammt heiß! Es würde mich allerdings auch nicht weiter schockieren, wenn er irgendeinen zwielichtigen Job hätte. So was wie Geldeintreiber für die Mafia. Augenverdrehend beende ich meine schwachsinnigen Gedanken, die zu absolut rein gar nichts führen und mich bloß früher oder später in Verlegenheit bringen. Ich kann mir den lieben langen Tag vorstellen, wer Liam Burke eigentlich ist und werde zu keinem Ergebnis kommen. Er ist einer dieser undurchschaubaren Menschen. Aber verdammt nochmal! Ich will ihn durchschauen!

»Was ... machen wir jetzt?«, frage ich schließlich in die Stille hinein. »Schlagen wir hier unser Lager auf? Wenn ja, dann bitte nicht auf dem Dach. So schön ich es finde. Den Sonnenuntergang, den klaren Himmel, den

Mond, die Sterne und all das, aber ... es wird kalt und ich fange so langsam an, zu frieren und würde diese wahnsinnig romantische Kulisse gerne gegen vier Wände und eine Decke eintauschen.« Nervös trete ich auf der Stelle und schlinge die Arme um die Brust.

»Äh«, macht er langgezogen und schaut sich um. »Das Haus ist ziemlich groß. Ehrlich gesagt hatte ich an was Kleineres gedacht. Irgendwas, was man leicht absichern kann. Mit wenigen Eingängen, die man bewachen muss. Aber wenn wir oben bleiben, sollte es eigentlich gehen. Ich glaube nicht, dass jemand diesen gesamten Gebäudekomplex bis ganz nach oben durchsuchen würde.« Er nickt und stützt die Hände in die Hüften. »Also wenn du bleiben willst, können wir bleiben.« Ich würde gerade viel lieber verblüfft den Kopf schütteln. Was zur Hölle ist denn los mit ihm? Ich hatte eher damit gerechnet, mir einen blöden Spruch an den Kopf werfen lassen zu müssen, der mindestens einen der kindischen Spitznamen beinhaltet, die ich mir permanent gefallen lassen muss und mich hinstellen, als wäre ich fünf Jahre alt, aber es passiert genau das Gegenteil. Er stimmt mir nicht nur zu, sondern überlässt mir die Entscheidung. Vielleicht ist das ein Test. Vielleicht will er, dass das schiefgeht, damit er sagen kann: *Ich habe es dir ja gesagt!* Andererseits bedeutet schiefgehen in diesem Fall, dass wir sterben. Ich denke nicht, dass es ihm das wert wäre. Ich nicke bloß, zugegeben ein wenig eingeschüchtert und rechne schon damit, dass er mich schüttelt und anblafft, was mit mir denn nicht stimmt. »Okay«, sagt er zustimmend. Bitte was?! »Dann ... lass uns runter gehen. Ich habe den Bunsenbrenner vom Campingplatz mitgenommen. Du könntest schon mal das Essen warm machen und ... weiß nicht, zwei Matratzen hinlegen und so was. So wie gestern.« Er zuckt die Achseln und kratzt sich unbeholfen am Kopf.

Irgendwie süß. Ich frage mich, was genau ihm jetzt peinlich ist. Vielleicht die Tatsache, dass wir letzte Nacht so dicht beieinander geschlafen haben. Denkt er, ich erwarte, dass wir das wieder tun? Erwartet *er* vielleicht, dass wir das wieder tun? Ach, verflucht, Emily! Was bildest du dir eigentlich ein. Lass es! Verlieb dich nicht in ihn! Du kennst ihn nicht! Außerdem ist es ziemlich wahrscheinlich, dass mindestens einer von uns diese ganze Sache hier gar nicht überlebt. Ich bin mir zudem ziemlich sicher, dass ich dieser Jemand sein werde.

Ich seufze leise in mich hinein. Verdammt! Letzte Nacht so vor ihm zu liegen fand ich nicht schlecht. Seine Wärme und ... Gott, wir lagen schon verdammt eng zusammen! Es ist ziemlich lange her, dass ich einem Mann so nah war und wenn ich nicht aufpasse, geht meine Fantasie mit mir durch. »Und was machst du dann?«

»Ich durchsuche das Haus. Vielleicht haben wir dieses Mal mehr Glück und ich finde eine Decke oder zwei, oder ... na ja, zumindest ... irgendwas Vergleichbares. Vielleicht mehr.« Er nickt und setzt sich in Bewegung. »Ich will mir gleich auch nochmal deine Verletzung ansehen. Das muss sauber gehalten werden, bevor es sich infiziert.«

»Ist gut.« Ich folge ihm ein Stockwerk tiefer. Er biegt links ab und betritt eine große, offene Wohnung. Die ist deutlich komfortabler eingerichtet, als alle Häuser zusammen, in denen wir in den letzten anderthalb Tagen waren. Wenn auch immer noch nicht annähernd gemütlich oder sonst was. Eine kaputte Ledercouch steht uns gegenüber an einer Wand. Davor ein hässlicher, dunkler Couchtisch, daneben ein Sessel, der weder zur Couch, noch zum Tisch passt. Links von uns, unterm Fenster, steht ein Esstisch mit zwei Stühlen daran. Direkt von der Wohnungstür aus hat man freie Sicht auf eine große offene Wohnküche in L-Form. Die Wand hinterm Sofa scheint als Trennwand gedacht zu sein. Dahinter liegt wahrscheinlich ein Flur, von dem weitere Zimmer abgehen dürften. Liam betritt die Wohnung und legt sowohl seinen Rucksack, als auch seine Waffe auf einem der Stühle und dem Esstisch ab. Ich tue es ihm gleich. »Du ... musst nicht das Haus durchsuchen«, flüstere ich mit einem nervösen Zittern in der Stimme, nachdem ich all meinen Mut zusammengenommen habe. Er schaut mich aufmerksam und skeptisch an. »Ich kann ... kann das machen.«

»Bist du dir sicher?« Er rümpft die Nase und zieht die Augenbrauen zusammen. So sieht er aus, als hätte er Magenschmerzen. Wahrscheinlich bereite ich ihm auch permanent welche.

»Natürlich«, beharre ich und versuche, nicht zu gekränkt zu wirken. Er traut mir offensichtlich nicht einmal das Durchsuchen von Wohnungen zu. »Es wird ja wohl nicht so schwierig sein, ein paar Räume nach irgendwas Brauchbarem zu durchsuchen.« Sein Blick macht mich wahnsinnig und nervös weiche ich ihm aus. Augenverdrehend seufze ich und trete auf der Stelle. »Ich will ... mich einfach auch mal nützlich machen und mich was ... was trauen. Auch, wenn du das vielleicht lächerlich findest, weil wir hier davon reden, Wohnungen zu durchsuchen und nicht davon, eine Atombombe zu entschärfen.« Ich rede es mir selbst ein und dennoch schlackern mir die Knie. Seit ich mit ihm unterwegs bin, hänge ich an seinem Rockzipfel wie eine Vorschülerin und habe zu unserem bisherigen Erfolg, noch am Leben zu sein, nicht das Geringste beigetragen. Ich war einmal alleine, als er gestern Abend die Umgebung abgesucht hat, habe mir praktisch die ganze Zeit über in die Hose gemacht vor lauter Angst und weil ich dachte, er würde nicht zurückkommen. »Liam, tust du mir bitte einen Gefallen und … stellst dich nicht so an?«

»Was?«, fragt er und lacht verwirrt. »Ich stelle mich doch gar nicht an.« Ergebend legt er sich eine Hand an die Brust und hält die andere so, als wolle er was abwiegen.

»Doch, das tust du. Ich … sehe das!«, sage ich beleidigt. »Ich schaffe das. Okay? Das ist nun wirklich kein kompliziertes Unterfangen. Und immerhin habe ich für den Notfall eine Pistole, die … einzusetzen du mir gezeigt hast.« Ich nicke heftig. Offensichtlich muss ich nicht nur ihn überzeugen, sondern auch mich selbst.

»Das überzeugt mich nicht, Schlumpfine. Nur, weil du eine hast, wirst du sie deswegen ja nicht auch benutzen, wenn es nötig ist. Da bin ich mir ziemlich sicher.«

»Wow«, stoße ich enttäuscht hervor. »Ein bisschen mehr Vertrauen wäre nett«, nuschle ich und verschränke die Arme vor der Brust.

Sein Blick verändert sich. Mit leeren Augen schaut er ins Nichts. Träumt er? »Das hat damit absolut nichts zu tun«, sagt er ruhig. »Ich vertraue dir.« Noch ein Schock. Das ist wirklich faszinierend. Was geht bitte in ihm vor, dass er auf einmal diesen Sinneswandel hat und so ehrlich und fast schon einfühlsam auf mich einredet? »Aber du … bist für das hier nicht gemacht. Du hast hier nichts verloren.« Er hält kurz inne und scheint nach den richtigen Worten zu suchen. »Und wenn es nach mir ginge, wärst du nicht hier und wir müssten diese Unterhaltung nicht führen.« Tief durchatmend tritt er auf der Stelle. »Ich will nicht, dass du das Ding benutzt. Dass du auf irgendjemanden schießen musst. Aber ich … will auch nicht, dass dir irgendwas passiert. Also wenn du … wenn du es tun musst, dann versprich mir bitte, dass du es tust!« Seine Worte machen mir mehr Angst, als ich dachte. Und gleichzeitig rühren sie mich zutiefst.

»Wird da etwa jemand weich?«, frage ich leise und schmunzle.

»Halt die Klappe«, nuschelt er und weicht mit einem genervten Augenverdrehen meinem Blick aus. »Ich habe keine Lust, alleine weitergehen zu müssen, Tinkerbell. Das ist alles.« Einen Moment lang beobachte ich ihn mit einem schwachen Lächeln auf den Lippen. Jetzt macht er wieder einen auf unnahbar, aber das ist nur Show, oder? In mir breitet sich der Drang aus, zu ihm zu gehen und ihn zu küssen. Verflucht nochmal, Emily! Nein! Lass es einfach! Mit klopfendem Herzen widerstehe ich und drehe mich stattdessen tief durchatmend um, um meinen Plan umzusetzen. »Hey, Vergessnix!«, ruft Liam mir noch nach. Was bitte? »Wenn du nicht gerade auf wundersame Weise an Miraculix' Zaubertrank gelangt und jetzt dementsprechend unbesiegbar bist ... und schon versprichst, die Waffe zu benutzen, falls nötig ... rate ich dir – so nachdrücklich es mir nur möglich ist – sie auch mitzunehmen!« Er kommt mir entgegen und hält mir kopfschüttelnd die Pistole vor die Nase. Mit einem entschuldigenden Hundeblick nehme ich sie ihm ab, was ihn bloß stöhnen und die Augen verdrehen lässt. Dabei hätte ich allen Grund zu dieser Reaktion. Noch ein dämlicher Spitzname und ich boxe ihm ins Gesicht! »Ich fasse es nicht, dass ich das tue«, nuschelt er mit großen Augen.

»Krieg dich wieder ein!«, zische ich beleidigt.

Gedankenverloren durchwandere ich eine Wohnung nach der nächsten. Leise, immer einen Blick über die Schulter werfend, doch eher halbherzig. Ich kann an nichts anderes denken als an meinen griesgrämigen Begleiter. Da steckt ein interessanter Mensch unter dieser harten und gleichzeitig sehr gut aussehenden Schale. Heute Morgen hat er mir gesagt, dass er mich sitzen lassen wollte, dass er alleine besser dran wäre. Eben hat er das Gegenteil gesagt. Wahrscheinlich ist es egal, ob ich bei ihm bin oder nicht. Eine große Hilfe war ich bisher nicht – werde wahrscheinlich auch keine mehr – und er wirkt auf mich wie jemand, der überlebt. Egal was, egal wie. Ich möchte also gerne glauben, dass er das eben nur gesagt hat, um mich zu ärgern und dass er sich tatsächlich um mich sorgt.

Im ersten Stock angekommen, biege ich nach links ab und betrete die nächste Wohnung. Sie ist genauso geschnitten und eingerichtet wie alle anderen Wohnungen dieses riesigen Gebäudes. Wenn man das als Einrichtung bezeichnen kann. Es ist fast langweilig. Schnaubend schaue ich mich in der Küche um. Wahnsinn! Dass ich an diesem Ort mal auf die Idee kommen würde, etwas als langweilig zu bezeichnen. Hier ist eigentlich gar nichts langweilig. Gedanklich lasse ich die Ereignisse der letzten fast zwei Tage nochmal Revue passieren. Ich wurde gekidnappt und unter Drogeneinfluss auf einer Insel abgesetzt, auf der ich an der Seite eines Fremden von Kreis zu Kreis laufen soll, wobei ich fast durch Elektroschocks gestorben wäre. Ich habe gesehen, wie einem Mann die Kehle durchgeschnitten wurde und musste dann auch noch mit einer ungeladenen Waffe auf meinen Begleiter schießen – den ich, wieso auch immer, anfange, ziemlich gut zu finden, obwohl ich weiß, dass ich es wohl besser nicht tun sollte. Das Highlight des Tages war wohl der Schuss aus sechshundert oder siebenhundert Metern Entfernung, der nur knapp meinen Kopf verfehlt und stattdessen meinen Hals gestreift hat, oder war es eher die Tatsache, dass ich hilflos dabei zusehen musste, wie eine unschuldige Frau verschleppt wurde? Mein Soll an unschönen, seelenraubenden Erfahrungen ist jedenfalls auf Lebenszeit erfüllt!

Und dann war da noch dieser Typ. Wie hat Liam ihn

genannt? Serene. Ich schätze, das ist der Nachname dieses sexistischen Widerlings. Hätte ich den Mut dazu gehabt, hätte ich ihn erschossen. Verdient hätte er es wohl. Aber Liam hat ihn verschont. Weil er es ihm schuldig war? Ich frage mich, was den beiden bei ihrem letzten Besuch hier widerfahren ist. Sicher nichts Gutes. Die beiden haben es überlebt und ich denke, dazu ist einiges mehr nötig, als sich nur zu verstecken und den Kopf einzuziehen. Mag sein, dass die beiden was verbindet, aber ich habe ein ganz mieses Gefühl bei dem Kerl. Da war ein irres Blitzen in seinen Augen, das ich nicht so recht deuten kann. Irgendwas an ihm lässt meine Alarmglocken läuten und macht mir eine Heidenangst. Wahrscheinlich ist dieser Typ einer der Hauptgründe, wieso Liam sich hier so verhalten hat, wie er es nun einmal getan hat. Er war sicher nicht immer so. Das, was ihm hier passiert ist, hat ihn verändert. Und dieser Serene hat maßgeblich dazu beigetragen. Da bin ich mir ziemlich sicher. Wenn wir das hier überleben, schaffe ich es ja vielleicht, dagegenzuhalten. Oh Gott! Allein der Gedanke lässt mich, genervt von mir selbst, die Augen verdrehen. Das ist so ein Klischee. Ein Mädchen trifft auf einen Jungen, der sich wie ein Arsch aufführt und denkt, sie kann ihn verändern und aus ihm einen guten Menschen machen. Das ist so lächerlich! Wann immer ich Filme gesehen habe, in denen so was Hauptbestandteil der Handlung war, bin ich direkt dabei eingeschlafen. Aber ich kann mir nicht helfen, er wirkt auf mich wie jemand, der nicht so sein muss. »Oh, Emily! Du dumme Gans«, flüstere ich mir selbst zu und lege stöhnend den Kopf in den Nacken. Ich sehe es schon bildlich vor mir. Ich verliere mein Herz an einen Kerl, den ich kaum kenne, der mich nach spätestens zwei Monaten Beziehung nur noch wie eine Fußmatte behandelt, was ich aber zulasse, weil ich einen verfluchten Helferkomplex habe. Und zu allem

Überfluss klaut er mir dann mein Geld, um sich davon Drogen zu kaufen. Halt! Das kommt mir so seltsam vertraut vor. Als hätte ich es schon einmal erlebt. Ach, wie witzig! Das habe ich ja. Ich war so verdammt naiv damals. Wie konnte ich wirklich Jahre meines Lebens damit verschwenden, aus dem Versager, der Scott war, einen anständigen Menschen machen zu wollen? Hat es geklappt? Nein! Ich sollte also besser nicht nochmal versuchen, einen Mann zu verändern. Eigentlich will ich Liam auch gar nicht verändern, wenn ich es recht bedenke. Er ist ein guter Mensch, der einfach kein Vertrauen in die Welt hat. Er ist einer von der Sorte, die zu viel erlebt und zu wenig darüber geredet haben. So was hinterlässt Spuren.

Eingeknickt, zusammengekauert und so unauffällig wie möglich, sitze ich im Zuschauerraum des Gerichtssaals und lausche den Worten der Anwälte, der Jury und der Richterin, die sich über die Härte des Strafmaßes für Mister Landons wiederholtes Drogenvergehen unterhalten. Ich höre nicht zu und trete mir stattdessen gedanklich selbst dafür in den Hintern, überhaupt hergekommen zu sein. Jede Sekunde rechne ich damit, dass er mich von seiner Anklagebank aus bemerkt. Vielleicht schaffe ich es ja, einfach ungesehen wieder zu verschwinden. Was habe ich mir nur dabei gedacht, herzukommen? Ich wollte mich selbst davon überzeugen, dass er gerecht bestraft wird. Das könnte seine zweite Chance sein. Ich hoffe nur, dass er sie auch nutzen wird und von den Drogen runterkommt. Jahrelang habe ich versucht, ihn zu überzeugen und zur Vernunft zu bringen. Die längste Zeit, in der er clean war, hat er das erste Mal eingesessen. Neun Monate wegen Einbruchs im Jugendknast. Er hatte verdammtes Glück. Da kommt er jetzt nicht mehr hin. Er ist erwachsen. Keine Jugendstrafe, keine Bewährung. Ich hätte mich damals schon von ihm trennen sollen, als ich es vorhatte. Dann müsste ich jetzt nicht hier sitzen. Gott, was ich doch für eine gutgläubige, naive dumme Kuh bin. Immer wieder bin ich auf ihn und seine Versprechungen reingefallen. Und immer wieder hat er mich enttäuscht. Aber das ist vorbei. Ich habe mich von ihm getrennt und dabei bleibt es. Ich bin glücklich in Atlanta. Glücklich*er*. Und glücklich ohne ihn! Das Geld, das ich verdiene, ist nur für mich und ich werde nie wieder zulassen, dass er es mir abluchst oder mich beklaut. Meine Spardose ist jetzt nur noch für mein Studium. Nach Atlanta zu ziehen war der erste Schritt in die richtige Richtung. Ich komme zwar nur langsam voran, aber immerhin komme ich voran.

Das plötzliche Knallen des Holzhammers, der dem Richterspruch folgt, reißt mich jäh aus meinen Gedanken und mir wird klar, dass ich so vertieft war, dass ich gar nicht zugehört habe. Was zur Hölle ist da gerade passiert? Wurde er verurteilt? Wie hat die Jury entschieden? »Nein! Einspruch! Fuck! Ich ... Das können Sie nicht machen! Ich ... ich habe nicht ... Scheiße!«, höre ich Scott plötzlich flehen. Ich schaue vorsichtig auf und suche den Saal nach ihm ab. Er springt auf und wirft dabei fast den Stuhl um, auf dem er bis gerade noch gesessen hat. »Das können Sie nicht machen!«

»Mister Landon, ich rate Ihnen dringend an, Ihren Ton zu mäßigen, wenn Sie nicht noch eine Strafe wegen Missachtung des Gerichtes obendrauf wollen!«, sagt die Richterin ruhig und bedenkt ihn mit einem ernsten Blick. »Die Verhandlung ist geschlossen!« Sie erhebt sich und verlässt zügig ihren Platz.

Ich schaue ihr einen Moment nach und überlege angestrengt, wie ich mich jetzt fühlen soll. Ich müsste mich erleichtert fühlen. Scotts Reaktion nach zu urteilen hat er das volle Strafmaß zu spüren bekommen. Im Augenwinkel bemerke ich, wie er sich umdreht und den Zuschauerraum mit den Augen absucht. Wonach sucht er? »Du!«, zischt er laut und unsere Blicke treffen sich. Scheiße! Ich hatte mich so klein in die hinterletzte Ecke verzogen, dass ich gehofft hatte, unbemerkt zu bleiben. »Du verdammtes Dreckstück! Das ist alles deine Schuld!« Er reißt seinen Stuhl um, der krachend zur Seite fliegt und ist im Begriff, auf mich zuzustürmen, doch zwei Polizisten hindern ihn. Sie halten ihn an den Schultern zurück. Um sich schlagend und schreiend, versucht Scott, sich zu wehren. »Lasst mich! Lasst mich! Scheiße! Du elende Schlampe! Ich bringe dich um! Sobald ich wieder draußen bin, kannst du was erleben!« Sie ziehen ihn zu zweit nur mit Mühe und Not aus dem Saal. Ich sitze nur da, mit weit aufgerissenen Augen, nicht in der Lage, zu blinzeln oder zu atmen und zittere am ganzen Körper. »Ich mache dich fertig, Emily!«, höre ich ihn noch schreien. »Hörst du?! Ich mache dich verdammt nochmal fertig, Fotze!« Todesangst sitzt mir so tief in den Knochen, dass ich das Gefühl habe, zu platzen.

Oh, verflucht! Scott! Das hatte ich völlig vergessen. Wie konnte ich nur diesen Tag vergessen? Was hat dieser Typ noch zu mir gesagt, der mir den Sack über den Kopf gezogen hat, ehe er mich gekidnappt und auf diese Insel gebracht hat? Er sagte: »Mister Landon schickt mich.« Ist das hier vielleicht auf Scotts Mist gewachsen? Mit großen Augen starre ich zu Boden und überlege angestrengt, ob das überhaupt möglich ist. Das ist es nicht! Scott sitzt immer noch! Er hat fünf Jahre gekriegt. Davon hat er gerade mal ein Jahr und ein paar Monate rum. Außerdem ist er nicht gerade die hellste Kerze auf der Torte. Dass er es schaffen sollte, so was zu bewerkstelligen, halte ich für praktisch unmöglich. Andererseits hätte ich auch eine Insel für unmöglich gehalten, auf die Menschen geschickt werden, um sich gegenseitig umzubringen. Es ist also vielleicht doch nicht ganz so abwegig. Vielleicht hat er im Knast Kontakte zur Russenmafia geknüpft oder zu irgendeiner anderen Mafia – oder wer immer sonst krank genug ist, so was abzuziehen. Und da Liam offensichtlich mehr über diesen Ort zu wissen scheint, als er zugibt, sollte ich ihn vielleicht doch darauf ansprechen. Ich werde ja an seiner Reaktion sehen können, ob ich mit meiner Vermutung richtig gelegen habe. Ach, Mist! Dabei gefiel er mir ganz gut in dieser entspannten und zu Scherzen aufgelegten Verfassung.

Kopfschüttelnd und schnaubend drehe ich mich um, um die Decke mitzunehmen, die ich in der Wohnung gegenüber im Wohnzimmer auf dem Sofa habe liegen sehen und bleibe wie angewurzelt stehen, als ich aufschaue und zu meinem Bedauern feststellen muss, dass ich nicht mehr alleine bin. Mit einem leeren Blick und am ganzen Körper zitternd steht eine Frau vor mir. Sie schaut schweigend zu Boden, während ich sie mit aufgerissenen Augen anstarre und von oben bis unten mustere. Sie hält ein blutverschmiertes Messer in der blutverschmierten Hand und atmet hektisch und flach. Ich erkenne sie. Trotz der Blutspritzer im Gesicht und der nunmehr sehr zerzausten Haare, den dreckigen, teilweise zerrissenen Klamotten und dem apathischen Blick. Das ist die Frau vom Campingplatz. Und sie ist verletzt. Oh Gott! Oh nein! Verdammt! Was soll ich tun? Ich muss ihr helfen! Ich weiß, dass ich es muss, aber sie wirkt auf mich, als wäre sie geradewegs aus dem Film *Texas Chainsaw Massacre* abgehauen, was mir eine höllische Angst macht. Sie hat ein Messer und macht einen unberechenbaren Eindruck auf mich. Es wäre wahrscheinlich nicht ratsam, wenn ich irgendwelche ruckartigen Bewegungen mache. Sie hat da diesen Tunnelblick, den ich von Scott kenne, wenn er entweder high oder auf Entzug war. Hektische Bewegungen oder zu lautes Reden haben ihn aufgeregt und unberechenbar handeln lassen. Langsam weiche ich einen Schritt zurück und überlege angestrengt, was ich tun soll. Ich habe die Waffe. Für den Notfall, oder? Liam hat mir vorhin gesagt, dass er will, dass ich sie benutze, wenn ich es muss. Aber muss ich es? Sie steht nur da und hat noch keinen Ton gesagt. Ich will sie nicht erschießen. Ich sollte einfach wegrennen. Aber wohin? Sie hat meinen einzigen Fluchtweg versperrt und aus dem Fenster springen werde ich ganz sicher nicht. Auch, wenn das nur der erste Stock ist, aber das ist mir eindeutig zu hoch! Es nutzt niemandem was, wenn ich mir beim Sturz ein Bein breche. Ganz besonders mir nicht. Wenn ich nur darüber nachdenke, wird mir schlecht.

»Ich kenne dein Gesicht«, flüstert sie plötzlich in meine hektischen und ungeordneten Gedanken hinein und lässt mich erschrocken zusammenzucken. »Du warst da.« Oh, großer Gott im Himmel! Hilf mir bitte! Das wird böse enden! »Wieso ... hast du ... mir denn nicht geholfen?« Sie legt den Kopf schief und eine Träne läuft ihr über das dreckverschmierte Gesicht. »Du warst doch da.« Sie schüttelt hektisch den Kopf. »Du warst da. Du warst da«, wiederholt sie. »Du hättest mir helfen können! Aber du hast mir nicht geholfen! Du hast zugelassen, dass sie mich mitnehmen!«

Beschwichtigend hebe ich langsam eine Hand und weiche noch einen Schritt zurück. »Es ... tut mir leid«, beginne ich leise und mit zittriger Stimme. »Ich wünschte, ich ... ich hätte ... was tun können ...«

»Sie haben mich mitgenommen«, unterbricht sie mich ruhig und lächelt ins Leere. »Sie haben mich in ... so ein ... Bunker-Ding geschleppt. Weißt du, was sie da mit mir gemacht haben?« Sie lacht hysterisch und weitere Tränen laufen ihr über die Wangen. »Sie haben ... mich gefesselt und ... gelacht. Sie haben die ganze Zeit über nur ... nur gelacht.« Ich kann mir vorstellen, was sie ihr angetan haben. So wie sie aussieht, ist das eindeutig. Mir dreht sich der Magen um, wenn ich nur daran denke. »Sie waren zu viert. Ich wusste ... gar nicht, dass das überhaupt geht, aber sie ...« Achselzuckend lässt sie den Satz ausklingen. »Sie haben mich ... vergewaltigt.« Apathisch blinzelnd und nickend lässt sie den Kopf hängen. Scham steht ihr ins Gesicht geschrieben. »Alle vier. Nacheinander. Sie haben ... sich abgewechselt. Und ich ... ich habe versucht, mich zu wehren, habe geschrien, um mich getreten ... ich habe sie beleidigt. Aber damit habe ich sie nur ... angefeuert. Ich weiß, dass sie es nie lange ... ähm ... Es hat nie lange gedauert, wenn einer ... aber es hat sich angefühlt, wie Stunden.« Sie erzählt mir diese Dinge, die sich wie die Handlung eines äußerst schlechten Films anhören und ich kann nichts tun. Ich stehe nur da wie versteinert und weiche ihrem flehenden Blick aus. »Ich dachte, ich würde sterben. Ich dachte, sie bringen mich um. Sie ... sie hätten es tun sollen. Ich habe sie angefleht ... mich einfach zu töten. Aber sie ... wollten nicht. Nachdem sie fertig waren sagte einer von ihnen, dass sie sich noch was für später aufheben wollten.« Sie verzieht das Gesicht, als sie ungehemmt zu weinen beginnt. Ihr Schmerz ist ihr deutlich anzusehen und erinnert mich an das schlechte

Gewissen, das Liam mich hat vergessen lassen und das ich nicht hätte vergessen dürfen. »Aber es gab kein später.« Sie verzieht die Lippen zu einer schmalen Linie. »Ich habe ... einen von ihnen überwältigt. Die anderen waren gerade unterwegs, um Häuser zu plündern, oder so was. Das hat der Anführer von denen gesagt.« Sie kommt noch einen Schritt auf mich zu und hält das Messer hoch. Panik kommt wieder in mir hoch und lässt mich vor ihr zurückweichen. Langsam lege ich meine Hand an die Waffe, die in meinem Hosenbund steckt und halte die andere wieder beschwichtigend hoch. »Er sollte auf mich aufpassen. Das hat der Anführer gesagt. Nur aufpassen, aber nicht anfassen. Er konnte aber nicht warten.« Sie schüttelt den Kopf. »Als er sich wieder ... über mich hergemacht hat, habe ich ihm das Messer abgenommen und ... einfach zugestochen. Wie eine Irre ... Ich wollte nur ... Er war ... er war tot. Und ich habe immer weiter ... auf ihn eingestochen. Gott, da war ... so viel Blut.« Sie schaut an sich runter und starrt auf ihre Hände. »Ich hab meine Fesseln durchgeschnitten und bin dann ... einfach gerannt wie der Teufel.«

»Ich ...«, beginne ich flüsternd und räuspere mich. »Ich kann dir helfen. Okay? Da ... da oben habe ich einen Rucksack. Mit Verbandsmaterial und so was. Ich ... kann was holen und deine Wunden versorgen. Ich kann ... dir helfen, wenn ... du mich lässt.«

Sie lacht wieder hysterisch und legt den Kopf in den Nacken. Dann reißt sie plötzlich ihr Messer hoch, sodass ich wieder zusammenzucke und ebenfalls meine Waffe hervorhole. »Du willst mir helfen?! Du hättest mir helfen können! Da auf diesem Campingplatz. Jetzt brauche ich deine Hilfe auch nicht mehr! Aber du ... wirst sie brauchen, wenn ich mit dir fertig bin!«

Sie macht einen Satz auf mich zu, da halte ich ihr panisch blinzelnd meine Waffe vor die Nase. »Bleib ... wo du bist!«, presse ich hektisch japsend hervor.

Sie schüttelt schnaubend den Kopf. »Du willst mich erschießen? Mach doch. Wir sind ohnehin schon alle tot.« Müde blinzelt sie. »Ich weiß, dass du dich das ohnehin nicht traust.« Sie kommt noch näher. »Du bist nämlich genauso wie ich. Ein armseliges Opfer ... eines kranken Systems.« Sie kommt noch einen Schritt auf mich zu. »Verflucht, ich weiß nicht mal, warum ich hier bin.« Ich schaue mich panisch um. Meine Fluchtmöglichkeiten werden immer weniger. Sie hat mich in die Enge getrieben. »Du wirst hier sterben. Wie ich. Wie alle anderen auch. Hier gibt es ...«

»Stopp!«, rufe ich und nehme all meinen Mut zusammen, um einen Warnschuss abzugeben. Der Rückstoß kribbelt in meiner Hand und in meinem Arm und lässt mich kurz den Atem anhalten. Mit aufgerissenen Augen schaue ich sie an. »Keinen Schritt näher! Bleib ... wo du bist!«

Unbeeindruckt schaut sie sich über die rechte Schulter und begutachtet das Einschussloch in der Wand neben der Wohnungstür, ungefähr auf Kopfhöhe. Ich folge ihrem Blick, noch immer schockiert über meine eigene Reaktion – und die Tatsache, dass das für einen Warnschuss gar nicht mal schlecht gezielt war – und erkenne erst im Augenwinkel und viel zu spät, dass sie ihr Messer hochreißt und auf mich zustürmt. Mit großen Augen weiche ich zurück und reiße schützend die Arme vors Gesicht. Zu meinem Bedauern stolpere ich über einen Pappkarton und lande auf dem Rücken liegend daneben. »Mh!«, zische ich und komme nicht dazu, den Schmerz wegzustecken, denn die Fremde schmeißt sich schreiend auf mich. Mir fällt die Waffe aus der Hand und rutscht über den Boden. Erneut reiße ich schützend die Arme hoch und da spüre ich den einsetzenden Schmerz an meinem linken Arm. »Ah! Fuck!« Eine Sekunde bin ich versucht, mir die Verletzung anzusehen, doch selbst wenn ich es wollte, käme ich nicht dazu. »Hör auf!«, presse ich hervor und versuche mit aller Macht, das Messer fernzuhalten, das meinem Gesicht gerade viel zu nahe kommt. Sie hat mehr Kraft als ich. Die pure Todesangst durchströmt mich und lässt mich all meine Kraftreserven mobilisieren, sie davon abzuhalten, mich zu erstechen. Ich klammere den Schmerz in meinem Arm aus und ringe mit ihr, kralle meine Fingernägel in ihre Hände, doch das Messer kommt meinem Auge gefährlich nahe. »Bitte«, flehe ich und winde mich unter ihr. Sie sitzt auf mir und drückt mich mit ihrem ganzen Gewicht zu Boden. Ich kann mich kaum rühren, da spüre ich das kalte Metall an meiner Wange und wie sich die Spitze des Messers langsam in meine Haut zu bohren versucht. Das war es dann. Sie wird mich töten. Dieses Spiel habe ich wohl verloren. Gerade, als ich mich innerlich damit abgefunden habe, das hier doch nicht zu überleben und nie wieder nach Hause zu kommen, ertönt ein Schuss und noch in der gleichen Sekunde sackt die Fremde leblos auf mir zusammen. Das Messer in ihrer Hand rutscht an meiner Wange entlang und dem folgt praktisch unverzüglich ein weiterer brennender Schmerz. »Oh Gott«, presse ich hervor, als mir bewusst wird, dass sie tot ist und ich nicht. »Oh nein. Nein, nein. Liam«, flehe ich und mein Herz explodiert beinahe in meiner Brust. Ich winde mich panisch unter der toten Frau und schiebe sie mit Mühe von mir herunter.

»Emily! Fuck!«, knurrt er und ich bemerke im Augenwinkel, wie er auf mich zustürzt. »Hey! Alles klar?« Er beugt sich über mich, so wie heute Vormittag, und sucht mit Angst in den Augen mein Gesicht nach Anhaltspunkten ab. »Okay. Halb so wild. Das ist nur ein kleiner Kratzer. Hat sie dich noch irgendwo erwischt?«

Noch irgendwo? Ich blinzle hektisch und versuche noch immer zu verstehen, was da gerade überhaupt passiert ist. Sie ist tot. Ich habe ihr helfen wollen, aber sie hat mich angegriffen. Und jetzt ist sie tot. »Nein!«, japse ich plötzlich und schiebe sie panisch noch weiter von mir weg. Mit letzter Kraft versuche ich, den Abstand zwischen uns noch weiter zu vergrößern und hieve mich selbst nach hinten. »Nein! Nein, nein. Sie ist ... Ich ... Liam, sie ist tot. Sie ... Das ist ... Ich war nur kurz ...«

»Hey!«, unterbricht er mich und packt mich an den Schultern, um mich aus meiner Hysterie zu holen. »Ich will von dir wissen, ob sie dich noch irgendwo erwischt hat!«

»Sie ... sie hatte ein Messer«, flüstere ich und Tränen laufen mir über die Wangen. »Ich wollte ihr nur helfen. Sie hat ... sie hat gesagt, dass die... diese Männer ... Sachen mit ihr gemacht haben. Sie hat einen von denen getötet und konnte fliehen, aber wir ... wir hätten ihr helfen müssen, Liam. Wir hätten nicht ...«

»Reiß dich zusammen! Komm hoch!«, knurrt er und packt mich am Arm, um mich mit einem unsensiblen Ruck auf die Füße zu ziehen.

»Ah!«, mache ich und ziehe meinen schmerzenden Arm zurück. Mit zusammengezogenen Augenbrauen folge ich dem stechenden Schmerz zu seinem Ursprung und schaue mir meinen Arm genau an. Als ich den tiefen Schnitt sehe, sauge ich scharf die Luft ein.

»Tut mir leid. Ich ... wollte dir nicht wehtun«, sagt er etwas ruhiger und schaut sich ebenfalls die Verletzung an. »Alles wird gut. Okay? Lass mich mal sehen.« Er steht dicht vor mir und legt vorsichtig beide Hände an meinen linken Arm, dreht ihn ein wenig hin und her und macht sich ein Bild vom Ausmaß. »Oh Mann«, seufzt er. Sein nachdenklicher Blick lässt mich den Atem anhalten.

»Was ist?«

»Das sieht ziemlich übel aus. Komm. Lass uns wieder nach oben gehen. Ich mache das erstmal sauber und dann sehen wir weiter.«

»Okay«, flüstere ich kraftlos und spüre, wie das Adrenalin langsam meinem Körper entweicht. »Warte«, seufze ich und bleibe im Treppenhaus stehen. »Da ... in der Wohnung liegt eine Decke auf dem Sofa. Nimm sie mit.« Mit dem Zeigefinger deute ich auf die offene Wohnungstür. Nickend kommt er meiner Aufforderung nach, während ich mich einmal um die eigene Achse drehe, auf der Suche nach meiner Waffe, die irgendwo über den Boden gerutscht ist. Liam bringt mich um, wenn ich sie hierlasse. Wenn es nach ihm ginge, hätte ich dem Ding längst einen Spitznamen gegeben und um eine Beziehung gebeten. Okay, das ist übertrieben, aber so stelle ich mir die Gedankengänge von Waffenenthusiasten irgendwie vor.

»Danke«, sage ich leise, als ich mit hängenden Schultern auf der Küchenzeile in unserer neuen kurzzeitigen Unterkunft sitze und Liam dabei zusehe, wie er den Erste-Hilfe-Kasten aus dem Rucksack holt. Er kommt wieder zu mir und stellt den Kasten neben mir ab, ohne was zu sagen. Schniefend wische ich mir eine Träne weg. »Ich ... ich dachte wirklich, jetzt ist es vorbei.«

»Du hast geschossen«, sagt er seufzend und nickt überzeugt, ohne mich anzuschauen. Stattdessen ruht sein besorgter Blick auf der Schnittwunde an meinem Arm, den ich sorgfältig angewinkelt lasse, damit nichts versehentlich drankommen und eine weitere Schmerzwelle auslösen kann. »Ich muss zugeben, ich hätte nicht gedacht, dass du es tun würdest.«

»Ich auch nicht.«

»Es war gut, dass du es getan hast, Emily! Sonst hätte ich dich nicht gehört und hätte dir nicht helfen können.«

Er bedenkt mich mit einem ernsten Blick. »Ich bin stolz auf dich. Das meine ich ganz ehrlich!«

Ich schnaube. »Vielleicht hätte ich sie einfach direkt erschießen sollen.«

»Nein. Du ... du solltest froh darüber sein, dass du es nicht getan hast. Wenn du diese Grenze erstmal überschritten hast, gibt es kein Zurück.«

»Aber du wolltest, dass ich es tue. Dass ich ... diese Grenze überschreite. Zumindest, wenn es nötig ist.« Enttäuscht lasse ich den Kopf hängen. Ich werde das Gefühl nicht los, dass ich versagt und ihn enttäuscht habe.

»Ja und das war ein Fehler. Du bist wie du bist. Und ... ich werde nicht mehr versuchen, das zu ändern.« Er legt behutsam seine Hand an meine Wange und hebt mein Gesicht zu sich an, um mich eindringlich anzuschauen. »Es ist besser, wenn wenigstens einer von uns seine Menschlichkeit behält.«

»Du bist ein Mensch«, flüstere ich mit glasigen Augen.

»Ach ja?« Er schnaubt. »Da bin ich mir nicht so sicher.«

»Wärst du keiner, wäre ich schon tot«, beharre ich. Ich beobachte ihn dabei, wie er in dem Plastikkasten herumkramt und penibel darauf achtet, meinem Blick auszuweichen. Er denkt nach und glaubt mir ganz offensichtlich nicht. »Liam.« In der Bewegung innehaltend, spannt er den Kiefer an und starrt auf die weiße Verbandrolle in seiner Hand. »Ich meine es ernst. Du hast mir in den letzten zwei Tagen ein paar Mal das Leben gerettet und ich ... bin dir sehr dankbar dafür. Du ... hättest das nicht tun müssen. Du hättest mich einfach sitzen lassen können.« Dass er mich nicht ansieht, während ich ihm danke, und er es offenbar überhaupt nur schwer glauben kann, macht mich irgendwie traurig. »Liam«, flüstere ich und warte, bis er meinen Blick erwidert. Mit einem schwachen Lächeln schaue ich ihm in die Augen und schüttle den Kopf. »Du hast es nicht getan. Weil du ein guter Mensch bist!«

Ich erkenne Dankbarkeit in seinen blauen Augen, aber auch Skepsis. So wie er mich ansieht, hat ihm so was noch nie jemand gesagt. Er räuspert sich hörbar, ehe er meinem Blick wieder ausweicht und nervös auf der Stelle tritt. »Also, ich ... muss das jetzt sauber machen«, kündigt er an. »Das wird brennen.« Ich nicke bloß und bereite mich gedanklich auf das vor, was folgt. Er hat ein durchsichtiges Plastikfläschchen und ein weißes Stück Stoff oder so was in den Händen. »Okay. Also ... ich zähle bis drei und dann ... bringen wir es einfach hinter uns.« Er kommt einen Schritt näher, sodass ich den Kopf in den Nacken legen muss, um zu ihm aufschauen zu können. »Eins, zwei ...«

»Ah! Fuck!«, zische ich und unterdrücke mit Mühe und Not ein lautes Schreien als er beginnt, die Schnittwunde mit dem desinfektionsmittelgetränkten Tupfer zu säubern.

»Entschuldige. Es ist besser, wenn man es ohne große Ankündigung macht.« Er verzieht das Gesicht, als wüsste er genau, wie sehr das wehtut.

»Fick dich!«, fluche ich und kneife die Augen zu.

Liam lacht nur. »Beleidige mich ruhig. Dann geht es dir besser.«

»Beeil dich einfach«, nuschle ich und widerstehe dem Drang, mich zu schütteln und auf ihn einzuschlagen. Zum Glück verschwindet das Brennen des Desinfektionsmittels sofort wieder.

»Ich fürchte, daraus wird nichts. Das muss genäht werden.«

»Was?!«, presse ich angestrengt hervor und sofort setzt sich ein dicker Kloß in meinen Magen, der meine Angst vor weiteren Schmerzen wieder anfacht. Am liebsten würde ich heulen. »Womit zur Hölle habe ich das nur verdient?« Ich kneife die Augen zu und lege den Kopf in den Nacken. »Kannst du das überhaupt?«

»Bitte!«, säuselt Liam und verzieht beleidigt das Gesicht. »Was denkst du denn, mit wem du hier redest. Ich bin Field Medic! Natürlich kann ich das!« Sein Blick verrät mir, dass das nur ein Scherz war, doch sofort verändert er sich wieder. Besorgt mustert er mich einen Moment. »Ich will dich nicht anlügen. Das wird bitter.«

»Wieso? Kannst du ... das nicht betäuben, oder so?«

»Klar. Hast du zufällig was dabei?« Er hebt die Augenbrauen. »Tut mir leid. Wir haben nichts, um die Stelle zu betäuben. Du wirst da so durchmüssen.«

»Auf einer Skala von eins bis zehn ... wie schlimm wird es?« Ich schlucke meine Panik runter, die sofort mit dem Kloß in meinem Magen verschmilzt und das Verlangen in mir weckt, mich zu übergeben. »Guck nicht so, als wäre jemand gestorben, Liam! Wie schlimm?!«

»Ganz ehrlich?« Ich nicke. »Eine Dreizehn?« Ernüchtert lasse ich die Schultern hängen und Tränen bilden sich in meinen Augen. »Das ist ... bei jedem anders, Emily. Jeder hat ein anderes Schmerzempfinden. Ich will dich nur aufs Schlimmste vorbereiten.«

»Ist gut. Tu's einfach.«

»Alles klar«, seufzt er. Ich entnehme seinem Blick, dass er genau weiß, wovon er da redet. Das ist nicht das erste Mal für ihn, dass er sich mit so was konfrontiert sieht. »Bei der Länge des Schnitts denke ich, werde ich mit drei Stichen hinkommen. Ich setze sie so weit auseinander, wie es eben geht.« Ich presse die Lippen zusammen und nicke hektisch. Er räuspert sich und senkt den Kopf. »Lass uns anfangen. Dann hast du es hinter dir.«

»Okay.« Tief durchatmend klammere ich meine Finger in meine Schulter. »Aber tu mir bitte einen Gefallen und fang nicht wieder an zu zählen. Nur, um mich dann zu verarschen. Mach es einfach.«

Er nickt. »Gut. Du ... musst stillhalten. Alles klar? Auch, wenn es schwierig wird.« Wir schauen uns einen Moment lang tief in die Augen. Das Blau in seinen Augen lässt mich ruhiger werden. Ich habe das Gefühl, dass mein Herzschlag sich wieder etwas beruhigt. »Ich fange jetzt an.« Er löst den Blickkontakt und atmet ebenfalls tief durch, ehe er die gebogene Nadel ansetzt, an der ein langer schwarzer Faden hängt. »Tut mir leid«, flüstert er und sticht die Nadel geradewegs in meine schmerzende, gereizte Haut, was mich zusammenzucken und panisch die Luft einsaugen lässt. Ich unterdrücke erfolglos ein lautes Stöhnen und sofort laufen mir Tränen übers Gesicht. Eine Dreizehn?! Das ist eine siebenundzwanzig, verfluchte Scheiße! Reflexartig kralle ich die Hand in sein Shirt und ziehe ihn enger an mich. »Schrei ruhig. Das hilft«, sagt er leise und verständnisvoll und schaut mich durchdringend an. Ich presse die Lippen zusammen, die unter dem Schmerz erzittern. Mit den Augen flehe ich ihn an, aufzuhören. »Ich muss weitermachen, Emily.« Mit einem schlechten Gewissen senkt er abermals den Kopf, um seine Tortur fortzusetzen. Wieder sticht er die Nadel geradewegs in die schmerzende Schnittwunde.

»Ah!«, presse ich langgezogen zwischen zusammengebissenen Zähnen hervor und bin versucht, unter dem einprasselnden Schmerz einzuknicken, nachzugeben und meinen Arm wegzuziehen, doch stattdessen kralle ich meine Finger fester in meine Schulter und sein Shirt. »Erzähl mir was«, nuschle ich mit angehaltenem Atem, blinzle apathisch und ziehe schniefend die Nase hoch, während er einen Knoten macht.

»Was willst du wissen?«, fragt Liam und versucht sich an einem aufmunternden Lächeln, während er sich weiter auf seine Arbeit konzentriert und den Faden abschneidet.

Ich zucke die Achseln und widerstehe weiterhin dem Drang, ihn zu boxen, damit er aufhört mich zu quälen. »Ähm ... Wolltest du ... schon immer Soldat werden?«

Er lacht. »Auf keinen Fall!«, sagt er überzeugt und zieht die Stirn in Falten. »Als ich klein war, wollte ich zur Feuerwehr oder Astronaut werden und so was ... Was Jungs eben so cool finden. Aber Soldat? Ich habe es gehasst!« Er schaut kurz überprüfend zu mir hoch. »Jetzt Nummer zwei. Bist du bereit?« Ich schüttle vehement den Kopf und verziehe die Lippen zu einer schmalen Linie. »Schrei mich an, beleidige mich ... Du darfst mich gleich auch gerne schlagen, aber ... das hier geht jetzt leider erstmal vor.« Er seufzt, ehe er die Nadel ein weiteres Mal ansetzt und mich damit tatsächlich zum Schreien bringt.

»W... wieso ... wieso hast du ... es gehasst?«, stottere ich kraftlos in den Hagel aus brennendem und stechendem Schmerz hinein.

»Mein Dad war auch einer«, erklärt Liam, während er das vierte Mal die Nadel durch meine Haut sticht. Ich spanne jeden Muskel an, halte die Luft an und hypnotisiere Liams Profil, um nicht zu schreien. »Er war bei der Schlacht von Mogadischu dabei. Damals, dreiundneunzig. Er hat das nur knapp überlebt. Wäre für ihn besser gewesen, wenn er's nicht getan hätte. Hat es irgendwann nicht mehr ausgehalten und sich umgebracht«, fügt er hinzu. So nüchtern und sachlich wie er das sagt, scheint er kein so enges Verhältnis zu seinem Vater gehabt zu haben. »Ich wollte nicht auch so enden. Damals dachte ich, dass alle Soldaten auf diese Weise draufgehen, wenn sie nicht im Krieg sterben. Das wollte ich nicht. Aber dann ... haben ein paar Leute den Terror nach Amerika gebracht. Ich war siebzehn, kam ... an so einem Technikladen vorbei, wo sie damals immer die aktuellen Fernsehgeräte in ihren Schaufenstern ausgestellt hatten und in denen immer Nachrichten oder so langweilige Natur-Dokus liefen ... Da haben sie gezeigt, wie ... zwei Wolkenkratzer eingestürzt sind und was von Terror gesagt.«

»Nine Eleven«, flüstere ich, eher zu mir selbst.

Er zuckt mit der Schulter. »Danach konnte ich es nicht mehr ignorieren oder ... keine Ahnung. Patriotismus scheint wohl erblich bedingt zu sein«, scherzt er und schaut erneut zu mir auf. »Nummer drei. Dann hast du es hinter dir. Bereit?« Erschöpft nicke ich. »Du bist tapferer als ich dachte, Cinderella«, scherzt er und schiebt seinen Ellbogen gegen meinen Arm. Sagte er und schaute mir beim Flennen zu. Echt witzig! Wahrscheinlich will er mich einfach nur ermutigen, oder aufmuntern. Während er sich wieder seiner Arbeit zuwendet, schließe ich die Augen und erwarte schon die nächste brennende Schmerzflut. Es fühlt sich nicht mehr so schlimm an, wie die letzten beiden Male. Vielleicht liegt das daran, dass meine Nervenenden so überreizt sind, dass sie einfach ihre Arbeit eingestellt haben. Vielleicht habe ich mich aber auch daran gewöhnt. Ich weiß nur, dass ich Schwierigkeiten habe, die Augen überhaupt wieder zu öffnen. »Okay. Geschafft«, sagt Liam plötzlich in meine Erschöpfung hinein und klebt ein langes weißes Pflaster auf die genähte Wunde. Ich nicke nur träge und atme tief durch, während ich ihm dabei zusehe, wie er routiniert seiner Arbeit nachgeht. »Ich gucke mir nochmal schnell die Schusswunde an.« Er deutet mit einem Nicken auf meinen Hals und zieht dann noch so ein weißes Pflaster raus, kleiner und quadratisch.

Schniefend strecke ich meinen Hals, sodass er besser drankommt. »Hast du es bereut? Soldat zu werden, meine ich«, setze ich das Gespräch fort.

»Keine Sekunde.« Vorsichtig legt er seine Hand an

meine Wange und zieht mit der anderen das alte Pflaster ab, ehe er die Wunde begutachtet. »Ich mache das lieber nochmal sauber. Das wird brennen, aber ... ist ein Spaziergang im Vergleich zu dem, was du hinter dir hast.« Er nimmt einen neuen Tupfer und tränkt ihn in Desinfektionsmittel, ehe er seine Worte in die Tat umsetzt, was mich scharf die Luft einsaugen und die Hand in seinen Arm klammern lässt. Dieser Schmerz ist jedoch Balsam, im Vergleich zu dem Gefühl, das ich eben verspürt habe. Er verschwindet so schnell, wie er gekommen ist und Liam klebt wortlos das Pflaster drauf. »Und noch ein Klammerpflaster für den Schnitt unterm Auge.« Er schmunzelt und umfasst mein Kinn mit Daumen und Zeigefinger, um mein Gesicht zu sich anzuheben und sich die Verletzung anzuschauen, die nur knapp unter meinem linken Auge sitzt. Einen Moment lang überlege ich, ob ich seinen Arm loslassen soll. Mir gefällt die Nähe. Und seine Berührung ist Balsam für meine geschundene Haut. Ich schaue zu ihm auf und beobachte ihn, während er seine Worte in die Tat umsetzt. Ich weiß nicht genau, was es ist, das mich an ihm so fesselt. Vielleicht sein markantes Gesicht? Vielleicht auch nur seine Augen. Darin wechselt sich Trauer mit tiefem Schmerz ab. Aber neben all der Verbitterung, den Selbstzweifeln und dem Hass auf die Welt, steckt auch noch ein Funke Hoffnung irgendwo in ihm. Vielleicht fesselt er mich auch einfach nur, weil er hier so was wie mein persönlicher Lebensretter ist. Was es auch ist, ich will mehr! »Fertig«, sagt er plötzlich leise in meine Gedanken hinein und ich ertappe mich dabei, wie ich seine Lippen angestarrt habe. Noch immer ruht sein Daumen an meiner Wange. Unsere Blicke treffen sich und ich kann es nicht richtig erklären, aber ich meine, da ein Knistern wahrzunehmen. Er sagt nichts, schaut mich nur an und streicht mit seinem Daumen an meinem Kiefer entlang.

Was zur Hölle passiert da gerade? Ich hätte schwören können, dass dieses Verlangen nach *mehr* einseitig wäre. Oh, verdammt! Das ist ein Fehler, Emily! Verlieb dich nicht in ihn! »Wir sollten das wohl besser lassen«, flüstere ich eingeschüchtert, als sein Gesicht meinem immer näher kommt. Mein Herz springt mir gleich aus der Brust.

»Ja«, bestätigt Liam knapp und mit einem Schmunzeln auf den Lippen, weicht aber nicht vor mir zurück. Im Gegenteil. Stetig kommt er mir näher. Ich halte die Luft an und schließe eine Sekunde lang die Augen, da spüre ich seine Nase an meiner.

»Ich meine es ernst, Liam. Das ist keine gute Idee«, beharre ich.

»Ja, du hast recht. Das ist eine furchtbare Idee.« Er grinst und noch in der gleichen Sekunde legt er seine Hand in meinen Nacken, zieht mich an sich und presst seine Lippen fest auf meine. Es ist, als würde die Zeit stehen bleiben. Ich vergesse, wo wir sind, was eben passiert ist, vergesse den Schmerz und all die schlimmen Bilder. Stattdessen konzentriere ich mich ganz auf ihn, seine Lippen und seine Zunge, die sich fordernd in meinen Mund schiebt. Ich lege meine Hand an seine Wange, fahre mit den Fingerspitzen am Ansatz seines Fünftagebartes entlang und ziehe ihn mit der anderen enger an mich. Liam drückt seinen Unterleib gegen mich. Ich spüre seine Hände an meinen Kurven entlangwandern, dann macht er sich an meinem Hemd zu schaffen. Er öffnet jeden Knopf einzeln. Schnell und doch so langsam, dass es mich rasend macht vor Verlangen. Gott, ich wünschte, er würde mir das Hemd einfach rücksichtslos runterreißen. Ich ziehe ihm die Jacke von den Schultern, kralle mich in sein Shirt, schiebe meine Finger darunter und in den Bund seiner Jeans. Am liebsten würde ich von der Arbeitsplatte rutschen und ihm an den Hals springen. Ich bin so unendlich erregt und will einfach nur Erlösung. Während er damit beschäftigt ist, meinen Hals mit Küssen zu bedecken und leise an mein Ohr zu seufzen, zieht er mir quälend langsam das Hemd von den Schultern. Der Stoff scheuert über den Verband an meinem Arm und lässt mich leicht zusammenzucken. »Entschuldige«, flüstert Liam als Antwort auf meine Reaktion und schaut mich eine Sekunde besorgt an.

»Macht nichts«, presse ich ungeduldig hervor. Sofort suchen meine Finger wieder nach seinem Körper. Mit einer Hand ziehe ich ihn am Hals wieder zu mir, um meine Lippen auf seine zu drücken und mich von seiner Zunge um den Verstand bringen zu lassen, während ich mit den Fingern der anderen Hand seinen Bauch hinunter streiche, bis zum Saum seines Shirts. Ich ziehe es ihm über den Kopf. Mein Blick schweift einen Moment lang ausgiebig über seinen nackten Oberkörper und die Kette, die um seinen Hals hängt und mir vorher nie aufgefallen ist. Ich erkenne sie sofort. Es sind seine Erkennungsmarken. Wie ferngesteuert lege ich meine Finger darauf und begutachte sie den Bruchteil eines Augenblicks lang. Ich finde es unglaublich, wie etwas so Pragmatisches einen so tiefen emotionalen Wert für einen Menschen haben kann. Nachname, Vorname, Sozialversicherungsnummer, Blutgruppe, Religion. Mehr nicht. Eine behält der Soldat, die andere kriegen im Todesfall die Hinterbliebenen. Sie gibt im Notfall Aufschluss über die wichtigsten Informationen zu ihrem Träger. Bei näherer Betrachtung fällt mir der kleine Anhänger auf, der noch daran hängt. Ein Engel mit Schwert in der Hand ist darauf eingraviert. Sein ungestümer Kuss lässt mich meinen Plan vergessen, ihn zu fragen, was es damit auf sich hat. Er drängt seufzend seine Zunge in meinen Mund, während meine Hände bereits zu dem rauen Stoff seiner Jeans wandern, um den Gürtel über seiner Hüfte zu öffnen. Knopf und Reißverschluss folgen und gierig lasse ich meine Finger in seiner Jeans verschwinden. Über den Boxershorts beginne ich mit festem Druck über die entstandene Beule zu reiben, was meine Erregung nur weiter anfacht. Ich habe schon lange nicht mehr so ein brennendes Verlangen verspürt, wie genau jetzt. Liam lässt sich einen Moment völlig gehen und genießt, was ich mit ihm mache. Er stöhnt seine Erregung an meine Lippen und schiebt weiter ungestüm seine Zunge in meinen Mund, womit er mich völlig aus dem Konzept bringt. Seine Körpersprache lässt mein Herz schneller schlagen. Ich gebe ihm, was er will, meine Finger gleiten in seine Boxershorts und treffen auf die weiche Haut seiner Erektion. Ohne ein Wort zu sagen, macht er sich an meiner Jeans zu schaffen. Er öffnet Knopf und Reißverschluss und legt dann beide Hände an meinen Hintern, um mich zu dirigieren. Ich hebe ihn, so gut es geht, damit Liam mir die Hose und den Slip ausziehen kann. Unachtsam zieht er sie mitsamt meinen Schuhen aus und lässt sie zu Boden fallen. Meine Finger wandern über seine Arme und meine Fingernägel bohren sich in die Haut, als er seinen Daumen plötzlich und ohne Vorwarnung tief in mir versenkt. Stöhnend werfe ich den Kopf in den Nacken und genieße seine ungezügelte Begierde mit geschlossenen Augen. »Mach die Augen auf!«, raunt er nach einem Moment herrisch und sofort komme ich seiner Aufforderung nach. Während er seinen Daumen unablässig aus mir herauszieht und wieder in mich schiebt, sieht er mir tief in die Augen. Ich zucke leicht zusammen, als die Erregung sich zu einem Knoten zusammenzieht, der jeden Moment platzen kann. »Ich will, dass du mich ansiehst, wenn du kommst.« Ich gucke ihn an und atme schwer durch den Mund. Als sich langsam, aber sicher etwas in mir zusammenbraut, lege ich augenverdrehend den Kopf in den Nacken, ehe ich mich halbwegs zusammenreiße und ihn wieder anschaue. Ich kralle meine Finger in seinen Nacken und als sein Daumen mich mit kreisenden Bewegungen zu massieren beginnt, kann ich nicht mehr länger. Schwer atmend seufze ich meinen Orgasmus aus mir heraus und habe Mühe, seinem Blick standzuhalten. Ich blinzle einige Male und muss mich bei jedem Mal zwingen, die Augen wieder zu öffnen. Er sieht mir geradewegs in meine Seele. In den verdorbenen und wollüstigen Teil meiner Seele.

Atemlos seufzend ziehe ich ihn am Nacken dichter an mich und schiebe ihm meine Zunge in den Mund. »Ich will dich!«, flüstere ich heiser an seine Lippen. Gott, ich weiß nicht, wann ich das letzte Mal so verdammt erregt war! Ich kann es kaum erwarten, ihn in mir zu spüren und will nichts mehr, als dass er mich um den Verstand bringt.

»Das kannst du haben«, raunt er und zieht mich am Hintern näher zu sich. Meine Finger wandern über seine Arme und meine Fingernägel bohren sich ihm in die Haut, als er sich selbst Hose und Boxershorts über den Hintern zieht, um unversehens in mich einzudringen. Langsam und doch intensiv drückt er seinen Schwanz tief in mich. Er bewegt sich voller Leidenschaft. Überrascht stöhne ich meine völlig entfesselte Erregung an seine Wange und schlinge einen Arm um seinen Hals, um ihn eng an mich zu ziehen und meine Finger in seinen Nacken zu krallen, während er unablässig seine Zunge in meinen Mund schiebt und seinen heißen Atem an meine Lippen stöhnt. Die freie Hand klammere ich haltsuchend in die Arbeitsplatte. Mit beiden Händen und einem festen, bestimmten Griff, gleitet er an meinen Kurven entlang, schiebt seine Finger in den Saum meines schwarzen Tanktops und zieht es mir mit einer fließenden Bewegung aus. Gott, ich will so sehr, dass er mich um den Verstand bringt. Ich kann gar nicht sagen, wann ich das letzte Mal Sex hatte. Das ist zu lange her. Und ich genieße dieses Mal wahrscheinlich viel zu sehr, aber was soll's? Vielleicht ist das mein letzter Sex. Vielleicht bin ich morgen um diese Zeit schon tot. Deswegen genieße ich das, was Liam mit mir macht, in vollen Zügen. Plötzlich zieht er mich am Hintern ganz an die Kante der Arbeitsplatte, umarmt mich so fest, dass ich meinen Rücken durchstrecken muss und stößt schneller und tiefer in mich. Ich muss mich arg beherrschen, nicht zu laut zu stöhnen, als ich unter dem Pochen in meinem Unterleib fast einknicke und den Kopf in den Nacken lege. Ich spüre, wie sich alles in mir zusammenzieht, nur, um dann mit der dreifachen Intensität aus mir herauszubrechen. Das halte ich nicht mehr lange aus. Oh Gott! Bitte lass ihn mich härter ficken! Sein tiefes, kehliges Stöhnen vibriert in meinem Ohr, als er meine Schläfe und meine Wange küsst und mir dann in die Unterlippe beißt. Er stößt seinen Schwanz intensiv und erbarmungslos in mich. Langsamer werdend und dennoch hart. Ja! Das ist genau das, was ich mir vorgestellt hatte! Verflucht, fühlt sich das gut an! Er behält sein Tempo bei und erhöht die Intensität seiner Bewegungen, schiebt mir seine Zunge in den Mund, bis ich nach Luft schnappe. Als er wieder schneller wird und spürbar die Kontrolle verliert, geht das Minenfeld meines Körpers hoch. Meine Erregung explodiert und ich stöhne einen zweiten, unglaublichen Höhepunkt aus mir heraus, den ich selbst ersticke, indem ich Liam küsse und ihm die Zunge in den Mund schiebe, auf der Suche nach seiner. Nach einigen weiteren tiefen Stößen kommt auch er mit einem tiefen Knurren zum Orgasmus. Dieses Geräusch. Sein Stöhnen. Das ist Musik in meinen Ohren, die metaphorische Schmetterlinge in meinem Bauch aufscheucht. Forschend lasse ich meine Finger weiter über seinen Körper wandern. Mit den Fingerspitzen streiche ich über seinen Rücken, hin zu seinen

Rippen, bis sie auf eine schmale, unebene Stelle treffen, die sich verdächtig nach einer Narbe anfühlt. Schwer atmend lehnt er seine Stirn gegen meine und schließt die Augen. Dann fängt er an zu grinsen und ich kann nicht anders, als es ihm gleich zu tun. »Ja, du hattest recht. Das war eine wirklich furchtbare Idee.«

»Was haben wir uns nur gedacht?«, steige ich tief durchatmend in seinen Scherz ein und weiche mit dem Kopf zurück, um ihn ansehen zu können, während er sich langsam, aber sicher entspannt und sich mir nach einem Moment seufzend entzieht. Ehe er einen Schritt zurücktreten und diesen Moment früher beenden kann, als ich will, ziehe ich ihn am Hals nochmal zu mir. Grinsend beiße ich mir auf die Unterlippe und beuge mich dann vor, um ihn zu küssen. Nicht lange, aber es spiegelt die Lust wider, die er mich hat empfinden lassen. Ich hätte nichts dagegen, das sofort zu wiederholen! Aber als er doch einen Schritt zurücktritt und sich bückt, um meine Hose und meinen Slip aufzuheben und sie mir hinzuhalten, hat die Realität mich zurück. Verdammt, was haben wir uns dabei gedacht? Scheiße, Emily! Wie konntest du so dumm sein, ausgerechnet an einem Ort wie diesem mit einem eigentlich fremden Kerl rumzuvögeln?! Ach, was zur Hölle soll das eigentlich immer? Es war gut. Es war verdammt gut! Das sollte ich wirklich nicht anfangen zu bereuen. Jetzt habe ich wenigstens was Schönes, an das ich denken kann, falls ich doch im Laufe des nächsten Tages noch draufgehen sollte. Während ich von der Arbeitsplatte rutsche, mich wieder anziehe und mein Hemd von dem nicht funktionstüchtigen Kochfeld nehme, beobachte ich ihn grinsend dabei, wie auch er sich wieder anzieht.

»Was ist?«, fragt er und guckt sich verwirrt lächelnd um.

Ich schüttle den Kopf. Mein Grinsen wird breiter, als

ich langsam auf ihn zugehe. »Das hast du bei deinem letzten Besuch hier bestimmt nicht gemacht«, sage ich glucksend und unterdrücke ein Lachen.

»Echt zum Totlachen«, sagt er und nickt augenverdrehend. »Wirklich ... witzig. Halt die Klappe!« Er schnaubt und hebt seine Jacke vom Boden auf, um sie sich wieder überzuziehen. »Beim letzten Mal habe ich nachts auch nicht den großen Löffel für meinen Begleiter gespielt. Nur, weil dem kalt war.« Sein Humor gefällt mir. Er schafft es an diesem Ort, mich zum Lachen zu bringen. Ich denke, das ist viel wert.

»Oh, also ... kann ich mir jetzt was darauf einbilden, oder was genau willst du mir damit sagen? Hm?« Ich strecke die Hand nach ihm aus und ziehe ihn am Kragen seiner Jacke zu mir. »Du hältst dich wohl wirklich für unwiderstehlich«, scherze ich, lege die Arme um ihn und stelle mich auf Zehenspitzen, um ihn verschmitzt anzugrinsen.

»Mh hm.« Mit einer hochgezogenen Augenbraue erwidert er meine Umarmung und reckt seinen Kopf vor, um mich zu küssen. »Dann nehme ich an, kannst du heute Nacht darauf verzichten?«, nuschelt er an meine Lippen und schiebt seine Zunge in meinen Mund, ehe ich etwas darauf sagen kann.

»Hm ... Schon möglich«, hauche ich zwischen seinen Küssen und genieße es, wie er mir mit seiner Zunge den Atem raubt. Nur einen kurzen Augenblick später wird sein Kuss fordernder. Ich schmiege mich enger an ihn und gehe darauf ein, ohne nachzudenken, ehe ich ihm grinsend in die Lippe beiße.

Mit dem Kopf weicht er vor mir zurück, zieht die Augenbrauen zusammen und mustert mich mit zuckendem Mundwinkel. »Au. Das tat fast weh«, raunt er.

Seine Worte lassen mich ihn mit aufgerissenen Augen anstarren und tief Luft holen, als würde ich aus einer Trance erwachen. Habe ich ihn jetzt sauer gemacht? »Oh Gott ... Entschuldige! Ich wollte nicht ...«

»Hey, Em«, unterbricht Liam mich und schaut mich eindringlich an. »Mach's jetzt nicht kaputt.« Sein Lachen verwirrt mich zwar ein wenig, beruhigt mich aber auch. »Diese Seite an dir ...« Sein Blick brennt mich förmlich nieder. »Die gefällt mir.« Er nickt anerkennend. »Da steckt ein kleines Biest in dir. Das finde ich gut.«

»Oh, wow! Jetzt nennst du mich noch Biest?!« Ich bin mir nicht sicher, ob ich jetzt beleidigt sein soll oder ob ich das Kompliment, das eigentlich dahintersteckt, einfach annehme und genieße, dass er mich zu mögen scheint, wie ich bin. »Wirst du je aufhören, mir irgendwelche blöden Spitznamen zu geben? Ich meine, hörst du je auf, mich Tinkerbell zu nennen, oder Schlumpfine, Cinderella ... Kleine ... oder Prinzessin?« Erwartungsvoll lege ich den Kopf schief und schürze die Lippen. Ich weiß nicht genau, was ich für eine Antwort erwarte. Als wäre auf einmal alles anders, nur, weil wir Sex hatten. Das ist lächerlich! Wahrscheinlich hält er mich jetzt sogar noch mehr für ein naives Dummchen. Immerhin hat er es geschafft, dass ich mich ihm völlig ungeniert an den Hals schmeiße.

Liam lacht, meinem Blick ausweichend, und schüttelt den Kopf. »Wir wissen beide, dass das nicht passieren wird«, antwortet er und hebt schmunzelnd eine Augenbraue.

»Verdammt«, zische ich enttäuscht und eher zu mir selbst. Ich schaue ihm einen Moment dabei zu, wie er sich unbeholfen am Kopf kratzt und sich um sich selbst dreht. Ich frage mich, wonach er sucht. »Liam?« Als er zu mir aufschaut, nehme ich meinen Mut zusammen, um ihn zu fragen, was ich schon seit Stunden fragen will. »Dieser Typ ... da bei der Tankstelle«, beginne ich und beobachte seine Reaktion. Skeptisch zieht er die Augenbrauen zusammen, wartet aber geduldig darauf, dass ich fortfahre, anstatt mich zu unterbrechen oder gar anzupampen. »Ihr wart zusammen hier.«

»Ja. Hab ich doch gesagt.«

Ich nicke und nehme nochmal meinen Mut zusammen, um meine eigentliche Frage zu stellen. »Erzählst du mir davon?«, frage ich vorsichtig.

CHAPTER EIGHT

LIAM

»Hörst du mir überhaupt zu?«, fragt Emily in meine Gedanken hinein und schaut mich mit schief gelegtem Kopf an. Ist das etwa Besorgnis in ihrer Stimme? Ich bin mir nicht sicher. Ehrlich gesagt weiß ich nicht mal, wie bescheuert ich wohl dabei ausgesehen haben muss, sie so anzustarren. Offensichtlich habe ich aktuell noch ein Problem damit zu begreifen, was da gerade passiert ist. Hat sie nicht gesagt, das wäre eine blöde Idee? Das war es wahrscheinlich wirklich. Sie lässt mich an Dinge denken, an die ich seit Jahren nicht gedacht habe. Sie lässt mich Dinge fühlen, die ich seit Ewigkeiten nicht gefühlt habe. Hier ist allerdings nicht der richtige Ort für so was. Für diese Gedanken und Gefühle, die ich nicht abgestellt kriege. Und jetzt das! Wenn das keine blöde Idee war, dann weiß ich es auch nicht. Aber verdammt! Ihre Hand in meiner Hose hat sich nicht nach einer blöden Idee angefühlt! Oder zu sehen, wie sie die Kontrolle verliert. Im Gegenteil. Ich hätte nichts dagegen, das zu wiederholen, sie zu nehmen, herumzudrehen und sie so hart von hinten gegen die Küchenzeile zu ficken, bis sie meinen Namen schreit. »Liam?«

»Hm?« Gott, habe ich das gerade etwa laut gesagt?

»Geht's dir gut?«, fragt sie und lacht unbeholfen. Ein Glück habe ich das nicht laut gesagt. »Du siehst aus, als hättest du einen Geist gesehen.« Na ja, du fragst mich nach meiner Zeit hier. Hier schwirren sicher viele rastlose Geister umher und ich will gar nicht so genau wissen, wie viele Menschen an diesem Ort schon gestorben sind. Sechs davon auf jeden Fall unmittelbar durch meine Hand. Und in den drei Jahren bei Kingsman habe ich aktiv dazu beigetragen, dass hier noch sehr viel mehr sterben. Wäre es da so abwegig, wenn ich wirklich so aussehen würde, als hätte ich einen Geist gesehen?

»Sicher«, antworte ich knapp und weiche ihrem Blick aus. Mit einem nervösen Räuspern drehe ich mich um, um ... was will ich eigentlich? Am liebsten würde ich aus dem Fenster springen, wenn ich mir weiter Gedanken über meine Blödheit mache oder nicht aufhöre, mich wie ein pubertärer Fünfzehnjähriger aufzuführen. Ich weiß nicht mal, was genau mein Problem ist. Immerhin habe ich gestern schon darüber nachgedacht, dass sie heiß ist und ich sie unter anderen Umständen wohl angemacht hätte. Da stellt sich heraus, das musste ich gar nicht. Also bereue ich es etwa? Nicht direkt. Es war gut. Ziemlich gut. Allerdings haben wir wohl weder den richtigen Zeitpunkt dafür gewählt noch den richtigen Ort. Aber es ist passiert, also was bringt es, sich jetzt noch ewig den Kopf darüber zu zerbrechen, ob es eine gute Idee war oder nicht.

»Also?«, fragt sie geduldig in meine Gedanken hinein. Erneut.

»Äh ... Klar.« Ich drehe mich um, um die Konserven und den Bunsenbrenner aus meinem Rucksack zu holen. »Ähm ... Also, er ... Damien. Er war mein Partner. Das ist drei Jahre her, wir haben das gewonnen – wenn man das so nennen möchte – und sind danach getrennte Wege gegangen. Ich habe ihn seitdem nicht wiedergesehen.« Mir ist durchaus bewusst, dass ihr das zu wenig sein dürfte. Aber wie sollte ich ihr haarklein erklären können, was ich hier getan habe, wozu ich gezwungen war, was Damien getan hat und ich zugelassen habe. Das würde sie nicht verstehen. Außerdem muss sie so was nicht wissen. Es ist besser für sie. Mit angespanntem Kiefer wärme ich unser Abendessen auf. Ich spüre ihren kochenden Blick an meinem Hinterkopf. Sie verflucht mich dafür, dass ich ihr keine bessere Antwort gegeben habe.

»Das ist eine ziemlich knappe und unbefriedigende Antwort und ist nicht das, was ich meinte.« Na, bitte. Ich kenne sie doch recht gut mittlerweile.

Ihr genervtes Seufzen lässt mich unwillkürlich die Augen verdrehen. »Was willst du denn hören?«, blaffe ich über die Schulter und bin versucht, die Scheißdose einfach aus dem Fenster zu schmeißen. »Ich werde dir kein Märchen auftischen. Das hier ist nicht das verfickte Panem! Hier gibt es keinen Ruhm! Wir haben getan, was wir tun mussten, um zu überleben.«

»Das glaube ich dir. Und ich habe auch kein Märchen erwartet. Im Gegenteil. Dieser Typ sah nämlich nicht wie ein Ritter in strahlender Rüstung aus, der die Armen und Wehrlosen rettet. Und so, wie er über mich geredet hat ... wie er mich angegafft hat ... ist er nicht mal der Typ, der die Jungfrau in Nöten retten würde.« Ihre Worte lassen mich schnauben. Sie ahnt nicht, wie richtig sie damit liegt.

»Ja, aber du bist keine Jungfrau. Schon seit ... wenigstens zwanzig Minuten nicht mehr«, versuche ich sie mit einem süffisanten Schmunzeln und einem gespielten Blick auf die Uhr aufzuziehen.

Als Antwort auf meine Spitze verengt sie die Augen zu schmalen Schlitzen und schürzt die Lippen. »Witzig. Du weißt, was ich meine.«

»Natürlich.« Grinsend halte ich ihr einen Doseneintopf hin und nehme mir den anderen, ehe ich mich auf eine der beiden Matratzen setze, die ich in die Ecke der Küche gelegt habe. Dazwischen steht eine kleine Campinglampe, die den Raum minimal erhellt. »Pass auf, Emily«, beginne ich und warte, bis sie sich auf die andere Matratze setzt. »Damien ist ... wirklich kein netter Kerl. Ganz im Gegenteil. Er ist ein verfluchtes Arschloch! Wandelnder Menschenmüll! Er gehört hierher! Aber ... ich schulde ihm mein Leben.« Mit angespanntem Kiefer und aufkommendem Brechreiz denke ich über meine folgenden Worte nach, ehe ich sie aussprechen kann. »Als ich ... das erste Mal hergebracht wurde, war ich ... genau wie du. Ich war naiv, verwirrt und gutgläubig. Trotz meiner Ausbildung. Trotz meiner Kampferfahrung. Ich dachte nicht, dass man Zivilisten dazu bringen könnte, Dinge zu tun ... die ich nur aus dem Krieg gewohnt war. Und ... diese Insel hat mich eines Besseren belehrt. Damien hat mir dabei geholfen, das zu erkennen. Du weißt nicht, wieso du hergebracht wirst. Du landest einfach hier und musst damit klarkommen. Und du tust alles, um zu überleben. Hier ist kein Platz für Nettigkeit oder Menschlichkeit.«

Mit hängenden Schultern streicht Emily vorsichtig mit den Fingerspitzen über den Verband an ihrem Arm. »Das weiß ich jetzt auch.« So, wie sie sich jetzt fühlt, habe ich mich damals auch gefühlt, als ich versucht habe, diese Frau zu retten. Auch ich wurde eines Besseren belehrt.

»Das, was dir passiert ist, tut mir sehr leid. Ich hätte das gerne vermieden.« Nachdenklich stochere ich in meinem Eintopf herum, der aufgewärmt nur geringfügig besser schmeckt. »So was ähnliches ist mir damals auch passiert. Ich wollte helfen und wurde ... verarscht. Damien wollte mich aufhalten, ich habe aber nicht hören wollen. Ich dachte, er hätte mich sitzen lassen.

Aber das hat er nicht. Er kam zurück und rettete mir das Leben.«

»Wurdest du verletzt?«

Ich atme tief durch und nicke. »Ja, ich wurde angeschossen.«

»Die Narbe über deinen Rippen?« Erneut nicke ich. Sie wird nachdenklich. Hin und wieder tunkt sie ihren Löffel gelangweilt in die Dose, um dann nur ein winziges bisschen Eintopf auf die Löffelspitze zu laden und ihn dann doch nicht zu essen.

»Hey, Em?«, sage ich leise, um sie aus ihrer Trance zu holen. »Was ist los, hm? Woran denkst du?« Ich beobachte sie dabei, wie sie ihre Gedanken zu ordnen versucht.

»Ändert es irgendwas, dass er hier ist?« Ihr Blick ist ernst.

Ohne eine Sekunde zu überlegen, schüttle ich den Kopf. »Das ändert rein gar nichts!«, sage ich leise und mit so viel Nachdruck, dass kein Zweifel offenbleibt. »Ich habe nicht vor, auf dieser gottverfluchten Insel draufzugehen!«

»Ich auch nicht.«

Ihre Worte lassen mich schmunzeln. »Da steckt ja doch eine Kämpferin in der naiven Bedienung«, necke ich erneut und beuge mich vor, um ihren Oberschenkel zu tätscheln. »Gefällt mir.«

Sie schnaubt verächtlich und hebt skeptisch die Augenbrauen. »Ich hatte wohl einen guten Lehrer«, nuschelt sie an ihren Löffel. »Schätze ich.« Ich hätte nicht gedacht, dass sie all die Dinge, die bisher passiert sind, so gut wegstecken würde. Und nach der Sache von vorhin hätte ich schwören können, dass sie sich in Embryostellung zusammenrollt und die ganze Nacht heulend in der Ecke liegt.

»Kann ... ich dich noch was fragen?«

»Sicher«, antworte ich knapp und starre gelangweilt

auf die braune Matsche in der Dose, die ich mit dem Löffel hin- und herrühre.

»Du trägst deine Marken noch«, beginnt sie. Das ist eine Feststellung und keine Frage. Geduldig warte ich darauf, dass sie fortfährt. Ich habe absolut keine Ahnung, worauf sie hinauswill. »Du kannst den Soldaten offensichtlich nicht hinter dir lassen. Was ich erstaunlich finde, wenn man bedenkt, dass du eigentlich gar keiner sein wolltest. Wie ... wie lange bist du schon raus?«

»Vier Jahre.«

Sie nickt verständnisvoll. »Ich will ... dich nicht mit meinen Fragen nerven oder so. Es ... interessiert mich einfach. Also wenn ich dich nerven sollte, dann ... unterbrich mich bitte.« Da käme ich im Traum nicht drauf. »Du warst wie lange bei den Marines? Knapp vierzehn Jahre, wenn ich richtig gerechnet habe. Das ist eine lange Zeit für jemanden, der es eigentlich gar nicht wollte. Bei wie vielen Einsätzen warst du dabei?«

»Bei sechs.« Sie nickt und lässt nachdenklich ihren Blick schweifen. »Du verstehst es nicht.« Entschuldigend verzieht sie das Gesicht, sagt aber nichts. »Das tun nur wenige. Bei meinem ersten Einsatz ... nachdem mein bester Kumpel gestorben war und ich mit ein paar anderen Jungs zu einem Sonderauftrag abkommandiert wurde, hat einer meiner Kameraden was zu mir gesagt, von dem ich dachte, dass mich das niemals betreffen würde. Er sagte: Wenn ich nach Hause komme und man fragt mich da ... Warum machst du das? Warum? Bist ... du so was wie ein Kriegsjunkie? Dann hält man besser die Schnauze. Und wieso? Weil sie es nicht verstehen würden. Sie würden nicht verstehen, warum wir das tun. Immer wieder zurückzugehen in die Länder, aus denen andere flüchten. Wieder rauszugehen aufs Schlachtfeld, obwohl die Schlacht verloren war. Sie würden nicht verstehen, dass es um einen Kameraden geht. So einfach ist das. Nur darum geht's.«

»Ich verstehe das.«

»Und du hast recht. Ich kann das nicht hinter mir lassen. Es waren nicht nur die Einsätze. Ich … wurde Ausbilder. Wenn ich nicht im Einsatz war, oder in der Base, dann habe ich mit Veteranen gearbeitet. Die Marines waren das einzig Gute, die einzige Familie, die ich je hatte. Semper Fi … bis in den Tod.«

»Na, ich hoffe doch sehr, dass das nicht so bleibt.« Kaum hat sie ihren Satz beendet, reißt sie erneut die Augen auf und schnappt aufgeregt nach Luft. Verlegen streicht sie sich eine Haarsträhne aus dem Gesicht, was mich amüsiert eine Augenbraue hochziehen lässt. »Das war nicht … nicht *so* gemeint!« Ich muss lachen. Was auch immer sie damit meint, ist mir eigentlich egal, aber sie so verlegen zu sehen ist einfach zu witzig. »Ich … kann auf jeden Fall verstehen, wieso du sie noch trägst. Mein Dad hat seine auch getragen, obwohl er lange raus war. Aber eine Sache verstehe ich doch nicht so ganz.«

»Und welche?«

»Saint Mike?« Sie guckt mich mit gerunzelter Stirn an. Dann ist ihr also der Anhänger aufgefallen. Es wundert mich allerdings, dass sie ihn überhaupt erkannt hat. Und offensichtlich weiß, wofür er steht.

»Was ist mit ihm?«

»Ich … frage mich nur … Bist du jetzt Cop?«, platzt es nach einer kurzen Pause aus ihr heraus und sie legt den Kopf schief. »Entschuldige. Ich kann einfach nicht aufhören darüber nachzudenken, was du im echten Leben so machst. Also, wenn du nicht gerade damit beschäftigt bist, um dein Leben zu rennen und … Na ja, du weißt, was ich meine.« Sie macht sich über mich Gedanken. Wow. Das ist eine Erkenntnis, die ich erstmal verarbeiten muss. Ich weiß nicht, wann es das letzte Mal einen Menschen in meinem Leben gab, der das tatsächlich getan hat.

»Wieso denkst du, dass ich ein Cop bin?« Ich schüttle verwirrt den Kopf. »Saint Mike beschützt nicht nur Cops, okay? Er ist der Schutzpatron aller Krieger«, verteidige ich den Aberglauben, den ich meinem besten Kumpel zu verdanken habe.

»Okay, okay«, sagt sie und hebt beschwichtigend eine Hand. »Also kein Cop?«

»Nein. Kein Cop.«

»Hm«, macht sie und grinst. »Schade.«

»Schade?« Ein verwirrtes Lächeln wechselt sich mit einer gerunzelten Stirn ab. »Oh, klar. Lass mich raten. Du bist eine von denen, die auf Kerle in Uniform stehen.«

»Na ja, ich gebe zu … die Vorstellung von dir in Marines-Uniform ist ziemlich reizvoll. Und ich denke, so als Cop würdest du auch eine *wirklich* gute Figur machen.«

»Wow. Das nehme ich mal als Kompliment.«

»Darfst du«, entgegnet sie und schiebt die Zungenspitze zwischen den Zähnen hindurch.

Ich weiß wirklich nicht, wie ich dieses Gespräch einordnen soll. Gestern noch wollte ich einen Bogen um sie machen. Scheiße, ich wusste doch genau, wie das enden würde. Und jetzt sitze ich hier und kann nicht anders, als daran zu denken, wie wunderschön sie ist. »Jetzt iss was«, mahne ich und deute mit einem Kopfnicken auf die Dose in ihrer Hand. Sie nickt und senkt den Blick. Wieder stochert sie nur in ihrem Essen herum und das Lächeln verschwindet von ihren Lippen. »Was ist los?«

Sie schüttelt den Kopf. »Nichts. Ich würde nur lieber in meinem ranzigen Diner sitzen und einen von unseren pappigen Burgern essen als dieses Zeug hier.« Sie lacht und ich kann nicht anders, als es ihr gleichzutun. »Wenn wir das überleben sollten, gebe ich dir einen aus.« Sie schaut mich nicht an und schiebt sich stattdessen doch einen vollen Löffel in den Mund.

Verwundert hebe ich die Augenbrauen und überlege kurz, ob sie sich gar nicht bewusst ist, was sie da gerade gesagt hat. »Soll das so was wie ... wie 'n Date werden?«

Ihr Blick schnellt in meine Richtung und sie öffnet den Mund, um etwas zu sagen, holt jedoch nur tief Luft und scheint über ihre Worte nachzudenken. Na, klasse. Das hätte ich wohl besser nicht gesagt. »Liam, ich ... ich hatte ... ehrlich gesagt eher an so was wie einen *Danke-dass-du-mir-Tausend-Mal-das-Leben-gerettet-hast*-Burger gedacht und nicht unbedingt an einen Date-Burger.« Sie verzieht entschuldigend das Gesicht und zieht die Schultern an. Fantastisch! Toll, Burke! Damit hast du dich offiziell zum Vollidioten gemacht. »Entschuldige. Das ... ist nicht böse gemeint. Ich ... ich mag dich ohnehin schon zu sehr und will mit so was wie einem Date oder ... was auch immer ... lieber noch warten. Okay? Nur ... nur für den Fall, dass einer von uns beiden hier stirbt.« Sie mag mich zu sehr? Das kam jetzt unerwartet.

»Oh, wow!«, presse ich gespielt schockiert hervor und halte mir eine Hand vor die Brust. Zugegeben, ich bin schon ein wenig enttäuscht von ihrer Antwort, aber ich kann sie verstehen. Das ist im Grunde genau die richtige Einstellung. »Also hast du mich da eben nur benutzt, ja? Das tut weh! Wirklich! Für Sex benutzt zu werden ... Ich weiß nicht, wie ich das verkraften soll.«

»Spinner«, sagt sie und schnaubt. »Ich bin mir ziemlich sicher, dass es schlimmere Dinge gibt, für die ein Mann benutzt werden kann. Du schaffst das schon.« Sie zwinkert mit einem schelmischen Grinsen auf den Lippen, doch es dauert nicht lange und ihr Blick schweift wieder ab, ehe sie in ihrer Gedankenwelt versinkt. Ich beobachte sie, während ich die letzten Bissen von meinem Eintopf runterwürge. Nach ein paar Minuten fängt sie an zu zittern, umklammert ihren Oberkörper mit den Armen und zieht die Schultern ran. Na, dann will ich mal so tun, als wäre ich ein Gentleman. Seufzend stehe ich auf, ziehe mir die Jacke aus und lege sie ihr über die Schultern. »Danke«, flüstert sie überrascht und schaut zu mir auf. Gott, diese Augen!

Mit einem Räuspern kratze ich mich unbeholfen am Kopf und drehe mich mit einem Blick auf die lilafarbene Daunenjacke, die auf dem Küchentisch liegt, halb von ihr weg. »Ja, äh ... Kein Problem. Ich weiß, dass du diese Jacke nicht anziehen wirst. Und das musst du auch nicht. Aber deswegen sollst ... sollst du nicht frieren.«

»Sehr edel von dir«, erwidert sie und lächelt verlegen.

»Ja, ich kann auch hin und wieder ganz nett sein. Ähm ... es ist schon ... schon recht spät. Iss auf und dann solltest du dich ein bisschen hinlegen und schlafen. Du solltest ausgeruht sein. Morgen ...« Ich weiß nicht so recht, wie ich den Showdown, der uns wohl erwartet, am besten und nettesten in Worte kleiden soll. »Wird es heftig.«

»Was ist mit dir?«, fragt sie und ich meine, Panik in ihrer Stimme zu hören. Sie starrt mich mit großen Augen an und fängt wahrscheinlich gleich an zu hyperventilieren.

»Ich werde Wache halten. Ich denke, ich gehe aufs Dach. Da habe ich einen guten Rundumblick.«

»Wieso? Letzte Nacht hast du das auch nicht gemacht.«

»Letzte Nacht war die allgemeine Situation auch noch ein bisschen entspannter. Aber es werden immer weniger Leute, die umso aggressiver handeln. Manche Gestalten hier lassen sich nicht von irgendwas abhalten, nur, weil es Nacht ist oder dunkel. Außerdem hatten wir letzte Nacht die Möglichkeit, die zwei Eingänge, die es gab, mit Sprengfallen zu sichern. Aber das geht hier nicht. Es gibt zu viele Eingänge und ich kann unmöglich vorhersehen, wo sich eventuell jemand Zugang verschaffen könnte.«

»Aber du hast auch gesagt, dass wahrscheinlich niemand beim Plündern so weit nach oben kommen würde.« Sie runzelt die Stirn. »Mir geht es ... gar nicht darum, dass ich Angst habe hier allein zu bleiben ...«

»Aber die hast du«, unterbreche ich sie und grinse.

»Ja«, presst sie hervor und verzieht die Lippen zu einer schmalen Linie. »Das spielt aber keine Rolle. Liam, wenn du sagst, dass es morgen heftig wird, dann hast du diese Ruhe und den Schlaf sehr viel nötiger als ich.«

»Ich schaff das schon. Du erinnerst dich, dass ich Soldat mit Kampferfahrung bin? Ich habe schon sehr viel länger durchgehalten, ohne zu schlafen.«

»Liam!«, sagt sie laut und nachdrücklich mit einem ernsten Blick. Fast so, als würde sie keinen Widerspruch zulassen. Süß, wenn sie denkt, dass das klappt. »Tu mir bitte den Gefallen und ruh dich wenigstens ein *bisschen* aus! Und wenn es nur zwei Stunden sind. Aber am Ende bin ich diejenige, die draufgeht, wenn du nicht ausgeruht bist und mich nicht beschützen kannst!«

»Ach, so läuft das, ja?«, frage ich und lache. »Zum beschützen reicht's, aber nicht für ein Date? Das ist echt bitter, Emily. Richtig bitter!«

»Ach komm, hör doch auf jetzt, Liam!«, fleht sie mit zusammengezogenen Augenbrauen. Scheint fast so, als kriegt sie jetzt ein schlechtes Gewissen.

»Okay.« Ergebend hebe ich die Hände. »Überredet.« Sie wird wahrscheinlich nicht aufhören, mich zu nerven, bis ich nachgebe und irgendwo hat sie auch recht. Wenn ich nicht ausgeruht bin, bin ich unkonzentriert. Fehlende Konzentration führt zu Fehlern und die führen zu unserem Tod. Außerdem kann ich nicht leugnen, dass ich es nicht genießen würde, wieder neben ihr zu liegen. Verflucht nochmal, Burke! Genervt von mir selbst und davon, doch wieder nachgegeben zu haben, reibe ich mir die Stirn und seufze. »Aber nicht lange!«

Ich glaube mit der Aktion in der Schule habe ich mich selbst wieder ins Aus katapultiert. Vielleicht hätte ich Cole nicht mit dem Mathebuch die Nase brechen sollen. Aber was sollte ich machen? Er hat Marys Kunstprojekt zerstört und wieder irgendeine Scheiße über meine Familie abgelassen, von der er gar keine Ahnung hat! Dieser kleine picklige Fettsack hat es nun mal verdient. Irgendjemand musste ihm mal die Stirn bieten. Ständig hackt er nur auf Schwächeren herum.

»Ich kann das nicht mehr, Hank!«, höre ich Christine. Ich sitze seitlich auf dem oberen Treppenabsatz, den Kopf gegen die Wand gelehnt, ein Bein angezogen und lausche dem Gespräch der bisher ersten Pflegefamilie, die nicht total scheiße ist. »Wenn er so weitermacht, dann schicken wir ihn zurück! Hast du mich verstanden?! Das bisschen Geld, das sie uns geben, lohnt den Aufwand, den wir mit ihm haben nun wirklich nicht!« Genervt schüttle ich den Kopf und ziehe mir die Kapuze meines Hoodies tiefer ins Gesicht, bevor ich die Augen zumache und mich an einen anderen Ort wünsche. So nett sie bisher zu mir gewesen sind, aber auch diese zwei Menschen wollen nichts anderes als Geld. Denen geht es nicht um mich. Genau wie den anderen neun Pflegefamilien, in denen ich vorher war. Das sagen sie zwar und müssen es wahrscheinlich auch, weil sie schließlich dafür bezahlt werden, Familie zu spielen und es findet sich ja auch das Wort Familie darin wieder, aber es ist keine. Es war nie eine und ich glaube nicht, dass sich das je ändert. Wo sollte ich schon eine Familie herbekommen? Das wird mir gerade wieder klar.

»Wir müssen einfach ein bisschen Geduld haben, Schatz. Überleg doch nur mal, was der Junge alles hinter sich hat. Ich meine, ich weiß nicht, wie es mir ginge, wenn mein Vater sich das Leben genommen hätte und ich von Heim zu Pflegeeltern, wieder ins Heim und wieder zu Pflegeeltern geschickt worden wäre.«

»Ich wage zu behaupten, dass es einen guten Grund gibt, wieso wir das zehnte Paar sind, zu dem er innerhalb von drei Jahren geschickt wurde. Und so wie er sich verhält wundert es mich auch absolut nicht mehr, dass die anderen Familien ihn wieder loswerden wollten!«

»Was, wenn wir seine letzte Chance sind? Ich ... will nicht, dass er auf der Straße landet ... oder schlimmer noch, im Knast! Er hat jetzt schon die falschen Freunde. Wenn wir ihn auch im Stich lassen, dann gerät er am Ende vielleicht an eine Gang oder so was. Ich weiß nicht, ob ich damit umgehen könnte, wenn aus ihm ein Drogendealer werden würde oder man ihn mit einer Kugel im Rücken hinter irgendeiner Mülltonne findet.«

»Ach, Herrgott, Hank! Sei nicht so melodramatisch! Wenn er im Gefängnis endet, dann nur, weil es seine eigene Schuld ist! Er hat einem Jungen die Nase gebrochen! Das ist keine Kleinigkeit! Und was kommt dann als Nächstes? Was, wenn er irgendwo einbricht? Wir sind nicht die Wohlfahrt! Und wir sind auch nicht seine letzte Chance!«

Schickt mich doch einfach wieder weg. Dann habt ihr es hinter euch und ich auch. Ich bin vierzehn. Die vier Jahre im Heim kriege ich wohl auch noch rum.

Immerhin weiß ich ja längst, was da auf mich zukommt.

»Komm schon, Christine. Wir geben ihm noch diese eine Chance. Er hat sie verdient. Er *braucht* sie! Und er braucht uns. Er hat sonst niemanden!«

»Er hat eine Mutter, Hank!«

»Eine Mutter, die das Sorgerecht abgegeben hat. Die ihn nicht will!« Stimmt. Sie will mich nicht. Sie hat Dad und mich hinter sich gelassen und uns durch Clarence ersetzt. Ich weiß nicht mal, ob sie noch mit diesem Schmierlappen zusammen ist. Ist immerhin schon ein paar Jahre her. Sie ist aber auf jeden Fall der Grund, wieso Dad sich umgebracht hat und alleine deswegen will ich schon nicht bei ihr wohnen. Mal abgesehen davon, dass sie das wohl auch kaum will – immerhin hat sie uns nicht umsonst verlassen –, will ich nicht mal Kontakt mit ihr. »Ich bin mir sicher, dass es auch dafür einen guten Grund gibt! Ich meine, welche Mutter würde ihrem eigenen Kind schon freiwillig ein Zuhause verweigern, wenn es dafür nicht einen guten Grund gäbe?«

»Hey, Liam«, flüstert Daryl in meine Gedanken hinein. Ich schaue auf und suche den Flur nach ihm ab. Er steht direkt hinter mir und lehnt sich mit der Schulter gegen die Wand. Er ist der einzige Grund, wieso es hier nicht so beschissen ist, wie in den anderen Familien. Da war ich immer alleine. Aber hier ist dieser kleine Achtjährige, der seine Eltern bei einem Autounfall verloren hat. Ich mag ihn. Er ist zwar ziemlich ruhig, aber echt schlau. Er ist sehr viel schlauer als ich. Das zeigt sich schon alleine darin, dass er einfach den Kopf einzieht, wenn Ärger auf ihn zurollt, im Gegensatz zu mir. »Sie schicken dich wieder weg, hm?«

»Ja«, antworte ich knapp und fahre mit der Zunge

an der Innenseite meiner Zähne entlang. »Sieht so aus.« Ich hab schon vor einer Ewigkeit aufgehört, halbwegs netten Pflegefamilien hinterherzutrauern, die mich dann doch wieder haben fallen lassen. Hinnehmen und fertig. Was soll ich sonst machen?

»Schade. Ich fands gut, dass ich nicht mehr alleine bin.«

»Ich auch.« Ich schaue nochmal zu ihm hoch. »Versprich mir, dass du nicht den gleichen Fehler machst, wie ich! Hast du mich verstanden, Daryl? Die beiden sind gut zu dir! Setz das nicht aufs Spiel. Du musst hierbleiben so lange es geht! Also halt dich aus Ärger raus!« Er ist ein Junge, er ist schwarz und er kommt aus East Harlem. Ihm wird nichts geschenkt und schon gar keine zweite Chance. Wenn er es hier nicht schafft, dann auch nirgendwo sonst.

»Du weißt nicht, was damals in dieser Familie abgelaufen ist, Christine. Wir sollten uns kein Urteil erlauben. Lass ... uns bitte noch ein bisschen abwarten. Vielleicht fängt er sich noch. Wenn er sich erstmal dran gewöhnt hat, hier zu sein.«

Vielleicht sollte ich ihnen das einfach alles ersparen und abhauen. Sie streiten meinetwegen und da hat niemand was davon. Schnaubend stehe ich auf, schüttle den Kopf und gehe die Treppe runter. »Was hast du vor?«, zischt Daryl mir nach.

»Geh wieder in dein Zimmer, Daryl!«, antworte ich im gleichen Ton. Ich denke, ich werde ihn vermissen. Aber ich bin mir sicher, dass er seinen Weg gehen wird. Er wird einen guten Weg gehen. Ohne meine beiden streitenden Pflegeeltern zu unterbrechen oder zu nerven, gehe ich in den Hausflur, ziehe meine Schuhe und meine Jacke an und mache mich an der Haustür zu schaffen. Still und leise. Einfach hier weg. Bevor ich wieder im Heim lande oder in die nächste Pflegefamilie gesteckt werde, die mich eigentlich gar nicht will, versuche ich es lieber allein.

»Ähm ... Entschuldigung?!«, höre ich Christine plötzlich hinter mir, kaum dass ich die Tür geöffnet habe. Augenverdrehend erstarre ich in der Bewegung und hypnotisiere den Türknauf. »Was denkst du, wo du hingehst?! Du hast Hausarrest, junger Mann! Ich dachte, wir hatten uns klar ausgedrückt!« Ich spüre ihren brennenden Blick am Hinterkopf. »Guck mich gefälligst an, wenn ich mit dir rede!«

»Sorry, Chrissy. Aber ich hab echt keinen Bock mehr auf diese Scheiße!«, blaffe ich und drehe mich zu ihr um. Sie hat ihr Urteil über mich ohnehin gefällt. Da kann es mir auch egal sein, wie ich mit ihr rede.

»Bitte?! Sag mal, wie redest du mit mir?«

»Es ist dir doch völlig egal, wie ich mit dir rede. Du willst mich doch sowieso loswerden! Du hast eine ziemlich schrille Stimme. Ich habe dich da oben gut hören können. Hab gehört, was du gesagt hast. Über mich. Und über meine Mom. Weißt du, ich hab nicht ... nicht darum gebeten, hier zu sein. Hab nicht darum gebeten, dass mein Dad sich den Kopf wegschießt. Ich hab auch nicht darum gebeten, von Familie zu Familie weitergereicht zu werden oder in jedes Heim, das Jersey zu bieten hat.« Ich drehe mich wieder zur Tür um. »Also lass mich dir die Entscheidung abnehmen, ob du mich loswerden willst oder mir doch noch eine Chance gibst. Denn mal abgesehen davon, dass du mir sowieso keine gibst, weil du mich längst verurteilt hast, ohne mich überhaupt mal zu fragen, was passiert ist – und es vermutlich auch nicht hören willst –, geht es dir doch ohnehin nur um das leicht verdiente Geld und nicht um mich.

Besser, wenn ich abhaue und euch nicht mehr auf den Sack gehe.«

Mit einem Ruck schrecke ich aus dem Schlaf und sauge scharf die Luft ein. Was war das gerade? Scheiße, ich habe ewig nicht mehr an meine Jugend gedacht und jetzt träume ich davon. Das ist untypisch. Mit angespanntem Kiefer denke ich darüber nach, was es damit auf sich hat. Vielleicht hätte ich mit Emily nicht über die Marines reden sollen. Über die einzige Familie zu reden, die ich je hatte, hat mich offensichtlich an die denken lassen, die sich nur so genannt haben. Keine Ahnung. Spielt auch keine Rolle. Andererseits fange ich gerade an zu zweifeln, ob ich bei Emily zu weit gegangen bin. Meine Kindheit und meine Jugend haben mich gelehrt, besser niemanden zu nah an mich heranzulassen. Nur für den Fall, doch wieder enttäuscht zu werden. Als ich damals dieses Haus verlassen habe, habe ich mir geschworen, dass ich das nie wieder zulassen würde. Und dann kam Cassy, ich habe meine eigenen Regeln über den Haufen geworfen und was ist passiert? Ich liebeskranker Volltrottel habe ihr mein Herz auf einem Silbertablett serviert, weil ich dachte, ich könnte den Teil mit der Familie doch noch irgendwie nachholen. Schnaubend verdrehe ich die Augen. Ich habe offensichtlich eine ganz miserable Menschenkenntnis. Also sollte ich mich, was Emily angeht, wieder zurücknehmen. So wie sonst auch. One-Night-Stands sind okay, aber darüber hinaus? Das ist doch schon zum Scheitern verurteilt, wenn ich nur anfange, darüber nachzudenken. Ihr tiefes Atmen unterbricht meine Gedanken. Sie liegt vor mir, das Gesicht gegen meine Brust gepresst. Ich würde es gerne genießen, aber meine Gedanken lassen mich nicht. Außerdem frage ich mich gerade, wie lange ich geschlafen habe. Unauffällig ziehe ich das Tablet aus meiner Hosentasche und überprüfe die Uhrzeit. »Fuck«, zische ich kaum hörbar. Ich habe viel zu lange geschlafen. Es ist schon halb zwei in der Früh. Ich wollte mich ein oder zwei Stunden ausruhen. Nur kurz die Augen zumachen.

»Hm«, seufzt Emily langgezogen und streicht mit ihrer Nasenspitze an meiner Brust hinauf. »Was ist los?«, fragt sie mit einem leisen Nuscheln.

»Nichts. Schlaf weiter.« Vorsichtig ziehe ich meinen Arm unter ihrem Kopf weg und widerstehe dem Drang, ihre Stirn zu küssen, ehe ich aufstehe und mir meine Jacke überziehe, die Emily freundlicherweise wieder ausgezogen hat, bevor wir uns schlafen gelegt haben. Die Decke scheint ihr zu reichen. Ich nehme mein Gewehr vom Tisch und schleiche auf leisen Sohlen aus der Wohnung, um auf dem Dach Ausschau zu halten.

Hier zu sitzen, zu frieren oder gefühlt seit Stunden auf dem Dach auf- und abzugehen, in die Dunkelheit hinein zu starren und zu hoffen, dass niemand auftaucht, der uns zum Problem werden könnte, erinnert mich an meine Einsätze. Auch, wenn man mitten in der Wüste stationiert war, war es nachts einfach bitterkalt. Da war ich allerdings nicht alleine. Die meiste Zeit hatte ich Enzo oder Randy bei mir, die mir Gesellschaft geleistet haben, mit denen ich mir die Wachen geteilt habe, die mich davor bewahrt haben, mir zu viele Gedanken zu machen. Wenn ich diesen Scheiß hier überlebe, sollte ich die beiden mal besuchen. Wir haben uns seit Jahren nicht gesehen. Ich ziehe die Nase hoch und schüttle kurz die Kälte ab, bevor ich mich wieder in Bewegung setze, um die andere Seite des Gebäudes nach Feindbewegung abzusuchen. Das Quietschen der Stahltür, die das Dach mit dem Treppenhaus verbindet, lässt mich in Alarmbereitschaft gehen und das Gewehr hochreißen. »Wou!«, sagt Emily, die in der Dunkelheit auftaucht und ergebend die Hände hebt. »Erschießt du mich jetzt?« Ich erkenne ihr Grinsen nicht, höre es ihr aber deutlich an.

»Wenn du nochmal so was abziehst, könnte das passieren! Was machst du hier? Du solltest schlafen, Schlumpfine!« Ich bin mir nicht sicher, wie ich mich ihr gegenüber verhalten soll. Ein Teil in mir – ein erschreckend großer Teil – will sie in den Arm nehmen und küssen, sie direkt wieder ausziehen und Gott weiß was für Dinge mit ihr machen, aber ein anderer Teil, ein gewissenhafter Teil in mir, erinnert mich an meine Erfahrung und mahnt mich, besser auf Abstand zu gehen. So, wie ich es immer getan habe.

»Geht das wieder los? Ich dachte, das hätten wir hinter uns!«

»Und ich sagte dir, dass das sicher nicht passieren wird.«

»Ich hasse dich!«, säuselt sie leise und ich erkenne, wie sie die Augen verdreht, ehe sie die Arme um die Brust schlingt und die Schultern hochzieht. Sie friert.

»Ich weiß. Du wiederholst dich.« Einen Augenblick lang beobachte ich sie schmunzelnd. »Kann es sein, dass du frierst?« Mit hochgezogener Augenbraue mustere ich sie. Sie nickt bloß und schürzt die Lippen. »Lass mich raten ... Ich soll dir jetzt wieder meine Jacke geben, was?«

»Sollst du nicht«, widerspricht sie und klimpert unschuldig mit den Augen. »Aber ich weiß, dass ganz tief in dir ein eigentlich netter Kerl steckt.« Sie nickt überzeugt und fügt ihrem Hundeblick ein umwerfendes Lächeln hinzu. »Ich würde sogar fast so weit gehen und sagen ... da steckt ein Gentleman in dir.«

»Wow! Ich wurde schon als vieles bezeichnet ... aber nie als Gentleman.« Lachend ziehe ich mir die Jacke aus, gehe zu ihr und lege sie ihr um die Schultern. Dankbar schaut sie zu mir auf, zieht die Arme durch die Ärmel und lächelt verlegen. Widersteh dem Drang, sie zu umarmen, Burke! Mit einem Räuspern trete ich wieder einen Schritt zurück. »Was machst du hier, Emily?«, wiederhole ich meine Frage.

»Ich dachte, ich leiste dir ein bisschen Gesellschaft. Und ... ich kann nicht mehr schlafen.« Die Lippen zu einer schmalen Linie verziehend, schaut sie sich um. »Und, Lieutenant Burke? Ist das Gebiet gesichert?« Ihre Worte lassen mich das Gesicht verziehen und amüsiert schnauben. »Was?«

»Nichts. Du ... hast einfach absolut keine Ahnung, wie Soldaten untereinander kommunizieren. Aber, dass du es versuchst ist ... fast niedlich. Und ... abgesehen davon, bin ich gar kein Lieutenant.«

»Bist du nicht? Aber dieser Typ hat dich so genannt.«

»Ja. Weil er keine Ahnung hat. Ich hab nur gesagt, ich war Marine, da hatte er sich den Lieutenant schon selbst für mich ausgedacht. War mir egal, wie er mich genannt oder für wen er mich gehalten hat. Ich ... habe es damals jedenfalls bis ... bis zum Captain gebracht«, erkläre ich so beiläufig wie möglich und zucke die Achseln. Es hat mich zugegeben mit mehr Stolz erfüllt, als es durfte. Man wurde schließlich nicht Soldat, um sich was auf seinen Dienstgrad einzubilden oder darauf, andere zu befehligen. Ich habe allerdings hart dafür gearbeitet, habe gekämpft und geblutet. *Darauf* war ich stolz.

»Wow! Das ... Wow!« Sie schüttelt mit großen Augen den Kopf und starrt mich an, als wäre ich ein Alien. Ist es so unglaublich, dass ich Captain war? »Das ist beeindruckend, Liam! Ehrlich!«

»Danke«, erwidere ich knapp und kratze mich nervös am Kopf. Verdammt nochmal! Hör doch auf damit! Dämliche Schlumpfine! Ihre Augen sind selbst in der Dunkelheit wahnsinnig anziehend. In mich hineinseufzend, drehe ich mich um und gehe der Brüstung des Daches entgegen. Ich steige darauf, lege den Kopf in den Nacken und widerstehe dem Drang, mich fallen zu lassen, um endlich diesem Gefühl zu entkommen, dem ich schon die ganze Zeit zu entkommen versuche. Erfolglos.

Dass sie plötzlich neben mir steht, kriege ich erst mit, als ihr Arm meinen berührt und sie nach meiner Hand greift, um unsere Finger miteinander zu verschränken. Die Berührung lässt mich die Luft anhalten und sie verwundert anstarren. Das gefällt mir schon wieder besser, als es dürfte. Sie hat erstaunlich warme Hände. »Jetzt gucken wir uns doch auf dem Dach die Sterne und den Mond an«, scherzt sie. Sie spielt wohl auf meinen Sonnenuntergangablenkungsversuch an.

»Ja. Und dabei meintest du doch, dir wäre kalt und du wolltest diese ... wie war das noch? ... *wahnsinnig romantische Kulisse gerne gegen vier Wände und eine Decke eintauschen*«, zitiere ich sie frei und schürze die Lippen. »Du hast unten beides.«

»Ja, aber unten habe ich keine Gesellschaft.« Ihr Mundwinkel zuckt und dann wird sie still. Sie lehnt ihren Kopf gegen meine Schulter, so wie am Abend, und schaut schweigend in den klaren Nachthimmel. »Du hattest recht. Diese Insel hat wirklich eine sehr schöne Seite«, flüstert sie ehrfürchtig. »Ich meine, wann hast du das letzte Mal in den Himmel geguckt und konntest nicht nur den Mond und zwei, drei Sterne sehen, sondern die verdammte Milchstraße?«

»Ich komme aus New Jersey und hab einige Zeit in New York gelebt. Also ... noch nie«, sage ich trocken und zucke mit der Schulter. Wieder wird sie still. Ihr gedankenverlorener Blick wandert den Nachthimmel entlang. Das Mondlicht spiegelt sich in ihren Augen und nach einem Moment bilden sich Tränen darin. »Hey, Emily«, flüstere ich und drehe sie an den Schultern zu mir herum. »Was ist los?« Ich lege eine Hand an ihre Wange, hebe ihr Gesicht zu mir an und wische mit dem Daumen die Tränen unter ihrem Auge weg. Weint sie, weil ich New York erwähnt habe? Fuck! Ich weiß doch, dass sie seit Ewigkeiten dorthin will – was ich immer noch nicht nachvollziehen kann. Es ist ein einziges großes Rattenloch! Die Kanalisation der USA. Der Big Apple ist eine Scheißillusion, um Touristen anzulocken, die dem Ruf der Freiheit und der unbegrenzten Möglichkeiten folgen oder den amerikanischen Traum leben wollen. So ein gequirlter Bullshit! »Nicht weinen. Rede mit mir.«

»Es ist nur ... Ich weiß nicht. Ich gucke in den Himmel, sehe die Sterne und denke, dass dieser Ort eigentlich schön sein könnte und ...« Sie bricht mitten im Satz ab, verzieht die Lippen und zuckt die Achseln. »Ich hab ... ich hab Heimweh«, gesteht sie und bricht in Tränen aus. Wow. Damit hatte ich nun wirklich nicht gerechnet. Ich kann es verstehen und trotzdem überrascht es mich. »Ich will nach Hause und ... dabei habe ich nicht mal ein richtiges Zuhause.« Sie versucht ein Lächeln aufzusetzen, um ihre Gefühle runterzuspielen und schüttelt den Kopf. »Das ist so lächerlich. Ich meine ... ich wohne in einer WG mit einer Arbeitskollegin, die mich, glaube ich, nicht mal mag. Und ich denke, sie vermisst mich auch nicht oder fragt sich, wo ich bin.« Sie lacht ein schmerzerfülltes und trauriges Lachen. »Das ist doch echt erbärmlich, oder nicht?«

Ich schüttle den Kopf. »Nein, gar nicht. Ich verstehe dich. Ich habe auch Heimweh. Und ich ... weiß auch nicht wonach. Ich hatte nie ein richtiges Zuhause. Genau, wie du.« Ach, scheiße! Ich hätte das nicht sagen sollen. Abstand sieht anders aus, Burke. Aber was soll's? Sie weiß ohnehin schon mehr über mich als jeder Mensch, den ich sonst kenne. »Aber hast du denn niemanden, zu … zu dem du gehen kannst? Dein … dein Dad ist tot, richtig? Was ist mit deiner Mom? Kannst du nicht …«

»Nein«, unterbricht sie meine Frage knapp und senkt den Blick. »Meine Mom ist … Ich weiß nicht, wie ich das nett umschreiben soll. Sie … ist eine Cracknutte.«

»Wow!«, platzt es aus mir heraus und ich bin nicht sicher, ob sie das nur als Beleidigung gesagt hat oder ob sie das ernst meint. Ich erinnere mich an den Tag, als ich mich entschieden habe, sie nicht einzusammeln. Sie hat ihrem Vater diese Nachricht aufgenommen und über ihre Mutter geredet. Was war das noch? Sie wollte sich Geld leihen? »Das ist hart.«

»Und es ist wahr. Sie … hat meinen Dad und mich verlassen als ich drei oder vier war. Sie hatte angefangen, Drogen zu nehmen – am Anfang nichts Dramatisches. Irgendwelche Schmerzpillen – und … ist dann mit ihrem Dealer durchgebrannt. Sie hat über die Jahre immer mal wieder versucht, Kontakt aufzunehmen. Meistens, um sich Geld zu leihen oder mir zu sagen, wie stolz ich auf sie sein könnte, weil sie seit anderthalb Tagen *clean* war.« Sie formt Anführungszeichen in der Luft und schüttelt den Kopf. »Sie war immer wieder in irgendwelchen Entzugskliniken, hat sich jedes Mal selbst entlassen, weil sie sich selbst als geheilt diagnostiziert hat … und ist nach ein paar Wochen oder Monaten wieder abgerutscht. Ich habe irgendwann aufgehört mir das alles zu merken. Vor einem halben Jahr habe ich jedenfalls einen Anruf aus einem Krankenhaus bekommen. Die sagten, meine Mutter wäre auf Crack gewesen, als sie von einem Freier übel zugerichtet wurde. Ob ich sie abholen würde, weil sie keine Versicherung hätte. Da habe ich sie das letzte Mal gesehen. Gott, sie sah so schlimm aus. Na ja, die Crackhure ist … auf jeden Fall eine tragischerweise sehr passende Beschreibung meiner Mutter. Und … hin und wieder probiert sie es doch noch … ruft an, pumpt mich um Geld an und so was. Mittlerweile lege ich einfach auf.« Sie schaut zu mir hoch und wischt sich eine letzte verirrte Träne von der Wange. »Was ist mit dir? Wo sind deine Eltern? Oder ... deine Mutter. Tut mir leid, ich ... wollte nicht ...«

»Schon okay«, unterbreche ich ihr Gestammel. Ich atme hörbar tief ein und strecke den Rücken durch. Mit der Frage hätte ich rechnen müssen und doch trifft sie mich unvorbereitet. »Äh ...«, mache ich langgezogen und starre auf die schwarzen Bäume in der Ferne, die sich leicht im Wind bewegen. »Das ist ... erschreckend ähnlich wie bei dir. Das mit meinem Vater ... weißt du ja. Und meine Mutter ... hat uns verlassen, als ich elf war. Kurz bevor ... er starb. Sie hat sich allerdings nur nach was Besserem umgesehen und hatte nicht vor, sich mit Drogen vollzupumpen. Hat es wohl gefunden. Ich hatte nie wieder Kontakt mit ihr. Sie hat es auch nie probiert oder so und hat sogar das Sorgerecht abgetreten, als mein Dad sich ... als er starb. Also wurde ich ins Heim gesteckt, in dem ich die ersten Monate jeden einzelnen Tag verdroschen wurde. Ich denke, das war der Punkt, an dem ich angefangen habe, so ein unausstehliches Arschloch zu werden«, versuche ich Emily aufzuheitern. Ein schwaches Lächeln huscht über ihre Lippen. »Na ja«, fahre ich fort und räuspere mich. »Dann kam die erste Pflegefamilie ... und die zweite ... und die dritte und ... na ja, immer so weiter. Ein richtiges Zuhause hatte ich dementsprechend nicht und Familie war ... für mich etwas, das ich nur aus Büchern kannte. Ein abstrakter Begriff, den ich nicht definieren konnte.«

»Jetzt verstehe ich das mit den Marines«, flüstert sie. »Aber hattest du nie ... eine Freundin oder so? Eine Frau, mit der du so was wie eine Familie gründen wolltest? Ich meine, du ... bist doch ... kein schlechter Kerl«, stottert sie und ich bin mir ziemlich sicher, dass sie rot anläuft. Auch, wenn ich es kaum erkennen kann. Echt süß! »Na ja, eine Frau könnte es durchaus sehr viel schlechter treffen«, ergänzt sie.

»Oh, wow! Danke, für das Kompliment.« Ich schnaube und schüttle gespielt gekränkt den Kopf. »Ob du es glaubst oder nicht, Miss Hochnäsig ... aber ja! Ich hatte mal eine Freundin. Und ... ich habe den Fehler gemacht, mir den Gedanken zu gönnen, mit ihr eine Familie gründen zu wollen.«

»Wieso war es ein Fehler?«

»Sie hat mich betrogen.«

»Autsch. Tut mir leid.«

»Macht nichts. Ist lange her. Sie ... hatte offensichtlich Schwierigkeiten damit, auf mich zu warten, als ich damit beschäftigt war, unsere Nation gegen Terroristen zu verteidigen.«

»Oh, Wahnsinn! Das ist ... echt ein Klischee.«

»Danke.« Ich nicke und verziehe die Lippen zu einer schmalen Linie. »Deine Worte sind ... wirklich beruhigend und so unglaublich wohltuend. Richtiger Balsam für meine Seele. Du kannst ja *so* einfühlsam sein.«

»Entschuldige, Liam. Es ist nur ...« Sie kann sich kaum beherrschen und presst die Lippen zusammen, um nicht zu lachen. »Es ist wirklich ein ziemliches Klischee, oder nicht? Lass mich raten. Sie hat dich mit deinem besten Freund betrogen, der sie über die Zeit der Trennung hinweggetröstet hat?«

»Nein. Mit *ihrem* besten Freund.« Ich nicke. »Meinen hatte ich ja im Einsatz an meiner Seite. Bis ...« Ich senke den Kopf und spanne den Kiefer an. »Sie hat mich jedenfalls abserviert. Und dabei ... wollten wir heiraten. Tja. Ist scheinbar nicht mein Ding so was.« Ich mache eine wegwerfende Handbewegung und überprüfe abermals meine Haltung. »Was ist mit dir? Gab es da nie einen, von dem du dachtest, er könnte der Vater deiner Kinder sein?« Von irgendwelchen Verflossenen habe ich während der Aufklärungsphase nichts gefunden. Sie hat auch nie über irgendeinen Kerl geredet. Da ist nur dieser Scott, der für all das hier verantwortlich ist. Aber das kann ich ihr wohl schlecht sagen.

Sie schüttelt nachdenklich den Kopf. »Ich ... hatte bloß eine Beziehung. Die hat mich mein halbes Leben gekostet. Gott, ich war ... fünfzehn und so unglaublich verliebt. Sein Name war Scott. Er ... hatte so was Rebellisches, was ich damals echt toll fand. Na ja, aus dem Rebellischen wurde dann eine Drogensucht.« Sie räuspert sich laut und schüttelt den Kopf. »Ja, ich weiß. Auch ein Klischee. Ich werde von meiner Mutter verlassen, die drogenabhängig ist und suche mir einen Typen, der auch abhängig ist. Wahrscheinlich habe ich gehofft, dass ich wenigstens ihn retten könnte. Wenn schon nicht meine eigene Mutter. Hat nicht so geklappt. Mein Dad fand ihn total scheiße, weswegen ich ... eine Zeit lang echt Stress mit ihm hatte und ausgezogen bin. Ich ... wäre fast nicht da gewesen, als er starb. Das hätte ich mir nie verzeihen können. Also habe ich ... mich von Scott getrennt. Aber irgendwie hat er es immer wieder geschafft, mich zu belabern. Das war so ein On-off-Ding zwischen uns. Wirklich gelöst habe ich mich aber erst vor etwas mehr als einem Jahr. Er ... sitzt eine Haftstrafe ab.« Sie schnaubt. »Mein Leben ist ... echt ziemlich beschissen.«

»Na ja, wenn wir das hier überleben, kannst du immer noch neu anfangen und ... es besser machen«, versuche ich sie zu motivieren und schiebe ihr meinen Ellbogen in die Seite. »Was wolltest du schon immer machen?«

Sie scheint zu überlegen. Ich schätze mal, dass sie mir jetzt von ihrem New-York-Traum erzählen wird. »Ich weiß es ehrlich gesagt nicht. Bis ... bis gestern hätte ich dir gesagt, dass ich fast mein ganzes Leben lang nur ein Ziel hatte. Und zwar nach New York zu ziehen, Jura zu studieren und Anwältin zu werden.« Ich wusste es. »Aber«, sagt sie langgezogen und seufzt. »Ich bin dreiunddreißig Jahre alt. Das ist ... so lächerlich! Ich meine, ich sitze mit einem Fremden ... einem Ex-Soldat auf einer Insel fest, mit dem ich zu allem Überfluss noch geschlafen habe ... und muss achtundneunzig andere Menschen überleben. Da erscheint es mir auf einmal als ziemlich kindisch, so einem Quatsch nachzujagen. Mal abgesehen davon, dass ich gerade genug Geld verdiene, um nicht zu sterben. Ich habe absolut keine Ahnung, wie ich das jemals umgesetzt kriegen sollte. Deswegen ... suche ich mir vielleicht was anderes. Das ... ist dann zwar nicht etwas, *das ich schon immer mal machen wollte*, aber es ... es ist etwas, das ich auf jeden Fall machen *werde*.«

»Das klingt nach einem Plan.« Ich drehe mich zu ihr, nicke anerkennend und schenke ihr ein aufrichtiges Lächeln. »Finde ich gut.« Irgendwie gefällt mir ihr Umdenken. Ich hätte sie mir auch nur schwerlich in einem Gerichtssaal vorstellen können. »Lass mich wissen, wenn du weißt, was es ist.«

Verlegen lächelnd senkt sie den Blick und schiebt sich eine Haarsträhne hinters Ohr. Gott, ich wollte noch nie so sehr wissen, was jemand denkt, wie gerade jetzt. »Vielleicht schließt es dich ja mit ein«, flüstert sie und schaut verstohlen zu mir auf.

Ich muss schmunzeln. »Also ... doch ein Date?«

»Vielleicht?«

Ohne noch ein Wort zu sagen, trete ich einen Schritt näher, greife nach ihrer Hand und ziehe sie in meine Arme, um sie zu küssen und ihr meine Zunge in den Mund zu schieben. Sie will mit mehr noch warten? Scheiße, so wie sie meinen Kuss erwidert, fühlt sich das aber ganz anders an! Fordernd schmiegt sie sich in meine Umarmung, legt ihre Hände an meine Wangen und haucht ihren flachen Atem an meine Lippen.

Die Entscheidung, herzukommen, ist mir deutlich schwerer gefallen, als ich geahnt habe. Seit zwei Wochen bin ich wieder in der Heimat und habe mich noch nicht getraut, nach Hause zu gehen, um meine Sachen abzuholen. Ist wohl nicht mehr mein Zuhause. Komisch, da kommen glatt Erinnerungen hoch. Das habe ich einfach zu oft von einem Ort gesagt. Na ja, was soll's. Früher oder später muss ich wohl in die Höhle des Löwen. Was bleibt mir anderes übrig? Ich atme tief durch, stecke die Hände in die Hosentaschen und trete unruhig auf der Stelle, während ich die dunkle Haustür anstarre. Es ist vier Monate her, dass ich das letzte Mal mit Cassy gesprochen habe. An dem Abend hat sie mit mir Schluss gemacht und gesagt, dass sie mich betrogen hat. Dabei hätten wir längst verheiratet sein sollen. Ich bin so ein verdammter Idiot! Ich stöhne leise in mich hinein, ehe ich den Schlüssel aus meiner Hosentasche ziehe, um die Tür zu öffnen. Währenddessen verschwende ich den Bruchteil einer Sekunde an den Gedanken, ob ich besser hätte klingeln sollen. Immerhin war ich eine gefühlte Ewigkeit nicht mehr hier und habe die letzten zwei Wochen in einem Motel verbracht, ohne meiner Ex-Verlobten überhaupt zu sagen, dass ich wieder in der Heimat bin. Andererseits ist es mitten am Tag und Cassy wird vermutlich eh bei der Arbeit sein, weswegen ich einfach still und heimlich meinen Scheiß abholen – der tragischerweise nur aus ein paar Klamotten besteht – und ihr einen Zettel zum Abschied hinlegen kann. Ich habe ehrlich gesagt absolut keine Lust, sie wiederzusehen. Das würde nur wie so ein klischeehaftes letztes Wiedersehen ablaufen, bei dem man genau weiß, dass man sich ohnehin nichts zu sagen hat.

»Hey, Schatz. Du bist früh dran«, höre ich Cassy rufen, kaum, dass ich die Wohnung betrete und die Tür hinter mir schließe. Fuck! Sie ist zu Hause. Schatz? »Geh dir die Hände waschen. Essen ist gleich ... Oh mein Gott, Liam!«, unterbricht sie sich selbst, als sie um die Ecke kommt und ihr klar wird, dass offensichtlich der falsche Mann die Wohnung betreten hat. Ich stehe wie angewurzelt im Flur, eine Hand noch an der Haustür und starre Cassy an. »Was ... was machst du denn hier?!« Völlig schockiert erwidert sie meinen Blick mit aufgerissenen Augen.

Schweigend mustere ich sie von oben bis ... zu ihrem Bauch. »Du bist schwanger«, presse ich atemlos hervor und ein kleiner Teil in mir versucht, panisch zu rechnen.

»Ja«, antwortet sie knapp und hält die Luft an. »Was tust du hier, Liam?«, fragt sie und fummelt nervös an dem Küchentuch in ihrer Hand herum. Ich bin nicht in der Lage, auf ihre Frage zu antworten. Mein Gehirn verarbeitet immer noch ihren schon recht großen Schwangerschaftsbauch. Sie folgt meinem Blick, stöhnt genervt und wirft den Kopf in den Nacken. »Keine Bange. Es ist nicht deins.«

»Das ... das ... das hatte ich ... auch nicht ... nicht angenommen. Ich bin ... nur ...«, stottere ich. Scheiße, ich kann nicht klar denken. Reiß dich zusammen, Mann! »Ist vier Monate her. Das da sieht ... aber nicht nach vier Monaten aus. Das sieht ... nach mehr aus.« Na, geht doch. Ich seufze, während sie die Augen verdreht und ertappt in der Luft herumschaut. »Wie lange betrügst du mich schon, Cassy?«, frage ich, bemühe mich ruhig zu bleiben und meine Faust nicht gegen die Haustür zu donnern.

»Ich betrüge dich nicht, Liam. Wir haben Schluss gemacht!«

»*Du* ... hast Schluss gemacht! Ich wollte dich heiraten!«, widerspreche ich zischend und reiße drohend meinen Zeigefinger hoch. »Wie lange?!«, wiederhole ich meine Frage.

»Es ... hat angefangen, nachdem du das erste Mal verlängert hast«, gesteht sie nach einem Moment und seufzt erneut. Offensichtlich langweilt sie das Gespräch. »Hör zu, Liam«, beginnt sie, sich rauszureden. »Das hat nichts mit dir zu tun, okay? Es ... hat einfach nicht gepasst und ... das ist auch gut so, meinst du nicht? Das ... das mit uns ... hätte nicht geklappt. Und ... jetzt bin ich glücklich.« Sie senkt den Blick und scheint nachzudenken. »Es tut mir leid, aber ... du musst gehen. Mein Verlobter kommt gleich und ...«

»Dein Verlobter?!«, unterbreche ich sie. Wut kocht in mir hoch und macht sich kribbelnd in meiner Faust bemerkbar. Am liebsten würde ich hier alles kurz und klein schlagen. »Wer ist dein Verlobter, hm?!« Ich presse den Kiefer so fest zusammen, dass er zu schmerzen beginnt.

»Das spielt doch nun wirklich keine Rolle. Liam, bitte. Ich ... habe deine Sachen schon lange gepackt. Okay? Es sind zwei Kartons und sie stehen in der Garage. Nimm sie einfach und geh. Bitte!«, sagt sie nachdrücklich und bedenkt mich mit einem ernsten Blick. Da hören wir plötzlich, wie ein Schlüssel ins Schloss gesteckt und herumgedreht wird. »Oh, scheiße«, zischt Cassy mit Angst in der Stimme.

Schnaubend komme ich dem fremden Menschen auf der anderen Seite der Tür entgegen und öffne ihm selbige. Verwirrt schaut er auf und als ich das Gesicht erkenne, wird mir eine Sekunde lang übel. »Das soll wohl ein Witz sein«, presse ich hervor und schaue mit der Hand am Türknauf zu Cassy. »Cole?! Echt jetzt?! Du fickst deinen besten Freund?!« Ich schüttle den Kopf und mustere den schlipstragenden Langweiler, der für eine Versicherung arbeitet und mit dem Benz seines Daddys in der Gegend herumfährt. Schon als ich ihn kennengelernt habe, konnte ich ihn nicht leiden. Was für eine Lusche!

»Oh ...«, macht er langgezogen und duckt sich. Noch immer steht er auf der anderen Seite der Schwelle und hebt ergebend eine Hand. »Hey, Liam. Du ... bist wieder da. Wow. Klasse! Das ... ist ja eine Überraschung.« Er lacht nervös.

Ich werfe meiner Ex-Verlobten – von der ich dachte, dass sie die Frau fürs Leben wäre, die Frau, mit der ich endlich meine eigene Familie haben würde – einen letzten flüchtigen Blick zu. »Ich hoffe, du brennst in der Hölle!« Sie verzieht empört das Gesicht und öffnet den Mund, als wollte sie protestieren, sagt aber nichts. »Und ich hoffe, dass dieses ... Baby da ...« Ich deute mit einem Kopfnicken auf ihren Bauch. »Einen Kopf hat, der so groß ist, wie eine Wassermelone!« Dann verlasse ich die Wohnung. Cole zuckt zusammen, als ich an ihm vorbeigehe und ihn mit dem Arm streife. »Ach und Cole ...«, beginne ich und drehe mich zu ihm um. »Wenn du sie das nächste Mal fickst, hoffe ich, dir fällt der Schwanz ab!« Dann mache ich mich zum Gehen bereit.

»Blöder Wichser! Kannst du nicht einfach akzeptieren, dass sie was Besseres gefunden hat als dich?!« Wow! Er wird mutig. Er wartet allerdings so lange, bis ich ihm den Rücken zugedreht habe, was schon wieder weniger mutig ist und viel eher armselig. Lachend und kopfschüttelnd drehe ich mich erneut zu ihm um. Wenn ich sein hässliches, schwitzendes

Gesicht so genau betrachte, denke ich, dass ihm eine andere Hautfarbe auch ganz gut stehen würde. Rot zum Beispiel. Also hole ich aus und schlage ihm mit voller Wucht meine Faust ins Gesicht.

»Ich denke, wir sollten wieder runtergehen. Du bist eiskalt«, flüstert Emily an mein Ohr, reißt mich aus meinen Gedanken und streicht meine Arme rauf und runter.

»Das liegt daran, dass ich keine Jacke anhabe«, scherze ich, als sie einen Schritt zurückweicht, und grinse sie an. »Geh du. Du siehst müde aus.«

»Komm schon, Liam. Hör auf, den Harten zu spielen.« Mit hochgezogenen Augenbrauen schaut sie zu mir auf und verschränkt die Arme vor der Brust. »Du siehst auch nicht viel frischer aus!«

»Okay. Überredet«, seufze ich nach einem Moment nachgiebig. Ich bin echt ziemlich hinüber und hätte nichts dagegen, mich wieder neben sie zu legen und ihre Wärme zu genießen. Ich steige von der Brüstung und halte ihr die Hände hin. Der Mondschein erhellt ihr Gesicht und ihr Lächeln haut mich fast um. Dankbar legt sie die Hände auf meine Schultern und lässt sich von mir an der Hüfte von der Brüstung heben. Einen kurzen Augenblick lang spiele ich mit dem Gedanken, sie wieder zu küssen, doch lautes Lachen und Grölen beenden meinen Gedanken, noch bevor ich auch nur an die Umsetzung gedacht habe. »Sch!«, mache ich in Alarmbereitschaft gehend und drücke Emily sofort an der Schulter in die Hocke, damit sie hinter der Brüstung unsichtbar wird. Ich reiße mein Gewehr hoch und stütze mich auf der Mauer ab, um nach der potenziellen Gefahr zu suchen. »Fuck!«

»Was ist?«, flüstert Emily zu mir hoch.

»Vergiss das mit dem Schlafen! Wir müssen sofort

verschwinden!« Emily meinte, dass diese Durchgeknallte von gestern Abend sich befreien und einen von ihren Angreifern überwältigen und töten konnte. Das da sind dann wohl seine drei Freunde, die jetzt auf der Suche nach der Irren sind, um sich zu rächen oder da weiterzumachen, wo sie vorher aufgehört haben. »Das ist nicht gut«, nuschle ich und starre durch das ACOG-Visier meines Gewehrs, um die knapp zweihundert Meter entfernten Feinde im Auge zu behalten. »Das ist gar nicht gut. Komm schon! Wir müssen schleunigst unseren Scheiß zusammenpacken und abhauen!«

CHAPTER NINE

EMILY

»Komm schnell!«, zischt Liam, greift nach meiner Hand und zieht mich vom Dach. »Nimm nichts mit, das nicht unbedingt nötig ist. Wir brauchen nicht mehr viel.« Seine Stimme ist ruhig und doch höre ich die Panik darin beben. Wir schweben hier in permanenter Gefahr, weswegen ich angestrengt versuche, mich von seiner Sorge nicht anstecken zu lassen, sondern ihm stattdessen zu vertrauen.

»Okay.« Mit klopfendem Herzen lasse ich mich von ihm in die Wohnung ziehen, die wir als Unterschlupf genutzt haben, reiße meinen Rucksack vom Tisch, packe den Verbandkasten und zwei Eintopfkonserven ein und gucke mich hektisch um. »Ich denke, ich habe alles.«

»Gut«, stößt Liam atemlos hervor und zieht sich seinen Rucksack über die Schultern. »Na los!« Mit einem Kopfnicken deutet er auf die geöffnete Wohnungstür, nimmt meine Hand und wir verlassen im Laufschritt unser Versteck.

Im Treppenhaus, auf dem Weg nach unten, frage ich mich einen Moment lang, ob ich wegen unseres fluchtartigen Aufbruchs eher besorgt sein und Angst um mein Leben haben oder ob ich mich lieber darüber aufregen sollte, dass meine Nacht offensichtlich vorbei ist und sich das mit dem erholsamen Schlaf jetzt wohl erledigt hat. »Meinst du, die haben uns gesehen?«, flüstere ich hinter ihm und höre meine eigene Stimme trotzdem als leises Echo durchs Treppenhaus hallen.

»Das will ich lieber nicht rausfinden«, erwidert er im gleichen Ton. Sein Griff um meine Hand verstärkt sich. Er ist besorgt, wenn nicht gar in Panik und langsam, aber sicher steckt er mich damit doch an. Kaum haben wir das Erdgeschoss erreicht und vor uns liegt nur ein letzter Treppenabsatz und ein kleiner Hausflur, die uns von der Haustür trennen, bleibt Liam plötzlich stehen und erstarrt den Bruchteil eines Augenblicks zu einer Salzsäule. Ein Klicken der Haustür ist für seine Reaktion verantwortlich und lässt auch mich erstarren. »Vertraust du mir?«, fragt er plötzlich leise und schaut sich über die Schulter nach mir um. Ich schlucke meine Angst runter und nicke bloß. »Rühr dich nicht!« Seine Stimme ist ein kaum hörbares Zischen, dann lässt er mich los und setzt sich auf leisen Sohlen wieder in Bewegung. Er huscht die letzten Stufen runter und lässt mich allein in der Dunkelheit zurück. Mit klopfendem Herzen und angehaltenem Atem. Ich glaube, mein Gehirn hat gerade aufgehört zu arbeiten, denn ich kriege kaum verarbeitet, was hier gerade geschieht, da ist Liam auch schon durch die geöffnete Wohnungstür zu seiner Rechten gehuscht, um in der Wohnung zu verschwinden.

Noch im gleichen Moment geht die Haustür auf und ich werde von einer Taschenlampe angeleuchtet. Ich stehe da wie ein Reh im Scheinwerferlicht, das jeden Moment vom herannahenden Auto erfasst und getötet wird. Mit aufgerissenen Augen starre ich in das grelle Licht, hinter dem ich nur den Schatten der Gestalt erkennen kann, aus deren Hals ein leises und absolut psychopathisches Lachen dringt und mir das Blut in den Adern gefrieren lässt. Meine Nackenhaare stellen sich auf und ich kriege eine so unangenehme Gänsehaut, dass ich mich am liebsten an Ort und Stelle übergeben würde. Ich spüre den gierigen Blick des fremden Mannes auf mir. Das Taschenlampenlicht brennt mir in den Augen und ich habe Mühe, sie offen zu halten. »Na, wen haben wir denn da?«, säuselt er leise und lacht erneut. Ich bemerke, wie er langsam auf mich zukommt und bin nicht in der Lage, auch nur ansatzweise zu reagieren. »Du bist nicht die, die wir suchen, aber ... was soll's. Das wird trotzdem gehen. Na, komm. Ich stell dich meinen Freunden vor. Die werden sich sicher auch sehr freuen, dich kennenzulernen. Und wir haben noch die ganze Nacht.«

Ich sauge scharf die Luft ein, als er näherkommt, und kralle meine Finger ins Treppengeländer. Mein Gehirn erlaubt mir nicht, mich zu bewegen. Ich will die Treppe hochrennen, weg von diesem Widerling, doch ich schaffe es nicht, mich zu rühren. Gerade als ich beginne mich zu fragen, was zur Hölle Liam sich dabei gedacht hat, mich hier alleine stehen zu lassen, taucht er hinter dem ahnungslosen Fremden auf. Ich habe Mühe, ihn richtig zu sehen und erkenne nur seine Umrisse. Er baut sich hinter dem Fremden auf und packt ihn so fest, dass er die Taschenlampe fallen lässt, die laut klirrend über den Boden rollt und ein Echo im ganzen Treppenhaus nach sich zieht. Der Fremde kriegt keinen Ton raus und fängt plötzlich an, unkontrolliert zu würgen und nach Luft zu schnappen. Da bemerke ich das Messer in Liams Hand, das er ihm in die Kehle gestochen hat. Ich zucke erschrocken zusammen und presse mir beide Hände vor den Mund, um nicht zu schreien. Es sollte mich nicht mehr so fertig machen, das zu sehen. Liam so zu sehen. Zu sehen, wie jemand stirbt. Der Tod ist mir hier zu oft begegnet.

Liam hat ihn fest im Griff und zieht ihn in die Wohnung, in welcher er sich noch vor dem Bruchteil eines

Moments versteckt hatte. Ich folge ihm und schaue ihm dabei zu, wie er die Leiche des übergewichtigen Mannes vorsichtig neben dem Sofa ablegt. »Wird nicht lange dauern, bis die ihn finden«, flüstert er kaum hörbar, holt durch die Nase tief Luft und kommt wieder zu mir. »Wir schleichen hinten raus. Ich will nämlich ungerne dabei sein, wenn es soweit ist. Oder ... in der Nähe.« Er nimmt meine Hand und wartet nicht auf eine Reaktion. Er gibt mir auch keine Zeit, um zu verarbeiten, was gerade passiert ist. Ich starre auf den toten Mann in der Ecke der Wohnung und frage mich, ob ich auch so enden werde. Ob ich sterben werde, weil ich zur falschen Zeit am falschen Ort war, weil ich einem Fremden im Weg war. Und ich frage mich, ob mein Grab auch so aussehen wird. In einer staubigen Ecke in einem leer stehenden, baufälligen Haus neben einem mottenzerfressenen Sofa, damit mich nicht direkt jemand findet. Liam reißt an mir und meinen Gedanken, sodass ich den Faden verliere und ihm folge. Wir schleichen zum Hinterausgang des Hauses. »Warte kurz«, flüstert Liam, drückt mich an der Schulter in die Hocke und sucht den Boden ab. Ich schaffe es allerdings nicht, ihn zu fragen, wonach er sucht, denn er hat es offensichtlich gefunden. Einen Stein. Mit hochgezogener Augenbraue schaue ich ihm zu und frage mich, was er damit vorhat. »Ein bisschen Ablenkung«, erklärt er – offensichtlich als Antwort auf meinen Gesichtsausdruck. Er wirft ihn kurz hoch, fängt ihn wieder auf und zuckt schmunzelnd die Achseln. »Wir wollen es denen doch nicht zu leicht machen.« Dann geht er ein paar Schritte rückwärts und wirft den Stein direkt in ein Fenster rechts von uns, ein paar Stockwerke weiter oben. »Komm, weg hier.«

Ein paar Minuten lang rennen wir wieder, als wäre der Teufel hinter uns her. »Es sind noch siebzehn Leute übrig. Das ist nicht viel«, knurrt Liam, nachdem er einen Blick auf das Tablet geworfen hat.

»Was heißt das für uns?«

»Das heißt für uns, dass wir sehr viel vorsichtiger werden müssen. Die Zone wird bald das letzte Mal kleiner. End-Zone. Dann ... heißt es alles oder nichts.«

»Ich dachte, das heißt es schon die ganze Zeit«, nuschle ich und ziehe die Schultern hoch, damit sich das Gewicht meines Rucksacks einen Moment verlagert. Mir tut der Rücken weh. Ich weiß nicht, ob es an meiner Unsportlichkeit liegt oder an der Tatsache, dass ich die letzten zwei Nächte auf einer ranzigen, durchgelegenen Matratze verbracht habe. Vielleicht ist es auch einfach das Alter. »Eventuell finden wir ja einen Unterschlupf und können uns noch ein bisschen ausruhen.«

»Ja, mal sehen. Lass uns erst abwarten, wo die letzte Zone hingeht, bevor wir es uns gemütlich machen.« Liam nimmt kaum Notiz von mir und starrt unablässig auf das kleine technische Gerät in seiner Hand.

»Und wann ist es so weit?«

»In zwei Minuten. Lass uns kurz Pause machen und gucken, wo wir hinmüssen.« Er nickt und mustert mich einen Moment lang. »Geht's dir gut?«, fragt er vorsichtig und legt den Kopf schief. »Ich wollte vermeiden, dass du so was nochmal sehen musst, aber ...«

»Schon gut«, unterbreche ich ihn und nicke knapp. »Kann ich dich ... was fragen?« Ich bin mir nicht sicher, in welcher Stimmung er aktuell ist und will nicht unnötig ins Wespennest stechen.

»Sicher.«

»Wieso hast du das vorhin gemacht?« Diese Frage beschäftigt mich, seit er mich in diesem Treppenhaus hat stehen lassen. »Also ich meine diese ... Nummer da, dass du ... dich in der Wohnung versteckt hast und ...« Achselzuckend lasse ich den Satz ausklingen. Ich denke, ich klinge enttäuschter als beabsichtigt. Er hat gefragt, ob ich ihm vertraue. Aber nach dieser Sache bin ich mir nicht so sicher, ob ich das immer noch mit Ja beantworten sollte. Er hat mich als Köder benutzt. Vielleicht ist es ihm ja doch egal, wenn ich angegriffen werde.

Er atmet tief durch. Na, toll. Also doch ein Wespennest. Dann kann ich mich ja schon mal wieder vor dem Spitznamen- und Beleidigungshagel in Deckung bringen. »Die Wahrscheinlichkeit, dass ... er dich direkt abgeknallt hätte, war deutlich geringer als die, dass er mich direkt abgeknallt hätte.« Mir klappt der Mund auf. Mit dieser platten und kurzen Antwort, die ganz und gar nicht genervt klang, hatte ich jetzt nicht gerechnet.

»Du ... du meinst, er hätte lieber andere Sachen ... mit mir gemacht, als mich abzuknallen«, schlussfolgere ich und mir steckt ein Kloß im Hals.

»Ja, genau das meine ich.« Er verzieht die Lippen zu einer schmalen Linie. »Tut mir leid.« Wenn er mir solche Dinge sagt und erklärt, komme ich mir vor, wie die naivste Landpomeranze, die keine Ahnung davon hat, wie schlimm es auf der Welt zugeht. Liam schaut mich einen Augenblick lang nachdenklich an. »Hast du ... an mir gezweifelt?«, fragt er – für seine Verhältnisse sehr zurückhaltend.

Seine Frage verwundert mich und lässt mich die Augenbrauen hochziehen. Es dauert einen Moment bis mir klar wird, dass ich nicht weiß, was ich darauf antworten soll. Ich muss über seine Worte nachdenken. »Ähm ...«, mache ich langgezogen und starre ins Leere. »Wenn ich ehrlich bin ... irgendwie schon«, gestehe ich leise und starre zu Boden. »Aber eigentlich nicht. Nein. Ich ... ich bin nicht sicher.«

Er nickt bloß und wird kurz still. »Vertraust du mir?«,

fragt er schließlich erneut, verleiht seinen Worten jetzt aber deutlich mehr Nachdruck als vorhin im Treppenhaus.

»Das tue ich.« Ich bin mir sicher und musste nicht lange darüber nachdenken oder meine Optionen abwägen. Ich bin mir sicher. Da sind keine Zweifel.

»Das solltest du vermutlich besser nicht tun«, flüstert er.

Was er sagt, verwirrt mich. »Wieso sollte ich nicht?«

»Na ja, du ... du kennst mich nicht. Du hast keinen Grund, mir zu vertrauen.« Ernüchterung liegt in seiner Stimme. Jetzt bin ich nicht nur verwirrt, sondern auch verunsichert.

»Das klingt wie eine Drohung«, erwidere ich unsicher lachend.

»Keine Drohung. Eher ... eine Warnung.« Er senkt den Blick, ohne seine Gedanken näher zu erklären oder sich die Mühe zu machen, mir meine Unsicherheit zu nehmen. »Die nächste Zone ist weiter weg, als ich dachte.«

»Zu weit?«

»Nein. Wir haben fünf Stunden. Das ist auf jeden Fall schaffbar. Aber das mit dem Ausruhen wird wohl nichts mehr.« Er verzieht entschuldigend das Gesicht und zuckt die Achseln.

Ich muss schmunzeln. »Das können wir ja nachholen.«

Seine Antwort auf meinen Flirtversuch ist ein schelmisches Grinsen. »Los jetzt. Wir müssen weiter.« Und abgeblockt. Glückwunsch, du dumme Gans. Flirten ist echt nicht mein Ding!

»Warte«, presse ich hervor und halte ihn am Arm zurück. Auch, wenn Flirten nicht mein Ding ist, das hier ist es allerdings! Ohne auf seine Reaktion zu warten oder noch was zu sagen, mache ich einen Satz auf ihn zu und presse meine Lippen auf seine, um ihn zu küssen. Nicht lange und nicht intensiv genug – was in Anbetracht der Umstände auch alles andere als angebracht wäre.

»Wofür war der denn?«, fragt er mit einem verwirrten Lächeln an meine Lippen.

Ich zucke mit der Schulter und schürze die Lippen. »Na ja, ich weiß ... ich habe gesagt, dass das ... wahrscheinlich keine gute Idee wäre. Falls ... wir hier sterben und so, aber ... was soll's?«

Er nickt. »Ja, was soll's.« Nachdenklich senkt er den Kopf.

»Liam?«, frage ich nach einigen Augenblicken in die Stille hinein. »Mach das nicht. Okay? Warn ... mich nicht.« Ich will es ungern zugeben, aber seine Worte haben meine Unsicherheit nur weiter geschürt.

»Und wenn es stimmt? Du kennst mich nicht«, wiederholt er.

»Aber ich kann dich kennen*lernen*.« Dass er mich abblockt, macht mich rasend vor Wut. Am liebsten würde ich ihn schütteln. Denn ich bin mir zu fast einhundert Prozent sicher, dass er es nicht macht, weil er nur mit mir ins Bett wollte und darüber hinaus kein Interesse mehr an mir hat, sondern, weil er mich vor irgendwas schützen will. Okay, ich bin mir zu siebzig Prozent sicher, dass das der Grund ist. Oder sagen wir fünfundfünfzig Prozent? Ach, verflucht! Genau deswegen will ich ihn kennenlernen. Er ist wie ein Buch mit sieben Siegeln. Ich schaffe es nicht, ihn zu durchschauen! Das nervt mich! »Mir ist klar, dass jeder sein Päckchen zu tragen hat, Liam. Auch du. Aber denkst du nicht ...«

»Was, wenn mein Päckchen ziemlich groß ist?«, unterbricht er mich und schaut mich geduldig und mit gerunzelter Stirn an. Sein Blick ist ernst.

»Was, wenn dir jemand beim Tragen hilft?«

Meine Gegenfrage lässt seinen Mundwinkel zucken.

Er kommt einen Schritt näher, beugt sich vor und nimmt mein Kinn zwischen Daumen und Zeigefinger, um mein Gesicht zu sich anzuheben und mich zu küssen. Nur eine flüchtige Sekunde lang. »Naive Schlumpfine«, flüstert er und lacht. »Komm jetzt. Wir müssen weiter.«

Der Sonnenaufgang überm Meer ist wunderschön und am liebsten würde ich einfach direkt stehen bleiben, ans Wasser gehen und mich in den Sand setzen, um in den lilafarbenen Himmel zu schauen, der Sonne dabei zusehen, wie sie ihre Bahn zieht und die Friedlichkeit der Natur genießen, anstatt darüber nachzudenken, wie krank all das ist, was hier passiert und davor wegzurennen. Ich bin froh, dass ich Liam an meiner Seite habe und will mir gar nicht vorstellen, was mir passiert wäre, wenn ich an jemanden wie diesen Damien geraten wäre. Oder an einen von den Typen, die sich zusammengeschlossen haben, um eine unschuldige Frau zu misshandeln. Liam versteckt sich hinter dieser wahnsinnig harten Schale. Aber bei allem, was er mir über sich erzählt, bekommt sie Risse und fängt an, zu bröckeln. Die Vergangenheit war nicht gut zu ihm. Deswegen war er so ein Arsch und hat sich wie der letzte Vollidiot aufgeführt. Und ich mag den Mann, der eigentlich dahintersteckt. Dieses Undurchschaubare an ihm zieht mich an. Ich will ihn kennenlernen, ihn entschlüsseln, hinter die Fassade sehen. Ich will der Mensch sein, der ihm einen Teil seiner Last abnimmt. Verdammt! Meine Gefühle für ihn können nach nicht mal zwei Tagen unmöglich in diese Richtung gehen! Das ist verrückt!

»Mr. Landon! Wie schön, dass Sie es auch einrichten konnten!« Miss Stevens rümpft die Nase und schiebt ihre Brille zurecht, ehe sie geräuschvoll das Buch in ihrer Hand zuklappt und sich zu dem Jungen umdreht, der den Unterricht stört und den ich zuvor noch nie gesehen habe. Ich bin jetzt seit drei Monaten in diesem Englischkurs und dachte eigentlich, ich kenne mittlerweile alle.

»Typisch«, zischt Stacy neben mir, die schon länger dabei ist und ihn offensichtlich zu kennen scheint. Ich werfe ihr einen kurzen Blick zu. Genervt verdreht sie die Augen und kaut weiter auf ihrem Kaugummi herum, was eigentlich verboten ist.

»Setzen Sie sich auf den freien Platz neben Miss Graves!«

Was?! Mit großen Augen starre ich nach vorne und sehe nur im Augenwinkel, wie er zu mir kommt und sich neben mich setzt. Wie eine Irre drehe ich meinen Kopf zu ihm – immer noch starrend – und schaue ihm direkt in die Augen. Er grinst mich selbstverliebt an und nickt in meine Richtung. »Hey«, sagt er knapp, was mich unwillkürlich nach Luft schnappen lässt.

»Ich würde Ihnen raten, Ihre Mitschüler während des Unterrichts in Ruhe zu lassen, Mister Landon! Sie wollen wirklich nicht, dass ich Sie zum Rektor schicke! Ihre Versetzung ist mehr als nur gefährdet und ich rate Ihnen nachdrücklich, sich jetzt am Unterricht zu beteiligen!«

»Was immer Sie meinen, Stevie!«, säuselt er und salutiert, ehe er wieder zu mir schaut und ein noch breiteres Grinsen aufsetzt. »Entschuldige. Wir wurden unterbrochen. Ich bin Scott.«

Ich sauge scharf die Luft ein. »Äh …«, mache ich langgezogen und blinzle einige Male. Er ist wahnsinnig süß und ich weiß wirklich nicht, was er ausgerechnet von mir wollen könnte. Ich bin wirklich nicht die Art von Mädchen, für die sich so eine Art von Junge interessieren würde.

»Äh ...«, äfft er mich nach und lacht. »Hast du deinen Namen vergessen oder bist du einfach schlecht erzogen, dass du dich nicht vorstellen kannst?« Seine Stimme ist leise und doch sorgt sie für dieses flaue Gefühl im Bauch, das ich auch dann jedes Mal habe, wenn Alicia Johnson und ihre Cheerleader-Freundinnen – eher Sklaven – im Flur an mir vorbeigehen und mich extra so doll anrempeln, dass ich gegen meinen Spind knalle. Einmal war es so extrem, dass meine Schulter blau war. Enttäuscht davon, auch für diesen Jungen offensichtlich nichts weiter als ein mögliches Mobbingopfer zu sein, lasse ich den Kopf hängen und verstecke mein Gesicht hinter meinen Haaren.

»Mister Landon! Ein Wort, das nicht zum Thema beiträgt und ich schmeiße Sie hochkant raus!«

»Spaßbremse!«, flüstert er mit einem Knurren und piekst mich dann mit seinem Stift gegen den Arm. »Ey, Fremde! Was hältst du davon, wenn wir nach der Schule ein bisschen abhängen?«

Was?! Was zur Hölle?! Oh Gott! Nein! Das kann er unmöglich ernst meinen! Das ist sicher eine Falle! Wenn ich Ja sage, dann nimmt er mich irgendwo mit hin, wo seine Kumpels auf uns warten. Nur, damit er mich bloßstellen und mir sagen kann, dass er bestimmt niemals Interesse an einer Versagerin wie mir hätte und was ich mir wohl einbilde, mir vorzustellen, es könnte anders sein.

»Mein Name ist Emily. Und danke, aber ich verzichte«, antworte ich trotzig, ohne ihn anzuschauen. Ich weiß, dass ich nicht zu den

Beliebten gehöre und mache mir nichts vor. Aber ich würde wirklich gerne darauf verzichten, mir das auch von anderen sagen zu lassen.

»Bist du immer so zickig? Oder hast du deine Tage oder so was? Ich kenn dich nicht. Du bist neu oder so. Also dachte ich, können wir abhängen und ... uns kennenlernen. Wo ist das Problem?«

»Da ist kein Problem. Aber ... meine Versetzung ist nicht gefährdet und dabei würde ich es gerne belassen«, flüstere ich und schreibe die Aufgabe ab, die Miss Stevens an die Tafel schreibt.

»Du gefällst mir, Emily Graves. Du bist so überhaupt nicht selbstgefällig. Sehr erfrischend.« Er lacht leise. »Überleg dir das nochmal. Ich beiße nicht, weißt du?«

Ich werfe ihm einen flüchtigen Blick zu. Zugegeben, er ist *sehr* süß! Und er hat echt schöne Augen. Sein Lächeln hat was Anziehendes. »Okay«, seufze ich und blinzle wieder einige Male, weil ich mir nicht ganz sicher bin, ob ich mir selbst gerade richtig zugehört habe.

»Em?«, fragt Liam in meine Gedanken hinein und als ich wieder zu mir komme wird mir klar, dass ich offensichtlich doch stehen geblieben bin, um mir den Sonnenaufgang anzusehen. Dass ich zu lange in die aufgehende Sonne gestarrt habe, bemerke ich auch erst, als meine Augen brennen und ich sie wieder und wieder zukneifen muss. »Was ist los?«

Ich schaue in den Himmel, schaue dem Sand zu, wie er vom Wasser vor und zurückgetragen wird, lausche dem Wind und den Wellen und drehe mich dann zu Liam um, um auch ihn anzuschauen. Sein Anblick treibt mir

Tränen in die Augen. Tränen der blanken Panik. »Ich verliebe mich gerade in dich«, platzt es aus mir heraus und mir laufen die Tränen über die Wangen. Liam reißt verwundert die Augen auf und hebt die Augenbrauen. Er öffnet den Mund und holt tief Luft. »Ich weiß, das klingt ... total bescheuert! Aber ich ... ich kann ... Ich hab höllische Angst! Ich kann nicht mehr. Ich halte das nicht mehr aus, Liam.« Alle aufgestauten Gefühle, die Sorge, die Wut, die Unsicherheit, die blanke Todesangst. All das bricht über mir zusammen wie ein einstürzendes Gebäude, das mich unter Trümmern begräbt. Mir wird klar, dass meine Angst nicht nur daher kommt, dass wir noch immer um unser Leben rennen. Die Gefühle für Liam – die ich nicht haben sollte – sind die, die ich bei Scott hatte. Und was ist passiert? Ich habe Angst, mein Herz zu verschenken und dass es hinterher auf dem Müll landet. Liam hat recht. Ich kenne ihn kaum. Wie kann ich so was zu ihm sagen?

»Wou! Hey, Emily. Komm runter.« Er kommt zu mir und legt eine Hand auf meine Schulter. Er schaut mich so an wie sonst, wenn ich wieder durchdrehe. Doch sein Blick ist nicht beruhigend. Im Gegenteil. Genau jetzt habe ich ein riesiges Problem, damit umzugehen und schaffe es nicht, ihm standzuhalten.

»Ich ... ich habe diese Gefühle und ich ... ich kann ... ich kann sie nicht ...« Ohne, dass ich weiß, was ich sagen will, breche ich mitten im Satz ab und raufe mir noch immer völlig aufgelöst die Haare, ohne ihn anzusehen. »Ich meine, das ist verrückt! Ich ... Bis gestern mochte ich dich nicht mal.« Er schnaubt und sein Mundwinkel zuckt. »Und jetzt ... ich ... ich wollte das nicht.«

Liam nickt verständnisvoll, legt Daumen und Zeigefinger um mein Kinn und hebt mein Gesicht, damit ich ihn anschaue. »Ich weiß. Ich auch nicht.« Seine Stimme ist ganz ruhig und leise. Sein bestimmter Blick brennt mich nieder. *Ich auch nicht*? Soll das heißen, er empfindet das Gleiche? Fassungslos verziehe ich das Gesicht und halte den Atem an. »Und ähm … Nur, weil du so furchtbar nette Worte gefunden hast … Also nur, um das klarzustellen. Ich konnte dich bis gestern auch nicht wirklich gut leiden«, nuschelt er und verdreht die Augen. »Du bist … schon ziemlich nervig. Aber …« Er hält einen Moment lang inne und guckt mich einfach an, ehe er den Kopf schüttelt. »Was soll ich sagen?«

»Was machen wir nur?«, flüstere ich und starre ins Leere.

»Einen Fehler.« Er zuckt die Achseln und schnaubt abermals, ehe er verträumt lächelt. »Wahrscheinlich machen wir … echt einen wirklich … *gewaltigen* Fehler.« Er kommt noch einen Schritt näher, sodass ich meinen Kopf in den Nacken legen muss, um ihn sehen zu können. Er legt seine Hand an meine Wange, streicht mit dem Daumen darüber und schiebt eine Haarsträhne hinter mein Ohr, ehe er sich runterbeugt und meine Wange küsst. »Du musst noch ein bisschen durchhalten, Emily. Tu mir den Gefallen!« Er guckt mich durchdringend an. »Ich weiß, du hast Angst. Das verstehe ich. Und ich würde … dir so gerne die Zeit geben, zusammenzubrechen.« Er seufzt. »Ich würde dir gerne erlauben, dass du dich einfach hier hinsetzt und das Meer anschreist, oder … was immer dir hilft, um mit der ganzen Sache besser fertigzuwerden. Aber gerade … brauche ich dich so klar, wie du nur kannst. Halte noch ein bisschen durch. Wir haben es bald geschafft.«

»Was, wenn nicht?«, presse ich hervor und der Kloß in meinem Magen wird schwerer. So schwer, dass mir weitere Tränen übers Gesicht laufen. Ich kann kaum in Worte fassen, wie groß meine Angst ist, ihn zu verlieren, hier alleine zu sein oder selbst zu sterben. Je mehr Zeit vergeht, desto gefährlicher wird das, was hier passiert. Ich habe das Gefühl, dass die Menschen hier mit jeder verstreichenden Minute verrückter werden. »Ich will nicht sterben.« Meine Stimme bebt und droht, zu versagen. Wahrscheinlich wäre es sogar besser so. Ich heule ihn mit meiner Todesangst voll, dabei hat er sie vermutlich selbst. »Mein Leben war ... bisher echt nicht der Knaller und ich ... bin ein absoluter Versager! Aber, verdammt! Ich will nicht sterben!«

»Das wirst du nicht. Okay? Das lasse ich nicht zu!« Er taxiert mich mit einem ernsten Blick. »Hey! Wenn wir das hier überleben ... überlebt haben!«, korrigiert er sich selbst. »Dann gehen wir aus! Ein richtiges Date. Und wir machen, was immer man bei einem Date so macht, okay?« Er lacht unbeholfen. »Ich hab ... absolut keine Ahnung, wie ein Date in der Regel aussieht. Ist Kino noch angesagt?«

Ich schnaube und wische mir mit dem Handrücken unter der Nase her. »Ja«, bestätige ich lächelnd und nicke. »Kino wird immer angesagt sein.«

»Okay. Dann Kino.« Er wischt meine Tränen weg und sein sanfter Blick ruht wachend auf mir. »Ich weiß nicht, was ich sagen soll, um dich zu beruhigen. Vielleicht ... reicht dir ja die Aussicht auf ein Date, um ... dich noch ein paar Stunden zusammenzureißen.« Neckend drückt er seine Faust gegen meine Schulter und schürzt die Lippen.

»Du bist wirklich ganz schön von dir überzeugt, was?«

»Hey, du hast doch gesagt, dass du dich in mich verliebst.« Mit hochgezogenen Augenbrauen hebt er die Schultern und verzieht unschuldig das Gesicht. »Mir jedenfalls reicht das.« Da ist wieder dieser durchdringende Blick. Verdammt, diese Augen! »Also«, setzt er nach einem Moment fort. »Schaffst du es noch ein paar Stunden?« Ich nicke. »Ich habe mit nichts anderem gerechnet.

Na, los. Weiter geht's.« Er nimmt meine Hand und wir gehen weiter.

Langsam, aber sicher scheinen wir uns der Zone zu nähern, in der in den nächsten Stunden hoffentlich alles ein Ende nimmt. Wir verlassen den Strand und gehen an einem bewaldeten Hügel nahe einer Hauptstraße entlang, geradewegs auf ein paar dicht beieinanderliegende Häuser zu. »Gucken wir da nochmal, ob wir was Brauchbares finden?«, frage ich leise und Liam folgt meinem Blick.

»Wir brauchen nichts Brauchbares mehr.«

»Du meinst ... wir verletzen uns im Laufe der nächsten Stunden nicht mehr?«, hinterfrage ich seine Worte zynisch und ziehe eine Augenbraue hoch. »So furchtbar viel Verbandsmaterial haben wir nicht mehr. Wir sollten vielleicht wenigstens *danach* suchen.«

»Okay, überredet.«

Mit einem triumphierenden Grinsen gehe ich schneller, um ihn zu überholen, drehe mich im Gehen um und schiebe die Zungenspitze zwischen den Zähnen durch. »Willst du mir nicht so was sagen wie: *Oh, wow ... Kurz vor Schluss begreifst du, worum es hier geht, Schlumpfine. Ich bin beeindruckt.*« Ich verstelle meine Stimme, verziehe das Gesicht zu einer griesgrämigen Miene und ahme seine Haltung nach.

»Witzig«, sagt er knapp und verzieht mit gleichgültigem Blick die Lippen zu einer schmalen Linie. »Echt ... wahnsinnig komisch.« Er nickt. »Aber das ist nicht ganz richtig. Ich denke, ich hätte dich eher Prinzessin genannt.« Achselzuckend kommt er mit einem großen Schritt auf mich zu. »Obwohl ... Wenn ich es mir recht überlege, hätte ich dich eher Tinkerbell genannt. Das hab ich lange nicht.«

»Oh, du bist auch wieder ein unglaublicher Witzbold.«

»Wer hat denn angefangen? Schieb deinen Arsch jetzt da rüber! Du wolltest Häuser durchsuchen. Also, los!«, drängt er augenverdrehend und doch mit einem verschmitzten Grinsen auf den Lippen. Er deutet mit einer schnellen, beiläufigen Armbewegung auf die nicht mehr so weit entfernten Häuser.

Als wir näherkommen, haftet mein Blick an etwas, das ich schon gar nicht mehr für möglich gehalten hatte und ich bleibe stehen. »Hey, Liam? Siehst du, was ich sehe oder bilde ich mir das nur ein?«

»Wow«, sagt er erstaunt und bleibt ebenfalls stehen, nachdem er meinem Blick gefolgt ist. »Das ... ist fast, als würde man ein Einhorn sehen. Ich hatte gar nicht mehr damit gerechnet, noch einen fahrbaren Untersatz zu finden.« Direkt vor dem vordersten Haus steht ein schwarzes Motorrad am Straßenrand.

Das mit dem Einhorn trifft es recht gut auf den Punkt. Wir sind seit fast drei Tagen hier und er hat zwar was von Fahrzeugen gesagt, aber ich habe in der ganzen Zeit kein einziges Fahrzeug gesehen oder gar gehört. »Und ich dachte schon, du erzählst mir irgendwelche Märchen«, nuschle ich und schüttle grinsend den Kopf.

»Tja«, erwidert er und schnalzt selbstgefällig mit der Zunge. »Also, wir gucken uns erst nach Verbandszeug um ... und dann schwingen wir uns auf das Motorrad und sehen zu, dass wir in die Zone kommen.«

»Gute Idee.« Ich folge ihm schweigend und nachdenklich. Seit ich hier bin, frage ich mich nach dem Grund, weshalb ich auf dieser gottverfluchten Insel bin. Und nach allem, was hier passiert ist, formt sich in meinem Kopf eine Begründung, auf die ich Liam schon seit gestern ansprechen wollte. Ständig war irgendwas, sodass ich es wieder vergessen habe. Aber jetzt scheint es recht ruhig zu sein und während wir uns wie gewohnt leise, geduckt und in höchster Alarmbereitschaft dem ersten Haus nähern, bereite ich mich darauf vor, wie ich das Gespräch am besten beginne. Wahrscheinlich verdreht er nach spätestens zehn Sekunden die Augen und blockt mit einem seiner üblichen Spitznamen für mich das Gespräch ab. »Liam?«, frage ich leise, als ich hinter ihm das Haus betrete und die Tür zuziehe.

»Hm?«, macht er, ohne mich zu beachten oder sich gar zu mir umzudrehen. Stattdessen lässt er seinen Blick schweifen. Dieses Haus sieht genauso aus wie alle anderen kleinen Häuser, in denen wir waren. Offener Wohnbereich mit Küche, zwei Schlafzimmer, kleines Bad und eine Treppe, die zu einer Art offenem Dachboden führt.

»Was denkst du, wieso wir hier sind? Ich weiß, du ... hast gesagt, es wäre dir egal und so, aber ... ich denke, du hast dir trotzdem deine Gedanken dazu gemacht.«

»Was denkst *du* denn, wieso wir hier sind?«

»Na ja, ich ... habe da so eine Theorie. Also ich denke, dass diese Insel existiert und man hergeschickt wird, um zu erforschen, wie Menschen aus verschiedenen Schichten, Berufen, Lebenslagen oder ... was auch immer, auf diese Umstände reagieren«, beginne ich meine Erklärung und ziehe eine Schulter hoch. »Ich denke, dass das irgendein krankes Regierungsprojekt ist. Und vielleicht geht es darum, zu sehen, wie weit Menschen bereit sind, zu gehen, um zu überleben.« Schon als ich es laut ausspreche ist mir klar, wie bescheuert sich das anhört. »Wahrscheinlich sind alle Menschen hier vereinsamt, oder ... alleinstehend und zurückgezogen – oder wie immer man das nennen will –, sodass es niemandem auffällt, wenn sie ... *fehlen*«, erkläre ich weiter und forme Anführungszeichen in der Luft. »Und ich denke, man ...

man wird vielleicht auch einfach zufällig ausgewählt oder so.«

Liam schnaubt und schüttelt den Kopf, ehe er sich gegen die Küchenzeile lehnt, die Arme vor der Brust verschränkt und mich doch ansieht. »Das klingt extrem nach Verschwörungstheorie, Agent Scully.« Oh, wow. Noch ein Spitzname? Das wird ja immer besser.

»Ich dachte, Scully wäre die Rationale gewesen und Mulder der Verschwörungstheoretiker«, widerspreche ich und lege den Kopf schief.

»Ja, ja«, wiegelt er mit einer wegwerfenden Handbewegung ab. »Das kann dennoch nicht stimmen. Deine Theorie meine ich. Als ich das erste Mal hier war, sind Serene und ich auf einen NFL-Spieler getroffen. Der Typ hatte einen Super-Bowl-Ring. Russel Jenkins oder so. Ich bin nicht so der NFL-Fan und kenne die ganzen überbezahlten Flachpfeifen nicht.«

»Warte ... Was?!«, platzt es aus mir heraus und ich starre Liam mit aufgerissenen Augen an. »Das kann nicht dein ernst sein! Russel Jenkins? *Der* ... Russel Jenkins? Der Quarterback von den Bears?«

»Hört sich an, als wärst du ein Fan«, säuselt er und schmunzelt.

»Nicht unbedingt von den Chicago Bears. Ich komme aus Georgia. Da hat man die Falcons zu unterstützen. Aber der Wechsel von Jenkins zu den Falcons war eine Zeit lang groß im Gespräch. Sein Unfall lief damals lang und breit in den Nachrichten! Die Medien haben sich überschlagen! Aber es hieß immer, er wäre bei einem Helikopter-Absturz ums Leben gekommen.« Nachdenklich hypnotisiere ich den Boden unter meinen Füßen. »Das ... untermauert meine Theorie doch nur, dass das hier alles Regierungssache ist, oder meinst du nicht? Ich meine, wer könnte den Tod eines bekannten NFL-Spielers sonst verschleiern?«

»Interessant, über was du dir so Gedanken machst.«

»Komm schon, Liam! Du kannst mir echt nicht erzählen, dass du dir noch gar keine Gedanken darüber gemacht hast, wieso das hier passiert.«

»Das tue ich auch gar nicht. Und das habe ich auch nicht«, widerspricht er. »Ich habe lediglich gesagt, dass es keine Rolle spielt. Denn es ändert nichts an meiner oder deiner Situation. Und es hilft uns auch nicht weiter. Was hätten wir davon, wenn wir es wüssten?« Ich schaue ihn geduldig und mit hochgezogenen Augenbrauen an und seufze genervt. Seine Reaktion darauf ist ein ebenso genervtes Augenverdrehen. »Na schön. Also meine Theorie ist ... Gott, das ist doch lächerlich.« Er schüttelt den Kopf und starrt Löcher in die Luft. »Also ... Das klingt vielleicht dämlich, aber ich dachte daran, dass man eventuell hier landet, weil ein anderer Mensch ... ein Interesse daran hat, dass man verschwindet.« Er zuckt die Achseln. »Für jeden Menschen auf der Welt gibt es einen anderen, der ihn tot sehen will!« Das hat er schon mal gesagt. Gleichgültig verzieht er das Gesicht. »Stell dir vor, es gibt eine Organisation, die Geld mit so was verdient.« Er lacht. Ich bin mir nicht sicher, wie ich sein Lachen deuten soll. Entweder er findet seine eigenen Gedanken lächerlich oder aber er ist nervös, was mich wiederum nervös macht. Diese Art Lachen kenne ich von Scott. Wann immer er Scheiße gebaut hat, hat er so komisch gelacht, um es herunterzuspielen oder zu verschleiern. »Irgendwie bescheuert, aber wer weiß ...« Er lässt seinen Satz ausklingen.

»Das ist krank!«, sage ich leise und nicke überzeugt. »Ist dir klar, wie sich das anhört? Du willst damit also sagen, dass jeder Mensch hier auf der Insel ... Das ... Also du denkst, jemand zahlt Geld dafür, dass ein anderer hergebracht wird? Wer zur Hölle würde Geld für so was ausgeben?!« Ich bin mir nicht sicher, ob ich seine Theorie richtig verstanden habe. Ich finde sie krank! Definitiv. Aber je länger ich darüber nachdenke, desto schlüssiger wird sie. Ich habe auch schon überlegt, dass ich das hier vielleicht Scott zu verdanken habe.

Gerade, als ich tief Luft hole und den Mund öffne, um meine Gedanken zu einer Frage zusammenzufügen, schneidet er mir das Wort ab. »Das ist nicht nur krank, es ist vor allem anderen überhaupt erstmal ... egal! Hör auf, dir über so was Gedanken zu machen. Ich brauche deine volle Aufmerksamkeit genau hier! Genau jetzt! Alles klar?« Er guckt mich eindringlich an.

Verständnislos schüttle ich den Kopf. »Es ist nicht egal! Ich verstehe wirklich nicht, wieso du das so gar nicht hinterfragst! Wieso du keine Antworten auf deine Fragen willst!«

»Hör doch jetzt bitte auf mit diesem Scheiß, Schlumpfine! Ich habe im Moment echt keinen Nerv für so eine Unterhaltung! Nimm es einfach hin!«, blafft er und rauft sich genervt stöhnend die Haare. Erschrocken zucke ich zusammen, als er seine Faust auf die Arbeitsplatte schnellen lässt. Ich weiß nicht, wieso seine Reaktion mich überrascht. Mir war klar, dass es ihn wieder nerven und aufregen würde. Oder, dass er mich wieder anpampen würde. Und ich verstehe absolut nicht, wieso er jeden meiner Versuche, über das Warum zu reden, so vehement abblockt.

Wütend und enttäuscht schnaube ich und schüttle den Kopf, ehe ich den Blick von ihm abwende und mit verschränkten Armen im Raum auf und ab wandere. Seine Reaktion nervt mich und ich frage mich, wieso ich sie überhaupt hinnehme. »Bist du eigentlich absichtlich so ein unausstehliches Arschloch oder bekommst du einfach gar nicht mehr mit, wie du mit den Leuten redest?!«, zische ich leise und verdrehe die Augen. »Vielleicht ist es dir auch egal.«

»Ich verstehe nicht, wieso du jetzt so eine Szene machst, Prinzessin. Ganz ehrlich! Immerhin versuche ich nur, dich hier auf Spur zu halten! Du ... beschäftigst dich mit Dingen, die deinen Blick vom Wesentlichen ablenken! Und diese Ablenkung kann dich deinen *und* meinen Arsch kosten! Ich dachte, das hättest du mittlerweile begriffen!«

»Du bist also absichtlich so ein kolossales Arschloch«, schlussfolgere ich, nicke und presse die Lippen zusammen. »Gut zu wissen!« Genervt wende ich mich von ihm ab und bin im Begriff, mich in das Schlafzimmer rechts von uns zu verziehen, als unversehens ein lauter Knall die Stille durchbricht. Das war ein Schuss. Wie ferngesteuert stürze ich mich in die Hocke und gehe hinter der Wand in Deckung, drehe mich panisch zu Liam um und starre ihn mit aufgerissenen Augen an.

»Verfickte Scheiße!«, knurrt Liam mit einem erschrockenen Unterton in das Echo des Knalls hinein. »Bleib unten!«, zischt er mit zusammengezogenen Augenbrauen. Er erwidert meinen Blick ebenfalls in der Hocke sitzend, hält sich an der Arbeitsplatte der Küchenzeile fest und lauscht auf jedes kleine Geräusch. Nach einem kurzen Augenblick hält er sich seinen ausgestreckten Zeigefinger vor die Lippen, um mir zu bedeuten, dass ich still sein soll. Dann dreht er sich zur Küche um und zieht geräuschlos sein Gewehr von der Arbeitsplatte. Leise und noch immer geduckt kommt er zu mir, geht an mir vorbei ins Schlafzimmer und schaut mit vorgehaltenem Gewehr durch das kleine Fenster.

Unauffällig und ebenso leise schleiche ich ihm nach und setze mich neben ihm in die Hocke, um seinem wachen Blick über die Straße zu folgen. Da kommt ein hektisch wirkender Mann hinter einem Haus hervor und läuft geradewegs auf die Straße zu. Ein Mann? Eher ein Junge. Ich erkenne ihn kaum über die Entfernung, aber er sieht aus, als wäre er gerade sechzehn oder siebzehn. Da hallt ein weiterer Knall durchs Tal und der Junge geht zu Boden. Wie ein nasser Sack fällt er einfach nach vorn, sein Gesicht schlägt auf dem harten Asphalt auf und er bleibt reglos liegen. Er ist tot. Ich halte panisch die Luft an und reiße erschrocken die Augen auf, nicht in der Lage, sie wieder zu schließen. »Oh Gott«, presse ich atemlos und mit bebender Stimme hervor. Es dürfte mich nicht mehr schockieren. Ich habe hier zu viele Menschen sterben sehen. Aber das? Er war noch ein Kind! Gerade, als ich in Tränen und Hysterie ausbrechen will, kommt ein zweiter Mann hinter dem Haus hervor. Er hält ein Gewehr in der Hand. Geduckt und mit einem paranoiden Blick in alle Richtungen, nähert er sich seinem Opfer auf der Straße.

Im gleichen Moment drückt Liam mich hektisch an der Schulter runter, damit der Fremde uns nicht entdeckt. Langsam und vorsichtig lugt er über den Fensterrahmen hinweg, um die Situation weiter im Auge zu behalten. »Er hat uns nicht bemerkt«, nuschelt er leise und legt sein Gewehr an. Seine Haltung überprüfend atmet er ruhig und tief, während er sich in Stellung bringt und durch das Visier seines Gewehrs schaut. Sein Finger wandert zum Abzug und legt sich leicht darauf. Ich hypnotisiere seinen Finger. Er hat mir gestern Morgen beigebracht, dass man ihn erst dann an den Abzug legt, wenn man sich wirklich sicher ist, dass man auch abdrücken wird. Er ist bereit! Bitte, Liam. Tu es nicht! Ich würde ihm gerne das Gewehr aus der Hand reißen, ihn wegstoßen oder anschreien. Alles, damit nicht noch jemand hier stirbt. Er *wird* sterben. Deswegen sind wir hier. Das hat Liam mir hier wieder und wieder gesagt. Mittlerweile habe ich es verstanden. Und mir wird klar, dass ich ihn nicht deswegen aufhalten will, damit der Fremde nicht stirbt, sondern nur, weil ich nicht will, dass noch mehr Blut an Liams Händen klebt. Da schaut er mich plötzlich an. Es ist ein vorsichtiger und gleichzeitig durchdringender Blick. Er spricht es nicht aus, aber er bittet mich um Erlaubnis. Da ist Unsicherheit in seinen Augen. Der eiskalte Soldat, der sich selbst im Kriegsgebiet von Feinden umzingelt sieht, weicht einem mitfühlenden Menschen mit Gewissen. Ich schüttle kaum merklich den Kopf, eine Träne läuft mir über die Wange. Nicht, weil ich traurig bin. Ich bin dankbar. Dankbar für die erneute Bestätigung, dass Liam eigentlich ein guter Mensch ist. Seufzend lässt er den Kopf hängen und scheint noch einen Moment zu benötigen, um mit sich selbst einen erbitterten Kampf auszufechten. Dann lässt er sein Gewehr sinken, legt es neben sich auf den Boden und setzt sich. Sein Blick ist leer. Er hypnotisiert die Wand unterhalb des Fensters und scheint geradewegs hindurch zu sehen.

»Liam«, flüstere ich heiser und kaum hörbar nach einem schier endlosen Moment. Er reagiert nicht. Erst, als ich meine Hand an seine Schulter lege, zuckt er leicht zusammen und scheint zu sich zu kommen. Ich warte, bis er meinen Blick erwidert. »Es war die richtige Entscheidung.«

Er nickt. »Sicher«, presst er atemlos hervor und richtet sich mit einem leisen Knurren auf. »Wir warten noch ein paar Minuten, bis der Typ weiter weg ist, dann schnappen wir uns das Bike und verschwinden von hier. Klar?!« Seine Stimme ist emotionslos und kalt. Mit hängenden Schultern schlurft er aus dem Raum und verschwindet aus meinem Sichtfeld, ohne auf eine Antwort zu seiner Frage zu warten. Er scheint wütend zu sein. Auf mich? Weil ich ihn gehindert habe, noch jemandem das Leben zu nehmen? Vielleicht ist er auch wütend auf sich selbst, weil er es zugelassen hat. Oder weil er gedanklich mit sich selbst gerungen hat? Ich weiß es nicht. Er tut mir leid. Kein Mensch sollte so eine Entscheidung treffen müssen und ich will mir gar nicht vorstellen, wie oft er sie schon hat treffen müssen.

»Liam?«, frage ich leise, nachdem ich ihm einen ruhigen Moment für sich gelassen habe. Ich will mich ihm nicht aufdrängen, aber andererseits will ich auch nicht, dass er denkt, er müsse alleine da durch.

Als ich den Wohnbereich betrete, kommt er gerade wieder aus dem kleinen Bad. Er hält nur eine kleine weiße Rolle in der Hand. »Einen Verband. Mehr gibt es hier nicht.«

»Liam.«

»Vielleicht hat der Typ von vorhin schon alles mitgenommen.«

»Liam«, sage ich abermals leise.

Er beachtet mich nicht. »Wir gucken nochmal in den anderen beiden Häusern. Da ist bestimmt noch was. Wenn nicht, ist es auch egal. Was wir noch haben, wird wohl reichen.«

»Liam!« Meine Stimme ist noch immer leise, aber sehr viel bestimmter. Dass er mich ignoriert, stört mich gewaltig, aber mir ist klar, wieso er es tut. Weswegen ich auf gar keinen Fall klein beigeben darf.

»Was?!«, blafft er genervt und schaut mich das erste Mal wieder an. Ich sage nichts weiter, gehe zu ihm und schlinge erneut die Arme um seinen Hals, um ihn zu umarmen. Ich ziehe ihn eng an mich. Es dauert einen Moment, bis er meine Umarmung erwidert. So wie gestern. Offensichtlich hat er Probleme damit, diese Art von Nähe zuzulassen und ich bin froh, dass er es dennoch tut und mich nicht von sich stößt. »Mir geht's gut«, presst er leise hervor. Ich frage mich, ob er sich das selbst glaubt, es sich nur einredet oder ob er versucht, mich damit zu beruhigen. Es ist auf jeden Fall Blödsinn!

»Ja«, seufze ich und starre an die gegenüberliegende

Wand. »Das glaube ich dir aber nicht.« Mit einem schmalen Lächeln mache ich mich bereit, mich wieder von ihm wegstoßen und anbrüllen zu lassen.

Einige Zeit stehen wir nur so da. Er schweigt und ich lasse ihn. Am liebsten würde ich ihn küssen, aber ich denke, das wäre jetzt wirklich nicht der richtige Zeitpunkt.

»Danke.« Seine Stimme ist nur ein leises Flüstern, was mich verwundert die Stirn runzeln lässt. Damit hatte ich jetzt so gar nicht gerechnet. Er schreit nicht und schiebt mich nicht weg. Stattdessen umschließt er mich fester.

»Wofür?«

»Dafür, dass du mich abgehalten hast.«

»Es war besser so.«

»Ja«, erwidert er knapp und noch immer sehr nachdenklich. »Das könnte uns das Genick brechen, Emily. Wahrscheinlich früher als später.« Er weicht mit dem Kopf zurück und schaut mich eindringlich an.

»Ich weiß«, bestätige ich und lege meine Hand an seine Wange, um mit dem Daumen darüber zu streichen. »Dann müssen wir wohl ... noch vorsichtiger sein. Aber du warst es dir schuldig, Liam. Meinst du nicht? Also wenn ... es uns das Genick bricht, dann sind wir doch wenigstens Menschen, die Mitgefühl hatten ... und nicht kalte, emotionslose ... Maschinen?« Mir fällt kein anderes Wort dafür ein, also zucke ich mit einem schwachen Lächeln die Achseln.

»Schon möglich«, antwortet er – nicht sehr überzeugt – und setzt ein gequältes Lächeln auf. Auch, wenn es gequält ist, gefällt es mir. Er ist immer zu ernst. Zu griesgrämig. Ich habe ihn hier kaum ausgelassen erlebt – was sicherlich dem Anlass geschuldet und mehr als verständlich ist – und hoffe sehr, ihn öfter ausgelassen zu sehen, wenn wir hier weg sind.

»Du bist ein guter Mensch, Liam«, flüstere ich, als er seine Stirn gegen meine lehnt und die Augen schließt. »Du glaubst das vielleicht nicht, aber ... ich schon.«

»Danke, Em. Ehrlich. Aber ... lass uns diesen sentimentalen Quatsch einfach auf später verschieben. Oder am besten, vergessen wir's einfach ganz. So ... niedlich ich es finde, dass du es immer noch versuchst, naive Schlumpfine. Aber jetzt ist Konzentration angesagt.« Er räuspert sich haareraufend und tritt unruhig auf der Stelle, nachdem er sich von mir gelöst hat. »Komm jetzt. Ich denke, wir haben lange genug gewartet.«

»Okay.« Und vorbei ist er, der Moment.

Genauso vorsichtig, wie wir das Haus betreten haben, verlassen wir es auch wieder. Liam geht geduckt vor mir her, sein Gewehr am Anschlag und schaut sich mit Argusaugen um. Ich kann das nicht. Mein Blick haftet an dem toten Jungen auf der Straße, der immer noch daliegt. »Ich finde es unfassbar, dass Kinder hergebracht werden«, flüstere ich in die Stille des leichten Nebels hinein. Mein Atem wird vor meinen Augen sichtbar, sodass ich die Schultern anziehe und die Arme vor der Brust verschränke.

»Na ja, er war wenigstens achtzehn Jahre alt«, nuschelt Liam und macht sich am Motorrad zu schaffen. Woher will er das bitte wissen? Skeptisch ziehe ich die Augenbrauen zusammen, während ich ihm dabei zuschaue, wie er nach einem Schlüssel oder was auch immer sucht. Dann schaut er mich über seine Schulter hinweg an. »Äh ...«, macht er langgezogen und wendet sich sofort wieder seiner Arbeit zu. Mein Blick scheint ihn nervös zu machen. »Also, das ... denke ich zumindest. Ich bin jetzt das zweite Mal hier und habe nie ... ein Kind gesehen. Oder einen Jugendlichen.«

»Und was ist man bitte mit achtzehn?«

»Schon klar. Hör zu, Emily … Ich verstehe, dass dich das mitnimmt. Aber Fakt ist, dass dieser Junge da tot ist. Das ist schlimm. Aber er ist nicht unser Problem. Wir können froh sein, dass wir nicht danebenliegen. So sehe ich das zumindest.«

»Ja. Sicher«, flüstere ich, ernüchtert über seine Worte, die mich weder trösten noch beruhigen. Ich würde gerne glauben, dass es selbst auf dieser Insel eine Grenze gibt, die nicht überschritten wird. Keine Kinder unter achtzehn. Hm! Andererseits schließen sich hier zwei Zweierteams zusammen, nehmen eine Frau gefangen und vergewaltigen sie immer wieder. Da wird auch keine Grenze gezogen. Wieso also bei Kindern? Meine Gedanken erschrecken mich. So wie alles, was hier passiert ist. Die Fragen in meinem Kopf werden einfach nicht weniger. Und ich denke, dass ich niemals eine Antwort darauf erhalten werde.

»Denkst du immer noch, dass ich ein guter Mensch bin?«, durchbricht Liam meine Gedanken leise und schnaubt. Kopfschüttelnd richtet er sich auf und rauft sich die Haare.

»Ich denke zumindest, dass du keine Ahnung hast, wie man ein Motorrad kurzschließt«, lenke ich ab. Ich will mir keine Gedanken darüber machen, wieso ihm egal ist, dass da ein toter Junge auf der Straße liegt. Ich würde diese Straße viel lieber verlassen. Und zwar so schnell wie möglich.

»Ach, und du schon, ja?«

Mit gerunzelter Stirn gehe ich zu ihm und schiebe ihn an der Brust zur Seite. »Sieh zu und lerne.« Ich setze mich vor dem Motorrad in die Hocke. »Gib mir dein Messer«, weise ich Liam an und halte ihm meine Hand hin. Er gibt es mir und ich schneide die Gummihalterung der Lichtmaske durch, um an die Verkabelung zu gelangen. Ich entferne mit routinierten Handgriffen bei beiden roten Kabeln – von denen eins für die Hauptstromversorgung des Zündschalters und eins für die Verbindung der Stromkreise des Bikes ist – ein bisschen der Isolierung und drehe beide Kabel zusammen, damit der Motor mit Strom versorgt werden kann. Den Bruchteil einer Sekunde überlege ich, Liam nach Tape zu fragen, um die beiden Kabel dauerhaft miteinander zu verbinden, doch ich bin mir sicher, dass ich mir die Frage schenken kann. Dann nehme ich das braune Zündkabel, entferne mit dem Messer auch ein bisschen was von dessen Isolierung und halte die freiliegenden Enden der Kabel aneinander. Nach zwei Anläufen ertönt das knatternde Geräusch des laufenden Motors und lässt mich grinsen.

»Will ich wissen, woher du das kannst?«, fragt Liam mit gerunzelter Stirn und nimmt sein Messer zurück, das ich ihm hinhalte.

»Mein Dad hat Autos repariert, als er aus dem Militärdienst ausgeschieden ist. Er hat mir viel gezeigt und beigebracht, weil er wohl gehofft hat, dass ich das auch irgendwann mache und als richtiges Geschäft aufziehe.«

»Und er hat dir gezeigt, wie man Bikes kurzschließt?«

»Nein. Das ... ist im Grunde selbsterklärend, wenn man sich mit der Elektrik und der Mechanik ein bisschen auskennt.« Ich verschränke die Arme vor der Brust und rümpfe die Nase. »Lässt du mich fahren?«

»Auf gar keinen Fall!«, blafft er, als hätte ich ihn in seiner männlichen Ehre gekränkt, und schiebt mich an der Schulter zur Seite, um sich auf das Motorrad zu setzen. »Hüpf rauf jetzt! Ich will hier weg.« Beleidigt verdrehe ich die Augen und setze mich hinter ihn. »Und halt dich fest. Wenn du runterfliegst, sammle ich dich sicher nicht wieder ein.«

»Ich will schwer hoffen, dass das ein Scherz sein sollte.«

»Natürlich«, sagt er langgezogen und macht große Augen, ehe er nach vorn schaut und losfährt. Reflexartig schlinge ich die Arme um seine Brust. Diese Art der Nähe könnte ich fast genießen. »Nimm das Tablet aus meiner Hosentasche. Du musst navigieren«, befiehlt er so leise, wie der knatternde Motorlärm es zulässt. »Und ich weiß, es fällt Frauen oft schwer, Karten zu lesen, aber tu uns beiden bitte einen Gefallen, Tinkerbell, und navigiere uns nicht vor den nächsten Baum, alles klar?«

»Oh, klar!«, blaffe ich langgezogen und würde ihm am liebsten in die Seite boxen. »So einen unfassbar dämlichen Spruch musstest du jetzt unbedingt raushauen, oder?« Eingeschnappt schüttle ich den Kopf. »Wenn du so ein unglaublich toller Typ bist, schaffst du bestimmt beides! Ich kann auch einfach hier sitzen und mich ganz gemütlich von dir kutschieren lassen! Hier! Los! Mach es selbst!«

»Wow!«, ruft er und fängt an zu lachen. »Sehr überzeugend.«

»Ja, oder? Weißt du, wenn du mich – die Frau, die dich hoffentlich nicht gegen den nächsten Baum navigiert – nicht hättest, würdest du immer noch *vor* dem Bike stehen und dich fragen, wie du es zum Laufen bekommst, anstatt *drauf* zu sitzen und in die Zone zu fahren ... zumindest wenn ... du die Nächste links abbiegst.« Grinsend schalte ich das Display ein und orientiere mich kurz, indem ich immer wieder zwischen dem kleinen Bildschirm und der Umgebung hin und her schaue.

»Ja, ja«, macht er und folgt meiner Ansage.

»Dann wäre das ja geklärt«, erkläre ich triumphierend und recke die Nase in die Höhe. »Jetzt erstmal eine Weile geradeaus. Ich würde sagen so ungefähr zweieinhalb Meilen, dann sind wir da.«

»Alles klar. Ich bin froh, wenn ich von dem Ding wieder runter bin. Ist ziemlich laut und wir sind ein leichtes Ziel«, antwortet er über den Fahrtwind hinweg. Ich höre die Sorge in seiner Stimme.

»Ist trotzdem praktisch, oder nicht? So sparen wir wenigstens ein bisschen Zeit.« Abgesehen davon genieße ich es irgendwie, wie der Wind mir durch die Haare weht. Ich bin früher schon wahnsinnig gerne mit Dad gefahren. Ich erinnere mich noch gut, wie er mir alles beigebracht hat.

»Hey, Emmy!«, ruft Dad plötzlich, sodass ich erschrocken zusammenzucke und mir fast den Kopf am Auspuff stoße. »Wie weit bist du?«

»Fast fertig, Dad! Gibst du mir schnell den Drehmomentschlüssel?« Ich strecke meinen Arm unterm Auto hervor und warte geduldig, bis ich den Gummigriff in die Hand gedrückt kriege. »Danke.«

»Was hältst du von einer Spritztour, wenn du fertig bist?«

»Nur, wenn du mich fahren lässt!«

»Das war der Plan«, antwortet er und lacht.

Schockiert lasse ich das Werkzeug fallen und schiebe mich auf meinem Rollbrett unterm Wagen weg. »Was?!«, presse ich atemlos hervor und starre mit offenem Mund zu ihm hoch.

Er steht nur da und grinst. »Du wirst nächste Woche sechzehn. Wird doch Zeit, dass du es lernst, oder meinst du nicht?« Er zwinkert mir zu und wischt sich die Hände an einem alten Lappen ab, den er sich aus der Gesäßtasche gezogen hat. »Jetzt zieh die letzten Schrauben fest und auf geht's. Oder willst du, dass ich mir das nochmal überlege?« Mit angehaltenem Atem und breitem Grinsen verschwinde ich wieder unter dem alten

Siebenundsechziger Impala. Ich kann es kaum erwarten! Seit einer Ewigkeit warte ich darauf, dass er diese Worte sagt und mich auch mal einen der Wagen fahren lässt, die ich ständig repariere.

»Okay. Schön vorsichtig die Kupplung kommen lassen. Diese Oldtimer sind manchmal echt biestig. Also lass dir Zeit«, weist Dad mich an und hält beschwichtigend eine Hand hoch, als würde ich mit einer Waffe auf ihn zielen. Ich starre mit großen Augen und klopfendem Herzen auf das Lenkrad und nicke. »Schön. Äh ... Gut. Also ... Gang einlegen«, sagt er mit einem Nicken auf den Schalthebel hinterm Lenkrad. Ich tue was er sagt und lege dann wieder beide Hände ans Lenkrad. »Alles klar. Und jetzt ... schön vorsichtig und dann ... mit ganz viel Gefühl ... ein bisschen Gas geben und gleichzeitig die Kupplung kommen lassen.«

»Oh Gott«, stöhne ich panisch und versuche, seinen Worten Folge zu leisten. Ich schaue ihm zu, wann immer er mich irgendwo hinfährt und es hat immer so leicht ausgesehen. Aber das ist doch verdammt kompliziert. Ich gebe ein bisschen Gas, der Wagen macht einen Ruck und panisch trete ich auf die Bremse. Der Motor säuft ab und da stehen wir. Einen halben Meter nach vorne gewippt und fertig. So hatte ich mir das nicht gedacht. »Tut mir leid«, flüstere ich und könnte heulen. Mein Herz klopft so schnell, dass ich das Blut in meinen Ohren rauschen hören kann.

»Macht nichts, Schatz. Gleich nochmal. Übung macht den Meister, weißt du noch?« Er schenkt mir ein aufmunterndes Lächeln und nickt erneut. »Nur Mut. Das mit dem Fahrradfahren hat ja auch nicht gleich beim ersten Versuch geklappt, oder?« Sein aufmunterndes Zwinkern lässt mich unwillkürlich lächeln. »Na, los. Auf geht's!« Er legt eine Hand an die Kopfstütze meines Sitzes und lehnt sich mit einem gelassenen Seufzen zurück, während ich den Schlüssel im Zündschloss herumdrehe, um den Motor wieder zu starten.

Ich atme tief durch und versuche es erneut.

Lächelnd schmiege ich mich enger an Liam. Ich denke gerne daran zurück, wie Dad mir alles über Autos beigebracht hat. Wie er mir Fahren beigebracht, mich motiviert und mir Mut zugeredet hat. Gott, ich vermisse ihn. »Wo lang?«, fragt Liam plötzlich in meinen Tagtraum hinein. Ich spüre seine Wange an meiner Schläfe. Er hat sich zu mir umgedreht.

»Äh ...« Ich blinzle ein paar Mal und schaue auf das Tablet. »Da kommt gleich eine T-Kreuzung. Da müssen wir nach rechts. Dann sind wir da.«

»Alles klar. Gibt es da was, wo wir in Deckung gehen können?«

Ich zoome mit Daumen und Zeigefinger die Karte heran. »Da sind ein paar Häuser. Sieht aus wie eine Siedlung.« Ich werfe einen Blick auf die Überlebendenanzeige. »Es sind immer noch dreizehn Leute am Leben. Schließt das ... dich und mich eigentlich mit ein?«

»Ja«, sagt er knapp. »Dreizehn Leute ... Das heißt, jetzt ist endgültig Schluss mit lustig.«

»Schluss mit lustig? Jetzt erst? Hm, dabei waren die letzten Tage doch so wahnsinnig entspannt und spaßig«, entgegne ich zynisch und kriege kaum mit, wie er nach rechts abbiegt, sodass ich mich reflexartig stärker an ihm festhalte, um nicht von meinem Sitz zu rutschen.

Er lacht und ich stimme mit ein, lege meinen Kopf

auf seine Schulter und genieße mit geschlossenen Augen wieder den Fahrtwind, der mir ins Gesicht weht. »Oh Fuck!«, knurrt Liam plötzlich, sodass ich die Augen wieder öffne, um zu sehen, was los ist. Ich erkenne nur schemenhaft die Umrisse eines Menschen auf der Straße, der eine Stange oder so was in den Händen hält. Da geht er plötzlich in die Eisen, reißt das Motorrad herum, sodass wir den Halt verlieren. Im gleichen Augenblick höre ich ein lautes Zischen und dann explodiert irgendwas vor dem Motorrad. Die Druckwelle schleudert mich durch die Luft und eine Sekunde später schlage ich mit dem Kopf auf dem harten Asphalt auf. Meine ganze linke Gesichtshälfte brennt wie die Hölle und mir wird schwindlig. Vor meinen Augen verschwimmt alles. Ein lautes Dröhnen wabert durch meine Ohren und hallt in meinem Kopf wider. »Mh«, stöhne ich leise und versuche, nicht das Bewusstsein zu verlieren. Ich liege auf dem Bauch und spüre die raue Struktur der Straße unter meinen Fingern. Mein Kopf tut so weh, dass ich das Gefühl habe, er verschmilzt mit der Straße. »Ah! Scheiße!«, fluche ich leise, kneife die Augen zu und versuche angestrengt, mich aufzurichten. Was zur Hölle ist da gerade passiert? »Liam!«, presse ich keuchend hervor und stütze mich mit den Händen ab. Langsam drehe ich mich um und suche nach ihm. Der Qualm von dem Feuer, das aus unserem kaputten Motorrad emporsteigt, verschleiert mir die Sicht.

»Stirb, du Bastard!«, schreit Liam. Wieder blinzle ich einige Male, um meinen Blick zu schärfen. Ich erkenne ihn nur verschwommen. Er sitzt nach hinten gelehnt vor dem brennenden Fahrzeugwrack, von dem nicht wenig Rauch aufsteigt. Pechschwarzer Rauch, der wie die Hölle selbst stinkt. Das ist der Gestank von brennendem Gummi. Er reißt den Arm hoch und schmeißt eine kleine

Kugel weg. »Emily! Scheiße! Em?! Sag was!«, ruft er über die Schulter. Er sieht mich gar nicht.

»Liam«, presse ich hervor und hole tief Luft. Es brennt in meinen Lungen und erneut huste ich. Langsam hieve ich mich zu ihm rüber. Ein lauter Knall lässt mich erschrocken zusammenzucken.

»Hey! Geht's dir gut?«, fragt er, als er mich entdeckt hat und zieht mich am Arm zu sich runter. »Lass mal sehen! Er will eine Hand an mein Gesicht legen, doch ich weiche – aus Angst vor Berührungsschmerz – vor ihm zurück. Während ich ihn eingehend mustere und panisch nach Verletzungen scanne, zieht er eine zweite Kugel aus seinem Rucksack. Das ist eine Granate. »Bleib unten!«, befiehlt er, zieht einen silberfarbenen Stift aus der Granate und schmeißt auch sie über das Feuer des Wracks.

»Scheiße, Liam! Du bist verletzt!«, japse ich hektisch und lege meine Hände auf sein Bein. Da prangt ein langer, tiefer Schnitt an seiner Wade. Seine Jeans ist zerrissen und blutverschmiert. Er muss bei dem Sturz an irgendwas hängen geblieben sein.

»Halb so wild. Wir müssen erstmal diesen Wichser loswerden!«

»Was?! Wer ... Der Typ von vorhin?«

»Der ... Hä?! Keine Ahnung! Ist doch kackegal! Da stand einer mit einem verfickten RPG mitten auf der Straße. Willst du mir erzählen, dass du den nicht gesehen hast?!«

»Ein ... was?«

»Ein RPG. Ein scheiß ... verfickter, dreckiger, Arschloch-Raketenwerfer!«, flucht er und kneift die Augen zu, ehe er sich vorbeugt und das Bein heranzieht. Er hat größere Schmerzen, als er zugibt. »Der Wichser war an einer der Vorratskisten! Raketenwerfer liegen hier nicht einfach so rum.«

»Lass mich ... lass ... mich das verarzten, Liam«,

stammle ich und verschlucke mich an ein wenig Luft. Mit zitternden Fingern ziehe ich mir den Rucksack vom Rücken und krame darin nach einem Verband.

»Gleich. Wir müssen erstmal dieses Arschloch loswerden, Emily!«, zischt er mir mit einem wütenden Blick zu. »Ich hab keine Ahnung, ob ich ihn mit einer Granate erwischt hab.«

Ich suche den Boden nach dem Tablet ab, das mir beim Sturz aus der Hand gefallen ist. Ich finde es dicht bei dem qualmenden Schrotthaufen, auf dem wir vor weniger als zwei Minuten noch gesessen haben. Hektisch ziehe ich es zu mir rüber und überprüfe die Anzeige. Zum Glück ist es nicht mit verbrannt. Es funktioniert sogar noch, weshalb ich kurz vom Hersteller beeindruckt bin. »Hier. Zwölf. Also ... du wirst ihn wohl erwischt haben«, schlussfolgere ich und halte ihm das Tablet vor die Nase.

»Nette Idee, aber darauf kann ich mich leider nicht verlassen. Es könnte jeden getroffen haben.« Er streckt seinen Oberkörper, dreht seinen Kopf hin und her und richtet sich langsam auf. Er verlagert das Gewicht auf sein unverletztes Bein und reißt sein Gewehr hoch. Langsam humpelt er an dem kaputten Motorrad vorbei, das uns als Deckung gedient hat. Er steht noch immer in meinem Sichtfeld, der Qualm steigt wie ein dichter Schleier an ihm hoch, während er finster zu mir hinunterschaut. »Keine Gnade für Arschlöcher mit Raketenwerfern, Emily! Also denk nicht mal dran, mir das ausreden zu wollen. Den Wichser knall ich so weg, dass er noch in der Hölle die Glocken läuten hört!«

»Ich hatte nicht vor, dir das auszureden«, zische ich mit angespanntem Kiefer. »Mach ihn fertig!«, feuere ich Liam mit ernstem Blick an und nicke.

Er hält sich sein Gewehr vors Gesicht und stößt einen lauten Pfiff aus. »Ey, Arschloch!«, ruft er laut. »Komm schon! Bringen wir's zu Ende!« Er steht nur da, mit vorgehaltenem Gewehr. Wie in Trance starre ich auf die Verletzung an seinem Bein. Langsam rinnt das Blut daran hinunter. Er muss höllische Schmerzen haben. Der Schnitt ähnelt dem an meinem Arm. Sicher muss auch dieser genäht werden. Ich frage mich, ob er von mir wollen könnte, dass ich das übernehme und ich bin mir sehr sicher, dass ich mich eher übergeben würde, als erfolgreich eine Schnittwunde zu nähen. Selbst mit seiner Anleitung. »Na, bitte. Und ... Die Acht ins Eckloch ...«, sagt er mit angespanntem Kiefer und drückt ab. Wie hypnotisiert mustere ich ihn von oben bis unten. Ich habe keine Ahnung, was auf der anderen Seite des Wracks passiert ist, aber ich vertraue auf seine Erfahrung im Gebrauch von Schusswaffen. Der eine Schuss hat gesessen. Da bin ich sicher. Ich werfe einen Blick auf das Tablet. Aus der Zwölf wird eine Elf. Er *hat* getroffen. Seine Atmung normalisiert sich, doch er steht noch immer nur so da. Langsam richte ich mich auf, um zu ihm zu gehen. »Wir müssen hier weg. Der Rauch ist über fünf Meilen zu sehen«, sagt er schließlich leise und schiebt das Gewehr durch den Riemen an seinem Rucksack. Als er sich zu mir umdreht, knickt ihm das Bein weg und er taumelt mir in die Arme. »F-Fuck!«, presst er zwischen zusammengebissenen Zähnen hindurch.

»Ja«, erwidere ich knapp. »Wir gehen sofort. Setz dich kurz. Bitte, Liam! Lass mich das wenigstens verbinden.« Er nickt und lässt mich gewähren.

»Ich muss das nähen. Also ...«

»Ja. Später! Lässt du mich das jetzt erst verbinden?«

»Hörst du mir vielleicht erstmal zu?!« Ich verdrehe die Augen. »Ich wollte nur sagen: Zieh ... den Verband so stramm wie möglich. Das muss aufhören zu bluten. Und ... das wird mir wehtun, aber du darfst ... trotzdem nicht zimperlich sein. Alles klar?«

»Oh, keine Sorge. Ich schulde dir noch was für gestern.« Ich blinzle einige Male mit einem aufgesetzten, schmalen Lächeln und beginne damit, den Verband um sein Bein zu wickeln. »Die Acht ins Eckloch?!«, wiederhole ich seine Worte von vorhin und schüttle den Kopf. »Ist das eigentlich dein ernst?«

»Was denn? Mir ist nichts anderes eingefallen, okay?«

»Aber du musstest *unbedingt* einen Spruch ablassen, oder?«

»Wo ist das Problem?«, fragt er und klingt beleidigt.

»Billard ist das Problem, Liam! Was zum Donner stimmt denn nicht mit dir? Kein Mensch spielt heutzutage noch Billard!« Angeekelt schüttle ich den Kopf.

»Oh, alles klar, Schlumpfine! Also ... es tut mir wahnsinnig leid!«, blafft er und lehnt sich vor. »Für den Nächsten denke ich mir dann eine andere Sportmetapher aus, ja?!«

»Oh. Ja. Klar. Wie wäre es mit Darts? Oder Schach? Genauso langweilig.« Schmunzelnd schüttle ich den Kopf und gehe weiter meiner Arbeit nach, während Liam verstummt und den Kiefer zusammenpresst. Er gibt keinen Mucks von sich. Als ich fertig bin und meinen Rucksack schultere, nicke ich und stehe auf. Mein Kopf dröhnt noch immer, aber damit komme ich klar. Sobald wir in Sicherheit sind, ziehe ich mir eine von den Schmerztabletten rein, die sicher seit zwanzig Jahren abgelaufen sind. »Hättest du mich mal fahren lassen!«, scherze ich und lege meinen Arm um ihn, um ihm beim Aufstehen zu helfen.

»Ha, ha. Echt witzig!«, knurrt er und hievt sich hoch.

CHAPTER TEN

LIAM

Wenn ich ehrlich bin, bin ich echt froh, dass Emily mich überredet hat, erstmal eine kleine Verschnaufpause einzulegen. Mein Bein tut höllisch weh und ich könnte im Stehen einschlafen. Außerdem sieht ihr Gesicht auch nicht wirklich gut aus. Sie hat sich übel den Kopf angeschlagen, aber ich denke, sie hatte Glück. Ihr ist nicht schwindlig oder übel. Ihre Pupillen reagieren normal und den Kopfschmerz hat sie mit den Schmerztabletten in den Griff gekriegt. Die Platzwunde an ihrer Schläfe habe ich gereinigt und mit Klammerpflastern versorgt. Das sollte fürs Erste genügen. Ein bisschen Ruhe und das wird wieder. Andererseits sind nur noch elf Menschen am Leben und je länger wir hier sind, desto größer wird die Zielscheibe, die wir vor uns hertragen. »Leg dich ein bisschen hin, Liam«, bittet sie, nachdem wir eine gefühlte Ewigkeit nur so dagesessen sind und niemand ein Wort gesagt hat.

Ich bin zu fertig, um zu diskutieren und dennoch würde ich sie am liebsten schütteln dafür, dass sie so einen Blödsinn vorschlägt. »Es sind immer noch ... zehn Menschen am Leben«, stelle ich mit einem erneuten Blick auf das Tablet fest. »Jetzt sterben die Menschen hier im Minutentakt und du willst, dass ich es mir gemütlich mache?«

»Liam, ich bitte dich! Hör auf, hier einen auf harten Hund zu machen. Ich weiß zufällig, wie scheiße weh das tut, sich ohne Betäubung Nadeln direkt in eine offene Wunde stechen zu lassen!« Sie verengt die Augen zu schmalen Schlitzen. »Und im Gegensatz zu meiner Verletzung, hast du deine permanent zu belasten. Also, gönn dir ein wenig Ruhe!«, zischt sie nachdrücklich. Ihr Blick könnte mir fast Angst machen, wenn ich nicht wüsste, dass sie nur mit Wattebäuschchen um sich wirft.

»Hast du letzte Nacht spontan dein Medizinstudium abgeschlossen?«, necke ich sie, lehne mich zurück und schließe die Augen. »Ich kann mir keine Ruhe gönnen, Tinkerbell. Da sind acht Menschen, die uns töten wollen und wir haben nichts mehr, um dieses Haus abzusichern!«

»Tja! Hättest du mal die Granaten nicht verpulvert, als würden sie an Bäumen wachsen«, säuselt sie und ich höre förmlich, wie sie die Augen verdreht. »Ich gehe runter und halte Wache.« Ihr völlig lächerlicher Vorschlag lässt mich amüsiert und fast zynisch schnauben. »Du hast mich gefragt, ob ich dir vertraue. Jetzt frage ich dich! Vertraust du mir?«

Gott, ich würde gerne einfach Ja sagen. Im Grunde tue ich das. Ich weiß, dass sie sich alle Mühe geben würde. Aber ich weiß auch, dass sie im Zweifel schneller tot am Boden läge, als sie ihre Waffe überhaupt gezogen hätte. »Em, das ... hat wirklich nichts mit meinem Vertrauen in dich zu tun, aber ich kann dich das nicht machen lassen!« Mein Geständnis lässt sie enttäuscht und wütend zugleich den Blick abwenden. Vielleicht ist sie auch einfach ein wenig beleidigt, dass ich ihr so wenig zutraue. »Ich will nur nicht, dass dir was passiert«, füge ich flüsternd hinzu.

Sie zieht schniefend die Nase hoch und steht auf. »Ja«, sagt sie knapp, ohne mich anzusehen. »Du kannst ja versuchen, mich aufzuhalten.« Ihren Worten folgt ein Tritt gegen mein verletztes Bein, was mich zusammenzucken und die Augen zukneifen lässt.

»Mh!«, knurre ich leise und mehr genervt als wegen des Schmerzes. Manchmal könnte ich ihr wirklich den Hals umdrehen. Das hier ist weiß Gott nicht der richtige Moment oder Ort, um sich wie ein bockiges, trotziges Kind zu verhalten!

»Nicht?«, nuschelt sie leise. »Dachte ich es mir.«

Den Bruchteil einer Sekunde überlege ich, welche Beleidigung ich ihr dafür an den Kopf werfen könnte. Was soll's. »Warte«, sage ich leise und halte sie am Arm zurück, als sie im Begriff ist, einfach an mir vorbei zu marschieren. Ich ziehe sie zu mir runter, umfasse ihren Nacken und drücke meine Lippen auf ihre. Ich spüre ihre Verwunderung, doch sie erwidert meinen Kuss. »Nur für den Fall, dass wir sterben«, nuschle ich an ihre Lippen und lasse sie los.

»Du hast gesagt, dass du *nicht* vorhast, hier draufzugehen«, wiederholt sie meine Worte von gestern, ohne den Abstand zwischen uns zu vergrößern.

»Ja, sieht aber nicht besonders gut für uns aus, oder?«

»Wahrscheinlich nicht.« Sie setzt ein gespieltes Lächeln auf, tätschelt mir die Schulter und richtet sich wieder auf, um ihren aberwitzigen Plan, Wache zu halten, umzusetzen. Am liebsten würde ich ihr ein Bein stellen. »Schlaf ein bisschen!«, sagt sie leise die Treppe hoch und verschwindet im Erdgeschoss.

»Witzig«, zische ich und starre das marode Geländer an, das die obere Etage – wenn man das so nennen möchte – nur halbherzig von der unteren trennt. Als ich Emily vorgestern erst wirklich kennengelernt habe, dachte ich, sie wäre einfach eine naive Landpomeranze. Ein graues

Mäuschen. Aber da steckt eine witzige, schlagfertige Rebellin drin. Ich denke, sie ist einfach unsicher fremden Menschen gegenüber. Wenn ich überlege, was sie alles hinter sich hat, ist das wohl kaum verwunderlich. Vater tot, Mutter geht für Drogen auf den Strich, Junkie-Ex – der sie auch noch hierhin verkauft hat und was zu wissen ihr sicher den Rest geben würde – zerplatzte Träume, kein Geld, keine Freunde. Es ist verständlich, dass es dauert, bis sie sich jemandem öffnet. Und ich bin erstaunt, dass ich aktuell dieser Jemand bin. Ich bin wirklich niemand, der ein Jemand für einen anderen sein sollte. Sie sollte sich einen Menschen suchen, dessen Nähe weniger gefährlich ist. Ich meine, was kann ich ihr schon bieten? Ein Leben auf der Flucht vor dem ehemaligen Arbeitgeber, der für all das hier verantwortlich ist. Von Staat zu Staat und von Motel zu Motel vagabundieren, immer mit einem wachsamen Blick über die Schulter. Sie hat was Besseres verdient! Sie hat einen Mann verdient, der ihr die Welt zu Füßen legen und sie wie eine Königin behandeln kann. Würde ich sie nett zum Essen ausführen wollen, sähe das so aus, dass wir mit thailändischem Essen vom Lieferservice an einem klapprigen Holztisch in einem schäbigen Motelzimmer sitzen. Was hat sie vorhin gesagt? Sie verliebt sich in mich. Das hatte ich nicht gewollt. Ich wollte sie hier durchbringen und dann nie wiedersehen. Aber, verdammt! Ich verliebe mich auch gerade in sie. Das könnte wirklich problematisch werden. Denn ich kann an kaum was anderes denken, als es zuzulassen. Ich mag sie. Ich mag das Rebellische, Flapsige an ihr. Diese Art gefällt mir. Sie erinnert mich an jemanden, den ich kannte.

Laute Musik, lautes Lachen und Grölen, Gläserklirren. Ausgelassenheit, Schamlosigkeit, Grenzenlosigkeit. Ja, ich stelle es immer wieder fest. Partys sind nicht mein Ding! Ich weiß nicht mal, wieso ich hier bin. Security, schon klar. Aber wofür? Ich stehe nicht am Eingang oder starre auf ein Klemmbrett mit Namen, die ich abhaken kann. Ich sage ungebetenen Gästen nicht, dass sie sich zum Teufel scheren sollen. Nein, ich passe auf den Boss auf. Paul Kingsman. Ein eingebildeter Wichtigtuer, der sein Geld damit verdient, Menschen auf eine einsame Insel zu schicken, damit die sich gegenseitig abschlachten. Niemand auf dieser Party weiß das. Und wenn doch, interessiert es sie wahrscheinlich nicht. Wer würde seinem mehr als großzügigen Gastgeber schon in die Geschäfte reinreden und damit das Risiko eingehen wollen, selbst auf diese Insel verfrachtet zu werden. So schätze ich Kingsman zumindest ein. Tanzt irgendjemand in seinem Umfeld aus der Reihe, wird er beseitigt. Was gibt es da Einfacheres, als die Insel zu nehmen, die man besitzt und von der kaum jemand weiß. Seit einem Jahr arbeite ich jetzt für dieses Schwein und ich weiß nicht mal, wieso. Ich weiß auch nicht, wie es passieren konnte, dass ich in seinen inneren Kreis aufgenommen wurde. Ich habe immer bloß meinen Job gemacht. Und nicht mal außerordentlich gut. Ich meine, wie außerordentlich gut kann man schon darin sein, Menschen aufzuspüren, um sie dann von der Bildfläche verschwinden zu lassen? Und jetzt verlangt er immer wieder meine Dienste, wenn es um ihn selbst geht. Ich fahre ihn, berate ihn in Sicherheitsfragen, schaffe seine *Probleme* aus der Welt, gebe ihm Geleit- und Personenschutz, oder stehe – so wie im Moment – einfach nur da und tue so, als könnte er jeden Moment von einem imaginären Feind angegriffen werden. Das gibt der Jobbezeichnung Fixer eine ganz neue Tragweite. Wir sind hier auf einer dämlichen Party. Die einzige Gefahr, die ihm droht, bin ich. Es wäre zu leicht, ihn um ein privates Gespräch zu bitten und ihm dann einfach einen Kugelschreiber in die Kehle zu jagen. Er wäre in wenigen Sekunden tot. Aber die Frage ist, ob die Insel mit ihm sterben würde. Ob das kranke System, sein zwielichtiges zweites Standbein, einstürzen würde. Ich bin mir ziemlich sicher, dass diese Schlange mehr als einen Kopf hat. Zudem bin ich mir auch sicher, dass dieses Wettsystem in Verbindung mit der Insel nicht seine einzige illegale Einnahmequelle ist. Vor ein paar Wochen sollte ich ihn zu mehreren Stripclubs und Bordellen fahren. Er war nie lange genug dort, um sich irgendein Mädchen zu genehmigen. Menschenhandel, Drogenhandel, Waffenhandel. Ich denke, er bedient sich der gesamten Palette. Und seine Security-Armee besteht aus gut ausgebildeten paramilitärischen Söldnern. Irgendwo müssen deren Waffen und Ausrüstungen ja herkommen. Dagegen habe ich alleine keine Chance. Also mache ich einfach das, wofür ich bezahlt werde, beschwere mich nicht und bin still. So wie ich es bei den Marines gelernt habe. Kopf unten halten, bis die Arbeit getan ist. Einfach marschieren, bis man einen anderen Befehl kriegt. Wer bin ich schon? Als könnte ich ein Konglomerat wie Kingsman Solutions im Alleingang stürzen. Augenverdrehend schaue ich mich in der Menge um. Der Grund, wieso ich Teil dieser Menge bin, steht abseits von ihr in einem dunkel eingerichteten Arbeitszimmer und gestikuliert wild und ausladend, während er in sein Handy brüllt.

»Wie wäre es, wenn du mal anfängst, dich zu entspannen, Burke! Du siehst immer so aus, als wolltest du die gesamte Menschheit mit deinen bloßen Gedanken vernichten.« Charlies schrille Stimme dringt plötzlich in mein Ohr und lässt mich unwillkürlich den Kiefer anspannen. Er ist betrunken. Lachend kommt er zu mir und haut mir auf die Schulter. Mein erster Impuls ist: Ich boxe dir gleich so heftig ins Gesicht, dass du deine Schneidezähne ausscheißt, wenn du mich nochmal anfasst! Aber das kann ich wohl nicht machen, ohne irgendeine Form von Konsequenz zu erfahren, auf die ich absolut keinen Bock habe. Und schon gar nicht, wenn unser beider Boss in unmittelbarer Nähe ist. »Oh, hey ... hey, Burke! Darf ... ich dir meine ... oh ...« Er verzieht das Gesicht und presst die Lippen zusammen, ehe er aufstößt und ein paar Mal blinzelt. Na, lecker! »Meine ... reizende Begleitung ... Äh, ja. Fiona Miller. Sie arbeitet in der Forschungs... Forschungsabteilung bei Monarch Engineering.« Ich werfe ihm einen flüchtigen Blick zu und ziehe gelangweilt eine Augenbraue hoch. Mit einem breiten Grinsen steht er neben einer ... Gottverdammt! Wie zur Hölle hat dieser Lurch es hingekriegt, sich so eine Schönheit zu schnappen?! Dunkelblonde, lockige Haare, große grüne Augen, knallroter Lippenstift und sie hat einen Blick drauf, der mein Gehirn zum Schmelzen bringt. Wobei das tief ausgeschnittene, locker sitzende dunkelgrüne Top sicher auch seinen Anteil dazu beiträgt. Oder diese knallenge, schwarze Biker-Hose, die ihrem Arsch die perfekte Form verleiht, sodass ich am liebsten meine Finger reinkrallen würde. Die schwarzen High Heels, die ihre Beine optisch strecken, sind auch nicht zu verachten. Ihr Outfit entspricht mit keiner Faser dem aktuellen Dresscode. Das gefällt mir! Verdammte Scheiße! Diese Frau ist eine Waffe! Und ich hätte nichts dagegen, sie mir über die Schulter zu werfen und nach oben zu bringen, um sie auf einem dieser arschteuren Betten in einem der siebenundzwanzig Gästezimmer um den Verstand zu bringen. Und diese Schuhe sind definitiv das Einzige, was sie anbehalten darf, wenn ich ihr die Seele aus dem Leib ficke! »Fiona, das ist Liam Blake ... Äh, Burke. Er ist unser ... ich habe keine Ahnung, was er ist. Burke, was ... ist eigentlich dein ... dein Job?« Sein Lallen ist wahnsinnig anstrengend. Ich sage nichts und ziehe lediglich wieder eine Augenbraue hoch, ehe ich meinen Blick wieder Fiona zuwende. Verdammt heiß! »Na, er war ... war noch nie der Gesprächigste«, sagt Charlie leise nuschelnd zu ihr und räuspert sich auffällig – womit er mich nur noch mehr provoziert. Am liebsten würde ich ihm für dieses dämliche, übertriebene Räuspern so fest auf den Rücken klopfen, dass er seine Lungen auskotzt und sagen, dass zu wissen, welchen Job ich hier habe, deutlich seine Gehaltsklasse übersteigt. Er zuckt mit einem eingeschnappten Gesichtsausdruck die Achseln und verzieht die Lippen zu einem schmalen Lächeln. »Na, komm.« Wieder stößt er auf. Echt widerlich, Alter! Vor einer Lady? Und dann noch vor so einer? Das ist echt ein Scheißmove, Mann! Das macht man nicht! »Ich ... ich stelle dir ... interessantere Leute vor.«

»Weißt du, Charlie, du könntest ... mir was zu trinken holen«, sagt sie knapp und rümpft mit einem gleichgültigen Lächeln die Nase. »Ich bin wirklich ... sehr durstig.« Keine Sekunde wendet sie den Blick von mir ab. Da ist was in ihren Augen, was mich völlig gefangen nimmt und das Licht in meinem Oberstübchen im Sekundentakt ein- und wieder ausknipst.

»Äh ... Ja. Klar. Kommt sofort.« Er macht breit grinsend auf dem Absatz kehrt und eilt Richtung Bar.

Ich schaue ihm den Bruchteil einer Sekunde lang nach. Er scheint offensichtlich wirklich zu denken, dass er bei einer Frau wie ihr landen könnte. Witzig.

»Die Forschungsabteilung, hm?«, sage ich knapp.

»Interessiert dich das wirklich?«

»Nicht die Bohne«, gestehe ich kopfschüttelnd.

»Gut. Mich interessiert auch nicht, was du so machst.«

»Eine Sache interessiert mich allerdings schon.« Mit einem Kopfnicken deute ich in die Richtung, in die Charlie gerade verschwunden ist. »Der Computernerd? Echt jetzt?«

Sie schaut sich kurz über die Schulter, um meinem Blick zu folgen und streckt dann die Zunge raus. »Na ja, er ist eigentlich ein … echt interessanter Typ. Und er hat richtig was auf dem Kasten. Er ist nur …« Sie verzieht das Gesicht, als wüsste sie keine nette Umschreibung für ein Wort, das ihr auf der Zunge liegt.

»Ein Idiot«, beende ich ihren Satz gelangweilt.

»Ja.« Sie nickt. »Ja, er ist ein ziemlicher Idiot.« Sie lacht. Gott, ein wunderschönes Lachen. Ich stimme ein. Nur einen Moment, denn ich bin mir nicht sicher, wie ich diese Situation einschätzen soll. »Was soll ich sagen? Er ist meine Eintrittskarte zu dieser Party. Und er hat gefragt.« Das Gesicht zu einer Unschuldsmiene verzogen, zuckt sie mit der Schulter.

»Ich frage mich allerdings, wieso du dir so eine Party freiwillig antust, wenn du … ganz offensichtlich so … gar nicht hierher passt.« Mit einem Nicken deute ich auf ihren Kleidungsstil.

»Du bist doch auch da.«

»Ja, aber nicht freiwillig. Das ist mein Job.«

»Dein Job, hm? Du stehst doch nur rum.«

»Und du wolltest eigentlich nicht über die Arbeit

reden, wenn ich das eben richtig verstanden habe«, sage ich leise und schürze die Lippen, ehe ich mit den Augen nach meinem Boss suche, der noch immer sein Handy anschreit.

Sie folgt meinem Blick. »Kingsman?! Wow! Du ... bist sein Bodyguard? Oder ...« Sie schüttelt mit großen Augen den Kopf.

»Hin und wieder.«

Sie kommt einen Schritt auf mich zu, stellt sich auf Zehenspitzen und reckt ihren Kopf. »Das ... ist ziemlich heiß«, flüstert sie nah an mein Ohr. Oh, verdammt! Was immer sie für ein Parfum aufgetragen hat, war sicher nur dazu gedacht, hier irgendeinen armen Kerl zu verführen, der danach mit ziemlicher Sicherheit Schwierigkeiten haben dürfte, sich überhaupt an seinen Namen zu erinnern. »Also, Liam Burke«, sagt sie wieder etwas lauter, nachdem sie den Abstand zwischen uns wieder vergrößert hat. »Wenn ich dir sage, dass ... du mich ausziehen darfst, für welches Teil entscheidest du dich dann als Erstes?« Sie schaut mit einem so verführerischen Augenaufschlag zu mir hoch, dass mir die Spucke im Hals stecken bleibt.

»Abrupter Themenwechsel, hm?«, frage ich und unterdrücke es, zu sabbern wie ein Hund. »Wieso drüber reden? Wie wäre es stattdessen, wenn ich es dir einfach zeige?« Ihre Reaktion auf meine Frage ist ein vielsagendes, verschmitztes Grinsen. Mit der Zunge fährt sie an ihren Zähnen entlang – sodass sich in meinem Kopf eine ziemlich genaue Vorstellung davon bildet, wie es ist, wenn sie das mit meinem Schwanz macht – und wirft mir einen so verführerischen Blick zu, dass ich gar nicht anders kann, als meinen Namen zu vergessen. Gott, ja! Was für eine Frau! Scheiß auf das Bett in einem der Gästezimmer. Lass es uns direkt auf der Toilette treiben, Baby! Ich schaue mich aufmerksam und mit einem paranoiden Räuspern in alle Richtungen um, als hätte uns womöglich jemand belauscht oder als stünden mir meine Gedanken auf die Stirn geschrieben, und halte ihr dann mit hochgezogener Augenbraue meine Hand hin.

Emilys markerschütternder Schrei reißt mich aus dem Schlaf, ich schrecke hoch, Panik breitet sich in mir aus. »Liam!«, krächzt sie heiser und gerade, als ich die Augen aufreiße, kriege ich von einer dunklen Gestalt, die über mich gebeugt ist, einen Faustschlag mitten ins Gesicht. Ich schlage mit dem Hinterkopf auf dem Holzboden auf und mir wird kurz schwindlig. Ich weiß nicht, welcher Schmerz schlimmer ist. Der in meinem Hinterkopf, der vom Faustschlag oder der, der immer noch in meinem Bein pocht. »Liam!«, ruft Emily erneut. Ihre Stimme ist leise, brüchig und strotzt vor purer Panik.

»Fuck!«, presse ich hervor und mache mich kampfbereit. Wieder schnellt eine Faust in meine Richtung, die ich stöhnend abblocke. Ich trete dem Angreifer mit meinem unverletzten Bein direkt gegen sein Schienbein, sodass er nach hinten taumelt und in einen Stapel Pappkartons kracht, vor dem ich offensichtlich eingeschlafen bin. Hier oben fehlt ein Dachfenster oder irgendeine andere Lichtquelle. Es ist zu dunkel und ich erkenne kaum, was passiert. Schwer atmend stütze ich mich an dem brüchigen Holzgeländer ab und hieve mich mühsam hoch. Ich klammere den Schmerz in meinem Bein aus, als ich mich aufrichte. Doch kaum habe ich mich umgedreht, um meinem Angreifer Paroli zu bieten, stürzt der sich schreiend auf mich. Das laute Knacken des Holzes in meinem Rücken lässt mich mit großen Augen die Luft anhalten und noch im gleichen Moment kracht das Geländer unter mir zusammen. Mein Angreifer und ich folgen dem brechenden Holz. Ich knalle mit dem Rücken auf den harten, unebenen Untergrund, mein Angreifer drückt mich mit seinem ganzen Gewicht zu Boden und beginnt, mich zu würgen. »Ihr hättet meinen Freund nicht töten sollen!«, zischt er. Hier unten ist es heller. Ich erkenne den irren Blick in seinem Gesicht.

Eine Hand klammere ich in seinen Arm und versuche mit der anderen mühsam, an das Messer in meinem Hosenbund zu gelangen. Emilys Krächzen und Stöhnen treiben mich an. Ich muss ihr helfen. Da ist noch ein zweites Arschloch, das sich an ihr zu schaffen macht. »Fuck!«, presse ich zwischen zusammengebissenen Zähnen hervor. »Fass sie nicht an!«, schreie ich dem anderen zu, der Emily geräuschvoll seinen Handrücken ins Gesicht klatscht. Ihr Kopf fliegt zur Seite und er macht sich mit einem hämischen Lachen an ihrer Jeans zu schaffen. »Ich bring dich um! Ich bring dich um!«, schreie ich, ziehe das Messer aus meiner Hose und steche es dem mordsmäßig hässlichen Menschenmüll über mir direkt in den fetten Bauch. Er knurrt seinen Schmerz direkt in mein Gesicht, verteilt seine Spucke darauf und sein abartiger Mundgeruch steigt mir in die Nase. Wieder und wieder steche ich ihm das Messer in die Seite, bis er ohnmächtig – oder tot – auf mir zusammensackt. Gerade, als ich ihn von mir runterschiebe, höre ich einen metallisch klingenden Aufschlag. Dem folgt ein dumpfes Poltern. Mein Kopf schnellt herum und da sitzt Emily. Aufrecht. Schwer atmend. Sie umklammert eine Bratpfanne mit beiden Händen und ihr Angreifer liegt reglos auf dem Boden. Leise schluchzt sie ihre Todesangst aus sich heraus und starrt verheult ins Leere. »Em!«, rufe ich und stürze auf sie zu.

Sie schaut mit einem mehr als verstörten Blick zu mir

hoch und hält die Luft an. Ich halte ihr meine Hand hin. Sie greift danach und sofort ziehe ich sie zu mir hoch, um sie fest an mich zu drücken. Ich will nicht, dass sie sieht, wie ich den widerlichen Wichser hinrichte, der sie gerade vergewaltigen wollte. Der pure Hass ergreift von mir Besitz, lässt mich ihr die Waffe aus dem Hosenbund ziehen und schon in der nächsten Sekunde abdrücken. Ein gezielter Schuss in den Kopf. Das ist unbefriedigend. Wäre Emily nicht hier, würde ich mein Messer nehmen und ihm langsam die Haut vom Gesicht schälen, während er dabei zusehen darf. Der laute Knall des Schusses lässt sie zusammenzucken und sich haltsuchend an meine Schulter klammern. »Danke«, flüstert sie heiser.

»Geht's dir gut?«, frage ich, packe sie an den Schultern und mustere sie eingehend. Doch kaum treffen sich unsere Blicke, poltert es rechts neben uns. Der erstochene, stinkende Fettsack ist wohl doch nicht ganz so tot, wie ich gehofft hatte. Hektisch stolpert er Richtung Tür. Er schmeißt sich stöhnend und krächzend dagegen und hält sich die stark blutende Seite. »Ja, lauf nur, kleines Schweinchen!« Emilys Blick folgt meinem. Ich hebe die Waffe in seine Richtung und gebe ihm noch ein oder zwei Sekunden Zeit, sich Hoffnung zu machen, davongekommen zu sein, ehe ich auch ihm eine Kugel in den Hinterkopf jage. Das war jetzt fast genauso unbefriedigend, wie bei seinem Kumpel und ich habe nicht einmal die Todesangst in seinem Blick genießen können. Emilys leises Schluchzen und ihr zitternder Körper holen mich wieder ins Hier und Jetzt zurück. Ich mustere sie abermals eingehend. »Em! Rede mit mir! Hat er dir was getan?!«, knurre ich nachdrücklich und zwinge sie, mich anzusehen. Hektisch blinzelnd schüttelt sie den Kopf. Erleichterung durchströmt mich.

»Er ... er hat ... er hat versucht ... Ich ...«

»Ich weiß«, unterbreche ich sie und schaue an ihr herunter. Ekel steigt in mir hoch, als ich ihre geöffnete Hose sehe. Ich schlucke den Hass runter, der sich in meinen Kopf bohrt und den Wunsch in mir weckt, auf den ohnehin toten Wichser einzustechen. Mit angespanntem Kiefer starre ich an die Zimmerdecke, während ich mich an ihrer Jeans zu schaffen mache und sie wieder zuknöpfe. »Tut mir leid, Em.« Ich lege eine Hand an ihre Wange und wische ihre Tränen weg. »Ich hätte nicht einschlafen dürfen. Das ... Ich hätte ...« Mit gerümpfter Nase und zusammengezogenen Augenbrauen weiche ich ihrem traumatisierten, leeren Blick aus. »Du hast dich gewehrt«, sage ich nach einem Moment. »Das war gut. Die ... die Aktion mit der Bratpfanne. Der Schlag hat gesessen.« Sie nickt bloß und versucht sich an einem Lächeln. »Es tut mir so leid!«, wiederhole ich leise. Ich hätte mich nicht von ihr überreden lassen sollen, mich auszuruhen. Ich hätte sie nicht alleine nach unten gehen lassen sollen. Das hätte nicht passieren dürfen! Einen Moment lang kneife ich die Augen zu und lege den Kopf in den Nacken. Das Adrenalin rauscht durch meinen Körper und langsam, aber sicher, beruhigt sich mein Puls.

Da legt Emily unversehens ihre Hände an meine Wangen und zieht mein Gesicht zu sich. »Sieh mich an, Liam«, befiehlt sie mit zitternder Stimme. Ich tue was sie sagt, würde ihrem Blick aber lieber ausweichen. »Es ist nichts passiert!«, flüstert sie und eine letzte Träne rollt ihr übers Gesicht.

Ich nicke und kämpfe selbst gerade gegen den Drang, in Tränen auszubrechen. Schwach lächelnd ziehe ich ihre Hände von meinen Wangen, umschließe sie fest mit meinen und küsse ihre vom Unfall geschundenen Knöchel. Ich habe viel zu viel Angst um sie. Sie ist mir wichtiger, als ich es habe zulassen wollen. Und wann immer sie etwas Dummes sagt oder tut, mache ich mir Sorgen. Ich habe mich gesorgt, als dieser Typ ins Haus kam und wir im Bad standen. Ich habe mich gesorgt, als sie angeschossen und am Hals verletzt wurde. Ich habe mich gesorgt, als sie einfach auf diesen Campingplatz rennen wollte, um einer völlig Fremden zu helfen. Ich habe mich gesorgt, als Damien auf einmal vor uns stand und er sie angeguckt hat, als wollte er Gott weiß was mit ihr machen. Ich habe mich sehr gesorgt, als diese durchgedrehte Irre auf sie losgegangen ist und sie am Arm verletzt hat. Und ich habe mich gesorgt, als ich sie als Köder benutzt habe, um einen dieser drei widerlichen Wichser auszuschalten. Aber das eben?! Scheiße, das hat mir eine Todesangst eingejagt! Ich wäre fast nicht schnell genug gewesen. Wenn sie ihm keine Bratpfanne übergezogen hätte. Wenn ich nicht so schnell ans Messer gekommen wäre. Das hätte böse enden können! »Wir ... wir müssen weiter«, presse ich heiser hervor und streiche ihr bedächtig über den Arm. Wahrscheinlich will ich mich damit einfach selbst beruhigen.

»Vielleicht sollten wir hierbleiben. Ich meine, wir ... sind doch mitten in der Zone«, stellt sie flüsternd und mit einer gehörigen Portion Unsicherheit in der Stimme fest.

»Aber ... mitten ... wirklich *mitten* ... im Feindgebiet. Und es sind ... nur noch sieben Menschen übrig.« Die Zahl entnehme ich einem erneuten Blick auf das Tablet, das ich vom Boden aufgehoben habe. »Das wird übel, Em. Richtig übel!«

Sie schnaubt und senkt den Kopf. »Du ... hast auch schon überzeugter geklungen. Du denkst nicht, dass wir es schaffen, oder?« Ihre Augen sind wieder glasig, als sie zu mir aufschaut. Ich wünschte, ich könnte das dementieren. Ich wünschte, ich könnte ihr sagen, dass ich davon überzeugt bin, dass wir das überleben. Das war ich auch. Bis gestern Abend. Vielleicht auch noch bis heute Nacht. Aber die Dinge, die ich nicht habe kommen sehen, häufen sich. Vierergruppen, Raketenwerfer, Gefühle für meine Partnerin. Das erschwert es irgendwie, Hoffnung zu haben. »Liam?«, flüstert sie atemlos und legt eine Hand an meine Wange.

»Ich werde nicht zulassen, dass dir was zustößt!«, sage ich leise. Ich bin mir sicher, diesen Satz schon ein Dutzend Mal gesagt zu haben, wenn nicht noch ein weiteres Dutzend Mal gedacht. Und wirklich erfolgreich war ich bisher nicht. Sie wurde angeschossen, mit einem Messer verletzt, von einem Motorrad geschleudert, verprügelt und fast vergewaltigt. Erfolg sieht anders aus.

»Ich weiß.« Sie nickt hektisch, tritt auf der Stelle und umarmt mich unversehens. »Danke, Liam«, flüstert sie und streicht mir bedächtig durch die Haare. Verwundert ziehe ich die Augenbrauen zusammen und starre auf den Boden, ehe ich zögernd ihre Umarmung erwidere. »Danke, dass du ... auf mich aufpasst. Ich ... ich bin sehr dankbar, jemanden wie dich bei mir zu haben. Mir ist klar, dass ... ich nicht immer den Anschein erwecke, aber ... aber es ist so.«

Ich schnaube. »Jemanden ... wie mich«, wiederhole ich leise.

»Ja. Jemanden, der mutig genug ist, zu tun, was du seit fast drei Tagen tust«, erklärt sie. »Jemanden, der ... obwohl er so tut, als wäre er ein skrupelloses Arschloch, eigentlich ein netter Kerl ist und ... der ein gutes Herz hat.«

»Hältst du mich für so was wie einen Helden? Denn ... das bin ich nicht«, sage ich und schließe die Augen. Sie wird so unglaublich enttäuscht sein, wenn sie die Wahrheit über mich erfährt. »Ich meine, sieh ... dich an. Ich ... ich hab versagt.«

»Mein Dad hat mir mal gesagt: Ein Held ist nicht jemand, der furchtlos ist, sondern jemand, der Todesangst hat ... und trotzdem das Richtige tut.« Sie weicht mit ihrem Kopf zurück, schaut mit einem traurigen und schmerzverzerrten Blick zu mir auf und nickt. »Du *bist* ein Held, Liam. Zu... zumindest bist du meiner.«

Ihr leises Geständnis lässt mich den Atem anhalten und schnauben. »Ich wäre wirklich gerne dein Held. Aber ich bin keiner. Ich bin ... alles andere als ein Held. Aber wenn es dir mit dem Gedanken besser geht, dann ... tue ich gerne für den Moment so.« Nie im Leben hätte ich damit gerechnet, dass jemand mich so sehen könnte. Und ausgerechnet sie tut es. Wer weiß, wie lange noch. »Naive Schlumpfine«, säusle ich leise und versuche mich an einem Lächeln. Sie hat keine Ahnung, was sie da für einen Quatsch redet und doch sind ihre Worte wie Balsam. Ich weiß nicht, wann das letzte Mal ein Mensch all seine Hoffnung auf mich gesetzt hat. Seufzend ziehe ich ihr Gesicht zu mir und küsse sie. Ein letztes Mal. Ein letzter, intensiver, leidenschaftlicher Kuss. Ich hoffe, er signalisiert ihr, dass ich es ernst mit ihr meine. Ich schiebe ihr meine Zunge in den Mund, was sie gierig erwidert. Wieso nur mussten wir an einem Ort wie diesem aufeinandertreffen? Ich würde nichts lieber tun, als die Umgebung auszuklammern, zu vergessen, dass wir in Lebensgefahr schweben und sie einfach weiter küssen, ihren Körper erkunden und sie völlig um den Verstand bringen. »Was immer gleich passiert«, beginne ich, nachdem ich mich selbst zur Ordnung aufgerufen habe und drücke ihr einen flüchtigen Kuss auf die Oberlippe. Da sind zu viele Gedanken in meinem Kopf, die ich nicht geordnet kriege. Ich wünschte, ich könnte ehrlich zu ihr sein. Mein schlechtes Gewissen nimmt Überhand und in mir brennt das Verlangen, reinen Tisch zu machen. Sie hat es verdient. Bei allem, was sie meinetwegen zu erleiden hatte. »Ich will nur, dass du weißt, dass ... ich nichts von all dem hier gewollt habe! Ich wollte nicht, dass dir das passiert. Ich wünschte, ich hätte es verhindern können.« Skeptisch zieht sie die Augenbrauen zusammen und schaut mich an. Fuck! Das war jetzt schon wieder zu offensichtlich. Gedulde dich noch damit, ihr das Herz zu brechen und ihren Glauben an das Gute im Menschen zu zerstören, Burke! »Komm jetzt«, beende ich den Moment – in der Hoffnung, unschönen Fragen ihrerseits aus dem Weg gehen zu können – und nehme ihre Hand. »Bringen wir es hinter uns.«

Meine Augen tun weh und ich kriege keine Luft. Meine Nase sitzt zu. Ich sollte aufhören, zu heulen. Dadurch kommt sie auch nicht wieder. Es ist jeden Tag das Gleiche! Sobald es klingelt, schleiche ich mich aus dem Klassenraum und verstecke mich hier. Auf dem Klo. Wie peinlich ist das denn? Na ja, besser so, als wenn irgendwer sieht, wie ich heule als wäre ich ein kleines Mädchen! Dad hat gesagt, ich soll gefälligst aufhören, Mom nachzuweinen, denn jemand, der einen anderen verlässt, ist keine einzige Träne wert. Ich verstehe das nicht. Immerhin hat er Mom und mich auch verlassen. Zwei Mal! Um irgendwo in einem anderen Land in den Krieg zu ziehen. Das hat Mom zumindest gesagt. Dass Dad woanders hingehen musste, um auf die Menschen aufzupassen, die in Amerika wohnen. Mittlerweile weiß ich, was sie damit meinte. Er hat Leute getötet. Er hätte dortbleiben sollen. Denn nur, weil er überhaupt gegangen ist, hat Mom uns verlassen. Er ist anders, seit er wieder da ist. Wütend, laut, unberechenbar. Er schreit den Fernseher an, schreit mich an und Mom und wundert sich dann, wenn sie abhaut. Gleich, als er nach dem ersten Einsatz wieder da war, hat sie gesagt, dass er sich verändert hat. Sie kam damals nicht damit klar und schaffte es auch bei diesem Mal nicht. Ich wünschte nur, sie hätte mich mitgenommen. Es klingelt wieder und seufzend wische ich mir mit meinem Jackenärmel unter der Nase her, bevor ich mich mit der Schulter gegen die Klotür drücke und mir die Hände wasche. Da guckt mich ein schmächtiger dummer Junge mit roten, verheulten Augen durch den Spiegel an. Was für ein Versager!

Ich ziehe mir die Kapuze meines Hoodies ins Gesicht, schultere meinen Rucksack und schlurfe durch die Gänge zu meinem nächsten Kurs, während ich den stumpf gelaufenen Fußboden hypnotisiere und einfach den Füßen der anderen Schüler ausweiche. »Da. Das ist er. Liam?« Das ist Miss Dawsons Stimme.

Was will sie von mir? Als ich aufschaue und mir die Kapuze vom Kopf ziehe – weil ich weiß, dass sie mich sonst nur wieder anmachen würde deswegen –, läuft es mir kalt den Rücken runter.

Zwei uniformierte Cops stehen neben meiner Mathelehrerin. Der eine ist recht jung. Er hat seine Hände in die Hüften gestemmt und guckt mit gerunzelter Stirn auf mich herunter. Der andere ist alt. Graue Haare, grauer Schnäuzer, Bierbauch. Er sieht aus, als hätte er Mitleid mit mir. »Liam, diese zwei netten Polizisten wollen kurz mit dir sprechen.« Sie beugt sich vor und setzt ein mitfühlendes, übertriebenes Lächeln auf. Ich frage mich, ob ihr nicht klar ist, dass ich ihren Bauchnabel sehen kann, wenn sie sich so zu mir runterbeugt.

Sie sollte andere Klamotten anziehen, wenn sie mit pubertierenden Jungs arbeitet. Clay und seine Kumpels kritzeln in jeder Mathestunde ihren Busen in ihre Hefte und sie kriegt das gar nicht mit. Sie kriegt nicht mit, wie die Hälfte des Kurses ihren Brüsten Spitznamen gibt.

»Hab ich was gemacht?«, frage ich und weiche den Blicken der Männer aus, die aussehen, als wollten sie mir Handschellen anlegen.

»Vielleicht kommst du kurz mit uns ins Klassenzimmer. Dann reden wir in Ruhe«, sagt der junge Cop, geht an uns vorbei und deutet mit einem Nicken auf die Klassenzimmertür.

»Aber ich hab Unterricht.«

»Wir fangen ein paar Minuten später an. Kein Problem.« Miss Dawson nickt mit ihrem übertriebenen Lächeln und schiebt mich an der Schulter Richtung Tür.

»Okay, Liam«, seufzt der alte Cop und schließt die Tür hinter sich. Jetzt stehe ich hier mit zwei Cops und weiß nicht, wieso! Mein Herz klopft wie wild. Die beiden machen mir Angst. »Also, wir sind hier, weil ... es ... Da ist was passiert, weißt du?« Er legt mir mit festem Griff die Hand auf die Schulter. »Da ist was passiert, mit ... Es geht um deinen ... Vater. Es ... es ist was ... mit deinem Vater passiert. Er ist ... er ist gestorben«, stottert der Mann mit einem ungesunden Rasseln in der Stimme. Seine folgenden Worte verkommen zu einem langen Rauschen. Ich sehe, wie sich seine Lippen bewegen, höre ihm aber nicht mehr zu und stehe einfach da, starre die Wand an und bin mir nicht sicher, ob ich richtig verstanden habe, was er da gesagt hat. Dad ist tot? Nein. Er war doch in Ordnung. Er war gesund. Er hat nichts gemacht, ist nie rausgegangen oder sonst was. Wie soll er gestorben sein? Dad ist tot? Auf keinen Fall! Die müssen einen Fehler gemacht haben!

»Seine Mutter hat vor einer Weile die Familie verlassen«, höre ich Miss Dawson plötzlich durch die geöffnete Tür flüstern, zu der der jüngere der beiden Polizisten sich umgewandt hat.

»Na, fantastisch. Müssen wir jetzt noch eine Vermisstenanzeige aufgeben?« Kopfschüttelnd dreht er sich wieder zu uns. Diese Worte waren nicht für mich bestimmt.

»Wir bringen ihn erstmal zum Jugendamt. Die kümmern sich. Und rede verdammt nochmal nicht so laut, Bricks! Der Junge kann dich hören!« Ich starre weiter zu Boden und riskiere nur einen kurzen Blick. Die beiden Polizisten haben die Köpfe zusammengesteckt und beachten mich gar nicht.

»Fantastisch.«

»Halt dich zurück! Der Junge hat gerade alles verloren!«

»Na, dann ... Bringen wir's hinter uns.«

Nachdenklich umklammert Emily die Schulterriemen ihres Rucksacks so fest, dass sich die Haut über ihren Knöcheln weiß färbt. Mit angespanntem Kiefer starrt sie zu Boden, während sie schweigend hinter mir hertrottet, als wir das schützende Haus verlassen und zwischen den umliegenden Häusern direkt wieder vor neugierigen Blicken in Deckung gehen. »Ich würde es für die verbleibende Zeit gerne vermeiden, noch irgendwem zu begegnen und hoffe ... *wirklich,* dass die übrigen Gestalten hier sich gegenseitig über den Haufen schießen«, flüstere ich mit einem Blick auf das Tablet über die Schulter. »Beim letzten Mal sollten wir, nachdem es vorbei war, nach einem Helipad suchen. Irgendwo im Bereich der Zone. Und wenn ich mir die Zone so anschaue ... Da ist viel freie Fläche – was aus taktischer Sicht noch nicht scheiße genug ist – weswegen ich mir vorstellen könnte, dass wir nach einer Art ... freistehender Plattform Ausschau halten sollten. Und dann halten wir uns einfach da auf und warten, bis uns irgendwer in die Arme rennt. Ich denke, das könnte …«

»Liam«, unterbricht Emily mich.

Genervt darüber, dass sie mich unterbrochen und mir wahrscheinlich nicht einmal zugehört hat, drehe ich mich humpelnd und stöhnend um. »Was?!«, blaffe ich und erstarre zu einer Salzsäule, als mir klar wird, wieso sie mich gerufen hat.

»Burke«, begrüßt Damien mich knapp und grinst hämisch. Er steht direkt hinter ihr, eine Hand an ihrer Kehle, sodass sie den Hals durchstreckt und mit angeekeltem Blick in die Luft starrt und die andere Hand hält eine Waffe, die genau auf Emilys Schläfe gerichtet ist. »Ich wusste, wir sehen uns wieder.«

»Lass sie *sofort* los!«, zische ich und würde am liebsten sofort mein Gewehr hochreißen, um ihm eine Kugel zwischen die Augen zu jagen.

»Ja, weißt du … ich denke nicht, dass ich das mache.« Er verzieht die Lippen zu einem schmalen Lächeln. »Aber es gibt da etwas, das *du* tun kannst, mein Freund.« Er zieht die Augenbrauen hoch und wirft mir einen eindeutigen Blick zu. »Du kannst mir einen Gefallen tun und für mich auf die Knie gehen!« Er ist krank! Er ist absolut durchgedreht!

»Lieber sterbe ich stehend, als kniend zu leben!«, knurre ich.

Da fängt er plötzlich an zu lachen und schüttelt sich. »Ah!«, macht er lachend und kneift die Augen zu. »Burke, mein Freund! Da kriege ich ja eine richtige Gänsehaut, wenn du den Soldaten raushängen lässt! Hm!« Er schüttelt sich wieder und sein Lachen verklingt. »So! Genug der Späße! Jetzt lässt du schön diesen dösigen … Semper-Fi-Soldatenscheiß sein, alles klar? Du gehst brav auf die Knie und legst dein Gewehr auf den Boden!« Mit angespanntem Kiefer starre ich ihn an. Mein Blick müsste seinen Schädel spalten! Angestrengt wäge ich meine Optionen ab, bis mir klar wird, dass ich keine habe.

»Liam«, flüstert Emily. Ohne mich zu rühren, schaue ich zu ihr. Sie schüttelt den Kopf. »Tu es nicht! Erschieß ihn einfach! Du musst nicht ...«

»Halt dein Maul!«, zischt Damien hinter ihr und verstärkt den Griff um ihren Hals, sodass sie panisch nach Luft schnappt und die Augen aufreißt. »Du bist still! Bevor ich dir deinen hübschen Schädel wegpuste!« Er streckt seinen Kopf vor. Sein Gesicht kommt ihrem immer näher, bis er seine Wange an ihre legt. Emily versteift sich so sehr, dass sie vor Anspannung zu zittern beginnt. »Burke, willst du wirklich ... unsere Freundschaft wegen einer kleinen Schlampe ruinieren? Hm?« Er dreht seinen Kopf zu Emily und seine Nase verschwindet in ihren Haaren. Zu sehen, wie er sie behandelt, lässt meinen Zorn ins Unermessliche wachsen. Ich weiß, dass er mich nur provoziert. Im Grunde interessiert er sich gar nicht für Emily. Er will von mir nur irgendeine Reaktion erzwingen. Wenn er so weitermacht, kriegt er die auch! Hörbar atmet er durch die Nase ein, sodass Emily sich wieder versteift und sich unter ihm und seinen Berührungen windet. »Hm! Frisch geduscht riechst du doch bestimmt besser, oder ... Süße?«

»Fick dich!«, zischt sie.

»Lass sie los! Oder ich schwöre bei Gott, ich werde ...«

»Was wirst du?!«, knurrt er wütend dazwischen.

»Ich habe unaussprechliche Dinge für eine undankbare Nation und einen noch undankbareren Konzern getan! Stell dir nur mal vor, was ich für die tun werde, die ich liebe!«

»Ha«, macht Damien und lacht, während Emily mich mit großen Augen anstarrt. Ich versuche, ihren Blick so beruhigend wie möglich zu erwidern. Da fängt Damien schallend an zu lachen. »Du hast die kleine Schlampe tatsächlich gefickt, oder? Und ... und jetzt bildest du dir ein, sie zu lieben?! Dass ich nicht lache! Burke, hörst du dich reden?«

»Lass sie los!«, wiederhole ich meine Forderung leise.

»Das hier ist nicht vorbei, Burke! Es fängt gerade erst an!« Er umfasst ihren Hals wieder fester, sodass Emily erschrocken japst und die Augen zukneift. Dann wandert seine Hand von ihrem Hals zu ihrem Kinn hoch und er streicht mit seinem Zeigefinger über ihre Lippen. Es reicht mir! Er hat den Bogen schon in dem Moment überspannt, als er sie berührt hat und jetzt ist er endgültig zu weit gegangen! Ich reiße mit aufeinandergebissenen Zähnen und so viel Wut in den Augen, wie ich noch nie empfunden habe, das Gewehr hoch. »Na, na!«, macht Damien mit großen Augen und drückt den Lauf seiner Neunmillimeter fester gegen Emilys Schläfe. »Und du, mein kleines Mäuschen, bist jetzt brav und machst den Mund auf!« Angewidert presst sie die Lippen zusammen und starrt ins Leere. Sie atmet schwer und hektisch durch die Nase, versucht aber offensichtlich, sich selbst zur Ruhe aufzurufen, indem sie immer wieder die Augen schließt. »Mach dein scheiß Maul auf, Schlampe!«, knurrt Damien an ihr Ohr, sodass sie sich wieder angeekelt unter ihm windet. Wehr dich, Emily! Lass nicht zu, dass er dich bricht! Sie schaut mir tief in die Augen. Kaum merklich schüttle ich den Kopf. Wie, verfickt nochmal, kommen wir jetzt aus dieser Scheiße raus?! »Mach's Maul auf«, flüstert er und nimmt die Waffe von ihrer Schläfe, um den Arm auszustrecken und sie stattdessen direkt auf mich zu richten. Panisch beginnt Emily zu schluchzen und sich zu wehren, doch er hält sie mühelos fest. »Oder ich blase ihm seine Rübe von den Schultern! Deine Entscheidung.« Enttäuscht über die Niederlage lässt sie die Schultern hängen, kneift die Augen zu und dann läuft ihr eine Träne über die Wange, ehe sie seiner Aufforderung nachkommt. Er schiebt seinen Zeigefinger in ihren Mund. Grinsend schiebt er ihn immer wieder vor und zurück. Als wäre das noch nicht genug, nimmt er dann noch – ohne den triumphierenden, überheblichen Blick von mir zu lösen – seinen Mittelfinger dazu. Beschämt wendet Emily den Blick von mir ab. »Willst du nicht doch noch auf die Knie gehen? Oder ... soll ich noch ein bisschen *mehr* ... Spaß mit deiner kleinen Schlampe haben?« Seine Finger gleiten aus ihrem Mund und er lässt sie über ihren Hals, runter zu ihrem Dekolleté wandern. Scheiße, Burke! Reiß dich zusammen! Du musst was tun!

Emily ist zu Tränen aufgelöst, während er ihr wieder die Pistole gegen die Schläfe drückt und die oberen Knöpfe ihres Hemds aufknöpft, um seine Hand darin verschwinden zu lassen und ihre Brust zu befingern. »Erschieß ihn, Liam«, wimmert sie leise und kraftlos. »Erschieß ihn einfach!«

»Halt jetzt die Fresse!«, brüllt Damien.

Er muss die Waffe fallen lassen! Fuck! »Em«, flüstere ich und schaue sie eindringlich an. »Beruhig dich! Alles wird gut.« Ich nicke kaum merklich. Sie muss sich zusammenreißen. Wenn ihn jemand entwaffnen kann, dann sie. Ich bin zu weit weg und sobald ich mich einen Schritt nähere, wird er sie erschießen. Das Risiko kann ich nicht eingehen.

»Du redest nicht mit ihr, du redest mit mir! Klar?!«

»Sicher«, bestätige ich und taxiere Emily weiter mit diesem bestimmten Blick, von dem ich hoffe, dass sie ihn versteht. Vielleicht ist das unsere einzige Chance. Ich lenke ihn ab, dann kann sie ihm die Waffe entreißen. Sie erwidert meinen Blick und folgt ihm dann zu der Pistole, die Damien wieder mir entgegen richtet. Sie nickt und blinzelt einige Male. Gott sei Dank, sie hat es verstanden.

»Du willst reden? Lass uns reden! Aber erst lässt du sie los!«

Damien lacht. Na ja, einen Versuch war es noch wert. »Denkst du wirklich, ich bin so blöd?!« Ja, das denke ich allerdings! »Vergiss es!«

»Du willst doch gar nichts von ihr, Mann! Hier geht es um dich und mich! Lass sie los! Wenn ... du mich erschießen willst, dann tu das. Aber sie hat nichts damit zu tun!«

»Hier geht es *nicht* um dich und mich! Hier geht es darum, dass nur der Stärkste überleben kann! Und das kann nur einer von uns beiden sein, Burke!« Er fuchtelt abgelenkt mit der Waffe herum und kriegt gar nicht mit, wie ich Emily zunicke.

Instinktiv duckt sie sich und schlägt ihre Hand mit voller Wucht unter den Lauf seiner Waffe, sodass sie ihm aus der Hand fällt. »Emily, runter!«, belle ich. Noch in der gleichen Sekunde tut sie, was ich sage und ich drücke ab. Er fällt nach hinten und reißt Emily mit sich. Sie landet auf allen Vieren über ihm und als ihr bewusst wird, dass er tot ist, zuckt sie panisch zusammen, fällt nach hinten und versucht hektisch, von ihm wegzukriechen. »Hey! Alles gut! Er ist tot!«, presse ich hervor und humple – so schnell mein noch immer schmerzendes Bein es zulässt – auf sie zu. Sie dreht sich mit angehaltenem Atem und tränenverschleiertem Blick zu mir um. Ich gehe in die Hocke, lege meine Hand an ihre Wange und nicke. »Es ist okay, Emily. Er kann dir nichts mehr tun.« Ich ziehe sie auf die Füße und knöpfe ihr Hemd wieder zu, ehe ich sie kurz in eine feste Umarmung ziehe und angewidert auf den toten Damien starre. Ich weiß nicht, welcher Teufel mich da geritten hat, aber ich löse mich von Emily, hebe seine Waffe vom Boden auf und gehe zu ihm. Mit angespanntem Kiefer und brennenden Augen stelle ich mich über ihn, ziele auf die faltige, hässliche, verzerrte Visage und drücke ab. Ich feuere das ganze verschissene Magazin auf den Wichser, der Emily befingert hat, als wäre sie eine Puppe!

»Liam!« Auch, als das Magazin leer ist und die Waffe bei jedem Drücken des Abzugs nur noch ein leises Klicken von sich gibt, höre ich nicht auf. Ich drücke im Sekundentakt den Abzug, ohne auf Emily zu reagieren. »Liam ... Du hast es selbst gesagt. Er ist tot. Er kann nichts mehr tun!« Sie kommt zu mir und legt ihre Hand auf meine Schulter. »Hör auf!«

»Er hat dich angefasst!«, zische ich wie im Wahn.

»Ja«, bestätigt sie und zieht mich am Arm zu sich herum. Sie nimmt mir die Waffe aus der Hand und schmeißt sie weg, ohne den Blick von mir zu lösen. »Und er hat dafür bezahlt!« Sie legt eine Hand an meine Wange und schaut mich eindringlich an. »Liam, wir müssen hier weg«, flüstert sie.

»Ja.« Ich ziehe wieder das Tablet aus meiner Hosentasche. »Da sind noch ein paar Häuser. Wir ... versuchen es da mal. Viele Möglichkeiten haben wir nicht mehr.« Ich schaue abwesend zu ihr. »Komm her. Du ... weichst nicht mehr von meiner Seite, klar?«

»Okay.« Ich hatte irgendwie mit Protest gerechnet, aber wahrscheinlich hat sie auch einfach die Schnauze voll, ständig angegriffen und angetatscht zu werden. Ich nehme ihre Hand und setze mich in Bewegung. »Haben ... wir es geschafft?«

»Nein. Dann hätte das Tablet sich gemeldet. Warte.« Die kleine drei oben in der Ecke hätte mir eher auffallen müssen. »F-Fuck!«, zische ich und schaue mich sofort mit einem paranoiden Blick in alle Richtungen um.

»Was ist?«

»Einer ... Da ... ist nur noch einer! Kacke!«

»Das ist doch gut, oder ... oder nicht?«

»Wenn ich wüsste, wo der Pisser sich versteckt, dann

wäre es gut. Aber nicht so! Wir sitzen mitten auf dem Präsentierteller.« Ich hypnotisiere das Tablet und versuche angestrengt, seine Position zu ermitteln. »Das ist alles offenes Feld. Ein paar Häuser dort ... und ähm ... hier sind wir. Er könnte hinter uns sein. Wir sind mit dem Bike heute Morgen nur knapp in die Zone gefahren. Aber die Zeit ist rum. Er kann unmöglich noch außerhalb der Zone sein. Dann wäre er schon gegrillt«, nuschle ich leise und eher zu mir selbst. Nachdenklich tippe ich auf der Karte herum und raufe mir dann stöhnend die Haare, ehe ich meine Gedanken anhand der Umgebung nachzuvollziehen versuche. Ich drehe mich hinkend um, versuche angestrengt, das angeschlagene Bein nicht zu sehr zu belasten und gleichzeitig das Gleichgewicht nicht zu verlieren und werfe einen flüchtigen Blick auf Damiens Leiche. Dann schaue ich in die Ferne. »Vielleicht sitzt er in dem Haus, in dem wir eben waren. Vielleicht ... in dem daneben oder ... Taktisch klug wäre es, wenn er ... Nein. Vielleicht doch von vorne? Die Häuser liegen ziemlich in der Mitte der Zone. Würde er sich die Mühe machen und so weit vorstoßen? Nein, sicher nicht. Ich würde es nicht tun ... ich würde ... es nicht tun«, nuschle ich und tippe nachdenklich mit dem Zeigefinger auf meiner Lippe herum. Ich schaue wieder in die Richtung, aus der wir gekommen sind. Emily folgt meinem Blick, dreht sich um ihre eigene Achse und lässt wieder meine Hand los, was mich meinen Überlegungen entreißt und meinen Blick an ihrem Arm runterschnellen lässt. Ich will sie gerade anschreien, weil sie mich losgelassen hat, obwohl ich ihr gesagt habe, dass sie es nicht tun soll, da ertönt ein lauter Knall, dem noch in der gleichen Sekunde ein furchtbares Brennen in meinem Bauch folgt. Ich stolpere einen Schritt zurück. Mir wird kurz schwindlig. Das war ein Schuss. Ich wurde getroffen.

»Liam«, presst Emily mit weit aufgerissenen Augen hervor.

»Runter!«, presse ich mühsam hervor und dann fängt sie an, sich zu drehen. Sie verschwimmt vor meinen Augen. Ich blinzle ein paar Mal, doch sie will sich einfach nicht wieder scharf stellen. Ich verliere das Gefühl für meinen Körper und gucke an mir runter. Da läuft Blut aus meinem Bauch. Keine Panik, Burke! Reiß dich zusammen und versuch, den Schmerz zu lokalisieren. Die Wunde sitzt rechtsseitig, knapp unterhalb der Rippen. Atmen funktioniert. Meine Lunge ist also nicht verletzt. Plötzlich gerate ich ins Wanken, der Boden unter meinen Füßen dreht sich, genau wie Emily. Mir ist schwindlig und ich verliere das Gleichgewicht. Ich schlage mit dem Kopf auf dem Boden auf und versuche angestrengt, wach zu bleiben. Emily schmeißt sich neben mich und drückt schluchzend ihre Hände auf die blutende Wunde in meinem Abdomen. Die Kugel muss mich irgendwo zwischen Leber, Darm und Niere erwischt haben. »Wir müssen hier weg! Hilf mir hoch!«

»Wir gehen nirgendwo hin! Ich muss deine Wunde versorgen, Liam!«, zischt sie und beugt sich vor, sodass unsere Nasen sich fast berühren.

»Der Typ ... sitzt ... sitzt da ... irgendwo in einem der beiden Häuser. Emily, wir können ... können nicht ... einfach hierbleiben! Hilf mir ... hilf mir auf! Wir müssen schnell weg! Nur ... nur weg, aus seinem Sichtfeld!« Ich kneife die Augen zu und richte mich mühsam auf. Emily stützt mich. Ich lege meinen Arm um sie und sie hilft mir, nicht wieder umzukippen. Im Augenwinkel bemerke ich eine verschwommene Bewegung, weswegen ich mich ruckartig umdrehe, was sich als extrem schlechte Idee herausstellt. Mir ist speiübel! Am liebsten würde ich der Schwerkraft nachgeben, die laut und schrill meinen Namen ruft und im Begriff ist, mich zu Boden zu reißen.

»Pass auf!«, knurre ich und will mein Gewehr hochreißen, doch meine Arme fühlen sich an wie Wackelpudding. Da tut Emily, was ich nicht für möglich gehalten hatte. Mit einer schnellen, geschmeidigen Bewegung zieht sie ihre Waffe hervor und drückt direkt ab. Sie hat einfach geschossen, ohne zu diskutieren, zu hinterfragen oder sich mit ihrem Gewissen auseinanderzusetzen. Ich folge ihrem ausgestreckten Arm und der Waffe darin, so wie sie dem einen armen Idioten folgt, der panisch davonrennt. Offensichtlich hat er seine letzte Kugel für mich verpulvert. Hätte er noch welche, würde er sicher nicht wegrennen wie ein aufgescheuchtes Kaninchen, das Angst vor dem herabstürzenden Falken hat.

Emily drückt zwei Mal ab, doch sie erwischt ihn nicht. Die Schüsse knallen laut durchs Tal. Zischend lässt sie mich los, sodass ich den Halt verliere und auf meinem Arsch lande. Angestrengt hebe ich den Kopf, um wieder sehen zu können, was passiert und drücke mir zeitgleich mit festem Druck auf die schmerzende Wunde. Alles geschieht wie in Zeitlupe. Emily geht mit langen, festen Schritten auf den letzten übrig gebliebenen Menschen zu, der gar keine andere Wahl mehr hat, als zu sterben. Dann legt sie auch ihre zweite Hand an die Waffe. Genauso, wie ich es ihr eingetrichtert habe. Und sie drückt ab. Der Schuss hat gesessen. Der Fremde taumelt einen Schritt rückwärts und reißt seine Schulter zurück. Sie drückt nochmal ab und er geht zu Boden. Ihr plötzliches Schluchzen durchbricht die trügerische Stille. Sie beugt sich vor und atmet tief durch. »Sch-Scheiße!«, presst sie heiser hervor und hustet. Offensichtlich ist ihr gerade klar geworden, was sie da eigentlich getan hat.

Ich werfe einen überprüfenden Blick auf das Tablet. Kein Ton, keine aufploppende Nachricht. Ich hasse es, ihr das jetzt antun zu müssen. Seufzend schließe ich kurz die Augen und begradige mich. »Emily«, rufe ich leise in ihre Gedanken hinein. Sie dreht sich, den Kopf in den Nacken gelegt, zu mir um. »Er ist nicht tot.«

Sie lacht hysterisch und eine Träne läuft ihr übers Gesicht. »Ist das dein ernst?!« Enttäuscht lässt sie die Schultern hängen und schließt die Augen. Sieht fast aus, als würde sie beten.

»Sorry. Lass. Ich ... ich mach das. Du musst nicht ...«

»Nein!«, unterbricht sie mich. »Du bist verletzt. Ich ... kann das.« Sie nickt, versucht offensichtlich, sich selbst davon zu überzeugen und schlurft – gar nicht mehr so selbstsicher, wie vorhin noch – langsam und zögerlich auf den am Boden liegenden Mann zu. Ihr Arm zittert, als sie ihn nach ihm ausstreckt und mit der Waffe auf ihn zielt. »Oh Gott«, schluchzt sie leise und hält sich eine Hand vor den Mund.

Da fängt der Mann zu ihren Füßen plötzlich das Röcheln an. »Bitte«, fleht er wie ein Ertrinkender, der nach Luft schnappt. In seiner Stimme ist etwas, das ich nur zu gut von meinen Kameraden kenne. Er hat massive innere Blutungen und ist gerade dabei, zu ersticken. An seinem eigenen Blut.

»Es tut mir so leid«, schluchzt Emily und lässt die Waffe wieder sinken. »Es ... es tut mir so leid. Ich will das nicht tun!« Sie wischt sich mit dem Handrücken durchs Gesicht und senkt den Kopf. Ich erkenne ihr Gesicht nicht, kann mir aber nur zu gut vorstellen, was in ihr vorgeht. Gerade, als ich meinen Plan, ihr diese Bürde abzunehmen, wieder ins Auge gefasst habe und mich aufrichten will, breitet sich das Brennen in meinem Körper weiter aus und drückt mich zu Boden. »Es tut mir leid«, höre ich Emily verschwommen wiederholen und dann gibt es noch einen Knall. Das Echo hallt durch meinen Kopf und lässt mich die Augen zukneifen. Ich öffne sie wieder, kaum, dass ich Emilys hemmungsloses Schluchzen höre. Mit einem angewiderten Blick dreht sie sich zu mir um und lässt die Waffe fallen. Sie so zu sehen, löst etwas in mir aus, mit dem ich nie zuvor gerechnet hätte. Das ich zugegeben nicht einmal verstehe. Wie auch? Noch nie lagen mir die Gefühle eines anderen so am Herzen, wie sie es jetzt gerade bei Emily tun. Sie hat einen Teil ihrer Seele aufgegeben. Den kriegt sie nicht zurück. Es ist genauso, wie ich es ihr gesagt habe. Hat man die Grenze erst einmal überschritten, gibt es kein Zurück mehr. Jetzt steckt sie auch in diesem Loch. Aber verdammt, ich werde alles nur Menschenmögliche tun, um sie da wieder rauszuholen. Sie ist stark. Sie kann es schaffen. Für den Moment jedoch muss sie erstmal verarbeiten, was gerade überhaupt passiert ist. Das wird dauern. Plötzlich ertönt ein Piepton, der sie erschrocken zusammenfahren lässt. Das Vibrieren in meiner Hand macht mir klar, dass es zu Ende ist. Ich kann kaum die Augen offenhalten und senke den Blick, um mit schweren Lidern auf dem Tablet die Bestätigung dafür zu sehen.

Glückwunsch!
Sie haben überlebt!
Begeben Sie sich zeitnah zum nächstgelegenen
Helikopterlandeplatz!
Ein Helikopter ist auf dem Weg zu Ihnen, um Sie zurück
in Ihren ermittelten Wohnort zu bringen.
Ärztliche Versorgung steht Ihnen bei Bedarf während des
Rückflugs zur Verfügung.
Die Rückerstattung in Form einer einmalig zu
leistenden – und äußerst großzügig bemessenen –
Ausgleichsentschädigung erfolgt innerhalb der nächsten
zwei bis drei Werktage auf Ihr Bankkonto.
Bleiben Sie gesund!

Kingsmans Humor ist immer wieder erfrischend. Würde ich nicht bluten wie ein Schwein, würde ich darüber vermutlich fast lachen können. *Bleiben Sie gesund.* Kopfschüttelnd lege ich das Tablet ins Gras neben mir und kneife wieder die Augen zu. »Liam!«, höre ich Emilys panische Stimme plötzlich. Sie kommt näher und ein starker Ruck lässt mich wieder die Augen aufreißen. Da wäre ich doch fast weggenickt. »Lass mal sehen!«, sagt sie und zieht schroff an meinem Shirt.

Einen Moment lang beobachte ich sie mit einem schwachen Grinsen dabei, wie sie sich die Schusswunde anschaut. »Und was genau willst ... willst du da jetzt sehen? Mein ... stahlhartes Sixpack oder ... oder die Schusswunde. Von der ... du doch absolut keine Ahnung hast.«

»Dann hilf mir doch!«, zischt sie aufgebracht. »Stahlhartes Sixpack ... Dass ich nicht lache! Wovon träumst du eigentlich nachts, wenn ich fragen darf?!« Sie schüttelt schnaubend den Kopf.

»Wäre ich ... ich nicht wirklich in meinem Ego ... gekränkt, würde ich fast ... fast antworten wollen: von dir, ist doch wohl klar.« Ich schüttle schwach den Kopf und bemühe mich um ein weiteres Grinsen. »Aber das hast du dir selbst verscherzt!«

»Witzig! Echt komisch! Jetzt sag endlich, was ich tun muss!«

»Zuerst ... musst du gucken, ob die Kugel ... noch drinsteckt oder ob das ein ... ob das ein Durchschuss war«, flüstere ich angestrengt.

Sie nickt und legt vorsichtig eine Hand an meine Brust und die andere an meine Schulter, um mir zu helfen, mich vorzubeugen. Der Schmerz lässt mich leise knurren und erneut die Augen zukneifen. Sie hebt das Shirt auch an meinem Rücken ein Stück an und fährt sanft mit den Fingerspitzen darüber. »Nichts.«

»Okay«, seufze ich.

»Ist ... das gut oder schlecht?«, fragt sie und blinzelt panisch.

»Na ja, eine Schusswunde ist meistens eher schlecht. Obwohl. Nicht ... nicht meistens, sondern immer«, versuche ich mich an einem aufmunternden Scherz.

»Nicht ... witzig!«, zischt sie und funkelt mich wütend an.

»Also das kann ... besser und ... auch schlechter sein. Ich fühle mich ... recht gut. Also ist es wohl besser, dass das kein Durchschuss war. Den zu stopfen ... ist kaum möglich.« Ich schließe abermals die Augen und atme tief durch. »Und hätte die Kugel ein Organ verletzt, würde ich ... nicht mehr mit dir reden. Also musst du jetzt im Grunde nur die Blutung stoppen.« Ich fühle, wie mir die Farbe immer weiter aus dem Gesicht weicht. Es wird allerhöchste Zeit. »Wie mein ... Sarge damals während meines ersten Einsatzes immer gesagt hat: als erstes die Löcher stopfen!« Mein Mund trocknet allmählich aus. Kein gutes Zeichen. Emily muss sich beeilen. »Also du musst ... das erst sauber machen. Hol den Erste-Hilfe-Kasten.« Schweigend tut sie, was ich sage und kramt das Desinfektionszeug und den Kasten hervor. »Gib her. Ich mach das schon.« Zitternd gibt sie mir das Plastikfläschchen. Tief durchatmend nehme ich den Saum meines Shirts, das ich mir ganz hochgezogen habe und schiebe ihn mir in den Mund, ehe ich die Flasche aufschraube und den Inhalt in die stark blutende Wunde kippe. Sofort schießen mir Tränen in die Augen, die ich sorgsam zukneife. Den einsetzenden Schmerz knurre ich durch die zusammengebissenen Zähne in den Stoff. Das Brennen verschwindet nach einem Moment, lässt mich jedoch kurz schwindlig werden. Das war heftig! Ich brauche einen Moment zum Durchatmen. Kraftlos lasse ich den Stoff meines Shirts wieder aus dem Mund fallen.

»Was jetzt?«

Ich hole tief Luft und nicke träge. »Wie gesagt ... Löcher stopfen. In dem Kasten ist ein zugeschweißter Aluminiumbeutel. Da steht QuikClot drauf. Das ist entweder so ein graues Granulat ... eine Art Pulver ... oder eine Art Mull. Ähm ... so ein ... weißer Verband.«

Nickend kommt sie meiner Aufforderung nach. »QuikClot«, liest sie vor und dreht den Beutel in der Hand. »Das ... ist Pulver.« Ernüchtert und gleichzeitig erleichtert verdrehe ich die Augen und atme durch. »Ist das ... nicht gut?«

»Eigentlich nicht. Das ... Granulat ist ... später nur sehr mühselig zu entfernen. Da ist das mit dem Mull etwas einfacher. Allerdings ist das Granulat leichter in der Anwendung. Also, das schüttest du ... einfach in die Wunde. Alles klar? Alles was drin ist. Einfach rein damit.«

»Was?! Nein! Bist du bescheuert?! Das entzündet sich doch oder so was!«, protestiert sie aufgebracht und schüttelt inbrünstig den Kopf.

Augenverdrehend lege ich den Kopf in den Nacken. »Emily, so ... wichtig du mir geworden bist«, beginne ich schwer atmend. »Ich bin ... gerade dabei zu ... zu verbluten. Aber glaub nicht, dass ich dir nicht ... nicht trotzdem auf der Stelle den Marsch blasen könnte!« Ich gucke sie so wütend an, wie es mir in meiner Lage möglich ist. Wieder versucht der Schwindel mich zu übermannen. »Tu einmal ... *ohne* Kommentar ... was ich dir sage. Ja?! Das Zeug ist extra dafür da!«

»Entschuldige. Ich will nur nicht ... Ja.« Sie nickt, als sie meinen Blick sieht, reißt den Beutel auf und schüttet ohne ein weiteres Wort den gesamten Inhalt in die Wunde. Ich zucke zusammen, als das Granulat sofort in meinem Körper zu reagieren beginnt und sich auf die Quelle der Blutung legt, um sie stoppen. Es brennt höllisch und lässt mich wieder unkontrolliert den Schmerz aus mir herausknurren und die Augen zukneifen. »Entschuldige«, wimmert Emily leise.

»Die Kompressen!«, presse ich angestrengt und mit geschlossenen Augen hervor. »Drück ein paar von den Kompressen drauf! So fest du kannst.«

Schniefend und hektisch nickend macht sie sich wieder an dem Kasten zu schaffen. »Kompressen ... Kompressen ...«, nuschelt sie – vermutlich zu sich selbst. »Hab sie. Hier.« Sie hält mir eine Flasche Wasser vor die Nase. »Trink was. Du bist kreidebleich!« Ich nehme sie ihr aus der Hand und beobachte sie dabei, wie sie die Verpackung aufreißt und die quadratischen Kompressen herauszieht, um sie mir auf die Schusswunde zu drücken.

»Fester Druck. Min-Mindestens drei Minuten«, nuschle ich, nicke schwach und lehne mich mit geschlossenen Augen gegen meinen Rucksack. Ich bin völlig fertig. Am liebsten würde ich einfach schlafen. Aber mir ist klar, dass das absolut fatal wäre. Schweigend tut Emily, was ich ihr gesagt habe. Sie ist ungewöhnlich still, weswegen ich hin und wieder überprüfende Blicke in ihre Richtung werfe. Mit glasigen Augen starrt sie angestrengt auf ihre Hände. Offensichtlich kämpft sie gegen Tränen. »Danke«, flüstere ich heiser.

Sie blinzelt träge. Auch ihr ist die Müdigkeit deutlich anzusehen. Sie ist fertig. Völlig am Ende. Ihre Nerven liegen blank. »Tu mir bitte einen Gefallen und stirb nicht, ja?«, sagt sie plötzlich und beginnt laut zu schluchzen. »Liam, ich meine das ernst! Du ... du darfst nicht ... nicht ... nicht jetzt! Nicht mehr, nachdem wir das alles geschafft haben!«

»Wou! Hey!« Ich richte mich mühselig auf und lege ihr einen kurzen Moment lang eine Hand an die Wange. Mein Körper fühlt sich immer noch wie ein gerösteter Marshmallow an und mein Arm ist zu schwer, um in dieser Position zu verharren. »Da draußen wartet eine

Kugel auf jeden von uns. Und dein Name steht ... ganz klein auf der Kugel. Du hörst, wie sie dich trifft. Und dann ist es vorbei.« Ich ziehe die Nase hoch. »Das hat ein Kamerad ... damals immer gesagt. So ein ... Infanterist, der im Humvee immer ... immer am MG saß. Ein Typ namens Burton. Ein absoluter Idiot. Ein Träumer ... und ein ... einfach viel zu netter ... netter Kerl. Der hatte im Krieg nichts verloren, aber es war ... irgendwie beruhigend, wenn man ... wenn man damals so drüber nachgedacht hat. Ich dachte jedes Mal ... an seine Worte, wenn ich wieder rausging. Ich dachte: Womöglich fange ich mir da draußen eine Kugel ein. Oder in fünfzig Jahren kriege ich Krebs. Wer weiß das schon?« Die Ironie darin lässt mich schnauben. »Und hier sitze ich nun ... schon wieder und ... da ist ... *schon wieder* eine Kugel.«

»Die trägt aber nicht deinen Namen! Hast du mich verstanden?«, dementiert Emily leise. Ich schnaube amüsiert und nicke. Einige Zeit vergeht und wir schweigen uns wieder an. Ich weiß nicht, wie lange. Aber ich lasse Emily die Zeit, die sie offensichtlich zu brauchen scheint. Bis der Heli hier ist, dauert es ohnehin noch locker eine Dreiviertelstunde. Wenn nicht länger. »Wie geht es jetzt weiter?«, fragt sie leise.

Ich ziehe schniefend die Nase hoch und strecke meinen Rücken durch. Der Schmerz in meinem Körper flacht langsam, aber sicher etwas ab. »Wir ... suchen zu allererst mal die Plattform, oder ... was immer die sonst als Landeplatz vorgesehen haben. Und ...«

»Meinst du diese Plattform da?«, fragt sie, verzieht die Lippen gelangweilt zu einer schmalen Linie und deutet mit einer schnellen Kopfbewegung an mir vorbei.

Mühsam hieve ich mich in eine aufrecht sitzende Position und schaue mir über die Schulter. In knapp fünfzig Metern Entfernung steht ein recht flacher Betonblock, der aus dem Boden ragt. Seinen Umfang kann ich aus meiner Position nicht sehen, aber ich weiß, wie ein Helipad aussieht, wenn ich eins sehe. »Okay. Problem gelöst.« Ich nicke und erwidere ihren Blick mit einer hochgezogenen Augenbraue. »Tja, dann ... müssen wir nur warten.«

»Worauf?«

»Ein Heli kommt und bringt uns zurück.«

»Einfach so?«, fragt sie und runzelt die Stirn.

»Na ja, wir haben das hier gewonnen. Wenn man das so nennen will. Die tun es zumindest. Und ... unsere Freiheit ist der Preis.« Ich zucke die Achseln. »Ach und die ... sie nennen es Ausgleichsentschädigung.« Ich halte ihr das Tablet vor die Nase, das ich neben mir abgelegt hatte und auf dem immer noch die Glückwunsch-Nachricht flackert.

»Was soll das sein?!«

»Eine Art ... Preisgeld. Ich würde es eher als Schweigegeld bezeichnen. So gehen sie sicher, dass du nicht plauderst.« Mit großen Augen schaue ich Löcher in die Luft. »Mit der Kohle und dann noch ... nicht zu vergessen, mit dieser trackenden Scheiße da unter deiner Haut.« Ich deute auf ihr Handgelenk.

Sie schnaubt. »Was ... Also brauche ich etwa nicht zu den Cops gehen? Die erkaufen sich also nicht nur mein Schweigen, sondern überwachen mich ... als wäre die Geschichte nicht an sich schon unglaubwürdig genug. Was denken die, erzählt man den Bullen bitte? Ist ja nicht so, dass sie es einem glauben würden. Und wen zur Hölle würde man bitte verpfeifen? Weiß überhaupt irgendjemand, wer *die* eigentlich sind?«

Fuck! Jetzt oder nie, Burke! Jetzt ... oder nie! »Ähm ...«, mache ich langgezogen und öffne den Mund. Ja, ich weiß wer die sind! Ja, ich weiß, wer hinter alldem steckt! Scheiße! Verdammt! Sag es laut, Burke!

»Du ... du hast da ... heute Morgen was gesagt. Deine

Theorie meine ich«, sagt sie nachdenklich und starrt den Boden an. »Ich habe ... darüber nachgedacht und vielleicht ist das gar nicht so abwegig. Ich ... musste immer wieder daran denken, was dieser Gorilla zu mir gesagt hat, bevor er mich ausgeknockt hat.« Gott, was?! Scheiße! Was zur Hölle hat Crocker zu ihr gesagt? Dieser Esel! Wieso wusste ich nichts davon?! Mist, Mist, Mist! »Er hat zu mir gesagt: Mister Landon schickt mich. Äh, das ... das ist mein Ex«, fügt sie erklärend hinzu. Ich weiß. Sie schüttelt den Kopf. Ja, dazu hätte ich jetzt auch allen Grund. Crocker ist so ein verblödeter Idiot! Er hat echt nichts von dem behalten, was ich ihm beigebracht habe. Regel Nummer Eins: Du gibst den Teilnehmern keine Hinweise auf ihre Verkäufer! Für den Fall, dass sie die Scheiße überleben und anfangen, dumme Fragen zu stellen, verflucht! Ich könnte auf irgendwas einschlagen! »Und ich habe ... es mal irgendwie weitergesponnen. Was, wenn du damit richtig liegst? Wenn ... es tatsächlich eine Organisation gibt – vielleicht steckt die Regierung ja auch wirklich irgendwie dahinter –, die Geld mit so was verdient. Ich meine, ich ... Es ist absurd! Völlig hirnrissig. Ich weiß, dass Scott sicher kein Geld hätte, um mich auszuliefern. Und ich glaube nicht, dass er so skrupellos sein könnte. Wieso sollte er so was tun?«

»Wie gesagt ... Für jeden Menschen auf dieser Welt gibt es einen anderen, der ihn tot sehen will«, wiederhole ich mein Mantra und verziehe gleichgültig das Gesicht.

»Ich verstehe immer noch nicht, was du damit meinst.«

»Genau das, Emily! Du hast selbst gesagt, dass du es gar nicht mehr so abwegig findest.« Ich lasse den Kopf hängen und atme tief durch. Es ist soweit, Burke!

»Ich habe aber auch gesagt, dass ich glaube, dass das ein Scherz sein soll!«, erwidert sie und schüttelt den Kopf. Sie hält die Theorie für gar nicht abwegig, will sie aber dennoch nicht als wahr akzeptieren? Das ergibt keinen Sinn.

»Ja, es klingt absurd und hirnrissig. Aber ... was, wenn das kein Scherz war? Wenn ich das ernst meinte und wenn ich dir sage, dass ... dass ich weiß, wer *die* sind?«

Sie lacht erstickt. »Und woher willst du das wissen? Bist du etwa ein ... Enthüllungsjournalist, der sich auf die Insel hat schleusen lassen, um aufzudecken, was hier für schlimme Dinge passieren?«

»Nein«, antworte ich knapp auf ihre vor Ironie strotzende Frage. Unsere offensichtliche Sympathie füreinander und ihre Gefühle schwinden dann in drei, zwei, eins ... »Es ist ... viel schlimmer. Ich ... ich hab für die gearbeitet.«

Ihr verwirrtes Lächeln verschwindet. »Was?« Sie blinzelt träge und scheint ihren Ohren nicht zu trauen. »Ich glaube, ich verstehe nicht.«

»Ich ... habe für die gearbeitet, Emily«, wiederhole ich. »Und mitunter war ... es mein Job, Teilnehmer aufzuspüren, auszukundschaften und dann dafür zu sorgen, dass sie möglichst unauffällig und problemlos von der Bildfläche verschwinden«, beginne ich meine Erklärung und kann Emilys Mimik dabei zusehen, wie sie anfängt, sich zu verändern, während sie damit beschäftigt ist, meine Worte zu begreifen. »Ich habe ... das nicht gemacht, weil ich es so geil fand oder den Kick brauchte. Nachdem ich ... es das erste Mal von dieser gottverfluchten Insel runtergeschafft hatte, haben Sie gefragt. Was soll ich sagen? Ich brauchte einen Job.« Ich zucke mit den Achseln. »Also habe ich Ja gesagt. Ich habe nicht überlegt. Es war nur ... nur irgendein Job.« Ich runzle die Stirn und halte kurz inne. »Und darin war ich ganz gut, denke ich.« Wir schauen einander nicht an. Emily wirkt abwesend und ich lasse sie. »Drei Jahre habe ich für die gearbeitet. Hab ... einfach getan, was ich tun musste.

Wofür ich bezahlt wurde. Und dann ...« Ich beende den Satz vorzeitig, denn ich weiß nicht, wie ich ihn beenden soll, ohne sie vollständig zu verlieren. Ich kann ihr das nicht länger verheimlichen. Fuck, Burke! Hättest du dich nicht in sie verliebt, hättest du dieses Problem jetzt nicht! Dann wäre es dir egal, ob sie dich hasst. »Dann hatte ich da ... diesen ... diesen Auftrag. In ... in Atlanta.« Ich schaue vorsichtig zu ihr auf. Ihr Kopf ruckt in meine Richtung und sie starrt mich an, als wäre ich ein Alien. »Ich sollte ... diese ... Bedienung aus einem schäbigen kleinen Diner auskundschaften. Ein nettes Mädchen aus Macon. Die ... nichts weiter wollte, als Anwältin zu werden und nach New York zu gehen.« Schuldbewusst senke ich den Kopf, spanne den Kiefer an und schließe einen Moment lang seufzend die Augen. Die Luft zwischen uns ist so dick, dass man sie schneiden könnte. Ich spüre Emilys vernichtenden und zugleich tief enttäuschten Blick auf mir. »Drei Wochen nachdem ich ... angefangen hatte, sie zu beschatten und ... sie eigentlich hätte einsammeln sollen, habe ich ...« Nachdenklich beende ich den Satz vorzeitig und raufe mir die Haare. Meine Eingeweide schmerzen und ich bin mir nicht ganz sicher, ob sie wegen der Schussverletzung wehtun oder wegen meinem massiven schlechten Gewissen. »Ich konnte es nicht. An ... an dem Tag habe ich ... mich entschieden, nicht mehr für die zu arbeiten. Ich hab den Scheiß hingeschmissen und ...« Meine Worte klingen wie eine Ausrede. Aber so ist es gewesen. Was soll ich ihr anderes sagen? »Hier bin ich.« Enttäuscht darüber, nicht erfolgreich gewesen zu sein bei meiner Flucht, schnaube ich und schüttle den Kopf. »Man steigt eben nicht einfach aus und kommt dann womöglich noch ungestraft davon. Wo kämen wir denn da hin?« Schnaubend schaue ich Löcher in die Luft.

Emily ist ungewöhnlich still, weswegen ich ihr nach

einem Moment einen flüchtigen Blick zuwerfe. Sie sitzt nur da und starrt mit großen, glasigen Augen ins Leere. Tränen bilden sich darin und laufen ihr schließlich über die Wangen. »Ich ... ich bin deinetwegen hier?«, flüstert sie stimmlos, ohne mich anzusehen.

»Nein«, entgegne ich knapp. »Aber ich bin deinetwegen hier.«

»Wie kannst du es wagen?!«, zischt sie. Der Ton in ihrer Stimme erschüttert mich in Mark und Bein und lässt mich schuldbewusst die Augen schließen und ihrem Blick ausweichen. »Ich hab dir vertraut.« Schniefend und schluchzend holt sie hörbar tief Luft und ringt nach Atem. »Ich hab ... dir Dinge über mich erzählt, die ... die du schon wusstest?!« Die einsetzende Erkenntnis rollt wie ein Güterzug über sie hinweg. Sie sitzt da, mit offen stehendem Mund, zusammengezogenen Augenbrauen und völlig verheultem Blick, sucht den Boden nach Antworten ab und wird sich gerade über das Ausmaß meines Geständnisses klar. Das war es. Nervös und hektisch steht sie auf, presst sich eine Hand vor den Mund und tritt unruhig auf der Stelle, ehe sie sich um ihre eigene Achse dreht. »Wie konnte ich nur so dumm sein?«, haucht sie – offensichtlich zu sich selbst.

»Lass es mich dir bitte erklären«, beginne ich und schaue flehend zu ihr. »Bitte, Emily. Ich ... ich kann dir das alles ... in Ruhe erklären. Es ist nicht ...«

»Mh, mh!«, macht sie laut, schüttelt inbrünstig den Kopf und hält drohend den Zeigefinger hoch. »Lass es einfach! Denk ... ja nicht mal dran, mir noch irgendwelche ... weiteren Lügen aufzutischen! Du ... verdammtes ... Arschloch!« Sie ballt die Hände zu Fäusten und schlägt sie sich selbst auf die Schenkel.

»Em, es ... es tut mir so wahnsinnig leid«, versuche ich erneut, mich zu entschuldigen. Nichts, was ich sagen könnte, würde irgendwas von dem wiedergutmachen, was ihr widerfahren ist und doch will ich, dass sie weiß, dass ich das nicht wollte. »Ich kann ... deinen Zorn wirklich verstehen und ... ich nehme alles hin, was du mir entgegenwirfst. Du willst mich beleidigen, dann tu das. Ich komme damit klar. Du ... kannst mir auch gerne eine reinhauen, aber ... Ich will nur, dass du weißt, dass ich dich nie angelogen habe. Und ich ... habe dir nichts vorgemacht, oder was ... immer du glaubst. Bitte! Ich wollte wirklich nicht ...« Ich greife nach ihrer Hand, doch sie zieht sie ruckartig weg und stolpert einen Schritt nach hinten.

»Fass mich nicht an!«, fällt sie mir mit einem wütenden, angewiderten Zischen ins Wort. Erneut schließe ich die Augen. Enttäuscht darüber, ihr Vertrauen und ihre Zuneigung mit einem Schlag verloren zu haben. Sie steht neben mir und ich spüre ihren verachtenden Blick auf mich niederbrennen. »Fahr zur Hölle!«, presst sie zwischen zusammengebissenen Zähnen hervor und geht.

CHAPTER ELEVEN

EMILY

Ruckartig schrecke ich aus dem Schlaf, sauge scharf die Luft ein und sitze plötzlich kerzengerade im Bett. Was zur Hölle war das denn für ein Traum? Gott, meine Fantasie spielt mir echt immer die unheimlichsten Streiche. Aber dieser Traum? Der hat die Skala des Möglichen in Sachen Unheimlichkeit deutlich gesprengt! Ich war mit einem Fremden auf einer einsamen Insel und musste drei Tage lang um mein Leben rennen. Wie dämlich ist das denn? Einen Moment lang überlege ich angestrengt, ob ich irgendeinen Film im Fernsehen gesehen habe, der in die Richtung ging. Der Traum kam mir ziemlich real vor. Gott, ich muss echt aufhören, mir spät abends noch irgendwelche schlechten Actionfilme anzusehen! Schnaubend schüttle ich den Kopf und stehe auf. Als ich an mir runterschaue fällt mir auf, dass ich keine Schlafsachen anhabe. »Was zur ...« Panik steigt in mir auf. Ich trage meine schwarze Jeans, mein rot-kariertes Lieblingshemd und darunter das schwarze Top. Diese Kombination trage ich oft. Es ist mein Lieblings-Outfit. Aber ich bin mir ziemlich sicher, es nicht so sehr zu lieben, dass ich jemals damit schlafen gehen würde. Mit großen Augen und offen stehendem Mund stehe ich mitten in meinem Schlafzimmer und überlege angestrengt, ob zu dem schlechten Actionstreifen noch unnötig viel Alkohol dazukam. Ich habe nichts getrunken! Ich habe auch keinen Scheißfilm geguckt! Was zum Teufel ist hier los?! Dieser verrückte Traum. War das vielleicht kein Traum? Nein! Das wäre zu absurd! Ich drehe mich um und werfe einen überprüfenden Blick in den Spiegel. Wieder klappt mir der Mund auf. Ich sehe furchtbar aus. Und die fettigen, zerzausten Haare, die mir wirr ins Gesicht hängen, sind nicht mal das Schlimmste an mir. Oder die vor Dreck strotzenden Klamotten. So habe ich im Bett gelegen? Egal! Mein Gesicht sieht aus wie durch einen Fleischwolf gedreht! »Oh Gott!«, seufze ich leise und langgezogen. Vorsichtig fahre ich mit den Fingerspitzen über meine linke Gesichtshälfte. Schrammen, Macken, Kratzer und drei kleine, dicht beieinanderliegende weiße Klammerpflaster entstellen mein Gesicht. »Das war kein Traum«, flüstere ich meinem verstört dreinblickenden Spiegelbild zu und drehe meinen Kopf, um einen ausgiebigen Blick auf den weißen Klebeverband an meinem Hals zu werfen. Vorsichtig drücke ich meinen Finger in den weichen Stoff. Darunter entsteht ein leichtes Brennen, was mich scharf die Luft einsaugen lässt. Das Bild blitzt durch meinen Kopf, wie ich plötzlich an die schimmlige Zimmerdecke gestarrt und an mein altes Fahrrad gedacht habe. Ich hatte wohl einen Schock. Das hat er zumindest gesagt. Er ... »Oh ... mein Gott«, flüstere ich und taumle schockiert über die Erkenntnis, die sich gerade in meinen Kopf drängt, einen Schritt zurück, sodass ich mit der Kniekehle gegen mein Bett stoße und den Halt verliere. Einen Moment lang sitze ich nur auf meinem Bett, die Ellbogen auf den Knien abgestützt und das Gesicht in den Händen vergraben. Liam. Das war kein einfacher Traum, der nur etwas zu lebhaft und ausufernd wurde. Das war real. Alles, was auf dieser

Insel passiert ist. Jede einzelne Minute spult durch meinen Kopf und hektisch blinzelnd suche ich den Boden nach Antworten ab, auf Fragen, die ich nicht mal kenne. Tränen sammeln sich in meinen Augen und mit angehaltener Luft lasse ich ihnen einfach freien Lauf. Es ist, als würde alle Anspannung in einer gewaltigen Welle über mich hinwegschwappen.

Die Dusche hat gutgetan. Ich glaube, ich habe bestimmt eine Dreiviertelstunde nur so dagestanden und das Wasser seine Arbeit leisten lassen. Ich fühle mich zwar sauberer, wenn auch nicht viel entspannter. Mein Kopf dröhnt. Ich bin mir nicht sicher, ob das an den Schmerzen in meinem Gesicht liegt oder an den vielen Gedanken, die meinen Schädel bald zum Platzen bringen. Ich war auf einer Insel und musste drei Tage lang um mein Leben rennen. Und ich habe mich in den Typen verliebt, der überhaupt Schuld war an all dem! Das habe ich mir immer wieder gedanklich vorgesagt und kann es dennoch nicht glauben. Wie zur Hölle konnte ich nur so unfassbar dumm sein? Das passiert mir offensichtlich immer wieder. Meine Naivität lässt mich immer auf irgendwelche Arschlöcher oder Versager reinfallen. Und, um dem Ganzen die Krone aufzusetzen, bin ich dieses Mal auf den Anführer aller Arschlöcher und Versager reingefallen. Auf den König der Lügner. Ich habe mich in ihn verliebt, habe ihm mein Herz und meine Seele auf dem Silbertablett serviert und zu allem Überfluss habe ich mich ihm noch schamlos an den Hals geworfen und die Beine breit gemacht. »Naive Schlumpfine«, flüstere ich mir selbst zu. Genervt schnaufend komme ich aus dem Bad und rubble mir mit einem Handtuch die Haare trocken. Weiterhin meinen Gedanken nachhängend, wandere ich durch die Wohnung, um wieder in mein Zimmer zu gelangen. Einen Moment lang überlege ich, was ich anziehen könnte und was ich zu meinem nächsten Lieblings-Outfit ernennen kann, denn das Hemd, die Jeans und das Top werde ich definitiv verbrennen! Mal abgesehen davon, dass alle drei Teile zusätzlich zum Dreck noch mit Blut besudelt oder zerrissen sind, *will* ich sie unter keinen Umständen jemals wieder tragen.

»Heilige Scheiße, hast du mich erschreckt!«, schreit Callie plötzlich hinter mir. Erschrocken zucke ich zusammen, ducke mich instinktiv und reiße die Hände über den Kopf. In Gedanken höre ich Liam schreien, dass ich bloß unten bleiben und in Deckung gehen soll. Als mir klar wird, wie bescheuert ich aussehen muss und praktisch in der gleichen Sekunde richte ich mich wieder auf und drehe mich zitternd zu ihr um. Sie steht mitten im Flur. Mit großen Augen presst sie sich die Hand vor die Brust, an der ihre Handtasche runterbaumelt und in der anderen Hand, die sie abwehrend von sich gestreckt hat, hält sie einen Starbucks-Becher und ihre Sonnenbrille. »Verdammt! Wie siehst du denn aus?«, fragt sie nach einem musternden Blick über mein Gesicht erschüttert. So schlimm, hm? Danke.

»Ich ...«, beginne ich und mir ist klar, dass ich absolut keine Ahnung habe, wie ich das erklären sollte, ohne als geistesgestört abgestempelt zu werden. »Ähm ...«

»Geht es dir gut? Du siehst irgendwie ein bisschen ... verstört aus.« Sie schüttelt den Kopf und hebt die Augenbrauen. Nach einem kurzen Moment wendet sie sich ab und zieht sich die Schuhe von den Füßen, hängt ihre Tasche an die Garderobe und schmeißt ihre Sonnenbrille und ihre Schlüssel auf die Kommode. »Jetzt erzähl schon, was passiert ist. Denn so wie du aussiehst, war der Kurztrip nach Macon eine Vollkatastrophe.«

»Mein Kurztrip nach Macon«, wiederhole ich ihre Worte und denke unwillkürlich an das, was Liam zu mir gesagt hat. Er meinte, es wäre Teil seines Jobs gewesen, die Teilnehmer möglichst unauffällig verschwinden zu lassen. War das vielleicht meine Geschichte? Wäre ich einfach wieder nach Macon zurückgegangen? Aber ein Kurztrip? Das ergibt keinen Sinn. Es sei denn, ich hätte dort einen tödlichen Unfall gehabt oder was immer er sich für mich ausgedacht hat. So wie bei Russel Jenkins. Von dem ich jetzt weiß, dass sein Tod nicht durch einen Helikopterabsturz verursacht wurde, sondern durch den Besuch auf der Insel. Allein der Gedanke erweckt den tiefen Wunsch in mir, mich an Ort und Stelle zu übergeben. Das ist so unglaublich krank, dass es sich kaum in Worte fassen lässt.

»Du hast ja nicht gesagt, wie lange du bleiben wolltest. Aber ich dachte nicht, dass du nach ... nicht mal vier Tagen wieder hier sein würdest. Und dein Gesicht sieht aus, als wärst du von den Dorfbewohnern Macons ... mit den Füßen voran an einer Kutsche festgebunden ... und hinterher geschleift worden.«

»Denkst du, Macon ist noch im Mittelalter hängen geblieben?« Ich muss schmunzeln. Sie vergleicht immer alles wahnsinnig bildhaft und meistens ungewollt lustig. Denn ich fühle mich alles andere als bereit, um zu lachen oder mich über mein Erscheinungsbild lustig zu machen. »Mir geht es gut.«

»So siehst du aber nicht aus.«

Jetzt wird es Zeit für eine Parade an Ausreden. Los, Emily! Lass dir was Überzeugendes einfallen. »Na ja, ich ... wollte einfach nur mal den Kopf freikriegen. Ich war ... zu Hause, hab meine Grandma besucht und ... ich habe viel darüber nachgedacht, ob ich wirklich noch diesem aberwitzigen Traum nachjagen will, Anwältin zu werden.« Zumindest das ist nicht mal gelogen. »Ich glaube nicht, dass ich mich weiterhin dafür krumm machen werde. Und ...«, sage ich, das letzte Wort in die

Länge ziehend und hebe die Schultern. »Dann wurde ich traurig oder ... wehmütig und bin feiern gewesen. Ich habe einen ... Kerl kennengelernt und ...«

»Oh!«, macht sie gedehnt und tippelt ungeduldig mit den Füßen auf den Boden, ehe ihr Kopf zu wackeln beginnt und sie vor Neugierde überfließt. »Erzähl!«

Ich seufze. »Wie du ... an meinem Gesicht eindeutig erkennen kannst, war der Abend alles andere ... als nett! Okay?! Ich war betrunken! Was niemals eine gute Grundlage ist, wenn man einen Mann kennenlernen will.« Ich denke, ich werde mir diese Geschichte jetzt einfach eine Zeit lang jeden Abend vor dem Schlafengehen selbst erzählen. So lange, bis ich es mir auch selbst glaube. Denn es ist für mich sehr viel eher akzeptabel, mich von einem Typen wie Liam blenden zu lassen, wenn ich dabei unter Alkoholeinfluss stehe, als wenn ich *tatsächlich* dem Irrglauben aufgesessen bin, dass er so was wie ein Held sein könnte. Ich fasse es einfach nicht, dass ich ihm tatsächlich gesagt habe, dass er *mein* Held ist! Gott, wie bescheuert und super naiv war ich bitte?! Ich meine, es ist ja nicht so, dass er mir das nicht sogar ständig unter die Nase gerieben hätte. Im Grunde hatte er also wirklich nicht gelogen, als er sagte, dass er nie gelogen hat. Zumindest was das angeht. Er hat sich nicht als Held aufgespielt. Ich habe ihn dazu gemacht. *Dumme, naive Schlumpfine!* Er hatte ja so recht damit! »Wir haben ein ... ein bisschen rumgemacht. Nichts ... nichts wirklich Dramatisches.« Von wegen! Wenn ich daran denke, wie er mich mit seinem Daumen ... Oh Gott! Lass es besser, Emily. Das ist keine gute Idee! Aber der Sex. Verdammt! Ich hole tief Luft und halte den Atem an, um mich nicht zu sehr an die Erinnerung zu klammern. Der Sex war gut. Er war so *unglaublich* gut. Aber es war eine einmalige Sache und wird in meiner Erinnerung verblassen. Immerhin war Liam nicht mein erster One-Night-Stand. Und er wird nicht der letzte gewesen sein!

»Und? Hast du mit ihm gevögelt?«

Na, toll! Das musste sie jetzt fragen, oder? »Äh ...«, mache ich langgezogen und als ich bemerke, wie ihre Mimik beginnt, sich zu verändern, schüttle ich inbrünstig – und stärker als gut für mich wäre – den Kopf. »Nein! Nein, so weit ... ist es nicht gekommen. Ich ... Es hat sich rausgestellt, dass er ein ziemlicher Idiot war und ich habe ... mich entschieden zu gehen.« Abwehrend fuchtle ich mit den Händen vor ihr herum. »Beim Gehen bin ich gestolpert und auf die Straße geknallt. Deswegen sehe ich so aus. Wirklich nicht so schlimm.«

»Und dein Arm?« Sie deutet mit einer Kopfbewegung auf meinen entblößten Unterarm. Mist! Ich hätte den Ärmel meines Morgenmantels sorgsamer im Blick haben müssen.

»Gleiche Geschichte.« Ich verziehe die Lippen zu einer schmalen Linie und nicke. »Da lag ... überall Glas vor dem Club. Echt ... ein heruntergekommener Laden. Das war damals noch nicht so schlimm, als ich noch dort gewohnt habe.«

»Sieht aus, als wärst du damit beim Arzt gewesen. Wenigstens etwas.« Callie nickt, zieht ihr Handy aus der Hosentasche und schlurft an mir vorbei.

»Ich war in der Notaufnahme«, runde ich mein Lügengebilde ab und lächle schief. »Drei Stiche. Alles halb so wild. Hat auch echt ... kaum wehgetan.« Von wegen! Den Schmerz werde ich niemals vergessen! Gott, tat das vielleicht weh. Aber Liam war so vorsichtig. Er war so bemüht und hat ... Nein! Lass es, Emily! Lass es einfach! Das führt zu rein gar nichts!

»Glück gehabt, würde ich sagen. Äh, ich habe gestern bei der Arbeit eine sehr spendable Herrengruppe bewirtet. Da gab es reichlich Trinkgeld. Hast du Lust was zu bestellen? Ich habe echt Hunger. Du bist eingeladen.«

»Wow. Danke. Klar«, antworte ich abwesend und bleibe im Flur zurück. »Wir könnten uns ja einen Film ansehen oder so was. Nach den letzten Tagen ... könnte ich ein bisschen Ruhe vertragen.«

»Gerne. Geht mir genauso. Die letzten Tage musste ich ja deine Tische mit übernehmen und dann noch Überstunden machen. Nur, weil Dale sich zu fein war, eine Vertretung anzuheuern.« Sie schüttelt genervt den Kopf und schmeißt sich aufs Sofa. »Du ... kommst doch wieder arbeiten, oder? Ich meine, wenn du jetzt auf so einem Selbstfindungstrip bist, hast du vielleicht keine Lust mehr, in so einer Absteige zu arbeiten.«

»Ich habe wirklich keine Lust, in so einer Absteige zu arbeiten«, bestätige ich und lächle sie schwach an, ehe ich mich neben sie fallen lasse. »Aber ... Ich brauche trotzdem Geld. Denn ich denke, ich will nach wie vor nach New York. Irgendwas muss ich doch noch aus meinem Leben machen. Oder nicht? Auch, wenn ich keine Anwältin werde. Mir fällt schon was ein.«

»Vielleicht nimmst du mich dann mit«, wirft Callie ein und verzieht die Lippen, ehe sie die Achseln zuckt und den Fernseher einschaltet. »Mich hält hier auch nicht wirklich viel.«

»Klar. Zu zweit macht es sicher mehr Spaß.« Ich hätte ja wirklich schwören können, dass sie mich nicht besonders mag und dass ihr meine Abwesenheit nicht einmal auffiele. Aber ich habe mich ganz offensichtlich getäuscht. Vielleicht hatte sie auch nur eine schlechte Phase. Ich bin jedenfalls froh, dass ich nicht allein dastehe.

Es war wirklich keine besonders gute Idee, ohne Geld und ohne Plan Macon zu verlassen und nach Atlanta zu ziehen. Und es war eine noch viel schlechtere Idee, das alleine zu tun. Aber selbst wenn ich Scott nicht an die Bullen verpfiffen hätte, wenn ich ihn jetzt bei mir hätte, wäre meine Lage keine andere. Ich hätte trotzdem keinen Plan und auch kein Geld. Vermutlich sogar noch weniger Geld.

Mit klopfendem Herzen stehe ich vor dem großen Wohnblock und schaue an dessen Fassade hoch. Das ist die Adresse aus der Anzeige. Ich halte die Zeitung in der Hand und schaue nochmal nach, ob ich auch wirklich vor der richtigen Tür stehe. Noch nie habe ich in einer WG gelebt. Ich habe in Macon mit Scott zusammengewohnt, dann wieder nicht, dann wieder doch und dann war es endgültig vorbei. Wir wollten zusammen nach Atlanta. Jetzt bin ich alleine hier. Und das ist auch gut so. Aber die Angst sitzt mir tief in den Knochen. Versagensangst? Eher Heimweh, denke ich. Aber Heimweh wonach? Nein, Emily! Es war eine bewusste Entscheidung. Fang nicht an, sie zu bereuen.

Tief durchatmend betätige ich die Klingel. »Ja, bitte?«, blafft eine raue Frauenstimme durch den Lautsprecher der Gegensprechanlage.

»Äh ... Emily Graves. Ich ... hatte angerufen, wegen des freien Zimmers? Wir waren verab...«

»Komm einfach hoch!«, knurrt sie und das Summen der Haustür aus massivem Holz und Glas lässt mich zusammenzucken. Wow. Das war merkwürdig. Sie wirkt irgendwie ... unfreundlich. Ich sollte wahrscheinlich lieber die Beine in die Hand nehmen und schnell wegrennen. Vielleicht hat sie eine Kühltruhe im Keller stehen, in der ich mich wiederfinde, kaum dass ich bei ihr eingezogen sein werde. Wenn sie mich überhaupt als Mitbewohnerin will. Oh Mann! Mit zitternden Knien gehe ich die Treppe hoch. Die Wohnung befindet sich im dritten Stock und es gibt keinen Aufzug. Das hätte sie ruhig in die Anzeige schreiben können. Ehe ich an der Wohnungstür klopfe, stelle ich mich einen Moment gegen die Wand und lege den Kopf zurück, um wieder zu Atem zu kommen. Ich bin so was von unsportlich. Ach, du lieber Herrgott im Himmel! Schenk mir ein Sauerstoffzelt! Kaum habe ich geklopft, geht die Tür auf und eine große Brünette steht vor mir mit langem Gesicht und einem äußerst schmalen Körper. Sie ist dunkel geschminkt. »Emily?« Ich nicke bloß und schlucke den Angstkloß runter, der mir im Hals steckt. »Ich bin Callie«, stellt sie sich vor und legt sich eine Hand ans großzügig in Szene gesetzte Dekolleté. »Komm rein. Ich zeig dir dein Zimmer.«

»Äh ... *mein* ... Zimmer? Also ... kann ich ... das Zimmer haben? Sind denn da keine anderen Bewerber?«, frage ich, klammere mich an meine Handtasche, die mir über die linke Schulter hängt und folge ihr ins Innere der Wohnung.

»Nein. Und ich kann mir auch wirklich nicht viel Zeit nehmen, erst ganz in Ruhe alle *Bewerber* zu vergleichen und solche Spielchen.« In der Luft formt sie Anführungszeichen mit den Fingern. »Wer zuerst kommt, mahlt zuerst. Verstehst du?« Ich nicke. »Du hast am Telefon gesagt, dass du aktuell kein Geld hast, weil du neu in der Stadt bist und erst einen Job brauchst.« Wieder nicke ich. »Das ist kein Problem. Ich habe einen Job für dich.«

»Äh ... Ach, ja?«

»Ja. Ich will dich nicht anlügen. Es gibt weiß Gott bessere Jobs. Und ich meine damit wirklich *jeden* ... Job! Jeder Job ist besser als *dieser*!«

»Willst du, dass ... ich mich prostituiere oder so was?«, frage ich und lache hysterisch. Das wäre zumindest für mein Empfinden der schlimmste Job, den man haben könnte.

»Nein, selbst der wäre wohl noch besser. Na ja, besser vielleicht nicht, aber ... lohnenswerter.« Sie zuckt die Achseln. »Ich arbeite im Cabbagetown-Diner. Eine ... ranzige, heruntergekommene Bude. Wirklich nicht schön. Aber es ist ein Job. Und mit der Kohle kannst du deinen Teil der Miete zahlen und hast noch ein bisschen was übrig. Dazu kommt hin und wieder mal ein spendabler Gast, der auch mal ein bisschen Trinkgeld locker macht. Das darfst du behalten. Das wird nicht in einen großen Topf geworfen oder so was. Du guckst so verwirrt. Also du musst es nicht machen. Ich kann verstehen, wenn man sich lieber was anderes sucht. Aber wie sagt man so schön? Einem geschenkten Gaul ...« Sie zuckt erneut die Achseln. »Besser als nichts. Die Stelle ist vor ein paar Tagen frei geworden. Überleg es dir.«

»Nein. Ja. Nein. Quatsch. Ich ... Sorry«, stottere ich und verdrehe die Augen. »Ich ... ich muss nicht überlegen. Absolut nicht. Ich mache es. Ich nehme den Job. Ehrlich, ich bin froh, wenn ich überhaupt was habe. Und ... ehrlich gesagt bin ich mir nicht sicher, wie lange ich wohl nach einem Job suchen würde. Ähm ... Danke! Wirklich. Das ... das ist sehr nett von dir.«

»Ja«, sagt sie knapp und ihr Blick wirkt irgendwie gelangweilt oder unbeteiligt. »Also ... Alles ab sofort, wenn du willst. Du kannst sofort einziehen und sofort anfangen zu arbeiten. Ich will dich nicht anlügen. Ich bin nicht unbedingt scharf auf einen Mitbewohner, aber ich habe die Kohle alles andere als locker und kann mir die Miete auf Dauer nicht alleine leisten.

Also, nimm ... es nicht persönlich.« Ich kenne sie nicht, aber sie macht einen sozial eher distanzierten Eindruck. Ich denke nicht, dass sie viele Freunde hat, oft ausgeht oder Besuch bekommt. Ich frage mich, was sie so macht, wer sie ist und wieso sie in einem offensichtlich schlechten Diner arbeiten geht.

»Ähm ... okay.«

Wieder zu arbeiten war eine gute Idee. Die beste Ablenkung ist es zwar nicht, wenn man bedenkt, dass am Tag vielleicht fünf bis zehn Leute vorbeikommen, von denen sich mindestens drei einfach nur verfahren haben und nach dem Weg fragen wollen oder nur mal schnell zur Toilette müssen. Ich frage mich echt, wie Dale es hinkriegt, dass der Laden nicht den Bach runtergeht. Gleichwohl ist es gut, dass ich nicht alleine zu Hause sitze und nachdenke. Über die Insel. Über die Menschen, die dort tatsächlich gestorben sind. Darüber, dass das kein verrückter, kranker Traum war. Über die Verletzungen, die ich davongetragen habe. Über Liam. Ich seufze leise in mich hinein, als ich am Tresen stehe und Löcher in die Luft starre. Es ist fast eine Woche her und jeder einzelne Gedanke, den ich mir darüber gemacht habe, hat das Gefühl nicht verschwinden lassen, dass all das zu absurd ist, als dass es wirklich hat passieren können. Aber es ist passiert. Okay, ich mache mir doch Gedanken. Ob ich nun alleine in meinem Zimmer sitze, nachts davon träume oder im Diner stehe und Kaffee in Tassen schütte oder Burger von A nach B trage. An jedem Tag mache ich mir über irgendwas anderes Gedanken, was mir dort widerfahren ist. Ich werde es nicht los. Kaum schließe ich die Augen, sehe ich es vor mir. Alles. Bildlich! Ich kriege nichts davon aus dem Kopf. Aber bei allen Gedanken ist es immer die gleiche Szene, die sich früher oder später in meinem Kopf abspielt. Liam. Seine Lippen auf meinen. Die Sicherheit, die er mir vermittelt hat. Die Schmetterlinge im Bauch, als er mir das Top über den Kopf gezogen hat. Die vielen Male, die er mir das Leben gerettet hat. Und so sehnsüchtig ich diesem Gefühl nachhänge, wird es immer von den Zweifeln überschattet. Ich frage mich, ob er all das nur gespielt hat. Ich war sein Auftrag. Vielleicht gehörte es für ihn zum Job, mich zu manipulieren, Gefühle für ihn in mir zu wecken, mich zu verführen. Das wiederum führt mich zu der Frage, ob irgendjemand *gesehen* hat, was passiert ist. Aus welchem Grund hätte er sonst mit mir schlafen sollen? Um meinet- oder unseretwillen ganz sicher nicht. Aber auch dieser Gedanke ist zu absurd. Als wäre mein Leben eine Art Truman-Show. Das ist lächerlich. Also wird ihm wahrscheinlich einfach nur langweilig gewesen sein. Ihm wird der Sinn danach gestanden haben, mal wieder gepflegt einen wegzustecken. Typisch Kerl würde ich sagen. Ich war halt gerade da. Und nach wie vor weiß ich nicht einmal, wieso! Wieso ich?! Wieso war es Liams Auftrag, *mich* auf diese Insel zu bringen? Wer zur Hölle könnte Interesse daran haben, dass ich auf einer Insel verschwinde? Vielleicht hätte ich es ihn doch erklären lassen sollen, anstatt wie ein sturer Esel und völlig wutentbrannt davonzustapfen. Schon als ich alleine zu dieser Plattform gegangen bin, um mit möglichst viel Abstand zwischen uns auf den Helikopter zu warten, hatte ich darüber nachgedacht, ihm die Möglichkeit der Erklärung während des Heimflugs einzuräumen. Denn noch im Weggehen war mir klar, dass mir mein eigener Stolz wieder mal im Weg gestanden hatte. Doch kaum hatten wir den Heli bestiegen, hatte Liam sich erneut entschuldigt und gemeint, ich sollte mich nicht wehren und es einfach passieren lassen, dass es so besser wäre für mich, da wurde mir auch schon wieder eine Spritze in den Arm gesteckt und ich wurde bewusstlos, bevor ich seine Worte hinterfragen konnte.

»Hey, Emmy!«, ruft Dale aus der Küche und entreißt mich meinen Gedanken. Ich verdrehe unwillkürlich die Augen. So gerne ich meinen dickbäuchigen, gemütlichen Chef habe, so sehr hasse ich es, wenn er mich Emmy nennt. Er ist zwar ein recht väterlicher Typ und ich denke, er hätte mich gerne als seine Tochter, aber die bin ich *nicht*. Und nur mein Dad darf mich Emmy nennen! Er ist tot, also darf mich *niemand* so nennen! »Hol bitte ein paar Kuchen aus dem Kühlraum!« Er steht in der Küche. Wieso zur Hölle tut er es nicht selbst? Gelangweilt stoße ich mich von der Arbeitsfläche ab, gegen die ich mich gelehnt hatte, um meinen Gedanken nachzuhängen und schlurfe in die Küche. »Danke, Kleines.«

»Kein Problem.« Mit einem langen Gesicht, hängenden Schultern und vollem Kopf hole ich einen Käsekuchen und einen Blaubeerkuchen aus dem Kühlraum, reiße bei beiden die Verpackungen auf und schmeiße sie zum Auftauen in die Mikrowelle. Nur die Stammgäste hier essen überhaupt Kuchen. Und sie essen grundsätzlich nur eine dieser zwei Sorten. Dale hat es ein paar Mal mit anderen probiert. Sogar mit Torten. Aber keine Chance. Der Mensch ist eben ein Gewohnheitstier. Wieso an dem Verhalten etwas ändern, das funktioniert? Wieso vom Bekannten abweichen?

»Callie! Die Bestellung für Tisch Sieben ist fertig.«

»Komme!«, ruft sie und erscheint schon in der nächsten Sekunde mit ihrem Tablett in der Küche. »Dale, wir müssen irgendwas gegen die Penner unternehmen, die ständig herkommen und denken, sie würden irgendwas umsonst kriegen. Da sitzt schon wieder einer!«

»Dann kümmere dich doch darum«, entgegnet er. »Schmeiß ihn halt raus.« Gelangweilt zuckt er mit den

Schultern und wedelt mit dem Pfannenwender vor Callies Gesicht herum.

»Nicht mein Tisch«, erwidert sie und zwinkert mir mit herausgestreckter Zunge zu. »Wird Zeit, dass unsere kleine Emmy mal ihren ersten Penner vor die Tür setzt.«

Mir rutscht das Herz in die Hose. Ich soll einen Penner rauswerfen? Oh, je! »Ähm ... lasst ihn doch ... einfach ein bisschen dasitzen. Vielleicht war ihm draußen zu kalt?«

»Süße, wir sind hier in Atlanta. Es ist August. Wir haben fünfundzwanzig Grad draußen.« Sie schüttelt den Kopf und lacht. »Aber du würdest ihm bestimmt glauben, wenn er dir sagt, dass er friert, oder?« Wahrscheinlich. *Naive Schlumpfine*. Seufzend verdrehe ich die Augen. »Würdest du.« Sie grinst und nimmt ihr volles Tablett. Ich folge ihr. »Da sitzt er. Sag ihm einfach, dass er hier nicht bleiben kann, wenn er nichts will.«

Nickend folge ich ihrem Blick und als ich den Mann am Tisch neben der Tür sitzen und nachdenklich aus dem Fenster schauen sehe, trifft mich fast der Schlag. Mit aufgerissenen Augen stehe ich wie angewurzelt da und starre ihn an. Meine Augen beginnen zu brennen und mir wird klar, dass ich zu lange nicht geblinzelt habe. Callies lautes Seufzen reißt mich aus meiner Trance und sofort wende ich den Blick ab, um sie anzuschauen. Sie mustert ihn ebenfalls. Allerdings weniger schockiert als vielmehr verträumt. »Armer Kerl«, sagt sie knapp und schüttelt den Kopf. »So heiß ... und doch so ... heruntergekommen.« Angeekelt und irgendwie bemitleidend verzieht sie das Gesicht und schiebt ihre Unterlippe vor. Heruntergekommen würde ich das nicht nennen. Eher desinteressiert an der Meinung anderer. Zumindest denke ich das. Ach, scheiße! Wozu mache ich mir eigentlich Gedanken über so was? »Na ja«, sagt sie und tätschelt mir aufmunternd die Schulter, als sie sich offensichtlich von dem Mann hat losreißen können. »Viel Erfolg. Du machst das schon. Ich ... geh dann mal und kümmere mich um meinen Tisch.« Schwungvoll macht sie auf dem Absatz kehrt und verschwindet.

Ich hingegen verharre noch ein wenig in meiner Schockstarre und hypnotisiere den Mann, den ich aus dem Lokal komplimentieren soll. Tief durchatmend mache ich mich bereit, ziehe am Saum meine Uniform zurecht und schaue an mir herunter. Die knappe Schürze hat hin und wieder ihren eigenen Willen und dreht sich, sodass ich aussehe wie eine Vierjährige, die gerade erst gelernt hat, sich selbst anzuziehen. Mit klopfendem Herzen schiebe ich mir eine Strähne hinters Ohr, die sich wieder mal aus meinem unordentlichen Zopf gelöst hat und komme hinterm Tresen hervor, um zu ihm an den Tisch zu gehen. »Sir, Sie können hier nicht sitzen, wenn Sie nichts bestellen«, beginne ich das Gespräch leise und so professionell es mir eben möglich ist, obwohl ich nicht vorhabe, ihm die Wahl zu lassen. Nur für den Fall, dass Callie doch irgendwo steht und lauscht.

Sofort schaut er zu mir auf. Einen Arm hat er lässig auf der Rückenlehne seiner Bank abgelegt, der andere ruht auf dem Tisch vor sich. Diese Augen. Verdammt nochmal! Einen Moment lang habe ich das Gefühl, mein Herz bleibt stehen.

»Hey, Em«, begrüßt er mich leise und schenkt mir ein schwaches Lächeln. Er sitzt da als wäre nichts. Als wäre es das Normalste der Welt, dass er zum Essen herkommt. Als wäre er ein Stammgast und ich seine Lieblingsbedienung. Was kommt als Nächstes. Small Talk?

»Besitzt du eigentlich noch irgendein anderes Kleidungsstück, außer dieser Jacke?«, frage ich und deute mit einem Nicken auf ihn. »Meine Kollegin hält dich für einen Penner.«

Beleidigt und mit zusammengezogenen Augen schaut

er an sich herunter. »Ich hab sie gewaschen!«, rechtfertigt er sich mit einem genervten Blaffen.

Ich schnaufe belustigt. Eher zynisch. »Und wie? Bist du runter zum Fluss gegangen, hast sie nass gemacht und auf einen Stein geschlagen?« Ist mir egal, wie hochnäsig oder verletzend meine Worte sind. Verdient hat er sie allemal! »Abgesehen davon ist sie irgendwie ... Wie formuliere ich das jetzt freundlich«, frage ich eher mich selbst. »Nicht heile.« Ich setze ein übertriebenes Lächeln auf, das ich immer Kunden zuwerfe, die kein Trinkgeld gegeben haben oder die einem mit einem schmierigen Lachen in den Ausschnitt starren. Oder eben Leuten, die man am liebsten vor die Tür setzen würde.

»Letzte Woche hat es dich nicht gestört, als du gefroren hast. Da war sie dir gut genug. Und ... wenn ich das noch anfügen darf, mir ist wohl aufgefallen, wie du die Nase reingesteckt hast. So schlimm kann es also nicht sein.« Seine Stimme ist nur ein leises, selbstgerechtes Flüstern. Meine Nase fängt an zu zucken unter der Wut, die sich in mir gerade aufbäumt. Am liebsten würde ich ihm meine Faust ins Gesicht schlagen! »Ist jedenfalls nicht so leicht, einen ganzen Kleiderschrank mit sich rumzutragen, wenn man praktisch auf der Flucht ist!« Seine Worte lassen mich stocken, doch ich hinterfrage sie nicht. Dafür bin ich eindeutig zu stolz und verletzt. Es braucht mich doch im Grunde auch gar nicht zu interessieren, vor wem er flüchtet. Oder? »Außerdem sagt das echt die Richtige!« Er verzieht das Gesicht und guckt mich mit großen Augen und gerunzelter Stirn an. »Ich will ja wirklich nichts sagen ...«

»Dann tu's nicht!«, unterbreche ich ihn zischend und mit einem irren Blitzen in den Augen, von dem er sich keineswegs beeindrucken lässt.

»Dir ist klar, dass du dich jetzt nicht nur wie eine naive Schlumpfine verhältst, sondern auch so aussiehst?«

Sein Blick wandert ausgiebig an mir und meiner blauen Uniform mit weißem Saum, weißen Ärmeln und weißem Kragen hinunter. Dann schaut er wieder mich an. Einen Moment lang. Grinsend und geduldig auf meinen Ausbruch wartend. Da kann er aber lange warten!

»Was willst du hier?«, hauche ich und vermeide es, ihn anzusehen oder auf seine Stichelei einzugehen. Am liebsten würde ich heulen, weil er hier ist. Nichts anderes!

»Ich hatte gehofft, wir könnten reden. Ich würde …«

»Du musst gehen«, zische ich leise in den Beginn seiner Ausflüchte hinein und bin arg um Haltung bemüht. Was denkt er sich denn bloß? Er kommt einfach her und will reden?

»Und wenn ich was bestelle?«

»Du musst gehen!«, wiederhole ich mit mehr Nachdruck. »Für dich gibt es hier nichts!« Meine Stimme ist nur ein brüchiges Flüstern.

»Emily, bitte. Lass mich nur …« Wieder greift er nach meiner Hand. Wie schon auf der Insel, als er versucht hat, die Wogen zu glätten oder mich milde zu stimmen, mir weitere Lügen aufzutischen oder was immer er sonst vorhatte.

Und wie schon auf der Insel, ziehe ich meine Hand weg. »Ich lasse dich aber nicht!«, entgegne ich und versuche, all die Wut, die Trauer und den Schmerz, alles was er mir angetan hat, in einem Blick zu bündeln und ihm entgegenzuwerfen. »Geh!« Ich blinzle einige Male, denn der Schmerz formt sich zu Tränen, die ich ihm nur ungern zeigen würde. »Oder ich schwöre bei Gott, ich schreie!«, drohe ich.

Sein Kiefer mahlt, als ich einen flüchtigen Blick in seine Richtung werfe. Dann steht er auf. Mit hängenden Schultern und gesenkten Lidern tritt er von der Bank weg, sodass er direkt vor mir steht. Zu nah. Viel zu nah.

Sein Duft steigt mir in die Nase und lässt mich die Luft anhalten. Nur nicht weich werden! Zumindest nicht nur, weil er gut riecht. Stur starre ich auf den Tisch, an dem er noch vor zehn Sekunden gesessen hat. Er beugt sich ein wenig vor. Ich spüre den leichten Windhauch, den seine Bewegung verursacht. »Sieh mich an«, befiehlt er so leise, dass selbst ich ihn kaum höre. Seine Worte bescheren mir eine Gänsehaut. Ein Schauer läuft mir den Rücken hinunter und ohne nachzudenken komme ich seiner Aufforderung nach. Widerwillig, wenn auch nur zu gern. Das ist verrückt! Ich will nicht tun, was er sagt, weil er es ist, der es sagt. Und doch will ich es unbedingt! Denn verdammt, diese Augen! Beleidigt schaue ich zu ihm auf. Nur kurz. Ich schaffe es nicht, seinem Blick standzuhalten. »Ich gebe nicht auf«, flüstert er nah an meinem Ohr, kaum, dass ich den Blick wieder bockig abgewandt und die Arme vor der Brust verschränkt habe. Meine Antwort darauf ist nur ein verächtliches Schnauben. Im Augenwinkel bemerke ich eine Bewegung und dann spüre ich seine Fingerspitze an meinem Kinn. Seine flüchtige Berührung kitzelt und lässt mich erneut die Luft anhalten. Flehend schließe ich die Augen und kämpfe gegen den Drang, seiner Berührung zu folgen, mich hinein zu schmiegen. Stattdessen drehe ich den Kopf weiter und beginne, verkrampft zu zittern. Dann verschwinden das Kitzeln und seine flüchtige Berührung. Sein Duft verschwindet und als ich die Augen wieder öffne, ist er weg. »Liam«, flüstere ich und mir läuft eine erste Träne die Wange herunter. Die Anspannung fällt von mir ab. Ich stehe da, zitternd und heulend. Zum Glück ist niemand da, der mich so sehen kann. Callies Lachen dringt an mein Ohr. Gut. Sie ist noch mit ihrem Gast beschäftigt und nimmt offensichtlich keinerlei Notiz von mir. Erleichtert, dass Liam weg ist, Callie mich in Ruhe lässt, mich niemand sieht und ich einfach zusammenbrechen kann, presse ich mir eine Hand vor den Mund, mache auf dem Absatz kehrt und stürze auf die Hintertür zu, die zum Innenhof führt. Ich brauche Luft!

Passend zum Beginn meiner Schicht sitzt er da. Seit einer Woche jeden Tag. Immer am gleichen Tisch. Immer mit der gleichen Haltung. Immer schaut er bloß geduldig und nachdenklich aus dem Fenster. Er spricht mich nicht an oder versucht es überhaupt. Hin und wieder erwische ich ihn dabei, wie er mich anschaut. Den Blick wendet er dann allerdings nicht ab. Im Gegenteil. Ich habe das Gefühl, er versucht mir nur mit den Augen was zu sagen. Und seit einer Woche will ich ihm zuhören. Aber ich will ihm nicht zuhören! Er hat meine Aufmerksamkeit nicht verdient! Er hatte sie drei Tage lang. Und drei Tage lang hat er mich von vorne bis hinten verarscht! Dass er hier ist macht mich wahnsinnig! Vor Wut. Vor Ungeduld! Vor Sehnsucht und Verlangen! Gott, er sitzt einfach da wie ein Häufchen Elend und will, dass ich ihm vergebe. Und ich würde nichts lieber tun. Wenn ich ihn sehe, will ich ihn umarmen, ihn küssen, meine Nase an seinem Hals vergraben und seinen Duft tief in meine Lungen saugen. Ich will ihm zuhören. Dieser verfluchte Stolz! Liam hat mir wehgetan. Aber meine Gefühle werde ich nicht los. Ich hasse mich dafür, so zu empfinden. Es müsste einfacher sein! Es müsste ganz leicht sein, einen Menschen aus seinem Leben wegzuradieren, der einem das Herz gebrochen hat oder ... beispielsweise dafür gesorgt hat, dass man auf eine einsame Insel verfrachtet wird, auf der man dafür vorgesehen war, zu sterben. Und dann stirbt man nicht mal. Sowas aber auch. Andererseits verdanke ich das nur *ihm*. Sollte man den Menschen aus seinem Leben wegradieren wollen, der einem mehrfach das Leben gerettet hat? Nur, weil der nicht ehrlich war?

In mich hineinstöhnend gehe ich zu ihm an den Tisch. Das habe ich mir heute wieder lange genug angesehen. Es wird Zeit, dass das aufhört. »Liam, das geht so nicht weiter«, beginne ich zu erklären. In einer Hand halte ich eine Kaffeekanne, deren restlichen Inhalt ich zuvor in die Tasse des aktuell einzigen anderen Gastes geschüttet habe, der neben der Hintertür am Tresen sitzt oder viel eher mit dem Oberkörper *auf* dem Tresen hängt und seinen Rausch ausschläft. Wow! Dieser Laden ist echt heruntergekommen!

»Was genau meinst du?«

»Ich meine, dass du jeden Tag herkommst und nur hier herumsitzt! Das geht nicht!«, wiederhole ich nachdrücklich. »Die anderen Gäste haben sich schon beschwert!«

Lässig verändert er seine Haltung, beugt sich vor und legt beide Arme auf dem Tisch vor sich ab, schaut sich genüsslich und gemächlich um, schaut an mir vorbei und wirft dann einen Blick über die Schulter. Er genießt es regelrecht, mir damit zu demonstrieren, wie unrecht ich habe. »Und welche ... Gäste genau meinst du jetzt?«

Wütend schnaube ich so stark, dass meine Schultern zucken. Ich muss aussehen wie eine Fünfjährige, die nicht mehr fernsehen darf und der vor Wut Rauch aus den Ohren steigt. Ich schaue ihn finster an. Eine bessere Ausrede ist mir nicht eingefallen? Ich sollte wütend auf mich selbst sein und nicht auf ihn, dass er mich schon wieder verarscht. Er ist wirklich nicht in der Position, sich über mich lustig zu machen. »Geh einfach!«, blaffe ich und stapfe wütend davon.

»Ist das eigentlich ein Fan von dir?«, fragt Callie leise, die mir in die Küche folgt. Sie steckt die Hände in die Taschen ihrer Schürze und wartet mit großen Augen auf eine Antwort. Ich bin zu sauer, um ihr zu antworten. Also verdrehe ich einfach die Augen und stöhne genervt. »Ist jeden Tag hier, der arme Kerl, und starrt dich an, wie ein ausgesetzter Welpe. Kennst du ihn?«

»Nicht wirklich«, erwidere ich wahrheitsgemäß. Ich dachte, ich kenne ihn ein bisschen. Immerhin hat er das sogar gesagt. Dass ich mehr über ihn weiß als irgendwer sonst. Dieses *mehr*, scheint allerdings auch noch sehr wenig zu sein, wenn man bedenkt, dass er mich nach Strich und Faden belogen und verarscht hat. »Wenn er da immer noch sitzt, flippe ich aus! Jeden Tag das Gleiche! Mir reicht es jetzt!«

»Gut so, Süße! Nur Mut! Ich warte hier«, feuert sie mich an und drückt übertrieben beide Daumen mit einem passenden übertriebenen Grinsen. »Nur für den Fall, dass das ein Irrer ist, der mit Abweisung und Enttäuschung nicht umgehen kann und vorhat, dich mit einer Axt zu zerstückeln.«

»Echt ... total ... witzig!«, sage ich langsam, unbeeindruckt und mit tadelndem Ausdruck in den Augen. »Du hast sie doch nicht mehr alle.« Kopfschüttelnd hüpfe ich von dem kleinen Tisch, an dem wir meistens Pause machen, schlurfe durch die Küche und drücke mich antriebslos mit der Schulter gegen die einst weiße Pendeltür mit charakteristischem Bullauge darin. Ich hebe den Blick in der Erwartung, Liam an seinem Tisch auf seinem Platz vorzufinden, doch er ist viel näher als gedacht. Verdutzt weiche ich mit dem Kopf zurück und starre ihn ungläubig an. Er sitzt am Tresen, die Arme darauf abgelegt und die Finger ineinander verschränkt. Meinem tiefen Seufzen folgt ein ausgiebiges Kopfschütteln, ehe ich zu ihm gehe. Da stehen noch ein paar Gläser, die poliert werden wollen. Dann habe ich, nachdem ich ihn zum siebentausenddreihundertachtundneunzigsten Mal darauf hingewiesen haben werde, dass er verschwinden soll, wenigstens was zu tun, woran ich mich abreagieren kann.

»Ich muss gar nicht fragen, woher du überhaupt weißt, wo ich arbeite, oder ... oder *wie* ich arbeite. Richtig?«

Im Augenwinkel bemerke ich sein verneinendes Kopfschütteln. »Gehört zum Job, so was zu wissen«, antwortet er und wirkt gelangweilt.

»Du bist echt ein Stalker«, stelle ich genervt fest und nicke, ohne ihn zu beachten. Er sitzt hier und versucht nicht mal, sich zu rechtfertigen. Als wäre es völlig selbstverständlich.

»Ich weiß.« Schon wieder! Das soll wohl ein Witz sein. Was fällt ihm eigentlich ein? »Das ... ist schließlich der Job. Leute aufspüren und so. Natürlich bin ich ein Stalker.« Er schüttelt abfällig den Kopf, als hätte ich einen Witz erzählt, der älter ist als alle Witze der Welt.

»Du solltest längst weg sein!«, säusle ich in seine Richtung, ohne ihn weiter zu beachten oder auf seine Worte Bezug zu nehmen und mache mich an das erste Glas, das ich nur zu gerne gegen die Wand schmeißen würde.

»Und du solltest mir längst zugehört haben!«, kontert er, was mich ihn wütend anfunkeln lässt. »Guck nicht so. Du bist es mir schuldig. Du musst mir die Chance geben, es dir zu erklären.«

Ich glaube ja wohl ich höre nicht richtig! »Gar nichts muss ich!«, zische ich mit aller Wut, die ich aufgebracht kriege. »Was zur Hölle bildest du dir eigentlich ein?! Ich bin dir einen feuchten Scheißdreck schuldig! Deinetwegen ist das doch überhaupt alles passiert!«

Er seufzt und schließt kurz die Augen, als müsste er sich selbst zur Ruhe aufrufen. Ist er etwa genervt? Ich fasse es nicht! »Ich habe auf der Insel versucht, es dir zu erklären. Du hast ... mich nicht gelassen. Was ich verstehen kann.« Beschwichtigend hebt er eine Hand in meine Richtung. »Ich kann gut verstehen, wie du dich fühlst. Und das tut mir wahnsinnig leid. Ich hätte ehrlich zu dir sein müssen.«

»Hättest du.«

»Dann sind wir doch auch mal *ehrlich*, Emily. Hättest du mir zugehört? Hättest du dich von mir über diese verfluchte Insel führen lassen? Oder mir vertraut? Wenn ... wenn du gewusst hättest, dass ich für die gearbeitet habe?« Nachdenklich und gleichzeitig ertappt senke ich den Kopf und weiche seinem fordernden Blick aus. »Siehst du. Ich wollte nur, dass du das überstehst. Und glaub mir bitte, wenn ich dir sage, dass ich die ganze Zeit ehrlich zu dir sein wollte. Dass ich mir vorgenommen habe, dir alles zu erklären. Und es hinnehmen würde, wenn du mich danach hassen würdest.«

»Wieso tust du es dann nicht? Du sitzt hier und nimmst es nicht hin. Du willst dich unbedingt erklären und entschuldigen und tust so, als wärst du der große Held, weil du ... nur um mich zu schützen nicht ehrlich warst? So ein verdammter Bullshit, Liam!« Meine schneidenden Worte scheinen ihm einen Dämpfer zu verpassen und tun mir noch in der gleichen Sekunde leid, in der ich sie ausgesprochen habe.

»Ich kann es nicht hinnehmen, Emily«, sagt er nach einem Moment ruhig, und hypnotisiert angestrengt die Risse im Holz des Tresens.

»Wieso nicht?«, frage ich mit hängenden Schultern und lege den Kopf in den Nacken. »Wieso kannst du mich nicht einfach in Frieden lassen? Ich ... ich versuche nur, das alles zu vergessen.«

»Weil ich mich in dich verliebt habe.« Seine Worte brennen wie Feuer in meinem Herzen und lassen mich die Luft anhalten. Er hat was? »Das war nicht ... das ... Ich wollte das nicht. Ich wusste, wie es ablaufen würde. Ich wusste, wenn du die Wahrheit erfährst, wäre ohnehin alles aus. Also wollte ich dich einfach nur durchbringen und nie wiedersehen. Aber du ...« Er bricht mitten im Satz ab und macht eine schnelle Handbewegung in meine Richtung. »Bist nun mal ... du.« Achselzuckend weicht er meinem fragenden, verwirrten und schockierten Blick aus. »Ich habe ... seit Jahren nicht mehr ...« Wieder bricht er im Satz ab und hält einen endlosen Moment lang inne. Er rauft sich die Haare, schaut sich paranoid in alle Richtungen um und wirkt unruhig. »Emily, du bist ... die Art von Mensch, die ... der Art von Mensch guttut, die ich bin.«

»Und die wäre?«

»Eine ... naive Schlumpfine?« Er zieht einen Mundwinkel hoch und versucht sich an einem unschuldigen Lächeln, während er die Schulter hebt und den Kopf schief legt. Verflucht nochmal! Ich könnte ihn erwürgen!

»Und welche Art von Mensch bist du dann ... Gargamel? Ich schaue ihn herausfordernd und mit verschränkten Armen an, lege ebenfalls den Kopf schief und warte geduldig auf eine Regung seinerseits.

Er schnaubt amüsiert und zeichnet mit dem Mittelfinger die Linien der tieferen Risse im Holz nach. »Der war gut.« Er nickt anerkennend und schürzt die Lippen.

»Ich hab da noch einen für dich. Wenn ... ich Tinkerbell bin, wer bist du dann? Mister Smee vielleicht, oder ... doch eher Captain Hook?« Ich recke den Kopf. Mein verächtlicher Tonfall überrascht mich selbst. Dennoch kann ich nicht anders. Es ist mir egal, ob ich überzogen reagiere oder ihn damit verletze. Ich denke, ich will ihn verletzen.

»Ja, das kommt in etwa hin. Ich habe aber auch nie was anderes behauptet, Emily. Ich habe nie so getan, als wäre ich der Gute. Als wäre ich ein Held. *Du* hast mich dazu gemacht! Weil du es anders nicht überstanden hättest. Und das weißt du.«

»Ja«, gestehe ich leise seufzend. »Du hast recht. Ich wollte in dir einen Helden sehen und ... das wirklich Abstruse an der ganzen Nummer ist ja, dass ich es mir sogar selbst geglaubt habe.« Ich lache erstickt. »Lächerlich.«

»Ich habe es dir auch geglaubt. Ich ... hab mir tatsächlich eingeredet, dass ich wirklich ... der Held in Jemandes Geschichte sein könnte. In ... in *deiner* Geschichte. Vielleicht.« Seine Worte wecken in mir den tiefen Wunsch, in Tränen auszubrechen. Er spiegelt damit meine Gedanken. Das ist unheimlich. Er macht eine lange Pause. Während ich schweigend und noch immer wütend und schnaubend, den Tränen nahe, voller Mitleid und dem unbändigen Bedürfnis, ihn zu umarmen, die Gläser poliere, scheint er nachzudenken. Er wollte reden und jetzt tut er es nicht. Ich könnte ihn schütteln deswegen. »Du weißt, dass ich Fixer war. Dass es mein Job war, Menschen aufzuspüren und auszukundschaften, damit man möglichst effizient dabei sein konnte, sie unauffällig verschwinden zu lassen.« So wie er das sagt, läuft es mir kalt den Rücken herunter. Ich nicke nur. Keine Ahnung, was er jetzt für eine Antwort erwartet. »Das sollte ich auch ... bei dir tun. Und ich habe es getan. Ich ... habe dich aufgespürt und eine Akte über dich angelegt. Das gehört zum Job. Anschrift, Krankenakte, Arbeitsstelle, alle möglichen Versicherungen, man verschafft sich einen Überblick über die Finanzen, das soziale Umfeld – also Bekanntenkreis, Freunde, Familie und auch Social Media. Man sammelt so viele Informationen wie möglich. Dadurch ergeben sich am Ende Wege, um ...«

»Um jemandem einen Unfall anzudichten, den er nie hatte?«

Dass ich ihn unterbrochen habe, scheint ihn zu nerven. Er kneift eine Sekunde lang die Augen zu und atmet tief durch. »Ja, so ungefähr.«

Ich nicke bloß. »Und das hast du bei mir auch gemacht?«, frage ich, gerade als er den Mund öffnet, um fortzufahren. Jetzt ist er es, der bloß nickt. »Wieso ...

wieso bist du mir nie aufgefallen? Ich meine du ... hast mich beobachtet?« Erneut nickt er. »Das ist krank! Das ist ... auf so viele Arten ... einfach nur ... nicht in Ordnung!« Ich lache hysterisch und schüttle den Kopf.

»Na ja, dass man nicht auffällt, ist ... das Mindestmaß an zu erfüllendem Anspruch, den man in diesem Metier hat. Ich will damit sagen, dass ... es Absicht war, dass ich dir nicht aufgefallen bin«, sagt er und runzelt die Stirn. Genervt über diese unnötige Lehrstunde verdrehe ich die Augen. Mir war wohl klar, dass das beabsichtigt war. Es wundert mich dennoch. »Ich habe dich drei Wochen lang beschattet.«

»Ist das lange?«

»Nein. Manchmal dauert es sehr viel länger. Manche Menschen sind ... unvorhersehbar, folgen nur wenigen Mustern, sind keine Gewohnheitstiere. Aber du ...« Er scheint nach einem geeigneten Wort zu suchen.

»Bist langweilig?«

»Ein wenig«, versucht er zu scherzen und schmunzelt zaghaft in meine Richtung. Ich verdrehe die Augen. Ich wäre gerne sauer wegen dieser Fastbeleidigung, aber er hat ja recht. Mein Leben ist absolut trostlos und langweilig. »Es ist einfacher, wenn Menschen eine gewisse Routine im Alltag haben.«

»Du hast gesagt, dass du ... du hast es nicht getan«, stelle ich nach kurzem Stottern fest. »Wieso? Wieso hast du dich entschieden, es ... es nicht ... mich nicht ... verschwinden zu lassen, oder wie auch immer man ... das nennen will.«

»An dem Tag bist du zu Fuß durch den Park nach Hause gegangen. Nach deiner Schicht. Ich ... bin dir gefolgt. Und eigentlich hatte ich vor, dich zu überwältigen, wenn du den Park verlassen hättest. Ich hatte den Jeep an deinem üblichen Laufweg abgestellt. Ich hätte dich einfach reinschubsen können und fertig. Wäre keine große Sache gewesen.«

»War es aber offensichtlich doch. Denn dein ... Kumpel – der Gorilla-Typ, der mir einen Sack über den Kopf gezogen hat war doch dein Kumpel, oder? – der hat mich nämlich in diesen Jeep geschubst. Zumindest denke ich das. Er hat mich vorher K. o. geschlagen!«

»Ich kenne ihn. Ja. Aber er ist kein ... Kumpel.« Abfällig verzieht er das Gesicht und schüttelt den Kopf. »Ja, es war eine große Sache. Deswegen habe ich es nicht getan. Du ... du hast mir ... einfach leidgetan«, seufzt er schließlich, meine Frage beantwortend.

»Oh, wow! Weißt du was, Liam?! Dein Mitleid, das kannst du dir echt getrost sonst wohin schieben! Ich habe es nicht nötig, dass du ...«

»Lässt du mich vielleicht ausreden, bevor du den nächsten Tobsuchtsanfall kriegst?«, unterbricht er mich ungehalten und ballt die Hand zur Faust. Es dauert einen Moment, bis er sich wieder entspannt und auf seinem Hocker zurücklehnt. »Du hast dich auf eine Bank gesetzt. Und du hast angefangen zu weinen, als du ... in dieses uralte Tonbandgerät reingeredet hast.« Ich glaube, gerade fällt mir alles aus dem Gesicht. Das war an Dads Todestag. »Du hast deinem Dad was erzählt und das hat mich ... ziemlich verwirrt. Bei allem, was ich über dich wusste, war es einfach ... zu viel.« Er zuckt die Achseln. »Wenn man so einen Job hat, darf man sich keine Gedanken über die Leute machen. Man sammelt Informationen, wertet sie aus und nutzt sie für seine Zwecke«, sagt er kühl und tippt mit dem Finger auf den Tresen. »Ich weiß nicht, wieso ich das bei dir nicht konnte. Du hast mir halt leidgetan. Und ich habe ... mir für dich nur was Besseres gewünscht. Du warst allein, arm, hattest keine Freunde und keine Familie. Nur eine Mitbewohnerin und einen Traum, von dem du im Grunde wusstest, dass er zerplatzen würde. Und ich konnte mir nicht vorstellen, wieso so jemand einfach ... auf die Insel geschickt werden sollte. Da habe ich den zweiten Fehler gemacht und mir die Akte über den Verkäufer angesehen.«

»Ver-Verkäufer?«, frage ich und bin völlig verwirrt. »Wieso denn Verkäufer? Ich verstehe das nicht. Also jemand *bekommt* Geld dafür, wenn er mich ... ausliefert?«

»Richtig«, sagt er knapp und nickt.

»Aber wie zur Hölle ... rentiert sich das bitte? Sie schicken hundert Menschen auf die Insel. Du warst vor drei Jahren schon dort. Also gibt es diese Insel – zu genau diesem Zweck – seit mindestens drei Jahren. Da steckt doch ein verflucht großer Haufen Kohle alleine an Ausgaben hinter. Wie ... soll das bitte Sinn machen, dann jemanden dafür zu bezahlen?! Müssten die nicht eigentlich Geld dafür verlangen, wenn jemand einen anderen loswerden will? So, wie bei der Russenmafia oder was weiß ich!« Ich bin komplett durch den Wind. Seine Worte ergeben keinen Sinn und ich bin mir nicht mal sicher, ob meine eigenen Sinn ergeben.

»Darf ich es dir erklären oder verrennst du dich lieber weiter in Spekulationen?«, fragt er ruhig und schaut mich geduldig an. Kleinlaut ducke ich mich unter seinem Blick hinweg und nehme mir nervös das nächste Glas zum Polieren. »*Die* sind eine Firma. Eine Shareholdinggesellschaft. Ein Typ namens Kingsman leitet sie.« Seine Worte werden immer leiser, sodass ich mich konzentrieren muss, um ihn richtig zu verstehen. Also beuge ich mich ein wenig vor und hypnotisiere ihn. »Er hat seine Finger in ziemlich vielen Firmen. Verschiedene Konzerne, die nicht miteinander konkurrieren. Er mischt überall mit, hat überall Anteile. Ein Eins-A-Vorzeige-Konglomerat. Aber ... das reicht ihm nicht. Er mischt auch in illegalen Geschäften mit. Und er zeckt sich in alles rein, was irgendwie Geld bringt. Aber diese Sache mit der Insel ist ... tatsächlich einzig und allein auf *seinem* Mist gewachsen. Ihm war wohl langweilig. Illegales Glücksspiel hat ihm nicht mehr gereicht. Da hat er sich gedacht, er steigt ins Wettgeschäft ein. Und genau darüber finanziert sich dieser Spaß. Man schließt Wetten ab. So kommt die Kohle wieder rein. Der Anreiz ist mit fünf Riesen geschaffen. Fünf Riesen, wenn man jemand anderen ans Messer liefert. Und das reicht für die meisten schon.«

»Mein Leben ist Fünftausend Dollar wert?« Ich schnaube verächtlich und schüttle den Kopf. »Und wer ... wer hat meine Fünftausend Dollar bekommen?«

»Niemand«, antwortet er knapp und lässt mich damit noch verwirrter zurück, als ich ohnehin schon bin. »Die fünf Riesen gibt es nur, wenn der Teilnehmer auch draufgeht. Ansonsten kriegt der Teilnehmer diese Fünftausend. Natürlich zusätzlich zu der Ausgleichsentschädigung.« Seine Worte lassen mich die Augen aufreißen. »Aber dich interessiert das mit dem Geld nicht, oder? Du willst wissen, wer ...«

»Ja!«, unterbreche ich ihn. »Du hast gesagt, du hast dir die Akte angesehen«, zitiere ich ihn frei und nicke inbrünstig. Ich will es wissen. Auch, wenn ich es im Grunde schon weiß. Ich will, dass er es mir bestätigt.

Er nickt. »Normalerweise interessiert es mich wie gesagt nicht. Aber, ja. Ich habe mir die Akte angesehen. Du hast es auf der Insel schon gesagt. Und ... deine Theorie stimmt. Es ist dein Ex.« Ich schnaube bloß. Es war mir klar. Es enttäuscht und verletzt mich, aber eigentlich ist es mir gleich. In meinem Kopf spielen die Gedanken und Emotionen völlig verrückt. Ich weiß kaum, wo oben und unten ist. »Und der Typ der ... meinen Job beendet hat, hätte dir diese Art von Hinweis gar nicht geben dürfen. Aber das spielt auch eigentlich keine Rolle. Vergiss es.«

Er schüttelt den Kopf und starrt wieder nachdenklich den Tresen an.

»Wer war dein Jemand?«, frage ich vorsichtig.

»Beim ersten Mal oder beim zweiten Mal?«

»Sowohl als auch?« Unschlüssig verziehe ich das Gesicht.

»Beim ersten Mal hatte ich mir von den falschen Leuten Geld geliehen. Ich bin an eine Gang geraten. Eher an ein Kartell. Egal. Spielt auch keine Rolle.«

»Und dieses Mal?«

»Wie gesagt ... ich wurde deinetwegen auf die Insel geschickt.« Er zuckt mit der Schulter und verzieht entschuldigend das Gesicht. »Ich habe mich entschieden, meinen Job zu schmeißen und abzuhauen, anstatt dich auszuliefern. Das hat denen nicht gepasst. Also musste ich ja irgendwie dafür bezahlen. Und wie ginge das besser, als an der Seite der Frau um sein Leben zu rennen, wegen der man überhaupt in der Scheiße steckte. Kingsman hatte schon immer einen gewissen ... Sinn für Humor.«

Ich schüttle fassungslos den Kopf und gucke Löcher in die Luft. »Ich verstehe das immer noch nicht. Wieso du ... wieso du das getan hast, meine ich. Oder viel eher, nicht getan hast. Du wusstest doch, dass ... das passieren würde, oder nicht? Ich meine, du ...« Mir fehlen die Worte, also lasse ich den Satz einfach unvollendet stehen.

»Irgendwie schon«, säuselt er und verzieht die Lippen. »Im Grunde war es mir wohl klar, dass ich damit nicht durchkommen würde. Dass sie mich finden und mich dafür bezahlen lassen würden. Diese ... lustigen Dinger sind auch außerhalb der Insel aktiv. Zumindest, wenn sie Interesse daran haben, einen zu finden.« Er deutet mit einem Nicken auf mein Handgelenk. »Aber ich hätte eher damit gerechnet, dass sie mich mit Betonpuschen in den Hudson werfen, oder ... dass sie mir ein oder zwei Finger abschneiden oder so einen Scheiß. Ich hätte sogar damit gerechnet, dass sie mich einfach erschießen.«

»Aber wenn du das wusstest, wieso hast du ... dann nicht einfach deinen Job gemacht?« Alles, was er in den letzten Minuten gesagt hat, klang wie der Plot eines ultraschlechten Films und ergibt absolut keinen Sinn! Von vorne bis hinten nicht! Entweder bin ich zu blöd, um es zu akzeptieren, oder wirklich einfach zu naiv. Ich würde mich gerne weigern, irgendetwas von dem zu glauben. Aber ich war auf dieser Insel. Ich habe eine Schnittwunde, eine Schusswunde und viele Macken und Kratzer, die beweisen, dass wirklich passiert ist, was ich gerne verdrängen würde.

»Ich weiß nicht, was du von mir hören willst, Emily. Ich dachte, du ... hast es verdient zu leben.« So einfach? Er zuckt die Achseln und runzelt die Stirn. Er macht es sich wirklich so leicht? Aber was ist mit ihm?!

»Und du nicht?« Mir kommen die Tränen. Denn wenn stimmt, was er sagt, dann hätte er weder eine hohe Meinung von sich noch den Wunsch, überhaupt zu leben. Er sagt nichts und weicht meinem eindringlichen Blick aus. »Liam«, flüstere ich und starre ihn nieder.

»Was erwartest du eigentlich für eine Antwort, Emily?!«, zischt er und Wut flackert in seinen Augen. »Bei allem, was ich dir gerade über mich erzählt habe, müsstest du diejenige sein, die ...«

»Die was?!«, unterbreche ich ihn. »Die deinen Tod will?« Ich schnaube. »Du ... hast mich ständig als naiven, gutgläubigen und weltverbessernden Gutmenschen hingestellt! Und du hast recht! Ich bin naiv. Und ich glaube an zweite Chancen. Ich glaube, dass jeder Mensch eine verdient und dass kein Mensch verdient hat zu sterben. Schon gar nicht zum Privatvergnügen irgendwelcher reicher ... Anzugträger!« Ich schüttle den Kopf und wische mir eine Wutträne von der Wange. »Bei allem, was du mir erzählt hast ... was ich dachte, was du mir angetan hast und ...« Ich breche mitten im Satz ab, suche nach den richtigen Worten und fahre mit der Zunge an der Innenseite meiner Zähne entlang. »Ich habe dich wirklich zum Teufel gewünscht. Ich habe dich gehasst. So sehr, wie ich Scott niemals hätte hassen können.«

»Siehst du«, knurrt er leise und senkt schuldbewusst den Blick.

»Ich hätte Scott niemals so hassen können, weil er mir egal ist, Liam! Begreifst du das nicht?! Ich ... ich hasse dich, weil ... du in der Lage bist, mir wehzutun.« Meine Gefühle übermannen mich und mir laufen Tränen übers Gesicht. Sofort drehe ich mich um und starre an die Decke. Hektisch wische ich sie mir von den Wangen. »Du bist mir so wichtig, dass es mir nicht egal ist, wenn du mich verletzt, Liam«, versuche ich weiter zu erklären. Ich kann ihn nicht ansehen, weswegen ich ihm noch immer den Rücken zuwende und versuche, meinen Körper wieder unter Kontrolle zu bringen. »Ich hätte ... wirklich niemals für möglich gehalten, dass ich mich ... in weniger als drei Tagen in einen Kerl verlieben könnte, den ich ... überhaupt nicht kenne.« Ich stoße ein ersticktes Lachen aus und lecke mit der Zunge eine Träne von meiner Lippe, die mich unangenehm kitzelt. Tief durchatmend versuche ich, mich zu beruhigen und wieder zu fassen. »Das ist doch verrückt.«

»Ja, allerdings«, bestätigt er in der gleichen gedämpften Lautstärke. Dann spüre ich seine Hand an meinem Arm. »Hey, Em«, sagt er mit sanfter Stimme. »Sieh mich an.«

Zögernd komme ich seiner Aufforderung nach. Meine Tränen sind mir unangenehm, also weiche ich seinem Blick aus. Im Augenwinkel erkenne ich sein Lächeln. Er legt eine Hand an meine Wange und wischt mit dem Daumen die Tränen unter meinem Auge weg. »Was machen wir nur?«, hauche ich kaum hörbar und schaue ihm doch tief in die Augen.

»Einen Fehler.« Es ist genau, wie auf der Insel. Er lächelt verträumt und schnaubt. Gott, diese Augen! »Wir machen einen wirklich ... *gewaltigen* Fehler.« Er mustert mich eingehend, scannt mein ganzes Gesicht und streicht immer wieder sanft mit dem Daumen über meine Wange. »Es tut mir so ... unendlich leid, Emily«, flüstert er und nickt. »Bitte glaub mir das! Es vergeht kein Tag, an dem ich mir nicht wünsche, damals hergekommen zu sein und dich über die Schulter geworfen und aus der Schusslinie gebracht zu haben, anstatt den Job zu schmeißen. Ich ... ich dachte, wenn ich einfach nur aufhöre, untertauche und von der Bildfläche verschwinde, würde es schon nicht so schlimm sein. Also für mich. Aus den Augen, aus dem Sinn und so. Es tut mir so wahnsinnig leid.«

»Ist okay. Das ... ist schon etwas hart, aber ...« Ich breche abermals mitten im Satz ab und hebe die Schultern. »Es ist jetzt wohl ohnehin egal.«

»Ist es nicht«, dementiert er kopfschüttelnd. »Ich fühle mich furchtbar deswegen. Und ich wünschte, ich könnte irgendwas davon wiedergutmachen.«

»Na ja, du hast im Grunde nur versucht, dir deinen Seelenfrieden zu bewahren. Was ich grundsätzlich unterstützen würde. Du kanntest mich nicht. Ich konnte dir egal sein. Es ist nur verständlich, dass du so gehandelt hast. Wenn ich ehrlich bin, ich ... verstehe es. Liam, ich ...« Seufzend und leise schniefend lasse ich den Satz einfach ausklingen.

»Du musst nicht versuchen, es runterzuspielen. Ich hoffe nur, dass du mir vielleicht eines Tages vergeben kannst. Und, dass du mir die Chance gibst, es irgendwie wieder hinzukriegen. Es wiedergutzumachen.«

»Ich ... ich denke, darauf könnte ich mich einlassen«,

antworte ich und bemühe mich um ein Lächeln. Er schnaubt. »Was wäre ich sonst für eine naive Weltverbesserin, wenn ich ausgerechnet dir keine zweite Chance zugestehen würde.«

»Touché«, sagt er und zollt mir mit einem Nicken Anerkennung. Er atmet tief durch und es wird wieder einen Augenblick lang still zwischen uns. Er schaut mich einfach nur an und ich bemühe mich, seinem Blick standzuhalten. Gott, diese Augen. So viel Schmerz und so viel Leid habe ich darin gesehen. So viel Wut und Zorn. Doch jetzt? Da sind nur Erleichterung und ein Funke Hoffnung. »Weißt du«, beginnt er und begradigt sich, streckt die Schultern und schaut sich kurz überprüfend um, als würde ihm erst jetzt die Umgebung wieder bewusst. »Du hast mir einen pappigen ... *Danke-dass-du-mir-Tausend-Mal-das-Leben-gerettet-hast*-Burger versprochen.« Ich schnaube und verdrehe die Augen. »Wo bleibt der?« Er legt schmunzelnd den Kopf schief.

»Dale, machst du mir ein Menu bitte?«, rufe ich über die Schulter, ohne Liam aus den Augen zu lassen. Er schenkt mir gerade einfach nur ein erleichtertes Lächeln, das ich ebenso erleichtert erwidere.

»In Arbeit«, ruft Dale aus der Küche zurück. Einen Moment später haut er auf die kleine Klingel, die mich aus einer Art Trance holt und mir klar macht, dass ich Liam womöglich zu lange einfach angestarrt habe.

Kopfschüttelnd und wieder im Hier und Jetzt angekommen, drehe ich mich um, um das fertige Menu an der Durchreiche abzuholen. Ich nehme den Teller mit dem traurig aussehenden, eingefallenen Burger und den labbrigen Pommes als Beilage vom Tablett und stelle ihn vor Liam hin, der mit hochgezogener Augenbraue auf das starrt, was man wohl als Essen bezeichnen sollte. Ja, Dale meint es gut, aber er ist wirklich nicht der Beste in der Küche. Ich stelle ein Glas Coke daneben und lege das leere Tablett vor mir auf der Arbeitsplatte ab. »Du ... musst das wirklich nicht ...« Er unterbricht mich, indem er den Kopf schüttelt und mir seinen Zeigefinger vor die Nase hält. Er räuspert sich und nimmt den Burger in die Hand, um abzubeißen. Noch im gleichen Moment ist ihm deutlich anzusehen, dass das ein großer Fehler war. Ich kann nicht mehr anders. Sein Blick lässt mich lachen. »Liam, du musst das wirklich nicht machen!«, beende ich den Satz, den ich eigentlich als Warnung vorweg geben wollte.

»Nein, nein. Mh ... Geht schon«, nuschelt er kauend und würgt den furztrockenen, pappigen Bissen hinunter. »Das ... das ist wirklich der mit Abstand beste *Danke-dass-du-mir-Tausend-Mal-das-Leben-gerettet-hast-*Burger, den ich jemals gegessen hab. Ehrlich! Also einfach unvergleichlich.« Er holt tief Luft und trinkt einen großen Schluck aus dem Glas, das ich ihm hingestellt habe. »Hu!«, macht er und räuspert sich. »Wow!«

»Ja«, sage ich knapp und nehme den Teller, um ihn für Dale wieder auf die Durchreiche zu stellen. »Du bist ein Idiot«, hänge ich nickend an und ziehe mir das Handtuch von der Schulter, um es irgendwo unachtsam auf die Arbeitsplatte zu schmeißen.

»Ich weiß«, bestätigt er und lacht. Schnaubend drehe ich mich wieder zu Liam herum, der sich plötzlich über den Tresen lehnt, seine Hand in meinen Nacken legt und mich zu sich zieht. Mit dem Unterleib stoße ich gegen die Arbeitsplatte. Ich sauge erschrocken die Luft ein und halte sie unwillkürlich an, als er unversehens seine Lippen auf meine presst und mich küsst. Seit ich ihn das erste Mal hier im Diner habe sitzen sehen, habe ich im Grunde nichts anderes gewollt, als ihn wieder zu küssen. Tief in meinem Inneren zumindest. Und jetzt tut er es. Er küsst mich. Genau, wie auf der Insel. Intensiv, leidenschaftlich, fast wild. Er schiebt mir seine Zunge in den

Mund und sorgt dafür, dass ich weiche Knie kriege. Sein Kuss schmeckt nach Cola. Das ist verrückt. Ich fühle mich wie ein Teenie! Am liebsten würde ich über den Tresen springen und mich ihm an den Hals werfen. Der Abstand zwischen uns ist eindeutig zu groß. Gott, wie sehr ich dieses Gefühl begehrt habe, das seine Zunge in meinem Mund verursacht und das sich tief in meinem Unterleib noch bemerkbar macht. Wie er meine Zunge mit seiner umspielt und seinen Atem in meinen Mund haucht, ohne sich auch nur eine Sekunde darum zu kümmern, ob uns irgendwer sieht. »Begleitest du mich?«, fragt er plötzlich in seinen Kuss hinein und gibt mir damit eine Sekunde des Durchatmens.

»Ja«, hauche ich an seine geöffneten Lippen und beiße sanft hinein, ehe ich mit meiner Zunge darüber lecke, nur, um sie im nächsten Moment wieder in seinen Mund zu schieben.

»Einfach ... Ja?« Verwirrt löst er sich von mir und lässt mich verhungernd und frustriert zurück. Ich beuge mich vor, um ihn erneut zu küssen, doch er weicht nur weiter zurück. »Du sagst einfach Ja. Aber du weißt gar nicht wohin.«

»Ist doch egal«, antworte ich achselzuckend. »Mich hält hier nichts, Liam.« Mir ist klar, dass es deutlich bessere Gründe geben müsste, mit einem fast Fremden irgendwo hinzufahren und zu sagen, dass das Irgendwo keine Rolle spielt. Aber es ist mir egal. Ich würde mit ihm bis ans Ende der Welt fahren.

»Ich will Kingsman plattmachen. Irgendwie. Keine Ahnung. Ich muss es versuchen. Das muss aufhören«, erklärt er und sein hasserfüllter Blick schweift in die Ferne.

Ich lege eine Hand an seine Wange und zwinge ihn, mich anzusehen. Dann nicke ich. »Ja«, wiederhole ich meine Antwort. »Ja, ich begleite dich. Ich ... werde dir sicher keine große Hilfe sein, aber ... ich bin dabei.« Er löst sich lachend von mir und steht auf. Ohne zu zögern gehe ich am Tresen vorbei, ziehe die Schleife meiner Schürze auseinander und schmeiße sie demonstrativ auf den Tresen. »Dale?«, rufe ich laut. Er streckt den Kopf durch die Durchreiche und schaut mich fragend an. »Ich kündige!«

EPILOG

So hat sich Special Agent William Joyce den Ausgang des Spektakels wirklich nicht vorgestellt. Sein ganzes Geld hat er auf dieses abgehalfterte Freizeitarschloch gesetzt. Auf diesen Damien Serene. Auf einen Ex-Häftling, der schon sein erstes Rodeo auf der Insel gewonnen und sich auch dieses Mal wirklich gut geschlagen hat. Immerhin hat er es unter die letzten Fünf geschafft. Aber dass jetzt dieses Möchtegernpaar als Siegerteam hervorgeht, passt dem Undercoverermittler so überhaupt nicht, der Gefallen gefunden hat an den illegalen Wettgeschäften, gegen die er eigentlich zu ermitteln hat. Es macht ihm nichts aus, dass dort tatsächlich Menschen sterben. Dafür war er zu viele Jahre beim Morddezernat gewesen. Und der Wechsel zum FBI war dahingehend auch nicht wirklich vorteilhaft, musste er in den letzten Jahren feststellen. Jetzt sitzt er hier. In dieser Hinterhof-Insider-Bar, zu der man an bestimmten Tagen nur Zutritt erhält, wenn man vorher ein entsprechendes Ticket erstanden hat. Auf dem Schwarzmarkt versteht sich. Oder aber wahlweise im Darknet.

Special Agent Joyce ist kein Fan der digitalen Welt. Er versteht den Hype um das World Wide Web auch nicht. Obwohl er noch nicht so alt ist, dass er so gar nicht damit in Berührung kam, während er aufwuchs. Er beschäftigt sich einfach lieber mit richtigen Menschen und richtigen Verbrechen. Mit richtigen Kriminellen, denen er aufs Maul hauen kann, wenn er sie auf frischer Tat erwischt. Im Internet ist nichts von Dauer, so scheint es. Man sagt zwar: einmal im Netz, immer im Netz, aber das Darknet funktioniert anders. Und das ist ihm klar. Wenn er also wirklich Erfolge erzielen will, muss er sich unter das konsumierende Volk mischen, dass sich dieses wiederkehrende Spektakel auf einer einsamen, kleinen Insel lieber in einer Bar ansieht. Man könnte meinen, es handle sich um ein schnödes Eishockey- oder Football-Match.

Ja, es gibt die Möglichkeit, sich live auf einem Fernsehgerät anzuschauen, wie Menschen in knapp drei Tagen um ihr Leben rennen, sich gegenseitig abschlachten, wie Frauen vergewaltigt werden und am Ende nur ein oder zwei Menschen mit dem Leben davonkommen. Falls man das so nennen kann. Joyce weiß aus Erfahrung, wie gefährlich so ein Bauchschuss im Zweifel ist. Und dieser Liam Burke, den hat es übel erwischt. Er wird sich wohl auf die Suche nach ihm machen. Zumindest, falls er den Schuss tatsächlich überlebt haben sollte. Nur, weil die Kleine ihm ein bisschen QuikClot in die Wunde geschüttet hat, war der Kerl immerhin nicht auch zwangsläufig über den Berg.

Joyce' Nachforschungen haben einige interessante Dinge über diesen Mann ergeben. Er hat für die gearbeitet, die dieses Spektakel ins Leben gerufen haben. Er kann ihm Insider-Infos liefern und ihm helfen, denen das Handwerk zu legen. Joyce ist zu lange an diesem Fall dran und praktisch nicht vorangekommen. Wenn er nicht bald was liefert, stampfen die den Fall Kingsman einfach wieder ein. Denn es gibt kaum jemanden, der zurückkehrt und freiwillig redet. Alle halten die Klappe oder sind nur schwer aufzuspüren. Joyce hatte sich lange gefragt, woran es wohl liegen könnte, dass sie nicht reden. Man sollte doch meinen, dass Menschen, die zu Belustigungszwecken auf eine Insel geschickt werden, um dort um ihr Leben zu kämpfen, nur zu gerne mit den Behörden kooperieren würden, um mindestens so was wie Genugtuung zu bekommen. Seine Ermittlungen haben ihn nur so weit gebracht, dass es wohl ein sattes Schweigegeld gibt, das als Anreiz für die meisten ausreicht, um kein Sterbenswörtchen zu erzählen. Wenn man sie denn überhaupt findet. Viele haben sich direkt nach ihrem Sieg – falls man das so nennen will – in den Suizid gestürzt. Anfangs waren die Ermittler davon ausgegangen, dass es sich um einen Serienkiller handle, wegen der einheitlichen Tätowierungen, die sich bei allen immer am Handgelenk befunden hatten. Aber ein Serienkiller agiert in der Regel nicht in einem Radius, der die gesamten Vereinigten Staaten von Amerika, inklusive Hawaii, Mexiko und Kanada einschließt.

Joyce muss sich allerdings die Frage stellen, ob dieser Liam Burke überhaupt mit ihm reden würde, gesetzt den Fall, er spürte ihn tatsächlich auf. Immerhin ist der Mann ein Ex-Marine und hat für die gearbeitet. Er wird wissen, wie er sich neugierige Blicke vom Leib halten kann. Außerdem würde es Joyce nicht wundern, wenn er kein besonders großer Fan der Strafverfolgungsbehörden ist. Er muss also zunächst eine Grundlage schaffen, um sich Burke für seine Zwecke hörig machen zu können. Vielleicht würde er es schaffen, an Aufnahmen von der Insel zu gelangen, um ihn unter Druck zu setzen. Das würde Joyce sich in Ruhe überlegen müssen. Und dafür bräuchte er auch die Hilfe seiner erfahrenen IT-Spezialistenkollegen. Andererseits besteht immer noch die Möglichkeit, diese gutgläubige Bedienung ausfindig zu machen, die so überhaupt keinen Durchblick hatte. Dass sie noch lebt, empfindet Joyce als einzigen Witz. Aber über sie würde er vielleicht leichter an Burke herankommen. Sicher wird sie ihm gerne helfen, wenn er nur die richtigen Knöpfe drückt. Offensichtlich scheint sie ja auf den Heldentyp zu stehen. Und wenn Joyce es wollte, würde er einen großartigen Helden abgeben.

Seine Ermittlungen haben Joyce vor einigen Monaten erstmalig in diese Absteige geführt. Und jetzt kommt er her, wann immer er es schafft, ein Ticket zu erstehen und Wetten zu platzieren. Da stellt sich ihm hin und wieder die aberwitzige Frage, ob das noch Ermittlungsarbeit ist oder viel eher sein eigenes, privates, krankes Vergnügen. Das weiß er selbst gar nicht mehr so genau. Er weiß nur, er hat heute Morgen einen Scheißbatzen Kohle verloren!

Fortsetzung folgt!

DANKSAGUNG

Okay, diesen Teil hätte ich ja beinahe vergessen. Selbstverständlich will ich nicht darüber hinweggehen, wer mich während des Entstehungsprozesses von »Hunter & Prey: Game of Survival« unterstützt und immer wieder motiviert und ermuntert hat. Daran waren meine Testleserinnen maßgeblich beteiligt. Also gibt es jetzt ein bisschen imaginären Konfettiregen für Steffi und Steffi, Irene und Lexi, die mich kritisiert, aufgebaut, mir in den Hintern getreten und Mut zugesprochen haben, die mein Buch Szene für Szene auseinandergenommen, bewertet und ausgebaut haben.

Die Entscheidung, das Buch zu veröffentlichen, ist außerdem auch noch auf ihrem Mist gewachsen. Ich wollte schreiben und habe geschrieben, war stolz darauf und habe mich wahnsinnig gefreut, als ich das Buch endlich beendet hatte. Aber den Schritt in die Öffentlichkeit gehen? Das erschien mir ein zu großes Wagnis. Ich wusste nicht, ob es eine gute Idee wäre. Diese Angst haben sie mir aber genommen und dafür möchte ich mich gerne an dieser Stelle nochmals bei euch bedanken, ihr Lieben!

Noch ein großes Dankeschön geht an den Verlag. Im Besonderen an Jane, Daniela, Christina und Iris, die sich immerzu bemühen, sich Zeit nehmen und mir das Gefühl geben, wirklich gut aufgehoben zu sein.

Außerdem möchte ich mich auch bei den weiteren Testleserinnen bedanken, die im Nachhinein noch dazugekommen sind und ebenfalls einen sehr kritischen Blick auf Liam und Emily geworfen haben.

Danke auch an Sarah, Rebecca, Tina, Tessa und Melanie.

DANKE !!!

Eure Ava

Sammle Herzpunkte und sichere dir

kostenlose Wunschbücher

Du hast Lust, Feedback zu den Verlagstiteln des Federherz Verlages zu geben? Du möchtest dabei Punkte sammeln, von denen du dir in regelmäßigen Abständen Wunschbücher aussuchen kannst?

Dann mach mit beim Herzlesen. Alles, was du dafür brauchst, ist ein Konto auf unserer Federherz-Homepage. Sobald du dieses hast, kannst du direkt damit loslegen, Herzpunkte zu sammeln.

Wir freuen uns, bald mehr von dir zu lesen!

Dein Federherz Verlag